葛老头，我跟你没完

老　奇　著

中国文联出版社

图书在版编目（CIP）数据

葛老头，我跟你没完 / 老奇著 . -- 北京：中国文
联出版社，2016. 6（2024. 6重印）
ISBN 978 - 7 - 5190 - 1726 - 2

Ⅰ.①葛… Ⅱ.①老… Ⅲ.①长篇小说—中国—当代
Ⅳ.①I247. 5

中国版本图书馆 CIP 数据核字（2016）第 157902 号

著　　者　老　奇
责任编辑　曹艺凡
责任校对　贾文梅
装帧设计　中联华文

出版发行　中国文联出版社有限公司
地　　址　北京市朝阳区农展馆南里 10 号　　　　邮编　100125
电　　话　010 - 85923025（发行部）　　　　85923091（总编室）
经　　销　全国新华书店等
印　　刷　三河市华东印刷有限公司

开　　本　710 毫米×1000 毫米　　1/16
印　　张　20
字　　数　340 千字
版　　次　2024 年 6月第 1 版第 2 次印刷
定　　价　78. 00 元

"伪文化"氛围中的群生态

代序

甘铁生

（一）

这部书可以说是中国改革开放以来的国人日常精神生活和坐卧起居的证词和档案。诚如作者徐葆齐所说：长期以来，有些中国人正生活在"伪文化"中而不自知。于是徐葆齐便通过自己深切的感受，写出了这部名叫《葛老头儿，我跟你没完》的长篇小说。

徐葆齐在楔子中说："我希望这是一本深刻反映社会现实的作品，和我们相遇的这个时代是一个多么难得的时代啊，她有太多的别的时代所没有的好笑的、滑稽的、悲哀的、痛苦的故事。好一个我们所不愿意的五彩缤纷……""我们更愿意也把这本书玩笑的说成：使人欢愉，放松、减压，排遣寂寞……让你很少大笑，但却很多微笑——一种心领神会、可以反复回味的微笑。这其中大概因为包含了一点文化，因此被人称做'幽默'"。

徐葆齐将自己亲身体验到的这个时代的生活本源揭示出来。通过篇中各色人物的脉络浑写，同时融入插队的经历，将历史的悲喜和人物命运的落差，不动声色地娓娓道来，其中不乏漫画般的人物行径，分明是令人捧腹的黑色幽默！相信读者会在小说浓郁的生活气韵中，悄悄蕴含着体会到哲学的思辨。

在读这部长篇过程中，我惊讶于葆齐精准、节制同时又丰富幽默的对话和通篇朴素的叙述语言。我知道，话剧作者的语言功力是首屈一指的。人们常说，话剧是语言的艺术。葆齐在这方面的确厉害。其实，又何止是叙述语言！在人物刻画、矛盾和事件的冲突处理、环境的描述以及各色人等的心理活动等一部优秀长篇所必备的要素，他都处理得恰到好处。这正是徐葆齐在长篇创作上进入炉火纯青境界的体现。

（二）

与葆齐交往二三十年，深知他的为人和秉性。他在旗，属正红旗人，祖上曾任大清帝国陆军同审衙门官阶甚高的官员。这样的家庭背景，除了造就了他孔武高大的体魄，还令他对书籍有着广泛的兴趣。自小他就博览群书。而那些书籍中描述的世界，让他充满兴趣。也许是天性喜欢艺术，还是上小学四年级时，他就把《智取威虎山》、《刘文学》、《红岩》等当年脍炙人口的文学作品中的著名篇章改编成为舞台剧本，然后他率领一帮小伙伴登台演出。他曾对我说，正是这样的发自天性的爱好，他一发不可收拾地迷上了戏剧。虽然最初改编并组织同学登台演出只是爱好的冲动，但这种冲动却滋养了他的灵魂，从而使他勤于探索、勇于实践。1966年，已是高中毕业的徐葆齐报考了北京电影学院导演系。满以为胜券在握、即将入学的他准备在艺术殿堂里驰骋一番，谁知，懵懂的梦想刚刚开始，"史无前例"的"文化大革命"便爆发了。但痴心于舞台艺术的徐葆齐，将一些同样喜欢戏剧表演的中学生组织在一起，组建了话剧队，蹦蹦跳跳地在台上穿梭着——尽管没真正的属于艺术的剧目能上演，但毕竟是"戏剧小舞台，生活大世界"。徐葆齐从中咀嚼着戏剧的特质。没多久，上边又号召"上山下乡"了。行前，哥哥徐葆耕送他一箱书籍，嘱咐他说，无论多艰苦的环境里，最可怕的饥渴是灵魂的饥渴。书是精神食粮，肚子可以饥一顿饱一顿，但如果总是让灵魂充实，你就会从逆境中挺拔地站立。

这箱书籍果然使得徐葆齐每一天都过得充实、快活。虽然每天。战天斗地，很是筋疲力尽，但他抓紧时间读书。这期间，他读了不少当时被禁的书籍。他研究戏剧。千方百计地找来有关话剧理论的书籍，如饥似渴地读起来。他了解了戏剧史，从亚里士多德这位百科全书家那里得到了启蒙，他理解并牢牢地记了《诗学》中最著名的一条原则：情绪通过恐惧与怜悯得到净化。荷马史诗、希腊悲剧、莎士比亚、莫里埃到易卜生到萧伯纳到奥尼尔以及中国本土的汤显祖、关汉卿，甚至西方的尤涅斯库的荒诞派戏剧如《犀牛》《椅子》还有《等待戈多》什么的，凡他能涉猎的都涉猎了，能研究的都研究了。自然，这时再构思并写作，可就跟没出校门时不可同日而语了。请看他当年的诗句："雷雨变汾河／一改消消波／虎啸千峰倾／狼吼几江河／我厌汾水小／热爱此生活／恋恋无离意／西天火云多"——

很有点。指点江山、激扬文字，的豪情壮志吧！他开始绞尽脑汁地构思，琢磨着文字、文章的结构、形像的塑造、气氛的烘托……终于，他第一篇作品在《山西日报》上发表了。徐葆齐立马名声大噪。赶上静乐县化肥厂在知识青年中招工，徐葆齐因写得一手好文章，被视为首选才子，进入化肥厂当上一名宣传干事。这可说是命运的一次转折。他能有更多的时间和精力在戏剧和文学的天地里驰骋了。别看静乐是个小县城，但每年的。文艺调演，都是县里的重要工作内容之一。徐葆齐抓住。调演，时机，创作出有浓郁地方色彩的话剧，年年都到省里去。汇报演出，。徐葆齐的话剧人物形像丰满、情节抓人、对白不但个性化而且生活口语化，在众多的调演剧目中很是出类拔萃，于是颇受山西省话剧界的重视。这时，一个机会出现了，南方某大军区部队文工团有意让他入伍搞话剧创作。甚至已经发了军装，谁知因故而未能通过政审关……这不能说不是一次打击。徐葆齐说，他原本生长在一个温暖的家庭。他甚至说他那时。不懂什么叫痛苦，。只是在插队后，他才品尝了生活的艰辛。"但最苦的不是物质生活，最苦的是不知道将来的前程在哪儿。"迷茫中，书籍是他最好的伴侣。他将命运的坎坷看成对自己意志的磨励。他要求自己在逆境中自觉地培育出超人的坚韧品格。

经过多年的磨励，对话剧艺术的追求与思考，使徐葆齐深信自己在话剧舞台上绝非等闲之辈。所谓"维之处囊中，其末必现"。他在博览群书的基础上，更进一步探讨艺术的本质与精髓，并孜孜以求完美的表达形式。同时，他还广为结交文艺界的朋友。著名诗人公刘、戏剧家黄宗江都很关心这个远在山西的文学青年。而当年已在北京晚报工作的著名编辑苏书洋更是他中学的语文老师。正所谓。操千曲而后晓声，观千剑而后识器，（刘勰《文心雕龙》），徐葆齐果然出手不凡，他的作品在《剧本》月刊上发表了。一天，公刘问他想上哪里？徐葆齐说，他很想进部队文工团搞专业话剧创作。很快，公刘告诉他，沈阳空军文工团正要编剧。通过一番联络、考核，徐葆齐如愿以偿。在那里，他很快推出了剧本《阴影》（与人合作）。该剧以极强的悬念、饱满的激情，描写了海外华侨强烈的爱国心，归国报效祖国的故事。此剧先后有 6 家剧团上演，在东北三省产生了相当的影响。这一切都为他扎实的艺术人生打下了坚实的基础。

伴着"四人帮"的倒台，中国步入了一个新的历史时期。个人的潜能终于有了发挥的历史机遇，生活终于不再如服饰那样充斥着单调的"制服"。戏剧舞台上也终于能抒发艺术家的心声了。徐葆齐知道，施展的舞台幕布已经拉开，该去一显身手了。他首先选择了入学深造。毕竟在插队时博览群书跟在高等学府中系统地学点东西是两码事。于是在中央戏剧学院深造了两年。毕业后，他的一切人事档案关系已经调到中国儿童剧院。他成了该院的编剧。

徐葆齐创作的高峰期到来了。

（三）

在儿艺，徐葆齐连续推出了话剧《我也是太阳》（与人合作）、《月亮草》等佳作，在儿童剧作界引起了轰动。但最轰动的是他于1990年创作的话剧《之仍子》。该剧以少年毛泽东的生活经历为题材，通过剧作家的笔触，不仅深入到个人命运之中，同时也深入到历史的命运中。在历史的发展中孕育出个人命运的发展。

所有看过该剧的人，无不为作者的宏大的艺术构思和非凡的想像力所震惊，为作品所包含的历史厚度和人性的深度所震撼。而这样的巨著，从收集资料到完稿，仅用了3个月便一气呵成。该剧公演后，一举囊括了当时的话剧所有的奖项。全国有多家话剧团上演了多达一千多场次。这在新时期的话剧演出中，用蔚为壮观来形容，似不为过。

他说，"我的创作基本上属于厚积而薄发。""艺术可以吸引人、感动人，但我要用艺术震撼人。这就是我在艺术上对自己的要求。"

似乎感到光写话剧不过瘾，他又开始涉足长篇小说的创作。用他的话说，他愿意涉猎所有的艺术领域。他总是自信满满。没多久，他的长篇小说《天尽头》问世了。他对我说，还要写下部《地尽头》，没多久，这部书要问世了！

（四）

人高马大的徐葆齐喜欢清静。于是在昌平小汤山买了一处大宅子。从此我们就电话多而见面少了。我记得很清楚，2015年春夏之交时，他来电话，欲约作曲家侯木仁和我一起聊聊天。那天，我们一起吃饭时，天南海北地聊着，看他胃口那样好，我们两个都赞他身体最棒！他哈哈笑着说"我是心底无私天地宽呀！"那天，他没有谈到又在创作长篇的事情。谁想到，看到这部书稿时，我们竟然已经天人两别了！在这部书出版之际，葆齐的太太赵平约我写个《序》。于是我有幸先睹了本书的电子版。

乔治·奥威尔说："动笔了写一本书时，我不会跟自己说：'我要写一本完美的书。'我想写它，是因为我想揭穿某种谎言，想唤起人们注意某些事实……，揭露谎言，还原真相，这在当今这种文化氛围无疑是真正的公民的一种承担。如今，"伪文化"正"润物细无声"地、无所不在祸害着中国人，难道不应当选择适当的笔触表现一番吗？于是他选择了这个视角：。我们更愿意也把这本书玩笑的说成：使人欢愉，放松、减压，排遣寂寞……让你很少大笑，但却很多微笑——一种心领神会、可以反复回味的微笑。这其中大概因为包含了一点文化，因此被人称做'幽默'"。

果然，通读《葛老头，我跟你没完》的过程中，我无时无刻不体会到，本部长篇表现的是整个中国在经历了乌托邦一般的、接续不断的。改革，后，所留在人们精神层面的坍塌和空虚，以及随之而来的巨大的沉默，以及最终导致的精神的曲扭与价值观的混乱。"好一个我们所不愿意的五彩缤纷"！徐葆齐尖锐地对这个时代发出了呐喊。而书中的各种登台亮相的人物，无不以自身的举手投足，深刻而幽默地反应出他们灵魂和肉体的挣扎——为了房子、为了名和利、为了口腹之愁……总之在这个物质主义控制人们行为模式的时代，人们生存的痛苦挣扎、心灵的脉动所引导出的种种荒唐可笑的举止，均跃然于纸上。我相信，读者们在阅读本书的过程中，一定会时不时地发出"会心的微笑"。

比如这个丁科长！他家庭物质生活似乎宽裕，婚姻生活也似乎美满，但丁科长却在寂寞无聊、空虚烦恼中，对一辈子在无聊的官场混，产生出得不偿失的失落感，于是便在网络世界里寻求精神寄托，闹出很多荒唐的笑话。但在中国人的生存逻辑中，这一切都是何等的"正常"！再比如书中的葛巴尔，随着"改革开放"的车辙，这个68岁的"四零后"，亦与时俱进，竟然斜刺里开放出"精神之花"！将成名成家发财的欲望，咬准到蒲松龄身上，要批判《聊斋志异》！这不由得让人想起当年文革中"批林批孔"，"批水浒"等等。大鸣大放大字报大辩论，的那个时代。无疑，这植根在荒唐年月的历史旧账，被所谓的作家葛巴尔借尸还魂了。他认定这个历史幽灵还会有历史和现实价值，能让他平地崛起！别不相信，更不要怀疑——他成功了！他名声大噪。金钱名誉随之而来！不用多描述和分析，光葛巴尔这个选点到成功的运作过程，究竟蕴含着多少灰色幽默，读着自会发挥想象给与完成。

在本篇中，作者还回述当年的插队生活。虽然当事人对当年。塌窑，的事儿很有。罗生门，的意味，但是对那时人们普遍存在的救死扶伤的出自本能的举动，多少还表现出人的基本道德，而如今，当年的一切却已恍如隔世。就本部长篇来说，似乎作者在说：这片土地到处都是机会！只要你昧着良心甩开膀子，不要顾及别人的言论，大胆地招呼，你就会功成名就。这种表面的光鲜其实仅是一种幽默的含蓄。也正是作者立意深邃的表现之一。

无疑，作者在这里蕴含着一种挽歌般的意识：从中国那个精神幻化的历史走来的人们，正被物质时代的精气神所控制，生活以赤裸裸的金钱和功力压倒良知和正义。物质怪物造就精神怪物，对于当今中国来说，公民意识社会也因此难以确立。而本篇所揭示的，正是通过这一群经耳濡目染了身边活生生的颠沛、诡诈的现实，却仍然自得其乐地生存在"伪文化"的泥淖中"目迷五色"，并且身不由己地听任自身的物欲肉欲之花竞相开放！一切如脱了轨的列车，只是听任加速度往山崖下横冲直撞！

应该说，在问题繁多而又大多的社会声音都在沉寂的时空里，徐葆齐这样的写作具有出众的意义。

我愿重复葆齐在自序中的一句话："我希望这是一本深刻反映社会现实的作品。"

是的，葆齐，你的愿望随着赵平女士的努力，伴随着本书的问世，已经实现了。

人物表

葛　奇：早被人忘了本名，现称葛巴尔，六十八岁，某大学出版社编辑四流作家。

赵元芬：葛巴尔夫人，六十三岁，退休护士。

葛嘟嘟：葛巴尔的女儿，大学教师，二十八岁。丁东的太太

铁大都：六十二岁，不喜出名，因此表面三流、其实水平接近一流的书画家。

罗寸馨：五十二岁，铁大都的前妻。

丁科长：本名丁克长，六十二岁，郊区文化馆退休副科长。

云淑芸：丁克长的夫人，五十五岁，文化界退休干部。

杨二栓：离北京不远的山西偏僻山区十二道沟村农民，五十八岁。

陈三车：杨二栓的老乡，外甥，四十五岁，中洋公司职工。

刘巨仁：原为南方某出版社工作人员，后下海为书商。四十岁。

李　峰：刘巨仁公司的工作人员，三十岁。

丁　东：中洋房地产公司总经理，四十二岁，丁克长的儿子。

朱金玉：女，五十几岁，金玉投资公司董事长兼总经理。

薛志清：中洋房地产公司办公室主任，三十五岁，后为葛巴尔的粉丝"

"豆腐脑"：安徽人，三十二岁，清水园小区早点铺负责人。铁大都学生，后为葛巴尔的粉丝"

"炒肝"：安徽人，外号小炒，女，二十几岁，豆腐脑老婆，后为葛巴尔的粉丝"

南　西：女，三十几岁，美国人，国际某银行工作人员。

乔慎之：六十五岁，美国归来。

吴岚岚：四十七、八岁，护士，丁科长的"网友"

目　录

徐葆齐　著

楔子

我曾经和一个哥们一起组织了一个沙龙，在那里认识了很多各种各样的朋友。有一个人令我至今难忘。

一次沙龙活动，主持人对他的介绍令我惊讶。我知道他是一个郊区县的职员。但主持人介绍是：全国著名作家。其五卷文集即将出版。

我愣了。

哥们，出文集啊。这一般我印象是郭沫若、老舍、巴金才能做的事。可这哥们，我一直以为他根本不会写文章，至少我没见过、也没听说过他写过任何文章。

的确，我内心有一点点惊讶。不过也没很在意。也许人家闷头写作、秘不外宣多年，十几本书一起发表呢。年头不同了，事情也就不同了。

我们生活在一个什么事都可能发生的时代。

吃饭时有幸和他邻座。因为也算熟，这哥们低过头来，和我说起悄悄话，内容令我颇为意外。

"老哥，你有没有废弃的稿子给我？"

我再次惊讶。以为他的文集中要发些他人作品，以借虎威。但下一句我就明白了其实不是。同时也明白了他成作家、出文集的内情。

"你给我，发在我的文集里，反正搁也是搁着……"他大概是没好意思，所以没说这四个字："算我写的。"

我内心惊讶了很长时间，差点喊出"我的妈"这三个字。原来作家居然是可以这样诞生的。

"还有另外一件事，我也绝对没想到。"铁大都悠然并有点苦笑地说："和前一个有一点点相似。"

也是在那个沙龙认识的一个人，平时见面不多。只知道他在南方一个比较大的地级市做副市长，混得应该不错。

在中国做官的人都不会很差。官本位国家嘛。倒是那些和官吏对应的知识分子，生活质量常常出奇的低。不过说这些做官的人混得不错，也只是生活上。有点文化的人内心深处也未必看得起他们，比如我和你这样的人。主要是他们文化水准一般都比较低。

这年头其实幸福指数是跟文化相关的。

但还是一次聚会，他把大伙给结结实实的震撼了。从此很难有人再敢说他没文化－他写了一部共分四本的书，已经出版－绿楼梦，，同名电视剧在拍摄中。而他本人是第一作者。同时他递给我的名片也清晰地印着：著名作家。

你知道，我是比较。牛，的人。我很少被震，但这回被震了，而且被震糊涂了－人整个蒙了，比前边一次蒙的厉害。

后来听一个跟他很好的同学说，小说署名两个人，他是第一作者。书其实全部是另一个人写的，那是个他做市长的那个市的一个专业的三级作家。他答应他去找省出版社出版，并且事成之后，他除去给三级作家双倍稿酬以外，还负责把他升为一级作家……

听说这件事时，我那天正喝的酩酊大醉－（铁大都这样说的）－头脑。忽，的一下变得非常清晰了，特别清晰－酒当时硬给吓醒了……

这件事除了被副市长把酒吓醒了外，同时参与。吓，我的还有那个即将变成一级作家的人，真的也觉得他有点可悲。

你别着急，哥们。我这里还有第三个故事。没第三个、光前两个，事情缺乏力度1

铁大都压抑我要爆发的情绪，接着说道。

以上两个都和专家是怎么样长成的有关。而第三个笑话来自另一个群体，是专家的受众，或者叫崇拜者。没有崇拜者，是不能称为专家的。而这些广大的受众，又处在一种什么样的文化状态呢－不是心态啊，心态和状态不同。

心态未必发生行动，而状态和相应行动本来就是一体。他们的状态决定了前边那些专家的危害程度。

不好意思，我也许会讲一个让你有点难过的故事，但它是真的。事情发生在我的对门。

清水园吗？我问。

当然。我发现对门住的一个女孩，每到周末，只要天气好，她都会坐在树荫长椅上读书。我好奇了，也被感动了－有一次找了个机会去和她攀谈起来。知道她是个比较名牌、又不是特别名牌的大学学生。

不大一会儿，我们有点熟悉了。

你喜欢读书？我略带惊讶地问。

是。

你的同学都喜欢读书？我觉得我这是句废话，大学生应该很少不喜欢读书。然而答案是否定的。

"他们不读书，并且－并且常常笑我，说我是书呆子，是书虫，是最傻的人！"

女孩子眼圈有一点发红。

那他们喜欢做什么呢？我有点意外，并且惊讶地问。

他们有一些是追星族，喜欢听歌，追星。女孩子回答。

这让我想起另外一件事－

一群粉丝在机场迎接他们崇拜的歌星。态度极其虔诚，热烈。

"同机还有杨振宁。"有一个旁观的人告诉他们。

稍稍有一点点文化的人都知道，杨振宁是大科学家，诺贝尔奖获得者。

但是粉丝们在一起，问的却十分奇怪："杨振宁？唱什么歌的？是台湾哪个组合的吗？"

其发问态度虔诚、热烈程度不低于对某歌星的感情。

被问者被噎的据说好长时间不住的打嗝……

我跟铁大都都是四零后，又都生活在北京，属于听侯宝林相声长大的那一拨，因此只要在一起就常常笑声不断，但那天他讲完这三个故事，我们都笑不出来，而且沉默了好一会。

前两个故事说的是两个作家的由来。其实，这其中包括了各行各业的专家。我们这个时代有太多的专家也是如此诞生。他们真的、居然没有经过任何锤炼，而就一举成名1

而最后一个故事最可怕，那些粉丝正是这种专家驰骋的沙场……

这样的专家和这样的受众坐到一起，组成了我们当今社会某些场合……

那会是一个怎样的结果呢？

"我最近在写一个和以上故事有关联的小说，并且说的都是我们这些四零后今天的生活。"我告诉铁大都。

"好啊，"他兴奋地站起来，建议道："你身上的喜剧资源很丰富，希望写成喜剧，不管以什么方式，让大家乐一乐，绝对不是坏事1"

他说的有道理。于是有了这本书。

我希望这是一本深刻反映社会现实的作品，和我们相遇的这个时代是一个多么难得的时代啊，她有太多的别的时代所没有的好笑的、滑稽的、悲哀的、痛苦的故事。好一个我们所不愿意的五彩缤纷……

但我和铁大都不这样想，我们更愿意也把这本书玩笑的说成：使人欢愉，放松、减压，排遣寂寞、并且驱赶癌细胞的作品。因为据说微笑是防治癌症最好的药。

让你很少大笑，但却很多微笑－一种心领神会、可以反复回味的微笑。这其中大概因为包含了一点文化，因此被人称做。幽默，。

不好意思的是，我把铁大都写入了本书，不仅直呼其名，并且没有很多的夸奖他。

没关系。最好把我写成坏人，再长的特别难看－因为那最可笑。而且，说真的，我有点过意不去，因为这事给您添麻烦了。，他半真半假、非常客气的这样说。

"而且我想拿你讲的三个事做我书的楔子，因为我历来不请名人作序，自己又写不出好的楔子－我也是个靠要别人的文章出文集的作家啊，真不好意思。，电话里我相信我的声音都在微笑。

"哈哈哈，毫无问题。"铁大都先是心领神会的哈哈大笑，然后还是一如既往的豪爽，。这是您看得起我，又给您添麻烦了。哪天您要是觉得不需要了，可以随时删掉。不必再通知。请代我转达出版社，也给他们添麻

如果哪天我因此成了作家，我一定请大家吃一顿不很一般的饭1——电话那边又传来我的哥们铁大都豪爽的笑声……

什么叫不很一般的饭？铁大都的话再次给我们留下悬念，我们没把握把他变成作家，但我们确实在期待着他这不很一般的饭……

第一章

巴尔真的不是一般人，日常我们总把"生出是非"看成是一种能力，总以为只有我铁大都这种人才能对某件事情打造开端，推波助澜……其实纵观古今中外的历史，您才发现这真的是一个特大的误会。别以为拿破仑有多聪明，哥伦布有多智慧，牛顿有多伟大——您看看，葛巴尔先生已经在他六十八岁之际，携带着风雨，萌生了如此奇怪而伟大的念头，可以说这是他一生最伟大、最智慧、最令人激动的"灵感"！

葛巴尔的独特，是一种绝非自觉的、充满喜剧的人生，那些不是因为表演或者装扮的结果，而是从根本上思维就与众不同，他那令人发笑的个性是与身体一起诞生的。

其实我常常觉得，认识葛巴尔先生是我一生最重要的运气和创举！

铁大都日记

三个不同的人，在同一个深夜，接到了同一个人打来的很相似的电话。而且尽管三个人的身份不同，但他们产生的疑惑却比较相近。

铁大都放下电话，转身看了看表。时间是两点零三分。

他转过头，注视着窗外，心里想到："这个葛巴尔，又要生什么是非？"

大都消瘦狭长的影子，投影在地板上。他放下手中的画笔，走到窗前，兀自睁大了诧异的眼睛。铁大都性格活泼，这是他生活中最喜欢做的三个鬼脸之一。

葛巴尔的电话来的有点奇怪。首先还不是时间上。这么晚来电话，当然几乎也是绝无仅有。虽然葛巴尔知道大都睡得比较晚，但一般人怕打扰别人大多不会选择这么晚打电话。

"地震了？没有吧？"

"没有啊。"葛巴尔那边顾不上玩笑，声音严肃的回答。

"我明白了，一定是你得了诺贝尔了，否则……"以至于刚刚接电话时，听说是葛巴尔，铁大都不禁玩笑地说。

葛巴尔是作家，原名葛奇。因为及其崇拜巴尔扎克而更名葛巴尔。久而久之，大家也就称其葛巴尔。

按照铁大都对他的评价：四流作家。虽然两个人是近五十年的交情，而且一起做过知青下过乡，甚至共患过难，但这种玩笑式的评价还是让葛巴尔愤怒了挺长时间。

"当然"铁大都笑着坚持说，并且这样解释他定义的原因："三流作家要点小名气，你好像没有。三流作家要点文人的小酸气，你也不足。所以不好意思，你只能是四流。"

"你是五流画家。"葛巴尔记得当时他曾立刻反击，没给铁大都一点喘息的机会。

"应该不对。"铁大都回答更加坦然，"我其实至今没人流。我算什么人流画家呢？"

铁大都的画有过辉煌时期，但很短暂。据说是他本人不愿意延长：

"没啥意思。人一出名就等于在社会上被定了位，会丧失你心灵完全自由的机会。这很可怕。还是隐藏一点好，快乐在隐藏之中！"

但是因此他是画家，没人有疑问，但他在社会上确实也没什么太大的影响。据说，有一次去机关食堂买饭，也证明了这一点。

"这儿只卖给那些画家、作家什么的，不卖民工！"新来的大师傅很认真地说。这使铁大都愣了好一会。

"我绝对没想到我长得如此像民工，"事后他微笑着这样对别人说。

其实，葛巴尔这次深夜来电，内容很简单，约他和另外一个同样的五十年交情的好友：丁克长——人称"丁科长"的，一起明天上午在"夜巴黎"咖啡厅见面，喝喝咖啡。聊聊天。铁大都当然答应了。

喝咖啡没什么奇怪的，因为夜巴黎咖啡五折，而且他的卡布基诺味道还可以。因此这三个已经退休的老头常常去那里聚会，悠闲一把，体会一下现代生活，也充当一回大款。并且如今社会，直接感受"五折"的，社会主义，的优越性机会不多。

但是葛巴尔深夜通知让人有点心跳，（几个人毕竟都六十多了），并且特别强调准备预定单间，更让人觉得像开非政治局会议。虽然单间只加三十块钱，但他们几乎从不这样奢侈。

显然，有事！电话里葛巴尔没说，铁大都也没盯着问。

"这老兄肯定又有什么古怪想法了。"

在铁大都看来，葛巴尔常常有很多古怪的想法。比如最常说的是关于"那条鱼"的议论。

"不管大馆子还是小馆子，都是同样的、也就是完全一样的那条鱼！只是价格不同，所以一定要去小馆子吃鱼，才不会上当，而物有所值！"葛巴尔常常以发现新大陆的口气大谈他的吃鱼论。

在铁大都看来这话当然有点迷糊。

不管怎样，铁大都决定立刻睡觉，以便明天赴约。

"也许是和房子有关的事。大概是碰上白给的房子了。"躺在床上，他这样想。

房子是葛巴尔目前的最大心病。他至今还住在三环路边上的一套五十平米的小屋里。不仅缺少阳光，而且过于狭小，这使他常年不快。换房子不是个很简单的事，至少要上百万，甚至更多才可以考虑。

而葛巴尔没有。最要命的是，大都和丁克长都已经解决，并且是一起搬进了郊区山清水秀的清水园。这对他显然刺激极大。

铁大都突然想起，前两天葛巴尔的老婆，也是过去一起插队的知青赵元芬来电话，说葛巴尔感冒住院。

"都高烧住院了，还有兴趣出来喝咖啡？不对，肯定还是要地震了！"铁大都觉得可笑，不过很快他还是睡着了。

另一个深夜接到电话的就是"丁科长"——丁克长同志。

"巴尔，没地震吧？"不愧是老哥们，玩笑都近似。

"没有。"葛巴尔照样回答的特别实在。

"吓我一跳，这怎么话儿说的！大半夜的！"丁克长多少有点不悦，因为他已经睡下。

"科长，没特别重要的事，我也不会打扰你。如果按心情来说，我应该立刻打车去找你和大都，想了想，还是电话预约明天吧……"

"没问题，没问题，你的决定是对的！你的决定是对的！"这话把丁克长又吓了一跳，他赶紧鼓励葛巴尔——这大半夜的要真打车来，还不得把清水园都吓一跳？这六十多岁的人那儿禁得起那个啊！

去夜巴黎喝咖啡——这事犯得着大半夜两点约吗？好像有多大事似的！一辈子没喝过咖啡是怎么着？听完葛巴尔的话，丁克长差点急了。

"巴尔，做事要分清轻重缓急啊，"

"科长，你是不知道我找你什么事啊，"葛巴尔那边听着像京剧叫板，好像下边就要唱起来了……

"行，我去，我去，有话明儿说。"

"一个灵感，一个特别重要的灵感，越想越重要……"那边巴尔生怕科长挂电话，自己连气都没敢喘的说道。

"再重要，也得等天亮啊，是不是？"丁克长终于还是忍不住了。

其实对丁科长来说，这"科长"两个字，可以打引号，也可以不打引号。可以不打引号是因为丁克长同志确实做过科级干部，可以打引号是因为他是副科长，从没做过正科长。但按照社会上对退休老人高叫一级的做法，叫科长也不为过，况且人家本名丁克长，已经和"丁科长"分的不是很清了。

所以，他多少有点领导派头。

"行，明天准时啊，九点。"感到科长要急了，葛巴尔连忙打住。

"没错。"放下电话，丁克长才发现约早了，离九点只有不到七个小时，这还包括起床，刷牙，上地铁，然后走到夜巴黎的时间，他已经睡不了几个小时了。

"这小子，我看还是地震了。"他一边上床一边想到，还是老朋友，结论和铁大都也分外相似。

"准是买房的事，"丁克长的老婆云舒芸——也是他们一起插队的知青，也已经被吵醒了，随口说道。

第二个接到电话的是葛巴尔的老婆赵元芬。因为时间太晚，肯定她也心跳了好一会。

"你没事吧？"虽然确定是葛巴尔的声音，她还是叮问了一句。

"我有什么事？"葛巴尔奇怪地说，"我是告诉你，明天早晨别来了，我有事出去。"

"医生会让你出去？你还发着烧！"

"没事。"说完葛巴尔立刻自管自的挂断了电话。

这时已经是深夜两点三十八分。

"但是无论如何，即使是千难万险，明天上午也要出现在'夜巴黎'！当然最好的办法，是先直接从侧门溜出去！"葛巴尔这样想。

但是，他确实没想到，跟医院请假竟然是如此困难……

"五天前的深夜，大概是一点三十分。小凉风飕飕的，你知道吗，小凉风飕飕的。而我光着上身，只穿着裤衩—那种花布短裤，一个人坐在书房里……一点没觉得冷！你明白吗？"

第二天，就是 2009 年 3 月 21 日上午，春日慵懒的阳光透过落地窗，射进市人民医院住院处的楼道里。尽管如此，楼道里依然显得有点阴暗。此刻，还在发烧的感冒病人葛巴尔正拦住值班医生强烈要求请假出去。

据保安报告，葛巴尔先生已经两次企图离开医院，都被拦回。当然，除了病情没有完全恢复还包括他的住院费还没有交齐。

"不明白，"值班的恰好是一个年轻的外科医生，他特别实在的回答，心里却在想："这三月份、三更半夜的，只穿着裤衩，还花裤衩，不觉得冷，花裤衩也是裤衩啊！这老头不是有点什么毛病？"

"因为一个灵感！最让作家激动、不会觉得冷的就是灵感！有点像——"葛巴尔深深地吸了一口气，态度严肃、目光深邃，山羊胡子向下抖动了一下，又獗起来说到："有点像你们外科医生，已经打开了病人的胸腔，才突然发现有一种全新的割法……"

"等等，等等。你说什么，一种全新的什么？"因为从来没有听到这种叫法，年轻的外科医生有点恐惧的拦住葛巴尔问道。

"怎么了？我是说一种全新的割法，难道你们外科医生不是每天都把病人的身体割开吗？"葛巴尔有点理直气壮地说。接着又十分诚恳地说道："难道我说错了吗？"

"这……"年轻的医生觉得这确实不能算说错，但又不能让他同意——听得出来，他对讨论新"割法"有点为难，因此的声音也有一点点颤抖："不过，要是一开始大家都这样叫，把动手术叫做'割法'，我肯定就不会报这个专业。您这话让我听着有点像杀猪。"

"这和最开始报专业有什么关系？"此刻葛巴尔的目光越发天真、态度更加和蔼、更加真诚而又十分不理解地说道："我只不过是一个比喻，用词比较准确，道理阐发的比较深刻而已。我是作家。"

"哦，您是作家，失敬了。"年轻医生连忙表示歉意。但他对葛巴尔的比喻仍然感到有点剩余的心跳，所以连忙解释地说，外科医生从来不会出现您的这种灵感。所有手术方案都是事先预定的！没有人会、也没有人敢临时改变。"

"不对，有才能的人相信灵感，这在各行各业都是一样的。你没觉得吗，社会有时是在灵感的催动下进步的。"葛巴尔坚持地说。

"这有可能，"年轻医生觉得老头的话好像一时不好驳斥，只好说道："问题是那一刻比较特殊，我们面对的是人命！"

"难道面对人命就可以不尊重灵感了吗！太肤浅了，"葛巴尔轻轻地摇了摇头，胡子也随之向左右划了划……

医生一时又觉得他的样子有点可爱。他突然觉得眼前这个老头长得有点像一个人——人所共知的一个广告里的一个人：今年过节不收礼，收礼只收脑白金里的那个老头。

话说到这份上，我们就必须介绍一下，眼前本书的主角作家葛巴尔先生，真名葛奇。因为从小极其敬慕、而且此生誓当巴尔扎克，因此被人称之为"葛巴尔"，久而久之，人们就忘了他真的名字——此刻，面对值班医生他正在解释自己感冒、发烧的原因，当然，话的开头稍微远了点。而且多了一点文学渲染，不过这是葛巴尔先生的习惯："传递出作家内心的情感，渲染是重要手段之一。所以一定：'小风冷飕飕的'！"

葛巴尔个儿不高，但肯定不是侏儒，因为据说侏儒身高必须低于一米四六。而葛巴尔比这高得多，他是一米六四。问题出在体重上。葛巴尔体重的数字跟侏儒身高的数字有点相似，去掉一个一米，是46，也就是46公斤。这当然不属于高大型，但也还算精干。特别是一双眼睛那真是炯炯有神。据说有一次碰到劫道的，他愣是目光如炬的把持刀歹徒吓跑！当然事后他跟谁都没说，他其实裤裆那里也湿了不小的一块。

矮、瘦都没大关系，问题在他的发型上——和伟大领袖列宁相似的发型，花白的头发，只有脑后一圈。与之搭配的是他的常常处于下滑状态的眼镜和被迫向上抬起的眼睛，以及高傲的翘着的山羊胡子。这样几个特点加在一起，就显得这位巴尔先生颇具特色了。别人对他的长相肯定评价不高，他自己也很低调：

"作家相呗，有点像巴尔扎克，谁看谁都说是！"然后他会加一句"但我个人认为距离还是比较大的。"

此刻，他眨着眼睛继续在要求请假出院。因为在他看来，催动他深夜独坐的灵感真的是太伟大了！

"您刚才说您半夜一个人、只穿着个花布短裤坐在书房里？小风还凉飕飕的？"医生已经怀疑葛巴尔的精神状况，他觉得自己只有一个办法，那就是转移话题。

"没错，我的书房不大，我感觉浑身在发热……"葛巴尔说。

"等等，发……发热？"年轻的医生心里有点脆弱，像受到意外的打击，心脏突然再次猛跳了几下，"您大概知道现在是几月份，别告诉我您不知道，那我就立刻给你转科，精神科就在前边。"

考虑到葛巴尔的年龄比较大，出于尊重，值班医生原来不想做太深的提醒，但他的眼镜片上边透出的眼光已经变得雪亮，他终于急了。

"我知道，是三月，有点倒春寒。问题是你看事物要看本质啊，比如你去饭馆要吃一条鱼——这个理论特别能说明问题——我跟我的哥们铁大都讲过不止一次，我们争论了大半辈子——铁大都是画家—他不大以为然，但我还是要告诉你，比如你去饭馆吃一条鱼……不管是红烧还是清蒸，或者是豆豉蒸的，加没加辣椒……"

"这和吃鱼、或者加没加辣椒有什么关系？"医生变得更加不解，而且头开始有点发晕。

"你听我说，肯定有关系。其实不管大馆子还是小馆子，都是同样的、也就是完全一样的那条鱼！只是价格不同，所以一定要去小馆子吃，才能不会上当，而物有所值！"葛巴尔对自己的这个比喻非常得意，他觉得问题一下子就被谈得十分清楚。恰恰因此，他的表情变得比较淡然。

"哦——"医生意味深长地说，"但是我们现在在谈您请假出去的事。病历上写得很清楚，你还没有退烧。必须继续住院打点滴！"

"所以我跟你谈吃鱼——凡事要看本质。本质就是都是"那条鱼"——当然，我说得远了点—现在我目前的本质是，我已经约了我的朋友，有十分要紧的事商量！生死之交的朋友，他们一个是科长，叫丁克长，一个是书画家—铁大都，你懂吗？我们认识快半个世纪了！最难得的我们是生死朋友，那一年窑洞塌了，我们被埋在里边，生命垂危啊，是铁大都救了我……我必须立刻出院！"葛巴尔稍微有点激动，他竭力在控制自己。

"哦……"医生皱了一下眉头，不自觉的像三十年代的话剧一样夸张地叫了一声。

"你这个人真太固执。如果你知道了我们即将讨论的话题，你就不会这样坚持了。这是一个即将引爆中国文坛的话题—他们都在夜巴黎咖啡厅等我，是我昨天半夜给他们打得电话，要是没急事，我能半夜两点给他们打电话吗？"

"您半夜两点给人打电话？"医生再次惊讶了。

"是啊，"

"约好的？"

"不是。"

"他夜班？"

"没，他不上班。"

"我明白了，他只在夜里工作。"

葛老头，我跟你没完

11

"哪有那样的人！"

"那，他……"

"在睡觉！"

"我明白了，你们的交情真的不浅。"医生意味深长地说："不过，您最好直接谈出院的事，与打点滴有关的事。"

"我和朋友讨论彻底批判《聊斋志异》！这个动议是我提出的！"其实医院走廊里空无一人，但葛巴尔依然犹如地下党接头一样，把声音压到极低。

"彻底批判《聊斋志异》？这本书我知道，写得很好啊，很多很善良的狐狸精，您怎么——"医生变得更加大惑不解。

"看看，是不是，我就知道你会这样回答，流毒甚广！你不懂—这是个全国都会轰动的大话题——"

"我知道了，"医生对葛巴尔的状况明白了更多，他沉吟了一下说到："我确实不太关心你的命是谁救的。或者你几点约的谁。另外，打点滴和认识多久、是不是科长、或者书画家没关系！顺便说一句，我老婆是处长。，医生微笑着说完，转身就走了。他已经决定，把老爷子的新症状立刻向主任汇报。

"没错，是没多大关系。但是你真的不懂事物的本质！"葛巴尔无奈地叹了一口气，又自言自语地说："年轻人真不懂事，过不了多久，你就会知道我的厉害。我会在全国放一炮给你看！"

确实，医生学的不是文学专业，尤其不是古典文学专业，当然不懂。

《聊斋志异》一直被认为是中国古典小说最为灿烂的文化遗产之一，毫无疑问，谁如果有能力彻底批判，确实会轰动全国。

不幸的是巴尔先生从获得灵感的第二天他便开始发烧，最后住了五天医院。但这五天当中，他没退烧，也不可能退烧。因为他始终处在一种兴奋之中。一种不断完善自己，灵感，的兴奋之中，这就使他不断进人更深层的兴奋之中……他的体温从人院时的38度3，上升到39度3，他相信这一度不仅仅是感冒细菌催起来的，更多的应该是他自己的努力。

六十八岁的葛巴尔如此折腾，完全不能怪他。除去作家的正义感以外，还因为他的生活实实在在的被几件事困扰。相反，这件事如果做好了，也许会改变他一生的命运，会一下跳几个台阶，从四流作家而成为全国一流的著名作家！肯定比不了巴尔扎克，但也许在这个时代巴尔扎克也只能是这样一个结果，再或者说这个结果就已经是巴尔扎克了。

同时，这个，灵感，这还直接关系到他晚年的全部生活质量、面子、乃至人格。具体说，眼前的买房、买车的想法的实现，都在这一博之中，这一博对我们的巴尔先生是太至关重要了……

"走在小区里，蚂蚱、螳螂、青蛙经常在身边蹦来蹦去，麻雀的喊喙声就甭说了，而蛐蛐的叫声更是夜夜催眠……小区外是自然风光，小区内是现代生活，"

每当铁大都说到这儿的时候，葛巴尔就显得分外尴尬。

"老葛，你这也得快点，清水园剩的房可不多了，好好计划计划，什么时候搬过来？"丁科长也不止一次关心地问道。

虽然丁克长的房子是儿子买的，但这种关心依然让葛巴尔无言以对。

可是丁科长的关心也不是老那么靠谱，有时候就惜显的着三不着两。

"已经不大习惯了，四十多平方米的房子进去好像鸽子笼，往哪边走都撞墙。"丁科长脑子有点慢，有一回他坐在葛巴尔家中，实实在在的这样说，说完了才发现坐在旁边的葛巴尔有点运气，也才想起葛巴尔家就是四十几平方米。

丁科长赶快解释说："老葛，我可不是说你家。"

"肯定不是，"铁大都在一边挤着眼笑着出来圆场，但这场却越圆葛巴尔的火更大，"你家其实不小，主要是书多，到处都是书，结果搞得客人转不过身来。"

还是说我家小呗，葛巴尔觉得肚子里的"气"更大了一点。

"说我家也没关系，本来我家就四十多平米。"看得出来葛巴尔希望做出一副坦然的样子，然而没有成功—气喘得明显不匀，甚至山羊胡子也有一点点向上獗，这是他不快时的表现……

买房是葛巴尔唯此唯大的事，他当然时刻挂在心中。每次他去铁大都或丁科长家里离开的时候，他都会悄悄拐进清水园售楼处，他不想让科长或者大都知道他的这种心情—葛巴尔有自己的自尊心。

那天，葛巴尔费了挺大的劲才没和丁克长吵起来。

他完全没有想到，机会就这样简单的来了。简直是不期而至，猝不及防！无论如何，他不能放过这一闪念似的机会！

他决定不再按程序请假，干脆自己爬过后门的栏杆溜出医院……

25分钟以后，雄心勃勃的葛巴尔虽然肩上满是尘土，像个架子工，但他确实已经出现在去，夜巴黎，的5号地铁站里。

这一天，是2009年3月21日，天气多云转晴。

第二章

人生无常，意外的事时有发生。

上天才知道，在夜巴黎我居然看到我在梦中不止一次梦到的老朋友——十二道沟的杨二栓。后来见面我才突然想起，那感觉朦朦胧胧，让我觉得仿佛是个轮回。已经三十多年没见了的杨二栓，竟然那一天来到了北京，而且来到了"夜巴黎"。而后一些天，恰恰正是我们一起发生事情最多的一段日子。我们确实需要他——这样一个携带着我们的过去的人、来参与并见证我们的现在。这无论如何是一种机缘巧合。

其实现实和历史的混合，才更见得生活的本质。

摘自：铁大都博客

徐葆齐 著

就在丁克长和铁大都刚在"夜巴黎"坐下来、埋怨葛巴尔迟到的那一刻，在离"夜巴黎"不远的北京火车西客站，我们书中另一个非常重要的人物，一个也是老头，住在离北京七、八百公里的十二道沟村的老头，养猪专业户杨二栓正意外的走下火车。

杨二栓此生第一次、就这样毫无任何准备的来到了伟大祖国首都北京，这是他做梦都没想过的事……

不错，村里人都知道，杨二栓在十二道沟确实是比较"牛"！

杨二栓有三个本事让他足以自信：

一是家传的"看"雨。只要天一阴，二栓瞄上几眼，就能说出今天下不下雨、或者几点下雨，或者过几天下雨，结论常常八九不离十。

"这个不假，从那狗的爹就好这。"村里老人如是说。

其次是喂猪，十二道沟还没人喂猪、杀猪能比上杨二栓。猪喂得肥而且多。特别是最近，他特别牛，据说有了秘不外传的关于喂猪的伟大科学发明！

"厉害、厉害，"县杂志来访，记者问起，二栓皱着眉头，不住地摇脑袋，感慨万分地说。

"甚发明啊？给俺公布公布？"

"公布？哪个科学能随便公布？再说了，商业社会，都随便公布了，俺吃啥去？"

"甭理这狗的，除了喂猪还能干啥？科学啥？他能懂啥科学？"村里的老人这样说。

但不尽然，几天后县杂志还是以"怀揣秘方——记老帅哥杨二栓"为题发表了纪实文章。

第三件让二栓牛的事特别重要——那就是一九七一年村里窑塌，那可是百年不遇的事。更何况窑下埋了三个北京来的下乡知青！而二栓是少有的几个目睹、参与抢救者之一！

"第一个，肯定是第一个跑过去的。第一眼当然是俺看的，看得最清楚、也最明白了！"

到今天为止，谁也别问塌窑的事，只要有人问，杨二栓就来了精神，他会豆眼圆睁，腮帮子一抖一抖的侃侃而谈，有时唾沫星子还喷出老远，有几回甚至喷了年轻人的一脸—后来谁去听他说这事，都主动拉开距离——也难怪，这事百年不遇啊。常遇就麻烦了——十二道沟的人早就都没了！因此这事是杨二栓一辈子经历的最惊险的事了。有点像北京人经历毛泽东去世、或者唐山人经历唐山地震一样。

"悬！差点出人命啊—俺可是亲眼看着哩！压在窑里的可都不是一般人，是三个北京来的下乡知青！"

村里几个平日好捣蛋的年轻人，除了喜欢看他说这段事的表情以外，还为了要笑这个二栓叔。

因为每次听他讲完之后，年轻人都会悄悄地去找那些也经历过这场灾难的老人们核对。核对的结果每次和每次都有出人。于是，二栓那吹牛和吹牛的神态结合在一起，给在农村生活单调的年轻人带来了少有的快乐。

对杨二栓来说却不同，有人来问就给了他显示价值的机会，和人生的的价值。

"那天俺正在河里捞猪呢！接连十几天的鞭杆子大雨刚停，河里的水像雷一样吼叫着从上边冲下来。白花花的浪花里漂着有树、有房梁、还有不知谁家破桌子、板凳……这会儿，俺看见了一只白白的肚皮朝天、还在水里挣扎的东西漂下来，俺敢肯定那是头猪！俺当时没忍住啊。"二栓眉头紧皱，那遗憾劲大了，仿佛猪已经再一次来到他眼前，"俺是一猛子扎下去，现在想起来可真够悬的，那不留神，就让河水冲走了！哪还能坐在这儿跟你们闲拍打？不过实话实说，俺确实是为自己，心里想是好猪就赚了，是病猪，就再扔回去！还能咋了？"

"二栓叔，你不是讲塌窑的事吗？"半天"窑"还没塌，年轻人有点急了。

"急啥？凡事有头有尾，你要急俺可不讲了。"每到这会，杨二栓"牛"一把，接着不等人哀求——他怕拿过了劲儿，听的人真的走了——立刻接着往下说："这时就听见有人喊，窑塌了，来人啊，俺立刻就明白了……"

然而也经历过这件事的老人却这样说：

"那天二栓那狗的确实在汾河边不假。但不在河滩地——整个十二道沟有谁敢发大水的时候下河滩啊！估计那狗日的是想捞猪卖钱，又没那胆下去，正看着河里的猪咽吐沫、急得乱转呢——就这会儿村里有人喊叫：来人啊，窑塌了！快来啊，窑塌了！

往下这狗日的确实没胡说，他是立刻向村里跑。因为他清楚只要是塌窑，肯定就是他家那眼窑塌了，他还知道那窑里住的是三个北京来的下乡知青！要是真死了人，公社肯定要追问！说不定他得下大狱呢，所以他跑得比谁都快！"

接下来的事，二栓是这样讲的，讲到这里的时候，不知为什么，他两眼发着红、气儿有点跟不上说：

"窑洞门前可乱得厉害，村里不少人跑来救人。我没敢犹豫，立刻抢过不知谁的铁锹，发疯似的挖！窑的前半边塌了……"

而年轻人再去与老人核对，老人却继续更正的说：

"二栓确实哭得个歪歪的，满脸眼泪。那眼泪一半是感情，他和下乡知青整得不错，这是真的。可另一半是吓得！他怕死了知青让他家负责，万一要蹲大狱呢—那狗的天生胆小……"

二栓却不承认，他惟妙惟肖的压低了声音：

"第一个被挖出来的是铁大都，他也抢了把锹，和俺一起不要命的挖、也哭得个歪歪的。那人喜欢画画，现在可是大画家，上过天安门的！（杨二栓不懂，铁大都是花三十块钱一张票上的天安门）前些天还上电视了呢——俺还斜眼看到，那个下乡女知青云淑芸也在一边哭的个昏天地黑……俺立刻就明白了，里边的肯定是丁克长和葛巴尔了。因为云淑芸那时正在和丁克长谈恋爱，两人经常扎在场院草垛子里，不知道干什么……

就在这时，有人像被杀的猪挨第一刀似得大叫起来——在场的人都吓傻了，那嗓音细细的肯定是葛巴尔，知道出什么事了吗"

徐葆齐 著

一般到这儿，他都会卖个关子。

"不知道。"赶上那天听历史的年轻人都是第一次，当然不知道，于是齐刷刷地回答。

"那我先上趟茅楼，"二栓说着站起身就走，当然立刻被听众拦住，并被点了烟，他才继续说下去："——是铁大都忙乱中一铁锹正好铲到了葛巴尔的腰上……

葛巴尔这狗的命不好，那天他正好从外边回来，第一脚刚迈进窑洞，另一只脚还在门外，窑就塌了，那窑好像是商量好的，专为他塌的！所以他正好埋在了靠大门口的地方—才被铁大都一锹铲了腰。听说回城里三十多年了，一阴天葛巴尔还对铁大都没好气：你是救了俺，可你倒是小点劲啊。"

当然事后葛巴尔说的更多的是另外一句话："我要是晚两、三秒迈腿，或者早两、三秒往进迈……"

当然，对于已经发生过的事来说，假设是毫无意义的。遗憾的是葛巴尔确实是准时往前迈的腿，窑洞也是准时塌的……

"你们懂什么？这都是命！"二栓每次讲完都像刚刚又经历了一遍一样，最终定格在一脸深沉的表情上。

而事情没完，因为再去问那些"老人"，"老人"却再度爆出猛料：

"那一铁锹哪是铁大都？是二栓铲的！他狗的不敢承认！他怕政府追究责任，人家铁大都不跟他争就是了。就为这，他至今不敢进北京去找那几个人。说起来他和那几个人是特别好的关系！"

老人这几句话是最让，听众，过瘾的了。

只有另一个被埋的丁克长的情况老人说的和二栓没大区别：

丁克长是这三个人的负责人，按他自己说的—

"那天我正在窑洞的炕上看两报一刊社论，幸亏我在看社论，铁大都在挨着窗户晒太阳……丁克长洋洋得意、又特别郑重地说：窑洞里太黑，我只好借点光—也就是靠近了铁大都，窗户掉下来，正好卡在我的头上，像犯人带了个枷，真是吓坏了，半天都没缓过劲来，铁大都在一边也迷糊了，都不知自己活着还是死了—其实没砸着！而且大都第一，我第二很快就被挖出来了！呵呵……"

所以过后，人家县里都喊他"丁社论"……"

"瞎说！"二栓听了年轻人转达老人的话，立刻以特俱权威的口气说："早就没人叫'丁社论'了，后来人家克长提了副科长——而他们科又没有正科长，所以大家都顺劲喊他丁科长！哪有谁还喊他'丁社论'！"

葛老头，我跟你没完

"还有一件有意思的事，就在云淑芸哭得最凶，而也没人知道里边人的情况的关键时刻——里边突然唱起，'走西口'……"

　　大家一下都傻了。不过大家立刻都明白了一人没死，丁克长在告诉大家呢。

　　当然，有一个消息只有我知道：那歌声是人家丁克长听到云淑芸哭、特地唱给云淑芸的。

　　当然二栓说得算是后话。

　　一转眼，谁都没想到，大半个人生——窑塌以后的三十九年竟然，嗖，的一下——就像窑洞塌时，轰，的一声一样，擦肩而过了！

　　三十九年后，历史竟然玩笑的开创了一个新的交汇点。

　　到了北京的杨二栓在火车到站的汽笛声中、看着人来人往的人群想到："大都他们这会儿都在干啥呢？"

徐葆齐　著

第三章

"第一是宜扬鬼怪的存在，这实际是宜传了封建迷信。世界上根本没有鬼怪，但是在蒲松龄的笔下几乎家家户户都碰到狐狸精，而且竟然人狐相交，互相倾诉！这不是纯粹是胡说八道吗？

这无疑会把青少年引向歧途。事实上有不少少年读罢《聊斋志异》，会心中恐惧，不敢走夜路。即使走夜路也不敢回头，深夜更不敢一人独处。尤其是家中只有一人，而一阵寒风吹灭蜡烛的时候……

巴尔先生的神奇观点

巴尔先生，要注意你发表意见的环境，下面请你听的是个真实的事，"谈到网民，铁大都就顺势开始比较缓和地发表自己的意见，"有这样一个笑话：一群某歌星的粉丝拿着鲜花，在机场热烈的等着迎接某歌星的到来，这时有人告诉他们：'同机来的还有杨振宁，'你知道粉丝们怎样回答吗？"

葛巴尔摇了摇头。

"杨振宁？唱什么歌的？"铁大都模仿着粉丝们，故意作出一脸因惑的样子说道。

"现在不知怎么了，百货公司套着饭馆，饭馆套着百货公司，搁一块像碉堡群！过去开馆子的尽量把自己露在街面上，现在都把自己藏起来，这是怎么档子事啊？"丁克长同志的眼神肯定是有点不济了。眼下，他已经是第三次上楼后一转弯就把对面的一个模特当成了真人，差点上去握手了，这使他心中微微有点不悦。

"是不是已经是第三次差点跟模特问好了？"走在一边的铁大都微笑地说。到底是老朋友，铁大都不用问就知道丁克长为什么说这番话，并且早就帮他记着伸手的次数了。

"一次！"出于当过领导的自尊心，也因为无法查对，丁克长强调地说，

"可不是嘛，这'夜巴黎'要是开在街面上，能这么没人气吗？"

"那也不是，这饭馆开在碉堡群里，人家是专供来买东西和卖东西的人吃的。所以不算隐蔽。"

"得了吧，要是开在街面上，肯定不会折扣这么深，饮料还随便喝！"

"那是因为它的饭菜就只值这个钱！就这，它的利润也要百分之十。"铁大都的口气截然而刻薄地说。

"真的？"丁克长瞪大了眼睛，惊讶问到。

"那是。你以为呢？做了生意，再讲良心就多少有点难了。"铁大都微笑地说道，"比如，你知道他进的什么料吗？你知道他用的什么油吗？你知道……"

"别说了。因为你也不知道。"丁克长连忙拦住铁大都。

"你怎么知道，我不知道？"

"你要真知道，就更别说了！"丁克长坚决地说，"你要真知道，说了，一会还吃吗？"

铁大都笑了。

"你这张嘴，不该叫你铁大都，应该叫你铁齿钢牙！"

"那倒不是，生意人挣钱是应该的，当然，最好是挣得明白，我是受不了虚假、欺骗而已。"铁大都微笑地说。

"在这年头，那你可够受罪的。"

说着两个人登上台阶——"夜巴黎"到了。

丁克长在喝第四杯咖啡。因为他在减肥，早晨空肚三杯咖啡是目前最流行的减肥办法。但是喝这三杯咖啡的最佳时间应该是一起床，实话说，丁克长确实是忍着饿、冒着百分之十低血糖的可能，经过了地铁的嘈杂到"夜巴黎"才如此放开喝的。

而有钱人就是不一样。又高、又黑、又瘦的画家铁大都只是倒了半杯花茶，一边微笑着和丁克长谈话一边慢慢地喝着。人家铁大都是吃过早餐来的。

"老葛怎么还没来？我就知道他来不了。人可以迟到，但不能回回迟到。"丁克长刚才差点和模特握手的气还没消。

铁大都微笑了一下没吭气。

"啊，冰棍儿！"铁大都远远的就招呼葛巴尔。

"冰棍，冰棍，"葛巴尔举着手回应。

"冰棍，"是这兄弟三人见面的暗号，也是最激动时会不约而同一起喊出的。出处源自他们少年时代鼓楼一个卖冰棍儿老太太的吆呼声。

徐葆齐 著

那声吆呼声十分独特，常常吓人一跳。她在冰棍儿前加一个，"啊，"变成：啊——冰棍儿！"啊"的又特别突然而急促，咬的特别狠，因此常让走在旁边的行人吓一跳，足以显示着急卖的迫切心理。从而也显示了老北京人吆喝的风格，十分独特。

铁大都被吓了两次后，特地介绍给葛巴尔和丁克长。于是三人几次同去欣赏——不买冰棍只听吆喝。

后来就模仿，后来几十年来，他们见面为表达高兴的心情，都互相、或同时吆喝一下，以示快乐。久而久之，有时就简化为"冰棍儿"。

因此，铁大都远远的就开始了："冰棍儿！"，而葛巴尔也给予回应。

说着，葛巴尔来到桌前。

"这地铁太好了，确实方便了许多，就是不知怎么了，只要我往车上一站，周围坐着的年轻人就立刻都闭眼入静了！"葛巴尔一边拉开椅子坐下，一边笑呵呵的发着牢骚说。

"没错，越是有老人站在他对面，这静人的越深！时间还长，不下车时绝不收功。"铁大都也笑着说。

"可一出门就不一样了，没一个信佛的，都是不坐下不信佛。"

看来三个人牢骚特能发到一块，丁科长脸上肌肉不断上升、下降，他一边给葛巴尔倒茶，一边也笑呵呵地说。

"你这么快就出院了？"丁科长关心地问道。

"没有，还应该再住两天，还要打点滴。我实在等不急了""怎么搞得？"铁大都也随口问到。

"激动——半夜里没穿衣服，在书房里坐了几个小时……"葛巴尔话里带着一点点得意，六十八岁了还一个人在深夜只穿着花布裤衩琢磨提纲，他觉得自己真的太"作家"了。

"哇，厉害，作家葛巴尔半夜里没穿衣服就起床了，然后五点给我打电话，我真以为天要塌呢！"铁大都调侃的说道。

"没办法，被一个想法激动了，实在太激动了！"

"一定又是一个很深刻的想法。"铁大都调侃地说道。

"大都，你总是说我不够深刻，这个想法我觉得非常深刻！我再举一个你不同意的例子啊，你要吃一条鱼，大馆子是那条鱼，小馆子也是那条鱼。如果你看到了事物本质……，葛巴尔有点生气地说。

"老葛，能不能把您关于'那条鱼'的理论先搁一搁……"铁大都继续微笑着说。

"我只是举个例子，来说明看事物要一下抓住本质！"葛巴尔说。

"问题是你说的一点都不本质，"铁大都反对'那条鱼'的说法是蓄谋已久的。

"怎么不本质了？你去大馆子还是小馆子，你是生吃，还是豉汁蒸，或者红烧，都是'那条鱼'，不对吗……"

"'那条鱼'的事就先别说了。"丁科长抬起手制止住铁大都说道："先让巴尔说说为什么召集我们来？说说那个让他着凉的'灵感'。这可是正经事。"从半夜就被吊起胃口的丁克长着急地说。

"不行，"葛巴尔一副捍卫真理的样子，对着铁大都说道，"你承认不承认，大馆子和小馆子里都是'那条鱼'。"

"老葛，就先别说'那条鱼'了。呆会再干起来。"丁科长再次用一只手势压住铁大都，继续对葛巴尔说道。

"我只是举个例子，来说明我下面的那个想法，所以才说到'那条鱼'，我不知道我的说法有什么错误，难道大饭店和小饭馆里不都是'那条鱼'吗？"

"老葛……"丁科长也不知道该说什么好了，"我给你们俩劝架劝了快四十年了……"

"既然说到这里，咱们干脆就把'那条鱼'说清楚，这没什么不好。"铁大都说完喝了一口卡布基诺，然后微笑着说道："老葛，大饭店和小饭馆里的'鱼'不都是'那条鱼'，最终吃到你嘴里的'鱼'有六个不同，你听我慢慢道来。"

"你说，"葛巴尔转过头对丁克长说："让他说，真理越辩越明！"

"大饭店和小饭馆还真不一定都是'那'条鱼。首先因为他们的进货渠道不同，所以就可能鱼的新鲜、健康程度不同。"

"不对，现在的小饭馆也很有质量，越来越规范。"葛巴尔立刻反驳到。

"你听我说，"铁大都制止住葛巴尔，继续侃侃而谈："即使新鲜程度完全相同，他也还有以下五点不同。大饭店和小饭馆的卫生条件不同，这就决定了对你的健康影响不同。其次，是大师傅的手艺水平不同，这就导致了味道不同。第三点是吃饭环境不同，这可以直接影响进餐的心情。比如，你面对大街，或者面对大山，甚至面对大海，边吃边聊边看风景，和在三十平方米的嘈杂环境吃饭，你吃鱼的心情肯定不同。最后就是服务水平了，服务热情周到，和把你撂在那儿就没人管了，怎么叫都没人理了，那肯定不一样。"

"这个问题根本不存在！我最近去的几个小饭馆都很热情！再说小饭

馆的条件也在改善。另外……"葛巴尔尖锐的插话。

"你让我说完好吗？"铁大都也要急了，"最后一点虽然不是经常发生，但是很重要，那就是你一旦吃坏了肚子，两家的赔偿完全不同。小饭馆很可能根本没有能力赔偿！这怎么能说都是'那条鱼'呢？"

"你这话没有任何一条是值得一驳的道理，我的话只是表达的更简化，更直接，更接近本质而已！这么多年，谁碰到赔偿问题了……"

铁大都一番话，让丁科长感到很有道理。但他没表态，因为他看出葛巴尔觉得有点自尊心受挫，所以在辩解，当然他的辩解有些无力。

"行了，行了，老葛今天约咱们来，是来听让他'着凉'、'发烧'的那'灵感'的，大都，你就少说两句，哪有那么多话呀？驳斥你很容易，不过那是以后的事。"丁科长站出来调解地说，并捎带着支持了一下弱者。

"老葛，别生气呀，要不是你认真我也不会说那么多话，你也知道我是 AB 型血，特别喜欢较真。好了，下面我们洗耳恭听你的想法。都让你'着凉'了。那一定又是个非常伟大、激动人心的想法！"

其实铁大都也只是想让葛巴尔清楚他的想法是不对的，没有别的意思。因此，此刻他也连忙笑呵呵的、开着玩笑的假装承认了点错误，把局面调整的轻松起来。

三个人一起笑了，毕竟是多年的好朋友，互相熟悉对方的性格，因此往往谈笑之间，都有很多理解、让步和担待。

"你总是伶牙俐齿，不让别人讲话。"葛巴尔笑着说。

"不是，'那条鱼'的事，你说了好多次了，我一直没认真。"铁大都笑着并且催促地说："老葛，'着凉'，'着凉'，该你说'着凉'了。"

提起"着凉"，葛巴尔的情绪立刻彻底转换过来，像发现新大陆似的有点激动。他端起一杯茶，一口喝掉。他的神情和动作使得丁科长和铁大都都倍感即将发言的非同寻常！像是葛巴尔不是要讲让他"着凉"的"灵感"，而是要传达政治局会议讲话，真正的政治局会议。

这当然使他们的神情在一瞬间不由自主的一起庄严起来……

但葛巴尔说完，事情出乎意料。

丁克长虽然不愿说"老了"，只说"大了"，但他确实老了。

说完灵感的葛巴尔，准备迎来两个人的雀跃欢呼，支持表扬！但丁克长的反应不是。

"你说什么？可不可以再说一遍？"

铁大都看明白了，在葛巴尔激动讲述时，丁克长科长虽然没睡着，但至少走了几次神儿，所以葛巴尔说什么，他没听太明白。

"这——"葛巴尔像刚一起跑，就撞在了墙上了一样，半天缓不过劲来。

"没事，没事。"这回轮上大都调节了，他微笑地说："巴尔，再说一次就是了，我也就势再听听。"

"我昨晚上学上网，睡得晚了。好办，我再来杯咖啡！"丁克长要了咖啡，眨着眼睛，打起了精神。

葛巴尔缓了大概两分多钟，才再次打起精神，又开始兴致勃勃地讲述……

在葛巴尔继续讲述的时候，已经听明白了的铁大都却开了个小差。他注意到，门口进来两个人，一个中年人，而真正引起注意的是另一个人，一个完全农民衣着的人。他大概五十多岁，走进来显得非常陌生。

"完了，又是个没料到，农民居然都进咖啡厅喝咖啡了，这咖啡非涨价不可！全国有近十亿农民啊！都喝了咖啡，尤其要养成习惯，那咖啡得长多少钱啊！"

他玩笑而惊讶地想到。而令他更加惊讶的是，农民转过头来，远远的他竟然觉得他认识这个人！

"不可能，"铁大都差点站起来，但他没有，因为他想："我绝不认识一个农民，而且是能在北京、还进夜巴黎的农民！"

他毫不犹豫地否定了这个在他看来很可笑的感觉……

第四章

终于，葛巴尔保持着感染人的情绪，嗓子都干了，终于第二次把，灵感，说完，然后他更加期望的看着丁克长，内心生怕他再次说："没太明白，再说一遍吧！"

如果丁克长真的这么说，葛巴尔可就真的要崩溃了！

"您说什么都行，就别说这个。"葛巴尔想。

丁克长当然没说"再来一遍。"，但话也不很中听：

"大都，我们是不是立刻把他送回医院？老葛病确实没好，还在发烧！"

丁科长控制不住的睡意，但仍仔细地听完，然后他摘下眼镜，用餐巾纸擦了擦眼角，转头对铁大都玩笑的说道。

而铁大都也微笑了一下算作回答。

"科长，你听我说，"葛巴尔说的口干舌燥，刚刚端起茶杯要喝茶，听到丁科长的话，他连忙放下茶杯十分严肃的说道：

"科长，我就是要写一本书，彻底否定《聊斋志异》，推翻前人的一切评价，告诉社会这其实是一本宣传封建迷信、宣扬自私自利的人生观，毒害青少年的坏书！必须予以清算，让读者、尤其是青少年读者彻底看清这本书的本质！"

"又是'那条鱼'来了！"铁大都玩笑的接着说。

"科长——"葛巴尔不满地瞪了铁大都一眼继续他的阐述："我不能只是介绍这本书，帮助读者理解这本书。那就等于在顺从前人的观点，继续毒害社会！再说，我已经快七十岁了，不能再干那种往沙漠里扔一粒沙子的事情。我必须把一个人们都认为是'绿瘦'的东西，大喝一声，告诉人们：其实它是'红肥'啊！"

"你说什么？"丁克长不解地问道。

"就是说要振聋发聩，要恫吓一声——你们全错了！这么多年你们认为是绿的、瘦的东西，其实是红的、肥的啊！"铁大都帮葛巴尔解释、并且假作和葛巴尔一头、严肃地道："只有这样，才能引起社会轩然大波，在图书市场上做到独树一帜，随之书才可能畅销！"

"没错！还是大都理解我。"葛巴尔瞪着眼睛说到，他那翘起来花白的胡须，随着他的情绪抖动着、声音自然高了八度。但他四周巡视了一番，又突然降下十六度，低声、以特别强调的口气说：

"注意，这个创意是我单独占有的！请二位特别注意，书出来之前，千万要注意保密！谁露了题，我可跟谁急！"

葛巴尔在说这话的时候，他那充满强调的语气和同时做出的略带凶恶的表情，使丁科长和铁大都再次感觉事情的严重性。丁科长左胳膊甚至不由自主的抖动了一下。

"有这么严重？"胳膊虽然抖动了，那是被葛巴尔突如其来的凶恶的表情吓的，其实丁科长没有完全反应过来，他不解地看着葛巴尔，并随手用手捋了两下头上不多的白发，白胖的脸上异常庄重的说道。

"当然是。现在出版社凡事可能'打响'的书，保密工作都做的十分严密。"葛巴尔严肃地说。

"那主要是防止盗版。"铁大都在一旁说道。

"没错。那些畅销书作家，在写什么是谁也不知道的事。所以请二位一定要严重注意！"葛巴尔一脸严肃仿佛这不是一本书，而是高考试题，泄了题就等于要了他的命一样。

丁科长到这时才彻底反应过来，明白了葛巴尔的意思。

他被震惊了！突然他没留神一抬手把茶杯碰倒了，滚烫的茶水流了一桌……这种突发事件把葛巴尔也吓了一跳，他立刻想：

"这本书对人的震撼力由此已经可以看出了，或者说结论似乎有了！丁克长同志都吓成这份上了，看来引起广泛影响是肯定的！"

丁科长顾不上扶起茶杯，两眼依然是直直的、话显得不太利落的说："你，你……你说什么？你要否定前人对《聊斋志异》的评价？"

"不是否定，是颠覆，彻底颠覆！"葛巴尔强调地说。

丁科长连扶了两次才把茶杯扶起来，还轮着手发出呻吟声—把手烫了，过了好一会儿才说道："让我想想，让我想想。"

葛巴尔真的开始有些越来越得意了，已经有了十几天，但真正对别人披露这个想法还是第一次。急于与丁科长和铁大都研究这个让他"着凉"的"灵感"，主要是希望在他们面前检验一下这个想法的力度，看来，结论已经彻底落地了。

这时丁科长转头对铁大都说："你看呢？"

徐葆齐 著

"你是科长，水平比我们高，当然是你先说！"铁大都倒没有其他反应，只是微笑着说道。

"我明白了，我明白了！好，好！这个选题肯定会引起轩然大波！像在图书市场上投放了一颗炸弹！我说一个不很恰当的比喻啊——自有人类以来，人们就公认屎是臭的，你突然说屎其实是香的，这就没人能不注意！"丁科长好像突然找到了感觉，他侃侃的说道。

"这……"由于比喻过于蹩脚，葛巴尔也一时有点跟不上。铁大都则不禁哈哈大笑起来。

"怎么，我说的不对吗？"丁克长也不知所措了。

"有点过，但意思到了。没错，"铁大都指着刚刚扶起的茶杯笑着说道："这不是已经轩然大波了吗！"

"当然！因为是从根本上颠覆，所以在图书市场、在网络上，同时主要在年轻人的心目中必然引起震动，产生强烈反响。你们想想，几百年，人们都说这是个'瘦绿'，但是我现在要说它其实是'肥红'啊！这样说的结果肯定是人就得把书买来看看！"葛巴尔不由自主地把得意挂在了脸上。

丁科长也微笑着点点头说道，"如果真的是这样，那确实是有点意思。很有点意思，非常有点意思。这完全符合我们以前所研究归纳的炒作的要素！这个'点'抓的很好！"

丁科长之所以常年被人称为"丁科长"，与他的讲话习惯有直接关系。他是个副科长，但讲话习惯不亚于副部长，还有人说有点像某副总理。

在讲话之前，他都要先拉一个长音，比如："呃——"，然后再讲话。第二，就是讲话当中目前流行的政治词汇密度比较大。第三，不管在什么场合，他的谈话永远是指导性的、亲切的并且中庸的。

他从来表现含蓄，不说绝对，不走极端。你就说眼下这句话吧，"有意思，不说有意思，说"有点意思"似乎评价不高。但后边跟上来的却是"很有点意思"，以至于"非常有点意思"！都"非常"了，但还是那"点"——也就是不大的"意思"。这个态表的非常含蓄，可以说进可攻、退可守。也正是因为他习惯运用这种谈话方式，多年被上下级看为"很有水平"。其实这是工作中养成的习惯，虽然现在已经退休，但习惯却很难退休。

其实，丁科长退休前不过是个副科长，但他本名叫丁克长。这就使你不能喊他"丁副科长"，而要喊他"丁科长"——当然，有的人很早就喊他丁科长，但那是有点"高叫"的意思。

"高叫"是现在社会上一部分人当中流行的一种做法，即称呼的时候比你实际职务高叫一级，尤其是对那些副职去掉"副"字，即表现客气同时也促进了交往的相对和谐。

"别这样叫，影响不好，我是副科长！"开始的时候，丁科长都会将一下头上的白发，严肃的纠正，久而久之也就心情愉快的"顺其自然"了。

"也好，等提正科长以后省得大家改口了。"他这样想。

"叫科长也对，早晚得是科长！"几乎天下没有铁大都认为不可以调侃的事，调侃是铁大都的谈话方式。他曾经笑呵呵的带点嘲弄的对丁科长说。

"唉——"逢到这时，丁科长便长叹一声，仿佛吃了很大亏或及其无奈的感觉，不再解释。

"很好，非常意外！看来老葛这次的选题是精心策划的！"

丁科长终于完全想明白了，他有点兴奋地挥动着右手，摘词择句、声音洪亮有点像做报告的样子说："我们说过多次，炒作是一种时尚，是一种包含智慧的时尚，我们同样也应该拿来我用。我们要跟上时代……"

这时铁大都突然做了一个篮球裁判暂停的手势，并且把头向丁科长凑过去，丁科长也连忙把头凑向铁大都，俯在他的耳朵上，铁大都夸张的小声说道："小声点，这是咖啡厅。"

这时，丁科长才发现四周已经有一些目光开始注意他。他连忙放低声音继续说道：

"老葛这个选题非常好，或者说很绝！大都，你看呢？"

"科长得的不错，但是，老葛啊，我不是低看你，我是有点担心你能否有颠覆前人对《聊斋志异》的评价的能力？你想说前人都错了，这绝不是一件简单的事情！老葛，谨慎，一定要谨慎，量力而为啊！有些事情，考虑不周到，会出问题的。我是担心，有些话说出去就收不回来了……"

AB 型血的铁大都终于忍不住了，开始说实话。他喝了一口咖啡，轻轻地把咖啡杯放下，语重心长地说道。

听到丁科长肯定的语言，葛巴尔频频点头，眼睛发亮，仿佛成功就在眼前。来之前他就想过了，对铁大都他不抱希望。葛巴尔和丁科长有一点与铁大都不同，他们虽然都已经年过六十，但他们都是网民。每天都会用很长时间在网上浏览，甚至会进聊天室聊天。应该承认他们思想比较时尚，有直接关系。而铁大都则不然，他虽然也上电脑，但只是做一些和绘画有关的事，其他部分他一律没有接触。

"为什么不去聊天室聊聊天呢？很有意思的！或者去其他网上转一转？"葛巴尔曾经这样问他。

　　"网上有很多新鲜事，连'同志'网站都有。"丁科长曾经也神秘兮兮和他说。

　　"不习惯，也没兴趣。"铁大都这样回答。

　　因此在葛巴尔和丁科长看来，铁大都思想传统，行为守旧，对这种选题的做法他恐怕很难接受。

　　"老葛，我知道这么干也许能火一把，但那咱也不能干！这不是做事的正路，缺钱咱们另外想办法。不能靠胡说来吸引别人眼球！现在社会上确实有一大批所谓成功人士，所谓专家靠胡说赚到了钱，但那经不住历史的考验！"

　　果然，铁大都接下来的发言又变成坦率而激烈："我说老葛啊，还是用心写你的长篇，寻找你和《红楼梦》的差距，我总觉得你的思想不够深刻，解决这些问题才是正路，刚才你说的事我也不是说不对，但不是我们这个年纪该做的。"

　　对待铁大都尖锐的指摘，丁科长连忙用严厉的目光再次提醒他。

　　"怎么能这么说呢？我的观点是有根据的，怎么能算胡说八道呢？这我无论如何不同意。"，葛巴尔面皮微微发红，但他仍然诚恳地说道，话说到这份上，葛巴尔倒显得不太激动了而是语调平和地说："我估计你就不会同意，我总觉得你的做法和时代比较脱节，不管怎样，大都，希望你能支持我。"

　　"支持没有问题，但是还是那句老话——不同看法还是要允许保留。"看到葛巴尔的态度，铁大都的态度也迅速和缓下来。

　　"你说的不对，所谓'前人'确实错了！"，葛巴尔观点鲜明的继续说道。

　　"愿闻其详！"铁大都说。

　　"这是关键，你能否推翻前人，这是整个事情的关键！不怕你的观点不对，但是你必须能自圆其说！否则，就会成为瞎说！老葛，咱们确实不是瞎说的年龄了！"丁科长委婉的说道。

　　"当然，这也是我考虑最多的事，这也正是今天要向二人求教的，我想蒲松龄的错误主要在三点。"葛巴尔极有力度的说道。

　　还从来没听说过谈"蒲松龄的错误"——丁科长和铁大都又一下子安静了下来。

　　"第一是宣扬鬼怪的存在，这实际是宣传了封建迷信。世界上根本没

葛老头，我跟你没完

29

有鬼怪，但是在蒲松龄的笔下几乎家家户户都碰到狐狸精，而且竟然人狐相交，月圆之夜，互相倾诉！这不是纯粹是胡说八道吗？

更有甚者，这些狐狸精居然和凡人谈婚论嫁，大讲纯真的爱情，这显然是宣传有神论。

这无疑会把青少年引向歧途。事实上有不少少年读罢《聊斋志异》，会心中恐惧，不敢走夜路。即使走夜路也不敢回头，深夜更不敢一人独处。尤其是家中只有一人，而一阵寒风会吹灭蜡烛的时候……

我小时候读完了那些鬼怪故事，心里就曾经害怕过很长时间。恐怖过度而又无奈的时候甚至会想到烧香拜神，求助于狐狸精……

其二《聊斋志异》不仅宣传有狐狸精存在，而且把这些狐狸精描写的都十分善良。世界上本来就没有狐狸精，居然还有人说他们善良？！谁看见了？！谁遇到过？又有谁亲身体会过这种善良？毫无根据，纯粹编造！作者大肆宣传了狐狸精的善良，而事实上大家又都知道狐狸精并不存在，其结果必然使青少年对人生增加失望，而对生活本身的美好失去信心！费尽心机去勾画出一个并不存在的东西，它怎么可能会对社会有好的影响呢？！"

"这老葛真有意思，他，他提出的一些看法，明明是错误的，但确实常常让你一时无从反驳！

其实，这也算一种高明。

比如说'那条鱼'。冷不丁一说，你没思想准备，你还真驳斥不了！大饭店和小饭馆确实也可以说都是那条鱼，有时差别还真的不很大，尽管这话从根本上来说是不对的。

眼下这个命题又是一个不是立刻能说清的问题……"

铁大都一边听一边端起咖啡慢慢的喝了一口，心中继续想到，"老葛有老葛的奇怪的'才能'，比如他能提出眼下的这种命题，这还真不是谁都能提的出来的。最终是，他的思维和我们有着一些不同，而这种不同好像近年有所发展……"

"这老葛真是有意思。"丁科长和铁大都的想法不尽相同。他一边听一边是这样想的："他的选题还真有点道理，值得思考，值得思考！说不定真的是一家之言，会火起来呢！"

"其三那些善良的鬼怪所做的事并不高尚，归根结底，他们行为的准则还是为自己，还是在为个人利益。其实，那些狐狸精是什么人，他们大多不遵循社会行为规范，两性关系混乱，完全没有值得我们学习的情操和道德观念……"

"等等。老葛，你就这样来颠覆前人对《聊斋志异》的评价？我怎么觉得你的思维有些混乱，很有一点胡搅蛮缠的味道？我觉得'那条鱼'、'大饭店''小餐馆'的问题又来了！"看来铁大都有一点忍不住了，他笑呵呵的说道。

"怎么会呢？你来驳斥一下？看看哪个观点混乱，又有哪个观点胡搅蛮缠？"葛巴尔也笑呵呵的问道，但是看得出来他的心里已经有些不平静了。

"老葛，大都只是谈他个人看法，"丁科长连忙出来替铁大都解释地说道："你别急，"

"我怎么会急呢？丁科长你看，这不是争论已经来了吗？大都的看法恰恰是我们事先所预料到的。科长，你不觉得这很好吗？你不觉得大都的意见应该会代表了未来网上一部分网友的意见吗？"

葛巴尔很有意思，眼下铁大都和丁科长有任何表示，他都会从不同角度"改造"成为对自己的支持和鼓励。此刻，他仿佛看到书出版后的热烈反响，有些兴奋地说道。

"没错。能争论起来，事情就已经成功，怕的是没人理，默默无闻！你是真理，但是没人理你，这不是很麻烦吗？"

丁科长点点头，带着他以为很老到的笑容说道："老葛的意见，网络上肯定会引起铺天盖地的反响，骂你的人也不会少，你要有思想准备啊！"

"这个咱们不是早在一起研究过了吗？对于愤青的宣泄感情，甚至缺乏教养，我们当然一律不预理睬！我们相信真理在我们手里！丁科长，看来这回该我们火一把了！"

"就怕真理不在你的手里！"铁大都不失时机地、带点调侃地说道"巴尔同志，我看这事还是稍微慎重一点好。"

"怎么，看来你还是不同意我的看法？事情已经明摆在那里，我觉得对这样重大问题，你似乎不如科长敏感。这和你不大上网、和现实比较脱节有直接关系。"葛巴尔尖锐地说。

"颠覆历史对名著的评价，肯定非常吸引人的注意！尤其是对今天的这些网民。巴尔先生，要注意你发表意见的环境，下面请你听的是个真实的事，"谈到网民铁大都也就顺势开始比较缓和地发表自己的意见，"有这样一个笑话：一群某歌星的粉丝拿着鲜花，在机场等着迎接某歌星的到来，这时有人告诉他们：'同飞机来的还有杨振宁，'你知道粉丝们怎样回答吗？"

葛巴尔摇了摇头。

"杨振宁？唱什么歌的？"铁大都模仿着粉丝们，故意作出一脸困惑的样子说道。

葛巴尔和丁科长都不禁笑了。

"当然，这只是代表了年轻人当中比较没文化的那个群体。但是，他们当中很多人是网民。"铁大都继续说："他们大多是为了凑热闹，参加一个作品的讨论的过程。对有些年轻人来说，就像玩一个游戏一样，况且网络也无需负责。最要命的是这些年轻人没有接受过很好的、系统的文化教育。因此，你的做法确实更容易吸引到这样的网民，他们会把争论这种问题做成娱乐，而不求真理！我注意到网上的争论，很多都是不了了之。网络虽然传播方便，但是真是要搞清问题，似乎不是一个好地方。"

"话不能这样说。网络是一种非常好的媒介，可以使人一夜之间扬名天下！老铁，你可能不太了解。"

铁大都微微一笑，继续他的谈话。在他看来，上网时间少和比较迅速把握事情的本质，不见得矛盾。

"我关心的是，我们有没有能力颠覆前人见解。这事需要的可不是一般的功力。老葛，这跟'那条鱼'可不一样……"

"'那条鱼'怎么了？我仍然认为大饭店和小饭馆——"葛巴尔满脸通红，开始扬声大气的、似乎要铺开争论的现场。

"喝茶，喝茶，"丁科长连忙出来缓和气氛，"都这把年纪了，不值当，不值当的。"

接着丁科长又喊来服务员，继续加热水。服务员来了才发现，壶里的水满满的。

"换一壶，换一壶，"丁科长反应迅速。这一招还真管用，下边自然谈话开始转换。

"丁科长，我最近一直在想一件事，那就是在十二沟窑塌的那天，咱俩要是晚一点看社论，可就捂在窑洞最里边了，那可就麻烦大了！"铁大都也连忙转移话题，他没有继续理睬葛巴尔的话，而是转过头去对丁科长颇有感触地说。

"那是，如果是那样，哪还有今天？人生啊……"

铁大都问的问题是这三个人在一起什么时候谈都会挑起兴致，永远谈不完的话题。因此，这一开口，自然引得丁科长顾不得调整他们的争论，而也直接进人了万分感慨的状态："真是个说不清楚的东西，有时候是几分钟甚至几秒钟就决定了人一生的命运！老葛，你那天不是更是如此吗？"

葛巴尔没有吭气，他还在那里生气。

"也是，都是命该如此。那天，一开始我还不知道老葛也埋在里边，我知道老葛去大队部开会了……"铁大都一边说一边转头看着葛巴尔。

"我是在大队部开会，跟生产队给大家争工分，没带记工分的本子才回来的，没想到……"这时葛巴尔也开始不得不加入这个"古老"的话题了。

"没错，"铁大都像突然才想起来似的，声音有些放大地说道："你才真正是如果晚回来几秒钟——"

"我晚回来三秒钟，就是我抢救你们了！你那一铁锹也许是铲在科长身上了。"葛巴尔激动地说。

铁大都重新谈起这段难忘的往事，是因为眼看着一场争论的硝烟将起，继续谈论下去，恐怕会伤和气，同时他也觉得不必要轻易影响葛巴尔自己选定的题材，因此才连忙转移话题。

"把它理解成儿戏又何妨呢？我是不是又太认真了呢？"铁大都这样想。但同时他又想起那些不知道杨振宁是谁的年轻人，"也别说，要都这么干，这社会哪受得了这么搅乎啊！"

当然，铁大都觉得暂时也不必再进行更深的争论，因为葛巴尔已经是箭在弦上，不是谁三言两语能够劝得住的。铁大都相信，丁科长之所以支持葛巴尔肯定也有这个因素。

"老葛，那铲在你腰上一铁锹的事，咱能不能就不提了。"铁大都笑呵呵地说。

"那都是陈芝麻烂谷子的事，老铁也不是有意的。"丁科长说。

"不光不是有意的，是老铁把我从黄土里挖出来的啊！"葛巴尔十分感慨地说。

"别，别，我脾气不好，别老埋怨我就是了。"铁大都摆着手说道。

"不管怎么说，这是个全民娱乐的时代。我们还是要支持巴尔，大家一起发挥余热！"最后丁科长总结式地说道。

"关键问题提的要扎实，要站得住脚，要能自圆其说。不能打哑炮。都这个年龄了，不能让人笑话！"铁大都说。

"这个肯定，做了这么多年学问，还不至于这么没头脑。我倒是觉得越是这个年龄越要敢于拼搏，看问题越要突破局限，和年轻人站在一起，拿出新的观点！"葛巴尔两眼放着光，花白的胡子随着嘴唇颤抖着，侃侃而谈。仿佛他面临的不是发表一次书评，而是即将参加一场战斗。就像上甘岭一样的战斗。

是的，葛巴尔一生中最重要的一次拼搏的冲锋号即将吹响。

丁科长的心态自然而沉着，虽然他语言留有余地，但态度指挥若定，仿佛一切都在掌控之中。

"年龄大了，一切都已经成熟了，就变得很少有事处理不了。况且年龄大了，"铁大都和葛巴尔都知道，丁科长绝不谈"老"字，只谈年龄"大了"："年龄大了，做事特别稳健，这是必须注意的！"

在他看来，此次三个人召集在一起商讨葛巴尔准备颠覆历史所有评价，重新认识古典名著《聊斋志异》这本书，和往常区别不大。无非是想听他们的意见，想请他们做第一读者。这里当然包含着常年对他们的尊重和依赖。同时，他也十分理解葛巴尔的那种不肯认输的心理。

"没错。科长，你这两天在忙什么？"此刻，铁大都有意把话题扯开。

"我能有什么事，既不像老葛那样能写，也不像你那样能画——"

"所以你只能当领导，这也是中国特色。"铁大都调侃地说。

"没错，等把你们两个定了位，就剩下副科长这个位子了，别的我也不会，所以只能当这个科长喽。"丁科长也顺势自嘲地说道，"不过我最近倒是经常去景山唱歌，感觉很好。据说唱歌可以减少百分之三十肺癌的发生率。"

"你的《走西口》那绝对是一流，"葛巴尔说，"凄凉、委婉、特别哀伤……"

"没错，在景山根本不敢唱。"丁科长胖胖的脸上露出浅浅的笑容。

"没露吧，千万不能露！"铁大都凑上来了说道。

"为什么？"葛巴尔问道。

"这你还不明白，他那《走西口》一唱，整个景山公园都得安静下来。从此，景山就剩下一个演员了——丁克长同志了，原来的演员全体成为了观众！"铁大都眯起他的左眼，眨了两下，看着丁科长说道。

三个人一起哈哈哈地笑了起来。

午饭后三人准备散去。

"老铁，尽管我们历史上有过很多次的争论，但是，这次希望你能帮助我，希望我们是同一战壕的战友。"当三个人结过账准备离开"夜巴黎"的时候，葛巴尔再次郑重地对铁大都说。

铁大都知道，他在葛巴尔心目中的地位。

"我能帮什么忙？书出来认真拜读就是了。"

"不对，你的古典文学基础比我好，所以离不开你的指点！"葛巴尔真诚的说道。

"指点谈不上。要真问我的看法，我还是觉得要特别慎重！不过，我不反对你往下做，因为你已经箭在弦上。阻拦是没有意义的。但是，，看得出来，铁大都在斟酌词句："不要太认真，要把它当成一个游戏来玩——因为它本身很可能就是一个转瞬即逝的游戏。"

"这……"葛巴尔有点不知怎样说好了。

"老葛，你是知道的，铁大都在艺术上从来不说假话！"

"这个我们都一样！"葛巴尔说。

"哎，最近可好多年没听到慎之消息了，这小子怎么样了？"丁克长突然问道，"已经好几次了，我想问问你们。可是见面就忘了。"

"一点消息没有。这家伙也不爱写信，谁知道他的状况如何了？"葛巴尔随声说道。

"是啊，这小子人间蒸发了？也许发了财了！"铁大都笑呵呵地说。

慎之姓乔，很早就去了美国，据说在那里当什么教授。他也是和丁克长、葛巴尔、铁大都一起的"发小"，后来也去了十五道沟插队，是患难的哥们。

"打听，打听，打听，打听，"丁克长不知道为什么，叹了一口气说道。

铁大都和葛巴尔没吭气，但是谁都明白，打听？上哪儿打听去啊？

这时服务员送来了找的零钱，三个人开始在向门口走去的时候，经过两个"老农"的座位，铁大都特别注意到咖啡晾到一边，他们喝的是花茶。

"还是不习惯，看来形势没有那么严峻，"他为自己的玩笑有些得意，于是，又继续微笑地心里想到，"咖啡暂时还不会涨价！哈哈……"

"你刚才在笑什么？"走出咖啡厅，在葛巴尔离开后，丁科长对铁大都悄声问道。

"没什么。"铁大都说。

"不管怎样，老葛的想法已经成熟，我们就不要轻易泼冷水，等书写出来再说。"看来丁科长也不是完全支持葛巴尔。"不过你今天表现还好，没有那种过于急躁。"

铁大都点点头，然后说道："走吧，坐五号线回去还来及睡午觉。"

"你先走，我在城里还有点事。"看来丁科长生怕铁大都追问，立刻解释地说道，"是丁东认识的一个人想找我聊聊，无非是学学上网。我推辞不掉。"

"不是去会什么女朋友吧？"铁大都诡秘的眨着一只眼睛，玩笑地说。

"别逗，别逗。"没想到，铁大都这一玩笑，丁克长还真表现的有点不知所措。

这让铁大都心里有点奇怪，因为两个人从来都同来同往，况且丁科长这个理由显得有点含糊。但这件事已经与他无关，所以他不再多想，而是一个人走向五号线车站。

铁大都着急回家是因为他关心股市行情，不知今天涨了没有。一路上五号线正好人不算很多，他顺利地找到了座位。

回想起葛巴尔所说的想法，说实话，他替葛巴尔有些不安。他知道，老葛不是坏人，绝不会蒙骗别人。但他也知道，老葛只有中学的正规教育水平，当年进文化馆，纯粹是因为写了一个快板书，得了全国七等奖。同时，大概是因为文化不高，所以对一些主要的名著他大多没看过，这就使他做事有时逻辑不很通畅，比如说"那条鱼"……

另外，丁克长说得对，铁大都今天比较以往更加温和，也是有原因的。

事情就发生在前几天。

一天铁大都一个人在小区里散步，来到售楼处附近，他突然听到了一个熟悉的声音，不用判断，他就知道是葛巴尔：

"你们这房价涨的也太快了吧，前些天我来看的时候，还六千一平米"这才几天呀，就涨到九千八了。你们以为房子是咸带鱼呢！说涨就涨？还让不让老百姓买房了？"葛巴尔怒火万丈地说。

"老爷子这不是我们涨，是全北京市都在涨，往后还得涨。你要是真想买房，还真是得趁早！肯定是越晚越贵！"

听口气，看来葛巴尔一定来过多次，售楼处的小姐们和他已经很熟了，就随口有点夸张地说道："老爷子，告诉你一个内部消息，听说下一步涨到一万打不住，也许过两月就奔一万二去了！"

"不像话，实在不像话，有钱也不买了！太不像话了！"葛巴尔不禁有点勃然的大声说道，然后推开售楼处的门，愤怒而去。

看着老葛小小的个子，充满愤怒的大步流星地走出清水园，大都不禁陷人深思。

"看不出老葛买房的心情如此急躁，他竟然悄悄地来售楼处看房。而且，买房打起来可以理解。他老兄没钱买房也打起来了，也同样说明这件事他上心程度！"

"我们相遇的是一个奇怪的年代，很多事都更难预知。都边走边看吧，

徐葆齐 著

但要关注他，及时提醒他、帮助他。"大都想。

地铁风驰电掣的向北开去。

尽管铁大都是个善于思考的人，但人生无常，他无论如何也没想到的是，他们三个哥们和杀猪的杨二栓的这一次充满浪漫、惊喜的"夜巴黎"相逢的机会，竟然随着地铁北去的车轮声成为了历史的遗痕……

第五章

谁敢笑话杨二栓，我跟他急！

农民怎么了？没来过北京所以进了女卫生间，怎么了？一直在十二道沟呆着、不会喝卡布基诺怎么了？吃粤菜把洗手水当汤喝了又怎么了？你第一次吃粤菜没喝过？

再说一遍，谁再敢笑话农民杨二栓，我跟他急！人家本来就是农民！

我说这话不仅仅代表我，还代表当过副科长的丁克长同志和著名作家葛巴尔！我们都曾经是、现在也是山西十二道沟村的农民！

摘自：铁大都博客

徐葆齐 著

"我这是到哪了？这是什么地方？"

杨二栓一下火车在晶亮太阳光的照耀下，就开始迷糊了。晕晕乎乎的他顺着熙熙攘攘的人群向外走去，这样做是陈三车告诉他的。

"要是和我走散了，你就跟着人群走，哪儿人多就奔哪去，你就不会丢！别怕，北京怎么了？那也是人呆狗趴的地儿，和十二道沟没啥两样！"陈三车说。

什么事就怕念叨——他还真的和陈三车走散了。他只能往前走，反正往前、往左、往右他都不认识。他只知道不能往后走，因为后边是铁轨。况且，他觉得陈三车也许就在前边等着他，反正他不会丢了他。天下哪有表侄把表叔丢了的？况且，那是从小教他杀猪的表叔——至少杨二栓这样想。他还是第一次看到这么多人，人挨着人，这么多脑袋——黑压压的、一片一片的，有点像站在他家窑洞前看波浪翻滚的高粱地，没有尽头。那些涌动的脑袋，像一朵朵浪花，更像一个个穗头。

杨二栓觉得自己很快变得头昏、眼晕，四周一阵阵发黑……

走过了一个比村里最大的地窖大几十倍、又比地窖宽绰的多的一个通道，像开闸放水，他被冲出了大门。

脚一踏在广场上，他晕得更厉害了，从大脑里往外晕。奇怪的是耳边似乎还听到大队通知开会、或者找人的大喇叭广播声和音乐声——太宽敞的广场，四周都那么不着边际。他像夏天在汾河最宽的中心泡澡，四周都没有岸。二栓心里一下子就怎忐起来……当然，他身边其实有人，而且是特别、特别多的人，比县里赶大集、唱大戏的人多了不知道多少倍……

"这里怎么没有一点庄稼、山，也没有河，净是些快摸着天的灰灰的大房子？"杨二栓感到非常奇怪，多大本事，能盖这么高的房子？这么高怎么不塌呢？看着可够悬呼的——

难道这就是北京了？看来北京也没啥了不起的，没山没河，没庄稼地，竟是些悬呼呼的房子，他觉得这里远远比不上十二道沟的风景……

黑暗中，突然他听到特别远的地方，有人在喊他。

"谁在喊我，备不住是大花猪病了……"他回过头去，仔细看去，才发现没有什么大花猪，是穿着大花西服的表侄陈三车提着公文包远远地赶过来。

"二叔，乱跑什么，不怕警察把你拘了！"陈三车气喘吁吁地说。"我本来就说我不来，我不愿意来，你狗的偏……"杨二栓埋怨地说。就是嘛，来北京干什么，北京跟他有啥关系，杨二栓关心的不是北京有多大。而是家里的大花猪又长了几斤甚至几两！还有，自己特地给它加了"二月草"，到底催没催肥！对他来说，这事比什么事都大！

"这会说这有啥用？火车也坐了，车钱也花了，餐车外的风景也看了。说这话还有啥用？走，去喝杯咖啡，然后来狗的一顿自助餐，让你开开眼，随便吃的！"陈三车一边招呼着杨二栓，一边拦住一辆出租车。

咖啡，杨二栓听说过，也在县城里见过，但是没喝过。他觉得那东西是外国人喝的，而且特贵。说实话，对喝咖啡他一点愿望都没有。倒是有一件事，让他微微有点不快，那就是到北京以后，陈三车和他说话的口气有点变化，对他说话仿佛不是对表叔，而是对邻村的四混子。

"这叫什么事？即使到了北京，表叔还是表叔啊！"他这样想。

下车，进一个大楼，终于陈三车带他走进了一个饭店，杨二栓看到门口写着弯套弯的三个大字——他费挺大劲才看出来，大概是：夜巴黎。

洋货！杨二栓想。他家那边饭馆大多叫"老李家的"什么的。

当他走进去，跟着陈三车寻找一个角落坐下来以后，陈三车摆着有钱人的样子，轻轻地敲着桌子，叫来了服务员："两杯咖啡，多放点糖啊！"

"干啥？咱喝不惯那玩意。俺来白开水。"

"给谁省着呢？"陈三车头上淌着汗——怕二栓丢了急得，眉头也皱成了麻花，可话说得有滋有味，有点像有钱人，"我可是专门带你来喝咖啡的，慢慢你就习惯了，我常来，这玩意好喝。"

"那也不喝。"二栓心情不大痛快，张口拒绝。

"你懂啥？省也是给公司省，没人说你好。"陈三车不耐烦地说——这农民就是没文化，啥也不懂。跟他一块，两个字：费劲！

杨二栓确实一路上一直没有听懂这句话。他不明白怎么他和陈三车花钱花的不是陈三车的钱，而且好像越瞎花越对，不花倒不对了，省着就更不对了。这多对不起那个叫"公司"的人啊，他心里想。路上问了两次，陈三车都说："和你说不清。"

"我说，三车子，你还是给我换一碗，我就是喝马尿、猪壮水，也不喝这又苦又腻的东西。"他一边埋怨一边不停的改变他的坐姿，他不大习惯这软座。

二表叔的处处不合作，使陈三车非常扫幸。他毫无办法，只好叫服务员给杨二栓换了一杯花茶。

茶上来以后，三车觉得要说点正格的了。

"二叔，这次你一定要帮我，全力以赴地帮我！不管出现了啥情况，你都不能不管我！"陈三车满脸焦急的表情脖子上的青筋暴起，甚至连眼泪都要流出来了。这不能不使刚刚喝了一口茶的杨二栓吓了一跳，茶全流在了胸上……

"啥事啊？"杨二栓的眼睛也瞪直了问道。

陈三车忽然"蹭"的从杨二栓对面的椅子上转到紧靠杨二栓的座位上——在他看来，北京也到了，羊腿也吃了，咖啡也喝了，说实话的火候似乎应该说已经非常成熟了。

这回三车确实碰到了难事，他的愁发大了。

事情的经过是这样，陈三车从老家十二道沟镇来到北京已有四、五年。这四、五年他干过很多各种各样的事，最近两年，他一直在中洋房地产公司上班。说是上班其实就是看看大门，同时兼任保安工作。包吃包住，每月七百块钱。三车真的感到非常知足。

麻烦出在一次在食堂吃饭，他和司机老李、传达室值班负责人老王稍稍喝了一点酒，然后一起聊天，说起现在街上的一些算命的人，老王赞叹不已。

"我碰上一个人，那是真准！能知道火车会不会误点，还能知道误多少时间，那准的一直精确到秒。上次有人出差到上海，他说回来的时候要

徐葆齐 著

晚点三分钟二十七秒，你们猜怎么着？结果是三分钟二十七秒半到的，你们看看，你们看看，这哪是人啊，纯粹半仙啊！"

因为上月的奖金没给，三车本来就对老王有气，所以说了以下这些话，实际是为压老王一头，为出气，或者说是跟老王叫叫板。在三车看来，说这些话自己完全无须负责。

"我们镇上有一个先生，那准的邪乎，人家知道明天是上午还是下午，如果是下午，知道下午是几点下雨，而且也是知道几点几分下！"

"有这么准？"

这聊天是闲侃，大多是怎么邪乎怎么说。老王是在吹牛，看到三车"牛"吹的更狠，他有点后退了。

"那当然是，哪天我把他叫来，让你们也见见世面！别以为农村就没能人！"陈三车很少有机会这样痛快，他得意的顺口说道。

"也是，这神人其实大多数在农村，城里人看书看多了就没神人了。"老王服气地说道。同时，他也没有忘记从另外一个角度表现了自己的见多识广。

不管怎么样，城里人老王服输了！这使陈三车心里特别痛快，那天没酒，但是他顺便多吃了两个馒头。

为此，晚上跑了肚。即使是跑肚，他依然也非常高兴，因为毕竟老王那狗的"栽了"。

谁知道为了痛快，几句无聊的话，居然给他惹来了不小的麻烦。

没过几天，公司的丁总来上班，下了奔驰车，正赶上三车值班。

"老陈，怎么样，挺忙吧！"丁总满面笑容，显得特别客气。

这让三车有点紧张。丁总是总经理，平日看都不看三车一眼，更不用说满面笑容的说话了。

"不忙，不忙，"他连忙站起身回答道。

"我听说你们老家有一个有特异功能的人？"丁总不但没有立刻走开，反而凑近三车，而且笑得更加甜蜜的说道。

"没……有……啊。"陈三车一时不知道如何回答。

"不是说能知道几点几分下雨吗？而且特准？"

"那是有。"陈三车觉得他不能否认他曾经说过，那会让人瞧不起。同时，他也马上明白了这是老王给他嚷嚷出去的，还是几乎在同时，他突然想起大概也是听老王说过，丁总特别相信这些。

"老王也说过，他认识人知道火车误点误到几分几秒！"三车反映够快，马上把球踢到老王那里。

41

"噢，他那个人我见过，纯粹是瞎说。你们村的那个人，别的事也会说嘛？"

"是啊。"，三车整个处在慌乱中，他随口答应道。

"真有这种本事的人很少。你有没有可能把他请来住几天，咱们聊聊？一切费用由公司负责。"丁总说道。

"行。"老王闪了，自己也已经认"账"了，这使陈三车觉得自己没有第二条路可走，要想七百块钱继续领下去，只有这一种回答。

"那你明天就可以去做这件事，我说了一切费用由公司出，好吗？有什么情况你可以和我直接联系，如果请到了，给公司帮了忙，我会考虑你的工作岗位和工资调整问题。"

丁总到底是有水平的人，话说的不多，但是有承诺，有拜托。并且看来十分真诚。

丁总走后，陈三车一个人在传达室里发愣，发了好长时间。这事是好事是坏事，他想不太清楚。但是有两点他是想明白了。第一，费用由公司负责，这就是说有一笔钱可以让他去花，让他回趟老家。这不禁让他心花怒放，在他看来，花可以报销的钱，是大老板才能做的事，他要去过这个瘾……还有一点是，他摊上麻烦了。第二，他是听说十二道沟有人说准了几次下雨，而且这人是他表叔，叫杨二栓。但是他绝对没有他说的那么神！也就是说，他没地方去找可以呼风唤雨的人。那天他说这话，主要是为了压倒老王。

事情似乎明摆着，如果自己找不来这个有什么"功能"的人—想到这里，陈三车突然出了一身冷汗！显然到那时候，自己这份工作肯定就没有了。难怪丁总刚才说关于工资问题他要"考虑"。

这时三车才真正明白，自己真的摊上麻烦了。他站起来转了几圈，同时确认没人会听到以后，他开口大骂老王："这不是给人挖坑吗，你也太坏了，我找人灭了你！咱俩没完！"

接下来一整夜，陈三车也没想出其他的任何应对办法。他清楚，他也找不来人灭老王。唯一的办法，就是他回家把二叔请来，走一步说一步！因为他是无论如何也不能砸掉饭碗。饭碗砸了，吃什么去啊？

第二天，陈三车从公司财务那里领了一千块钱，心中忐忑但是毅然的登上了返乡的火车。他一点也不知道此去的结果。但他依然没有忘掉在餐车里要了三个炒菜、一个汤，大吃了一顿—反正报销生活开始了。

要说三车的运气也不能算坏，迷迷糊糊的他一下火车，便在镇上的羊汤馆里碰到了杨二栓。

看到杨二栓那一刻，他突然来了灵感—这个会杀猪的二叔说不定，还也许他真的会帮他闯过这一关呢！他立刻决定把二叔带到北京，顶上一阵再说。

　　当然，三车没有对二栓表叔实话实说。因为他知道杨二栓的为人，一旦说了实话，不要说是杨二栓，就是任何一个人也绝不会去！更何况杨二栓到镇上来，是准备到县里去找开养猪场投资的，二叔满脑袋都是养猪的事。

　　在把表叔招呼过来，并且连要了五个大菜以后，陈三车便呼悠起来。

　　"你需要多少钱？"杨二栓回答了之后，三车笑了："你这点钱太小了，北京随便一个人都有能力投！那地方富得流油，随便一个人就大把大把的花钱，十几万的投资碰上一个要饭的兴许就能给你投了，小事，小事！你跟我走，上首都，北京！"

　　杨二栓先是被五个大菜砸晕了，这个多年不见的表侄，居然敢随随便便请他吃五个大菜？开口就是烤羊腿、烤前胸肉——从这馆子开门二栓就在门口转悠，按他的话：吃不起，闻闻味儿。而且眼下吃了羊腿，还剩了一堆菜，三车连眼都不眨，根本不打包！看来，兜里确实有了不少钱。

　　但是杨二栓也很迟疑，羊腿是吃了，但他从没想到北京去找养猪场的投资。

　　但最终他还是相信陈三车的话。他没道理不相信，谁都知道陈三车是十二道沟的名人，早就去了北京，现在当什么'大门'公司老总（看来这当老总是真事，有上来就点羊腿为证。），况且他的话有道理，北京有钱的人多啊。杨二栓从来没去过北京，十二道沟虽然离北京不远，不到七百公里，但是今年年初才通了火车，所以多数人都没去过。没去过，心里就会没数，就会疑惑。因此他觉得的他需要考虑一下，就在这时，发生了一件他搞不明白、后来一直也没搞明白的事情。

　　就是陈三车在结账的时候，和羊汤馆的老板吵了起来，而且吵的很厉害！好像是因为羊汤馆没有正式发票，而吃饭前陈三车也没有问。

　　"你这让我回去怎么报销？"陈三车气急败坏的高声喊道。

　　"我准备发票干啥？那玩意还得交税，来这地吃饭的，都是喝一碗羊汤就走，有几个是要报销的？！"羊汤馆老板理直气壮的喊道，"你点菜之前也没问，这是你自己的事！"

　　"他妈的，这一下七十多块，没有发票，我一月才挣多少钱啊！"最后陈三车嘟嘟囔囔的买了单，但还是要了一张收据。两个人走出羊汤馆的时候，陈三车对杨二栓说：

"表叔，不去也得去了，您是非去不可了！羊腿钱都花了，这是我自己的钱！表叔，上车吧。"

杨二栓搞不清楚是怎么回事，他只是隐隐约约感觉陈三车碰到了难处。他觉得他自己还没有考虑成熟，但是糊里糊涂的已经和陈三车坐在开往北京火车上了。

"别考虑了，"陈三车说："我这七、八十块都自己掏了，再说还有八、九个小时就到北京了，你也下不去了，总不能跳车吧？还考虑什么呀？"

是的，事到如今，二栓也发现，自己确实没什么可考虑的。

"拿到投资你就回来，这么好的事用不着来回想。"在餐车里陈三车又点了五个菜，还一个人来了一瓶"小二"，然后轻松地说。

对老实人来说，一定是"吃人家嘴短"。这时的杨二栓觉得只有随着火车走了。

大概十小时以后，第二天上午九点多钟，杨二栓在迷迷糊糊当中，一不留神，完成了他一生当中的一件非常伟大的事，顶着"大师"的身份，跟随表外甥陈三车第一次踏上了伟大祖国首都北京的土地。

"车子，二叔有点憋不住了。"服务员拿走咖啡杯之后，杨二栓突然把头伸过去，低声的对陈三车说。

这时，陈三车才看到他额头上的青筋已经爆起，并且渗出一层细细的汗珠，气喘的也有点粗，像才下地回来。这他才明白杨二栓坐不住的原因。

"那边，靠北最后一个门，是洗手间。"

"啥？"杨二栓头依然向前伸着，一脸惊讶的问道。

"洗手间！就是茅楼。"陈三车说。

杨二栓连忙站起，顺着陈三车指的方向，哈着腰、捂着肚子一路小跑过去。到了北边最后一个门，他转身大步走了进去。

这时，陈三车突然"忽然"想起了什么，他一点没犹豫、立刻起身匆忙追了过去。果然，杨二栓已经推开女厕所的大门，正在把腿往里迈——

"站住！"陈三车厉声喊道。

杨二栓迟疑了一下，依然走进去了。陈三车跟进去把他拉了出来，接着对惊惶失措、下边已经控制不住的杨二栓指了指男厕所的大门，愤怒地说道："那儿！"

杨二栓这才恍然大悟，赶紧走进了男厕所。陈三车却一头冷汗顺着额头流了下来，他想到：幸亏我及时赶到了……

陈三车吓得不敢离开，一直到杨二栓提着裤子、一脸舒服的样子走了

徐葆齐 著

出来。陈三车又连忙示意他系好腰带，然后像押解犯人一样把他带回座位。坐下来以后，他才发现自己的后背也湿了一大块……

"带你们出来真难，那是女厕所。幸亏我去得早，晚一步警察非拘你不可！"刚一坐下，三车便皱着眉头低声说道。

"我看城里就是警察多，好像干啥事都要拘人！我咋了？我咋知道那是婆姨们去的地方？"杨二栓毫不在意，并且很不满。

"二叔，我别叫你二叔了，我叫你二祖宗！早知道是这样，我还不带你来了！"三车心里冒火，又不敢大声吼叫。他端起咖啡，呼噜噜的把嗓子漱的山响，然后大口地咽下去。让他奇怪的是，杨二栓竟然不再反应。陈三车才发现，杨二栓伸着着脖子向很远的地方盯着看……

陈三车也看过去，原来在离他们的座位不远的一个桌上，坐着三个人。两高一矮，高的又是一胖一瘦，正在喝着茶谈笑着。

其实杨二栓已经看到过这三个人好几次，他都很正常。但是就在服务员放白开水的时候，他又一次无意中看到这三个人—奇怪，杨二栓觉得的非常奇怪，他居然觉得正对着他的那个又高又白又胖的老头，有点眼熟！

他觉得自己病了，自己肯定是病了——

"俺这是咋的了？从来没来过的北京，啥都是第一眼，怎么会有熟人了呢？"

杨二栓自己觉得的自己肯定是吓病了，是被北京太大吓病了！是被警察老要出来拘人吓病了？否则怎么会有这种事情发生？是的，他听说过，大夫管这事叫幻觉。因为，大前年他的大花猪就发生这种幻觉，它总是不吃东西，村口懂点兽医的袁大憨说，它在幻觉中吃过饭了，所以不再吃。二憨还说，就是发神经了。

当然，杨二栓的这种想法，一闪就过去了。因为那个又白又胖的人也看到了他，人家毫无反应。

"人家凭什么反应，人家不认识杨二栓，当然毫无反应！反应了就不对了，或者说反应了，比如过来打个招呼，那就真的吓人了！"杨二栓想，但是转瞬又让他心中一动，那个又高又黑又瘦的人回过头来，特别在意的看了他一眼……

这使得杨二栓再次把脖子拉长，也看了他一眼，但人家立刻又把头转了回去，继续那边的谈话了。

"完了，我肯定是病了，跟大花猪一样，神经了！"他再次做出这样的结论。

　　"别东张西望，人家会以为你在琢磨人家钱包呢。"

　　"小车子，你不是带我到这里来找投资吗？怎么改喝。钾肥·了，我可告诉你，我兜里可一分没有。投资找不着没关系，你可得负责把二叔送回去！"

　　"这算啥呀！我这跟你一起准备赚点大钱？"

　　"大钱？做什么？做猪饲料？"说到猪饲料，杨二栓来了情绪："那可是个赚钱的生意，一头猪，至少增肥二十斤，十头猪二百斤，一百头猪两千斤，我村西口那个大院至少能养三百头，这样一年收人四、五万块钱，咱是轻轻松松啊！车子我跟你说，要不了多少投资，有个十几万块钱，养猪场就转起来了……"

　　杨二栓说得兴致勃勃，唾沫星子都喷在了桌布上了。

　　"投资的事你着啥急，那是小事一桩。我这里在策划一件事，比这大得多！"陈三车显然对养猪兴趣不大，他截断杨二栓的话说道："你就踏踏实实听我安排！我还能害了你？！就说刚才吧，要不是我及时地拉住你"你就进了女厕所了！"说到这里陈三车显然有点得意。

　　"我听见里面有男人说话。"二栓辩解地说。

　　"胡说。女厕所怎么会有男人说话？你以为这是在咱十二道沟村呢？男人都可以上女厕所？"看到杨二栓不吭气了，他继续说道："没事，谁都有这个过程，我刚来北京的时候，也误进过女厕所，也误被人抓到了派出所！二叔，听我的没错，我还能害了你？"陈三车似乎话里有话，他再三表示绝不会"害了他"。

　　"那你说咋办吧？"进错了卫生间的门，看来事小，却打掉了杨二栓误来北京的全部复杂心理活动，他——终于屈服了。

第六章

我们居然有幸的看到了另外一个丁克长同志，与我们认识的那个完全不同——两目温情、动人微笑，而又紧逼不舍的丁克长同志。

最让我们难以理解的是他那铁定的、一贯的、由于历史所造成的、特小干部才具有的语言特点——我一向认为那也是人类鲜活的语言财富——非常难得的、在这里消失殆尽。

代之而来的竟然是作为一个男人也听之心动的语言。这也许正是人性的深刻之处，云大嫂请不要在意我的说法，克长同志绝不虚假。但这绝不意味着他的感情已经发生了重心偏移！

另外这还说明一个问题，科长身体不错，还在正常的分泌着"力比多"。

《铁大都》博客

丁科长确实还"有点其他事"。也确实有"一个人"想找他聊聊，但不是学电脑，人家电脑已经很溜。那是一个网友，已经在聊天室里和他聊了几个月。昨晚聊到深夜十二点，而且约好今天下午见面。这导致丁克长同志昨晚接葛巴尔电话时，正在兴奋之中！

此刻，他有点得意，尽管刚才为这件事他开了一会儿"小差"——专心回忆网聊的精彩片段，但他觉得铁大都和葛巴尔肯定没有看出他的心理活动。

"其实他也瞎掰，他这想法就是因为他心中有鬼，才会有的。我们怎么会知道。"事情过了很久之后，铁大都曾经这样对葛巴尔说。

丁科长和葛巴尔、铁大都不一样，葛巴尔写书、铁大都画画，都忙的一塌糊涂。而丁科长对自己生活的评价是两个字，不是"无事"，而是"无聊"。身体同样健康的丁科长不能忍受"无聊"的生活。因此，积极学习，变得网络"有聊"已经一年多了。

"这是一台目前最先进的电脑，你随便玩，坏了还可以再买。别整天六神无主、一天八个电话，老是孙子、孙子那点事了！"

　　听到这儿，丁克长抬起眼皮，不满地看着丁东。他听出来了，儿子在借机叫他"孙子"。

　　"甭多心，没人欺负您，我再不听话，也不敢叫您那什么啊……"丁东本来就是调皮，欺负老爸。此刻连忙解释。

　　"这小子，"丁克长不满地说。

　　"哎，我说老爸，你可千万别进聊天室，找个老太太，比我妈小几岁"聊出个一夜情来，我妈非得血压高不可！"

　　"他那德性谁要啊？谁要谁拿走！我正发愁没处打发呢？"云淑芸在一边笑呵呵地说道。

　　"妈，这就是您不懂了，这年头，甭说老太太，小姑娘都争着扑老头"尤其是当过副科长的老头，倍儿火！"

　　"瞎说什么呀！"丁科长不耐烦地说道。

　　然而，人的好奇心不见得是随着年龄增长而降低。相反，丁科长是随着生活过度"无聊"而加强。

　　丁科长在体重方面不是表率，他二百多斤，而且肉主要是在肚子上。对此他想减肥，但也很得意。当过领导干部哪能不吃啊？好饭吃多了，自然就胖！

　　"有一次在饭馆，我一个人要了三个菜，结果连两个生人都走过来，快哭着对我说；别吃了，太胖不好！"他有一次得意地跟铁大都说。

　　这样开始他肯定搜寻减肥方案。但在对电脑熟悉了大概一个月后，丁科长就开始进人网上的那些聊天室。开始是无意的，后来变得很有兴趣，甚至开始注册网名，第一次进人的时候，他觉得自己不能说是个坏人，但至少也是个心怀叵测的人。

　　丁科长这种心理不是老了才有的。他小的时候，有一件很有趣的事，后来被铁大都和葛巴尔多次拿来玩笑。那就是在他七、八岁的时候，到一个亲戚家串门。趁着大人闲谈的时候，他一个人来到厨房发现了白糖罐子。于是幼年的"丁科长"看四下无人，爬到椅子上，把舌头伸进了糖罐子，这时正好厨房的门打开了，二表妹走了进来。从此八岁的丁克长便有了偷舔白糖的故事。

　　俗话说，三岁看老。八岁的丁克长同志虽然没有人能看出他长大了能当科长。但是，确实有人看出了他长大了背后还会偷添白糖。

　　中国的俗话真绝，六十二岁的丁科长，此刻正处在当年"添白糖"

徐葆齐　著

的心境之中。有点心跳，又充满欲望。在点击一个明显女性网名的时候，他甚至和当年"添白糖"时一样的四下张望，生怕"二表妹"——现在是云淑芸啦，这会儿突然闯进来。其实书房里只有他一个人，云淑芸正在厨房刷碗。

我这是干什么呢？我这是干什么？我不过是在和别人聊聊天嘛——他这样对自己连连发问。

没想到的是，聊天室竟然像一块磁铁一样迅速地把他紧紧地吸附在电脑旁。他意外，他惊讶，他充满新奇感。他做梦也没有想到，世界上有电脑这种东西。他坐在北京的家里，却可以随时和全世界任何一个地方的人对话。

他可以和纽约的一个人互诉生活状况之余，又可以和新疆喀什的一个人大谈天气，顺便问问棉花多少钱一斤，甚至同时还可以接到台湾宝岛上一个老头发来的照片和非洲的一封信件。

"不得了，不得了，实在是不得了！真的是秀才不出门，便知天下事"地球变小了，全世界的国家都在你身边！你随时可以和任何一个人沟通！"吃饭的时候他和云淑芸万分感慨地说道。

云淑芸当然不明白怎么回事，但她知道丁克长是科长，除了小时候添过点白糖，别的没犯过什么错误，她完全信赖他。

几个月后，丁科长打字的技术也有了明显进步。他开始常常在网上和网友们谈到深夜……

云淑芸也发现他越来越多的坐在电脑前，连吃饭也得叫上好几遍。

"你这成网虫了！"云淑芸笑呵呵的问道。

"没错，标准网虫。"丁科长也笑呵呵的回答，然后问道："你知道网虫的第一个特点是什么吗？"

云淑芸当然不知道。

"就是早晨醒来的第一件事，不是洗脸，不是刷牙，而是打开电脑！"

就这样，大约半年以后，丁科长的网络生活，不仅变得越来越"有聊"，而且进入了另外一种"境界"。

"发个特殊的邮件给你看看好吗？"一天，一个和他聊了好久的网友这样对他说。

"可以呀。"丁科长说。

"你老哥可坐稳了，别吓着！另外千万别骂我呀！"网友开玩笑地说道。

"呵呵。"丁科长这样回答他。心想，能有什么新鲜的，无非是一些女人照片之类的，到处都可以看到的。

大概十分钟以后，特殊的邮件到了。丁科长点开——他毫无思想准备，结果是差点从椅子上跌下来，那确实是几张照片——但是，看得他心惊肉跳，甚至连魂也离开了几秒，这一次他真的怀疑自己是不是流氓了……

那不是一般的女人照片，而是女人的裸照。

这是他一生从来没有见过的，像一颗炸弹在他心中无声的炸响，这回丁科长的心情和"添白糖"时可大不一样了，他像已经偷完东西，警察在背后追赶一样，内心狂跳不停……

"完了，完了，这叫什么事呀！"大概五分钟以后，丁科长才把自己的心脏稳定下来。

"黄色，纯粹的垃圾邮件！"但是就在丁科长迅速地把这些邮件删除了以后，他的心里却仿佛再次舔到了白糖，当然比白糖可厉害了很多。没过多久，他开始悄悄的浏览了一些类似的网站。

近几年，云淑芸大概进入了更年期。对性生活已经兴趣不大这使身体健康的丁克长不仅多次被拒绝，而且很尴尬。他常感觉一种力量在心中涌动，甚至有时身体会有点发热。虽然时间不长就过去了，但过几天还来啊！

"那也要注意，别出别的事。这也算是对网络的一种了解吧！"他这样给自己台阶下。当好奇心被满足之后，渐渐的他也会觉得这些东西很无聊。他毕竟是一个有点修养的、当过科长的六十多岁的人了。

然而，聊天室里的另外一些事，则渐渐打动了他。他开始和网友们接触一些情感话题。那是从他进入一个叫做"五十黄昏恋"的聊天室以后。

他不知道自己这是一种什么变化，他只是觉得在聊得刺激的时候，心中会有一点隐隐约约发痒的舒适感，而这种舒适感他已经好多年没有过了……

"不请我喝一杯咖啡吗？或者……我喜欢川菜。"让他再次心惊肉跳的是有些网友开始向他做出某种暗示。

"这你还不明白，这就是想要和你见面。"一个男网友这样回答他的疑惑。

"见面，见面干什么？"丁科长十分不解地问道。

"男女见面能干什么？开始肯定是吃个饭，喝个咖啡——注意，不是喝茶，喝茶比较土，而且比较贵。喝咖啡最便宜，别去太讲究的地方，喝完了就看你俩的感受了……"

"感受？能有什么感受？喝完了肯定各自回家了。这事不能干，光花钱呀，光花钱的事谁干？要花钱，也得各花各的啊！"丁科长自信而机敏的迅速做出反应。

"要是花完钱就没事了，那这事就没人干了，你真够笨的！"网友多少有些不耐烦了。

"那……"老实的丁科长实在想不出和陌生的网友还能干什么。

"交流感情，进入状态！男女之间不就剩那点事吗？"网友下边的这句话，让他手抚着下唇惊讶了好一会儿。

"不过，这个需要点经济实力呀。"说完网友就下网了。

丁科长当然没有去和什么网友见面，在他看来，这是一件不知所措的事情，或者说是一件荒唐的事情。然而，人的思想发展有时也很奇怪，开始是完全不能接受的事情，随着聊天次数增加，话题不断深入，包括男网友的频频催促。连丁科长自己也没有想到，渐渐的他居然觉得这样的事没有什么不可以接受的。网络生活嘛，不就是认识一个人，喝一杯咖啡嘛。尽管丁科长还没有确定和什么人见面，但是终于有一天，不知道在什么的催促下，他觉得为了实现自己晚年的浪漫生活，他应该在资金上做一点准备了。

像很多家庭一样，丁科长的生活模式很简单，就是工资全部交给云淑芸管理，自己口袋里只放两三百零花钱，花完了再向云淑芸伸手。这种简单清晰的经济模式，使他"喝咖啡"的余地很小，他决定瞒住云淑芸另建小金库。

第一个机会，是单位额外发了五百块奖金。他没有告诉云淑芸，而是悄悄地把钱夹进书柜中的《马恩列斯全集》里，因为他知道这本书云淑芸永远不会动。但是，人永远不能预测未来。一个月以后，云淑芸发现退休证找不到了，有人提醒她："会不会夹在书里面忘掉了？"

于是五百块钱被云淑芸发现，被收为，家，有。幸亏丁科长机智，一口咬定不知道怎么回事：

"也许是孙子……，他故意把云淑芸的思路搅乱。以至于最后云淑芸甚至怀疑钱是自己放的，自己的记性太坏了，事情不了了之。

第二次机会，让丁科长更加激动，他帮助一个出版社校对了一本书，付给他两千五百块钱。他拿出五百块到云淑芸那里充了账。

"怎么这么少？，云淑芸不满地说道。

"谁知道？唉！以后这活不能干了。"丁科长的情绪显得比她还低落。

接受上次的教训，丁科长决定把剩余的两千块钱存入银行，随用随取。

下午，他乘着云淑芸出去买菜，悄悄地来到小区门口的储蓄所排队。十五分钟以后，丁科长已经接近了窗口，排在他前面的人突然回了一下头，接着整个身子都转了过来，十分惊讶地说："你来干什么？"

——丁科长的大脑一瞬间大概有五秒钟的空白。排在前边的竟然是云淑芸

"这……我来存款，是……校对费。"

"你存什么钱？拿来。"

下面的狼狈不用再说，反正钱是再次是收为"家"有。当然，为什么要存款，丁克长是至死不招，云淑芸也只好罢了。

这时，丁科长才发现自己其实没有建小金库的命。还好的是，每月的两三百零花钱，云淑芸查的比较马虎……

然而网络交友和现实中确实不同，尤其是对于丁克长这样的老年人。今天这已经是丁克长第三次和网友见面了，前两次说起来不光非常荒唐，而且是惊心动魄、哭笑不得。

第一次见面的网友叫做"未到夕阳"，网上她说她身高一米七零，长得比实际年龄要年轻。既然是未到夕阳，那肯定也就是四十多岁。这不禁在丁科长心目中勾画出一个近乎"美女"的形象。

然而，在刮干净不多的胡子，穿上西服打上领带，打着出租车来到约会地点，庄园咖啡，的时候，丁克长同志可以说兴致勃勃、喜气洋洋、充满幻想。他隐隐约约觉得自己那一刻的心态有点像当年第一次和云淑芸约会的时候，他至今记得进入庄园咖啡的脚步似乎也轻盈了许多……

然而，走进咖啡厅的丁克长的面部肌肉突然僵住了，在约好的第十号咖啡座上坐着的竟然是一个看上去至少六十多岁、满脸皱纹、有点像钢笔素描的老大妈。幸亏她满头黑发，否则丁科长真的会觉得这人像他想像中来赴约的那个网友的妈。

他的第一反应：一定是误会了。

然而，接下来的事实，却是丁克长完全没想到的，可以说对他异常残酷——这个满脸皱纹、连手背上都已经暴出青筋的老大妈，百分之百是他的约会对象。因为在她的面前分明摆着一本书，名字叫做《爱是不能忘记的》。

丁科长虽然不是来谈恋爱的，但他仍然觉得自己如果不是努力控制，极可能就会暂时失去知觉！他用手安抚着心脏，镇静了好一会儿之后，才出于礼貌依然上前打了招呼。

"哇，你好年轻啊，不像五十八岁的，一般在网上报年龄，出于美

徐葆齐 著

好的愿望，都会少报几岁。我大概也比我的实际年龄显得有点老，你看是吧……"女人放下书，微笑着解释。丁克长分明看到她的脸上有一点粉末，在脱落。

"没有，没有，本来也都已经不年轻了！"丁科长一边坐下向服务生点咖啡，一边笑着说。但他心里在想：你可不像四十多的，要说你六十多大概也不算冤枉你。唉，丁科长内心深深地叹了一口气—看来今天的咖啡钱是白花了。老这样见网友，自己还真的有点"见不起"。

"不过也无所谓，都这把年纪了，见面也就是聊聊天，长什么样就很次要了——哎，这话好像是你在网上对我说的。"女人说道。

"啊，这……"被眼前的现实，打的有点"蒙"的丁科长，还没有彻底清醒过来，他不记得他在网上说过这样的话，但也不能否认。

"但是，你好像挺在意长相和年龄！"女人虽然长相比较老，但感觉仍然敏捷。

"是，男人嘛，一般都是外貌协会的。"内心处在对女人明显不满的心境中，所以丁科长没有及时反应过来，相反，他没留神，按照自己的习惯，实话实说了。

"这就显得品味不高，其实人是活在精神中的，况且都这把年纪了……"女人显然不大高兴，她突然话锋一转锐利的问道："你是哪年出生？"

刚刚清醒过来的丁科长又显得有点发蒙，他不知道是否该如实回答。

"人，一定要诚实！也必须诚实！"女人简直是步步紧逼。

"我……"丁科长有点张口结舌。他突然觉得和眼下这个女人比较，云淑芸特别好，甭提多好了！云淑芸为人忠厚，从来不这样刻薄的对待别人。

"你是怎么来的？"不知为什么，这个女人发问总是突然。

"坐地铁……"丁科长不知所措的回答。

"噢。你一定属于大家都希望你让座的那种人。"

"这……我……"丁科长没听明白她的意思。

"你一个人站起来，腾出的地方，可以坐两个人。"女人嘲笑地说道。

"我……"丁科长明白了，她是在说自己胖。丁科长没话，他确实胖，在地铁上，他确实一个人差不多坐两个人的位子。

"对不起，我要走了，"女人看着发愣的丁科长又突然说道。

"谢谢你来见我！"丁科长非常礼貌的站起来说道。

与此同时，他才发现他为对方买的那杯卡布基诺，已经见底。二十五块钱没了，真是速战速决呀！他遗憾的想。不过随之，他也变得心情愉快——反正她已经提出见面结束，如果她东拉西扯再喝上三杯，那可就惨了。如果她同时再要两盘小吃，就可能使丁科长连回清水园的车票都买不起了，那才真的叫狼狈呢！走了就好。

"请你扶我站起来！"大概因为看到丁科长回应过于迅速，毫无挽留，一副送客的样子，老女人有一点不大高兴，她有点严厉地说。

丁科长一愣，这时他才发现女人站起来有困难。

"怎么，不愿意帮忙？好，我自己来！"女人试着往起站了一下，但确实没站起来，她突然摘下乌黑的头发，递到丁科长手中："你先替我拿一下……没事，年纪大了，有点骨刺！"女人说。

这次丁科长确实晃了几晃——他觉得自己大脑大概有两至五秒的空白——他不得不接下女人的假发，而眼前这个女人也不再像六十岁的人了，她满头灰白的绒毛，基本上是秃顶……丁科长差点失声叫妈……他咬住了牙，上前扶着女人，一直把她送到大门口。

好不容易女人走了，丁科长正准备回家，被人拉住了。

"先生，你还没有买单，一共是一百一十元。"服务生说道。

"怎么是一百一十元？两杯咖啡，一杯二十五元，一共五十元！别以为我没来过！"正一肚子火没处撒的丁科长高声说道。

服务生的态度十分冷静。

"两杯卡布基诺五十元，一杯意大利特浓咖啡六十元，一共一百一十元。"

"什么特浓咖啡？我们根本没有要特浓咖啡。"丁科长口气严厉的说。然而与此同时，他突然想起来的时候，女人旁边摆着一副特浓咖啡专用的用具。

"是您的客人在您来之前要的，"服务生解释地说。

丁科长明白了。他二话没说，把钱付清。从此，丁科长大概几个月都没有再见网友。偶尔在什么地方看到了一本《爱是不能忘记的》，他会心惊肉跳很长时间……

又过了将近半年，丁科长忍不住第二次又见了网友。这仍然是一次记忆十分深刻的见面。不过，比上一次倒是简单多了。

地点仍然是"庄园咖啡"，这一次为了防范对方先喝一杯意大利特浓，丁科长提前来到了见面地点。当然，"高个男人有点胖"将要见到的还是一个一米七零、四十岁的美女。

"爷爷！你好，爷爷，你好！"就在离约会还差五分钟的时候，一个

徐葆齐 著

十岁左右的女孩抱着一个白色的太极熊突然走过来对他说。

"你好，你好！"丁科长微笑着应付着。

"爷爷，你好！"小姑娘坚持地说。

"是啊，小姑娘，你好啊！"没错，丁克长觉得自己一点都没错，但这个小姑娘怎么没完了……

他刚有点疑惑，他的笑容就突然凝固了，而且凝固的从来没有过的僵硬，女孩手里居然——女孩手里居然拿着一本书：《爱是不能忘记的》。

丁克长揉了揉、并且睁大眼睛再次看去——确实是小说《爱是不能忘记的》

一定是巧合，他立刻这样想，并且继续喝他的咖啡。

"爷爷，你好！"女孩已经是第三次叫他了。

这次丁科长还是没有理她——他就是能相信男人能生孩子，也不绝不会相信这就是他的网友！然而，半小时过去了，丁科长已经喝完了第二杯咖啡，为了稳定神经，他特意要了意大利特浓。

网友没来自己喝，他这样想。这时他才发现女孩始终没走，依然坐在离他不远的地方看着他。直到喝完了第三杯咖啡——反正也喝了两杯了，他决定按照减肥的量喝。又因为眼前没别人，丁科长不得已才把目光转到女孩身上。然而他完全没想到，女孩只是对他轻轻的说了一句话，他就知道网友其实来了，而且早就来了：

"高个男人有点胖"，女孩轻轻地说，然后笑了。

丁科长不知道说什么好，但他毕竟是当过科长，见过世面的人，况且眼前不过是个孩子，比前一个老太婆，轻松了很多。

他只是轻轻地、但很响亮的拍打了自己的前额一下，问这个孩子："你会打字？"

"我还会上网，会玩游戏，我从三岁就开始上电脑，"女孩微笑地说道。

妈呀，电脑神童！

"始终是你在和我聊天？"

"是，都是在爸爸妈妈不在的时候，我家就住在旁边。"小女孩指了指窗外的高楼。

"你要喝杯咖啡吗？"丁科长非常亲切地问道。

"不，我只是好奇，想见见你。不应该花你的钱。"女孩说完，站起身抱着太极熊走了。

而那天丁科长，我们的丁克长同志再没点咖啡，而是一个人坐在"庄园咖啡"里失落了很久，直到深夜……

和铁大都分手，眼下丁克长同志是第三次和网友的见面，他非常重视！

事不过三——他愤怒地想。要是再有意外，他就绝不在和网友见面！

这次他仍然谨慎，中间他换了两次公交车，注意到确实没人跟踪，又在一个书摊上买了一本杂志《读书》，然后来到了事先约定的"庄园咖啡厅"。

进去之前，他特意把四周环顾了一番。

"怎么有点像地下工作？谁知道见个什么人，至于吗？也许是个孩子"或许是个狼外婆呢！这网上真的是一点谱都没有！"老实了一辈子的丁克长同志不仅这样嘲笑自己，而且内心有些愤怒！但他确实还是站了一分多钟—假作观看来往车辆，其实是实实在在地稳定了一下自己的心跳，然后才抬腿十分正式的走进了"庄园咖啡"。

要说丁科长有点像地下工作，也不为过，下边的情节确实更像电影里的地下党接头。丁科长走进酒吧，在远远的最后一排咖啡座上，他看到一个短发，身着绿色上衣的中年妇女坐在那里，正在看一本书。在离那个妇女还有三、四步距离的时候，丁科长看清了那本书的题目：《爱是不能忘记的》。

丁克长生怕看错，仔细端详再三，他踏实了"心花"也有点微微绽放……

"没错，就是她！"丁科长确认之后，他深深地出了一口气，闭上眼睛先整理了一下心情，然后再整理了一下几根白发，顺便整了整领带，还在咖啡厅一进门的地方转了两圈，再次稳定住心态，然后一狠心、一咬牙大步走过去。先把杂志放在桌上，然后悄声、声音十分"悄"说："你好！"

中年妇女一脸红晕、仔细地看了看杂志，然后站起来有点羞色的说："你好！"

"'高个男人有点胖'，"丁克长自报家门。

"'四十如花'，"女人有所回应。

再下边两个人就差亲切握手或者热情的拥抱，激动地喊道："同志，我可找到你了！"

这毕竟不是电影里的地下党接头。接下来，两个人是各自落座，脸上带着一种明显的尴尬和羞涩。

　　说实在话，见到眼前的，四十如花，年龄、身高、气质、和她在网上说的非常接近。丁科长再次深深的呼出了一口气，平慰了一下心跳……那是因为经历了艰难，确实见到"美女"，而那种浪漫的追求，也似乎终于落到了实处——

　　然而接下来的谈话，却让两个人都感到不像网上顺畅。但两个人都觉得这很可以理解，因为网络上是你并不知道对方的真实情况，并且谁都可以随时永远消失的。因此，谈话反倒比较自然，反倒可以随意袒露自己思想，那是一种虚拟下的特别真实。

　　见面是丁科长提出的，这不仅仅是出于好奇心，更重要的是他仿佛对，四十如花，有了一些"感觉"。

　　"干嘛要见面呢？这样聊不是很好吗？"开始"四十如花"并不同意见面。

　　"但是，面对面可能会更真实，可能会使我们的感觉得到发展！"网络又是一个非常严密的空间，就连一向胆小的丁克长同志也已经达到了毫不掩饰自己思想的地步。

　　"我觉得还是不必了，我从来没有见过网友。"

　　"这怕什么？凡事都有第一次，正是因为是第一次，也许会觉得比较宝贵。"能够这样直接的对一个老婆之外的女士发起攻势，就连丁科长自己也吓了一跳，怀疑这个人是不是自己。

　　"你知道有见光死这一说吗？"

　　"听说过。就是两个人一见面，关系就结束了。因为网上的感觉被打破，而现实中又感觉不好。"

　　"你知道的真多，我怕见光死！"

　　"不会的，我反复考虑过，我珍惜和你的关系，珍惜和你的缘分。见面以后不管什么感觉，我们都可以做朋友。"

　　对方沉默了。

　　"你真的当过科长吗？"

　　"这不会错，如果你同意见面，我会带着我的工作证。"

　　"这……"对方还是有些犹豫。

　　"都什么时代了，做个朋友有什么不可以呢？"丁科长继续坦诚而有点急切地说。经过丁克长的反复劝说，最终"四十如花"，终于同意见面了。晚上，他和云淑芸聊天的时候，突然想起要和网友见面，他像再次偷吃了白糖一样——心跳了好一会。云淑芸似乎看出点什么问道：

"你怎么有点走神？"

"没有啊，我在想孙子……"

连丁克长自己都没想到，见了"四十如花"，自己竟然有一种难以控制的"感觉"，他觉得自己仿佛在追求什么，心情十分急切。尤其是当他感觉"四十如花"虽没表态，但也没拒绝他的意思的时候——以他接触人的经验，对方显然对他有意，至少不很反感。这当然使丁克长的进攻力度不自觉地加大。

"认识你很高兴啊。"丁克长礼貌地说。

"我也是。"

"其实多一个普通朋友，没事一起聊聊天，当然是好事。"丁克长特别强调"普通朋友"。

"可是——""四十如花"迟疑了一下，不好意思地说到："可你有家啊，"

"那没关系，有家和聊天一点都不矛盾，甚至有家我们会聊得更好。"丁克长还没有完全清醒过来，他自己也不知道这话是什么意思，但他觉得该转移话题了。

"你上网多久了？""四十如花"平静的反倒比丁克长快。

"没多久，儿子看我闲着，就给我买了电脑……"

"没错，我也是。现在的年轻人总闲咱们管的多，我也是儿子给买的。"

"哦。对了，"丁克长突然想起什么，起身掏出工作证，"你看我的工作证，丁克长，这里——副组长，组是科级，也就是说我相当于副科长。"

"不用看了，"

"你是……"

"我是护士。"

"哦？那家医院的？"

"以后再说，行吗？"

"没问题。"丁克长爽快地说。

"你叫我小吴好了，""四十如花"有点上海口音。

"你上海人？"

"是啊。"这使丁克长很高兴，他喜欢上海人。

"小吴，你说你喜欢旅游？"

"是。"

"去过哪里？"

"我去的不多。你说你去过海南？"

"是啊，那是中国最漂亮的地方了。"说起海南，丁克长话多了起来，其实他也只去过一次，那是退休前领导给的奖励。

"海南最漂亮的是亚龙湾。晚上你站在齐腰的海水里，海水波光粼粼，月光照下来，可以看到你的脚趾周围的鱼虾！躺在岸边，一阵阵涛声传来，你会觉得你不在海南，而是在人间仙境……"

"哇，真的好美啊！"护士小吴仿佛被带进了天涯海角，陶醉于美景之中……

两个素昧平生的老人都没想到，他们竟然一直聊到下午四点多，要不是"四十如花"提出回家，丁克长还准备放开，大谈三亚呢。

"是啊，不留神四点多了，有机会再见。"

"行，谢谢你的咖啡。"

"哪里，我可以给你打电话吗？"丁克长礼貌地问道。"当然。"说完四十如花把自己的手机号码告诉了丁克长。

分手以后，丁克长一个人走在去地铁五号线的路上，他心情十分愉快，甚至他突然觉得路边的柳树已经冒出嫩芽，但当他走近细看的时候，却发现那只是他一厢情愿的事。

快到地铁站的时候，他又发现自己的脚步快了很多，丁克长仔细确认后发觉这回是真的，确认的同时，他还像小时候偷白糖一样、有点紧张的四下张望一下……

我年轻了，他想。

这时他的手机突然响了，是一则短信。

"丁科长，我叫吴佩佩。"

丁克长明白自己是在结交网友，结交"普通朋友"，他根本没在谈恋爱，与谈恋爱无关，一点关系都没有。

他有老婆、儿子、孙子，他已经六十多岁，谈什么恋爱啊，不着边际……

但谁能告诉他，这不是谈恋爱，这是什么呢？

葛老头，我跟你没完

第七章

我们这一代人大多如此，我们懂的人有时是要学习心计。而且常常觉得自己已经学得非常、非常坏、乃至夜半捶胸，深深自责……

但事情的结果出来后，才发现其实我们其实是难得的好人……

巴尔先生在这方面比较突出——他是转瞬间被刘巨仁彻底瓦解的。

铁大都博客

从"夜巴黎"出来，葛巴尔心态发生了很大变化。简单说，他已经完全处于待战的热情之中。

感觉自己所积蓄的能量没有得到发挥，是很多退休老人的共同心理状态。对葛巴尔来说更是如此。他和所有的同龄人一样，一生主要在"运动"之中，很少有平静的写作环境，更没少被动的浸泡在生活阅历之中。然而这一切都没能作为成果表现出来。这作为一名作家简直是死不瞑目的事！

此外，这是一个买车、买房、物质生活急剧上升的时代，而葛巴尔没钱，只能干看着——红着老脸、看着着急！越看眼越大！他怎么会甘心？这个年纪很少有不要面子的人。

有一个梦葛巴尔至少做了三十几年，而眼下这个梦夜晚光临葛巴尔大脑的频率越来越高，后来干脆在白天也会出现。那就是他的一本书一炮打响，引起轰动。

以至于他走在街上就被人指点：

"那就是葛巴尔！""

"你不知道，那是著名作家葛巴尔！"

"葛老，你太忙就不用排队了，"就连门口卖包子的、修鞋的都会表现出特别的尊敬。

　　最近，葛巴尔的梦又开始出现新一轮——他和老婆开着自己的私家车——QQ，搬进清水园的大房子，铁大都和丁科长站在一旁频频祝贺。而铁大都的话最令他心情舒畅：

　　"老葛，我还真没看出你有这么大本事，竟然一炮打响，红了！"

　　一次在家吃午饭的时候，这个"梦"再次飘然而至，占据了他的大脑——葛巴尔端着饭碗，拿着筷子的手在夹菜的空中停顿了大概三十八秒……

　　"又想什么呢？！"最终要不是赵元芬用筷子敲打他的饭碗，也许停顿的时间还要长。

　　一般的说来，退休以后的人，不再指望生活有大的变动。葛巴尔例外。顺便说一句，五年以前，葛巴尔已经拿下驾驶执照。学车的时候，年过六十的他，显然不能和小伙子相比一以，揉库，考试七次不及格，而闻名整个训练场。每次考试不通过，由新的师傅进行训练的时候，他都不需要自我介绍。

　　"知道您，作家！"一上车师傅就会主动说，并且很快就会露出头疼的样子。最后，竟然引来一些汽车杂志的记者采访他，主要话题是什么样的人不宜学车！

　　"学车最慢的人是高学历的人，"对这个问题葛巴尔有独特的解释，"我统计过，考了三次以上的人，大多是北大、清华毕业。"

　　葛巴尔的回答使记者们哑然，同样哑然的还有铁大都。

　　"书读的越多，人的动手能力越差，而开车是动手的事。学开车慢的人，各自原因不同。比如，年龄太大，再比如身体过胖，再比如不很上心……"

　　总之，巴尔先生回答的角度再次独特。

　　就这样，在记者面前，葛巴尔挣足了面子。

　　"看看，就连学个车，记者也不放过葛巴尔先生。真是的！"

　　但是回到家里的巴尔痛苦却是空前的。他有了驾驶执照，但没钱买车！又是一个干看着！搞得巴尔先生只好常常一个人站在马路上，红着脸看着往来车辆……或者到亚运村汽车市场，无数次的询问价格——其实，价格再降，他的钱也不够。

　　这回葛巴尔有希望了，他全力以赴开始准备工作。葛巴尔连续三天三夜没有睡觉，而是重读"聊斋"。在已经做了很多眉批和读后感的书页上又写下了密密麻麻的思考和感受。半个月以后的一个清晨，当太阳刚刚露出一点点红色的时候，不断地打着哈欠的葛巴尔觉得他的详细提纲已经完成。

这天上午他没有睡觉，而是突然产生了一个想法，他要投石问路。

他拨通了一个南方的出版社的编辑—刘巨仁的电话。

刘巨仁大概今年四十多岁，是省出版社的一个编辑，十几年前和葛巴尔因为一本书的事有过交往。也算是他的一个年轻的朋友。

之所以决定给刘巨仁打电话，还有一个原因，那就是刘巨仁所在的是国家出版社，比较可靠。不会上当。

接到电话的刘巨仁，非常意外，也十分高兴。当然，葛巴尔有他的社会阅历，他知道此事不宜过早对社会公布，以防止选题失窃。他只是若隐若现的、含含糊糊地说，自己的一个朋友想做类似的一件事，他来帮忙咨询一下。

刘巨仁表现的非常敏感，刚刚听明白这件事，立刻说道："能请你的这个朋友和我联系吗？这本书我们要了。只要稿酬别特别难为我们，条件大家可以商量。"

"我会把你的意思转告给他。"葛巴尔心里微笑了，他说道。

挂上电话以后，他沉思了一下，便拨通丁科长的电话。

"不错，确实是个好消息，事实证实了我们的分析。老葛，在注意身体的前提下，我觉得你应该抓紧！图书市场也是一时一变。"

丁科长说得对，葛巴尔决定立刻开始工作。

每个作家都有自己的习惯，葛巴尔的习惯是在要投入紧张工作之前，一定要彻底放松一下。对他来说，所谓的彻底放松就是去游泳池，一口气游上两千五百米，使自己的身体疲劳到极点。然后，大睡一觉。起床后便如出山猛虎、精神抖擞地投入工作。

但他没想到八百米还没游完，刘巨仁的电话居然追到了游泳池。

"老葛，你说的那本书的作者，你的那个朋友在北京吗？"

"什么意思？"这回轮上葛巴尔敏感了。

"没有别的意思，我们出版社正准备在北京出一批书，刚才我跟社长随口提到了你的那个朋友要写的这本书——关于重新评价《聊斋志异》的书，社长说让我到北京的时候不妨去看看你这个朋友，反正也是顺便。"

"你找他什么意思？，葛巴尔盯住问道。

"首先咱俩好多年没见面了，我还真挺想你的，呵呵！"刘巨仁没有直接回答葛巴尔，而是改为问候他。

葛巴尔知道这都是客气话，十几年中，刘巨仁来北京至少来了几十次，

徐葆齐 著

一个电话也没给他打过，更别说找他了。

"那好啊，想我好啊！谢谢啊。"葛巴尔觉得不必要揭穿他，便应付的说道。

"那是，那是。这样，这回我做东，就当也是给葛老师表示点歉意，咱们全聚德见，如何？"

"太好了！"葛巴尔心里不禁高叫，但他没有表现出来。

"你明天几点的飞机？，葛巴尔觉得先见面谈一下也不妨，谈过之后，自己心里会更有数。不过，从刘巨仁追的这样紧来看，此书大概正是市场特别需求的那一类。

刘巨仁说了个时间。

"后天上午十点我准时在家中恭候你电话。"

"一言为定！"刘巨仁那边再一次表现急切。

葛巴尔挂上了电话，一边准备去冲澡，一边想到，这个刘巨仁多年不见，现在好像也变得狡猾了许多。什么"随口"、什么"顺便"、什么，组织一批书，其实统统假话。事实是刘巨仁他们肯定经过研究，敏感到了这本书可能会"火"，于是像猫抓耗子一样扑过来，希望迅速把书抓到手中。

不管怎样说，刘巨仁的极度热情使多年没人理睬的葛巴尔心中稍稍有一点激动。

也许成功真的即将到来——蹬上裤子的那一瞬间，葛巴尔这样想。接着，他仿佛隐约看到了一个场面：很多人在排队，自己在签名售书……

"胡思乱想什么，沉住气！"他这样责备自己。然而，"气"还是没有沉住，两条腿伸进了同一条裤筒——葛巴尔摔倒在换衣柜旁……幸好，只是把大腿擦破了一点皮。

和走进游泳池的他有很大区别，走出游泳池的葛巴尔腿是有点不一边齐，但信心却变得十足。

回家以后，放下游泳的衣物，第一件事是他拨通了丁科长的电话，汇报了刘巨仁的来电。

"很好，很好，非常好！"丁科长在电话那边也被传染的兴奋起来，连声说道，接着便下了三点指示：

"第一谈话之前要做好准备，不打无准备之仗吧。第二我特别要提醒你的是，还是我们经常说的那句话，要按商业社会的规则办事，合同要签清楚，否则会吃亏。第三是我后天上午会在家等你的电话。"

放下电话，葛巴尔稍微考虑了一下，拨通了铁大都的电话。和与丁科长通话不同，葛巴尔尽量语调平静，避免表达过多的情绪，而只是冷静的叙述与刘巨仁通话的这一事实。避免被铁大都奚落。然而，他仍然"在劫难逃"。

"好啊，好事啊。"听得出来铁大都兴致不高，但没几秒钟之后，便又，原形毕露，的开始发言了。

"又兴奋了吧？别像一辈子没见过出版社似的。四流作家也是作家。况且几流是变化的，也许明年就是三流或者3.5流呢！我看你还是冷静点好，那些书商好人不多，小心上当！"

葛巴尔一下被噎到了那儿，半天说不出话来。看来他尽量保持语调平稳的努力全部白费。

还好的是，铁大都很快便平和下来："老葛啊，小心不为过。我们都六十多岁了，现在的社会和我们年轻的时候已经大不一样。还是那句老话，有事打电话！"

放下电话以后，葛巴尔"缓"了好一会儿，心情才平静下来。对待铁大都这样的老朋友，他是一点办法也没有，你不就是个满清后裔吗，不就是一百三十多年前你祖上当过九门提督右堂吗，老像你本人当过一样，你连东单的统发的钱粮都没领过，牛什么啊……葛巴尔心中不满的想到。

葛巴尔出门本来就衣着讲究，更何况这次对他是个比较重要的会面，他当然不希望让对方看到自己的老态和经济拮据。因此，他专门换了多年不穿的深色西装，打上紫红色的领带。胡子当然要修剪，并且还到门口理发店把脑后不多的头发吹的平整了许多。

"怎么着老爷子，是不是又上人民大会堂领奖啊，有中央首长在那等着你呢，"整个小区都知道这老爷子去过大会堂，所以理发店老板玩笑的说道。但是大家也知道，那是参加别人领奖的大会——也就是为别人捧场。

"没有，今天去烤鸭店会个朋友。"

"是不是要出书啊，这岁数还能'火'，可真不容易！"老板说道。

"唉，'火'是谈不到，一辈子就这么点本事，不写书，干什么呀！"

后天上午十一点，"一辈子就这么点本事"的葛巴尔整装走进了和平门烤鸭店。

报了刘巨仁的名字后，服务小姐便把他径直带到了一个包间。包间里已经发胖的刘巨仁坐在那里品茶，见到葛巴尔到来，连忙起身握手寒暄。

眼前的刘巨仁和出版业目前的状况并不成正比，谁都知道出版业是夕阳产业，赔钱很容易，挣钱很难。而眼前的刘巨仁却是肥头大耳，满面红光，一看就是营养过剩。

"一看你就是酒足饭饱，大老板。"葛巴尔毕竟比他大几岁，一上来就玩笑地说。

"哪里，哪里，现在的社会什么都可能缺，但是饭局不缺，茅台不缺。出版社再困难，好书出不来，可是一样请人吃饭，一样喝茅台。老葛，现在的出版社和你那时候不同了，现在都是企业，哪个老总不是先把自己安排舒坦了再说？"

"是啊，"葛巴尔对这样的话题没有兴趣，他应付的说道。

因为好久没见，按常规刘巨仁把熟人逐个问到，主要是些和葛巴尔相识的人。

接着，服务员开始上菜，话题也随之切人实质。

"老葛，你也知道我是带着任务来的，咱们先办公事再叙友情，什么时候可以见到你的那个准备彻底颠覆历史、全新评价《聊斋志异》的朋友啊？"

这事葛巴尔来之前就做好准备，他觉得完全没有再兜圈子的必要，完全可以直接切人主题，因为那个，朋友，本来也不存在。

"关于这个话题，有话可以直接和我谈，我百分之百可以全权代表！"葛巴尔透过眼镜微笑地说道。

"那好，"对于葛巴尔的回答，刘巨仁一点也不觉得奇怪，来之前他也已经料定"朋友"并不存在，"那就把你的那本书再详细介绍一下"好吗？"

"当然可以，"葛巴尔把对《聊斋志异》的新认识、新评价、新理解，很原则和很概括的讲述了一遍。关于这个问题，他来之前也已经想清楚，绝不可以把全部观点详细阐明。

"不过，事情远不是这样简单，"最后葛巴尔说道，"我对这本书已经研究了三年多，目前，几经修改的详细大纲已经完成。其中，举例说明的地方，大概就有三十几处。

这是葛巴尔的一个策略，如果刘巨仁是想剽窃葛巴尔成果的人，他只收获一些原则，而收获原则是没有用的。而再简要介绍书的内容，比如："举例说明的地方，大概就有三十几处。"这样的话会结束对方的剽窃心里。对方会觉得这个题材只能让葛巴尔来写，因为他已经研究的太深了。

刘巨仁非常用心的听完了他的讲叙，也没有再深追究，看来规则和做法大家都是心知肚明的，他只是说道：

"选择的这本书,我们认为很好。重新评价的出发点,也算抓住了要害。但是有一点请你注意,新观点是这本书成败的关键,也就是你的观点对这本书要具有总体性的、颠覆性的力量!请你注意一定是。颠覆性·的!'颠覆'这个词在这里用的很好,现在你的想法已经具有了这种基础,问题是如何再去尽可能多的强化它,力度要越大越好!不要怕有些观点不被人接受,甚至别人认为'极端'、'荒谬'!这都没关系,否则无法吸引读者的眼球!"

"明知荒谬,还是不可以发挥的。我们要对自己的观点负责,不可以伤害祖国传统文化!"葛巴尔坚决地说道。

"那当然。不过,'荒谬,是他们说的,其实,我们只是一家之言,能自圆其说就可以了。',刘巨仁的解释有点模棱两可。

葛巴尔点点头,他没想到刘巨仁这么快就把话切到了根本。不过让他踏实的是刘巨仁似乎完全没有窃取选题,抛掉他的意思。

"那么我关心的还有一个问题,那就是你们有没有能力把这本书拿到电视上去折腾?没有强大媒体的支持,事情大概也很难成功。"

葛巴尔又提出了一个他所关心的问题。

刘巨仁和葛巴尔不一样,他真正是一边谈一边吃——他先大口地咽下嘴里的烤鸭,然后用餐巾纸擦擦嘴角上流出的油。好不容易腾出了嘴,却又端起了鸭汤……

"难怪胖,真是够能吃的。"葛巴尔心里想着,顺手也拿起一张饼卷起一块鸭肉。

刘巨仁这时才"阶段性"的腾出嘴来说道:

"想到一起了。老葛,什么百家讲坛,世纪大讲坛等等,我们都会努力!我们可以拿钱砸,但是最终能不能上,还是要看你的东西是否打动了他们的策划人。也就是说,颠覆到什么程度是最关键的,这个力度一定要够!老葛,老朋友了,我绝不忽悠你,只要是彻底颠覆—至少我们省的电视台讲上两周不会有问题。"

"是省卫视吗?"

"当然,"

葛巴尔点点头。

"老葛,实说了吧,我之所以来北京就是看上你这本书的'彻底颠覆'这四个字,有这四个字,走多远都不算远,怎么发挥都不为过,你老就甩开膀子干革命吧!别的不用你管!"

"第三个问题我替你说了吧,就是稿酬。你肯定拿版税,百分之十没问题。但是首印数我只能给你八千册。"看到葛巴尔脸色有点变，刘巨仁连忙说道："老葛，现在出版社一般的书首印六千册，你已经是特殊对待了。尽管这本书我们大家都比较看好，但是图书市场的未知因素太多啊，多体量一点，跟我们干至少还有一个好处，我们是老朋友，是国家出版社，和书商不一样，卖一本会给你一本的钱，不会骗你，这个不用我多说。"

葛巴尔心里有点迟疑，但是，他又不得不承认刘巨仁后边说的都不无道理。

"这个情况不用我多说。老葛，跟出版社干是先苦后甜，超过八千册你的百分之十，一分不少你的。而跟书商干，是先甜后苦，你一拿到首印款，不管后边卖多少册，都与你无关了！老葛，你的事你做主，好好考虑、考虑吧。"

葛巴尔来之前心里的很多迟疑，不知不觉开始瓦解。

"没事，吃，吃啊！全聚德的烤鸭就是好，那水平真不是一般烤鸭店能比得了的。吃，吃，"刘巨仁一边热情的张罗，一边把烤鸭送到葛巴尔的盘中。

这是件大事，葛巴尔决定回去想一想，再和丁科长他们商量一下，再做决定。因此他没再吭声。

接着两个人又聊了一些往事。谈起过去，刘巨仁感慨万分："当年我们认识的时候，我还是个三十出头的孩子。多亏你和丁科长对我的提携、帮助，光阴似箭、日月如梭啊……至今我还记得，我和我们社长第一次找你约稿，那天你穿的是蓝色的制服。你们都是作家啊！在我眼里那是十分高大，一晃十几年了……"

刘巨仁说的感慨万分，竟然使葛巴尔微微有一点心动。在他看来，他的"迟疑"想法也随之有了越来越多的化解。如果有一个出版社愿意现在就订下这本书，虽然稿酬不高，但无疑对他是一种很有力的推动！他写作的状态也会随之变得更有力度。而且这样做本身刘巨仁他们出版社也确实承担了更多的险……

这事是要回去和丁科长好好商议。

两个人就这样吃着饭，很快小姐端着水果走进来。

"出去，出去，我们还没要水果，谁让你们这么快就上来了，"刘巨仁不耐烦的对小姐说。

小姐连忙端着水果退了下去，其实在葛巴尔看来一切都已谈完，也应该上水果了。

"老葛啊，"刘巨仁点上了一支烟，对葛巴尔说道："要不这样好不好，这一说起过去我也动了感情，我就冒天下之大不韪。首印数跟老兄签一万册，我确实是想做成点事，风险就让我们出版社全部担了！"

"这……"葛巴尔多少有点反映不过来。

"你再考虑考虑，"刘巨仁说。

两个人沉默了一会儿。

"老葛啊，你看如果没问题，咱们俩就把合同签了。不是别的我下午五点的飞机，还要赶回去。你如果不做，我们还要跟别人做啊。"说着他掏出一张合同，放在葛巴尔的跟前。

这使葛巴尔感到十分意外。他从来还没有和谁签过合同，在他的印象中，签一个合同仿佛是一个复杂的过程。

"也许是自己有点保守吧，对签合同有太多的神秘感。"他想。但他多少有点觉得，此刻的自己有一点像杨白劳。

"我不是非要让你立刻签合同，那么干我就不叫刘巨仁了，我得改名叫黄世仁了！"刘巨仁自我解嘲的说道，"不过你要看了没问题，能签了最好，省得我再来一趟。"

葛巴尔觉得刘巨仁讲话总有那么一点点别扭，他好像从不把事情说清楚。

但是，葛巴尔又突然觉得自己的想法似乎已经成熟，没有什么太多犹豫的了。就是回去了和丁科长商量，他又能说出什么呢？书还没写，人家就已经很看重了，提前签约也是对自己的一种信任，确实没必要再让人家跑一趟……

他很快又把思路整理了一遍：公家出版社。人家承担风险。刘巨仁是个有感情的老相识。自己书至今还没写。签了只会加油，只会更踏实。可以签了。

"没事，我可以签。"葛巴尔做出了最后决定。

刘巨仁立刻递上了笔，葛巴尔在两张合同上签了字。

就是不签这个合同，我能在这一类事情上做出什么结果？此刻的葛巴尔觉得自己只是个写书的人。别的事处理的越简单越好。

合同签完了，刘巨仁很快离去。

不知为什么，签完合同的葛巴尔并没有因此获得更大的创作动力，而是仿佛书已经被别人偷走一样。他有些沮丧，并且感到四肢无力。总之，提着鸭架子、坐在公共汽车上的葛巴尔，突然觉得自己大概已经是杨白劳了。

徐葆齐 著

"您拿的是什么？"突然有人问道。葛巴尔抬起头，是公交车售票员。

"鸭架子。"

"看着就像，赶紧扔了！"

"为什么？"

"坐公交车不能拿这类东西，噌别人一身油！"

"这……"

"快扔了！要不打的去！"

"我……"

"快点，马上开车了！"售票员一点都不客气。

葛巴尔只好下车吧鸭架子扔进垃圾箱。

汽车开动了。

"一无所获，连个鸭架子都没捞着。"葛巴尔想到，这回真的成杨白劳了。

回到家里第一件事，还是立刻给丁科长打电话，这是多年的习惯。虽然凡事葛巴尔都有自己的看法，做法，但是他还是常常觉得丁科长对他的"指示"很重要，很有参考价值。

丁科长不在家，这样葛巴尔心里有点闷，接电话的是丁科长的老伴云淑芸。云淑芸和葛巴尔相识也已经四十多年，应该也算是很好的朋友。云淑芸是蒙古族人，身材高大，心宽体胖，性格爽朗。是那种平日经常哈哈大笑的女人。

但今天挂电话之前的几句话却让葛巴尔感到不大一般。

"我也不知道你们丁科长去哪了，老丁厉害，人家现在是返老还童！说不定这会正跟哪个网友一块吃饭呢！"

放下电话，葛巴尔琢磨了半天，丁科长为人正派、忠厚是大家公认的，可这嫂夫人的话，似乎话里有话。半小时以后，丁科长的电话来了——

"怎么，像杨白劳？老葛啊，"电话那边丁科长的声音显得非常沉稳："人民日报最近有一篇社论，不知道你读了没有，签合同是商品社会交易过程中的法律约定，双方是平等的，你怎么会是杨白劳呢？我看还是要多学习，跟紧形势啊！"

听了丁科长的话，葛巴尔心中轻松了许多，自己看来是太敏感，太不习惯"商业社会"了，他暗暗责备自己。

"合同也签了，书的主要构想也有了，我看现在是万事俱备，老葛啊"

不用瞎琢磨了，写书是第一位的！好，祝你成功！我电话会打的少了，不要影响你的写作。有事你找我。"电话那边丁科长语重心长，有点像少剑波握着杨子荣的手一样说。

电话这边葛巴尔当然也感到了一种关怀，在挂上电话之前，他也没有忘了把云淑芸的话传递过去。最后葛巴尔玩笑地说道："科长，留神，网上可是啥人都有，千万别闹个晚节不保啊！"

"怎么会呢？别听她胡说！"电话那边，丁科长虽然没有乱了阵脚，但是毕竟不像往日那样平稳。

葛巴尔挂上电话以后，不敢有分秒的耽误，他立刻拉上了窗帘，这是葛巴尔多年的习惯。打开了台灯，据说巴尔扎克就是这样干的—把白天装扮成黑夜，使自己独自生活在黑暗之中，这样才很快进人写作状态。葛巴尔要拿出写世界名著的状态，做他自己人生的最后一次冲击！这是一次只能胜利、不能失败的战斗，他必须全力以赴！总之，既然肯定不是"杨白劳"了，他就可以立刻变成"巴尔扎克"了！

黑暗中葛巴尔坐下来打开电脑，就在他将等待电脑开机的时候，他突然想起刚才云淑芸说的话，接着，他又觉得最近的两次通话丁科长似乎都不像往常那样，把问题阐述的分外透彻，而是有一点心不在焉⋯⋯

"这小子，好像有点心事。"

但是葛巴尔没有再往下想，因为半分钟以后，他就完全投人到对蒲松龄批判的神奇境界中去了。他似乎看到了那些白面书生，看到了长须飘动的蒲松龄，当然更多是看到了那些美丽的狐狸精。葛巴尔平日也喜欢女人，但大多是"思想犯罪"，今天再漂亮的美女对他也失去了诱惑力，那是狐狸精啊！而此刻，他手里拿的仿佛不是鼠标、键盘，而是一把巨大的刷子，葛巴尔在信心百倍的翻腾、搅乱着蒲松龄制造的那个光怪陆离的神奇世界⋯⋯思维并不严密的葛巴尔，觉得此刻自己的大脑像就像一盏硕亮无比的聚光灯，把《聊斋志异》——一个黑夜笼罩的房间照得雪亮。然后他调动了自己所有的知识、文化、乃至哲理，重新逐一点评、剖析、"房间"里每一个人、鬼、精，彻底审判那些混沌的感情！

徐葆齐 著

第八章

　　杨二栓十分意外、又水到渠成的来到北京，而且十分意外又水到渠成的住进了五星级的饭店，饱食了燕窝、鱼翅，他怀疑他一辈子的饭钱被这几天翻了几倍……

　　这经历和葛巴尔重评《聊斋志异》似乎颇有相像之处，然而这绝对应该是风马牛不相及的事。一个是地道的农民，一个是非同一般的学者，怎么像命运的两只手在分别肆意的摆弄他们，使他们莫名其妙的走在不同的、但又非常相似的路上。

　　人类有一个"哥儿们"，名叫荒唐，过去并不特别常见。现在却身着西服、修饰整洁，面带微笑的出入很多场合，特别常见。和"荒唐"在一起现在是一件特别时髦的事……

　　　　　　　　　　　　　　　　　　铁大都的博客

　　中洋房地产董事长兼总经理丁东，一上班便关上了总经理办公室的大门，一个人闷闷地抽烟。

　　几天来，烦事太多，他感到不知所措，公司的开工证至今拿不到手，而开工的资金到现在也没有到位。他与三家银行谈及此事，回答虽然程度不同，但都没有最后拒绝。该把劲使在哪里，事情的前景会如何，他感到一片迷茫……

　　当他抽到第十五支烟时，他突然想起了传达室的那个小个子，曾和他谈起过他的老家有个知天知地知"几点下雨"的神人，而且，前几天他好像已经派他去把神人接到北京。丁东其实并不相信这些神神怪怪的事，但是有时候人碰到难以逾越困难时，也会有病乱投医。俗话说：倒霉上卦摊。

　　"听听也不妨。"他这样想，并随手拿起电话，"喂，老薛啊，你去看一下传达室那个姓陈的在不在，如果在让他上我这儿来一趟。"

办公室主任薛志清做事从来麻利，并且为人精明，公司的人都知道，一般事难不倒薛主任。更何况公司要精简，这就使薛志清办事变得更加麻利，很少有人真不怕砸饭碗的。

八分钟以后，消息就反馈到丁总的办公室："丁总，陈三车已经好几天不在了，据传达室老王说是你派他到外地出差了。"

"外地出差也该回来了，志清啊，你马上给我查查，看看他到底在哪里，找到他立刻告诉我。"

薛志清一分钟也没有停留，立刻亲自到传达室去查问陈三车的下落。"估计他已经回来了，我听公司开车的陈师傅说好像在公司附近'夜巴黎'咖啡厅里看到过他。"传达室老王这样说。

"在公司附近的，'夜巴黎'看到过他？这小子也会去'夜巴黎'？"这句话像一道闪电照亮薛主任的大脑，可转瞬间，闪电又熄灭了：现在他肯定不在'夜巴黎'了！

整整一个小时，薛志清变成了第二个丁东——也闷在办公室里抽烟，他比丁总更需要找个神人问问，丁总需要问资金，而他要问的是陈三车在哪！

一直到下午三点多，丁总也没来过电话，这样薛志清感觉很不正常，同时他也估计丁总不来电话则已，那是给他时间，只要来了电话是会暴跳如雷，斥责他办事不利。一直到下午五点半下班，他正准备溜出公司的时候，办公室的门开了，丁东走了进来。

薛志清做好准备，接受劈头盖脸的责骂，非常意外的是他看到的丁总的又白又胖脸上挂满了笑容。

"志清，晚上跟我去参加个饭局。"

"丁总，关于陈三车……"他刚想向丁总解释一下，没想到丁总惊讶的看着他问道："陈三车？你不知道？已经联系上了，一会吃饭就见着了。"

原来下午陈三车直接给丁总打了电话，向丁总报告，"神人"已到，而丁总找他正是要和陈三车一起吃饭，关于要他去找陈三车的事，看来丁总已经忘得干干净净。

薛志清的心一下放进了肚里，但与此同时，他才发现不知什么时候自己身上渗出了一身冷汗……

陈三车带着杨二栓在"夜巴黎"喝过白开水以后，又来到了旁边的天外天烤鸭店。他觉得这里可能更适合杨二栓。当一只热气腾腾、流着油的肥肥的烤鸭摆在杨二栓面前的时候，他终于忍不住了。

"三车，你真的发财了？！整天就这么肥吃肥喝？"

"二叔，你吃你的，别管那么多，又不要你掏钱。"憋了一肚子话的陈三车仍然做出笑脸说道。

"这鸭子好香啊！"杨二栓觉得他这一辈子也没吃过这么香的鸭子，忍不住高声喊道。

"你小声点！"陈三车忍不住压低了声音说道，"这是全聚德的鸭子，当然香。"

"你这么招待二叔，二叔永远忘不了你，等咱们找到办猪场的投资，明年一翻过身来，二叔也请你到北京来吃这鸭子。以后你不管有啥为难的事，二叔都不能看着！"杨二栓吃一口鸭子，喝一口酒说道。

"二叔，吃你的，吃好再说！"陈三车听到杨二栓这样说，他很高兴"毫不含糊地说。

"再说？再说什么？"这句话把杨二栓着实吓了一跳："你可不能让二叔掏钱，二叔出门的时候可就带了十五块，非让二叔掏钱，二叔就只能把裤子押在这儿了！"

杨二栓说着，为了证明自己确实没钱，站起身就要在大庭广众之下解下腰带，从内裤里掏出那十五块钱给三车看……

陈三车以一辈子最快的一次站起身，冲上去抱住二栓四下张望的说道："二叔，千万别，千万别！"

"打起来了！"尽管陈三车动作很快，但还是引起了周围一些吃饭人们的注意，离的远的人甚至站起来、伸着脖子要看看，这哥俩怎么个"打"法。

哥俩当然没打，陈三车迅速看清形势，催着二表叔把腰带系好，两人继续吃饭。

烤鸭吃完了，三车由于生怕二栓再生出什么事非，紧张的出了一身汗，二栓则用手擦着嘴，眼睛却死盯着三车，生怕他跑掉。

陈三车明白，该说的话不能不说了。他脸色阴沉下来，先喝了一口茶，运了运气……

"他总不敢说让我出钱吧，"农民归农民，社会经验二栓还不至于没有，他看出，"正经"事要来了……

"二叔，吃也吃了，喝也喝了，我得跟你说实话……不是以后有为难事找你，现在我就为难！没辙，一点辙没有，但没有一点办法，我也不能从老家把你老人家折腾到八百公里以外的北京……"

"我也寻思是，问题是你就是把二叔卖了，也未必能值这顿饭钱啊！听说过拐骗妇女、拐骗儿童，还真没听说过拐骗老汉的呢！"杨二栓瞪着眼睛说道。

"你这话说哪去了，谁敢花钱买二叔你呢，买来干吗呀，养老送终？"陈三车也略带不满的说道。

"那你就送二叔回去吧，"

"二叔，我不是说了嘛，真有为难事。"接着，陈三车尽量用通俗的语言把事情的来龙去脉叙述清楚。大概半个小时以后，总算把事情说明白了。

还好的是也许正是因为杨二栓不懂大城市的事，所以他一点也不害怕，只是再三把事情盯问清楚。

"你是说你在一家房地产公司工作？"

"没错，"陈三车点点头。

"你们老总姓丁？"

"没错！"

"丁总要请我吃饭？"

"没错！"

"因为我说准过明天几点下雨？"

"没错，"

"那我说准下雨跟他有啥关系，他就能请我吃饭？"

"你说准啥时下雨在咱看是个本事，可在他看就是神仙！"

"那不能去！"

"为啥不能去？"

"很简单，咱不是神仙，咱能去吗？人家请的是神仙，二叔一辈子没蒙过谁！"

"二叔，你就是神仙！"

"咋是神仙呢？不就是说啥时下雨呢？庄稼人看天看多了，谁不能说准几回呢？"

"那你不是比他们说的都准嘛！"

"那不是我看得多嘛。二叔给你露个底，那事只要你脸皮厚，敢说，准的时候自然就多！"

"二叔，你不懂！这城里人认为这就是天大的本事！"

"咋会呢，人家城里人又不傻？"

"傻！有的城里人可比咱傻多了！"

徐葆齐　著

俩人话赶话终于使陈三车说出了这句话。这让当了一辈子农民的杨二栓有点兴奋："咋能呢，城里人念书多，世面大，个个猴精，蒙咱们一愣一愣的！"

　　"还真不是这样，那要看啥事，要说看啥时下雨这事，他们整个一个傻瓜，谁也不如二叔明白！"

　　"二叔，"三车见二栓有点吐口，连忙紧接着欲言又止的说道："二叔……"

　　"咋的了？说话啊！"这回轮上二栓催他了。

　　"跟您说实话，咱俩这两天花的钱，都是人家的！你说，咱要是不去……"

　　"什么？"这事可让杨二栓吓了一跳，那鸭子、羊腿、咖啡、火车票、再加上那餐车的五个大菜，这得多少钱啊？

　　"三车，咱跑吧？"二栓的第一反应是哆嗦了！

　　"跑？那咋行？得去啊！"三车眉头紧锁地说。

　　这不去还真的不行了，把人家钱都花了，不去得还钱啊！那不是一百两百啊！二栓一时有点六神无主，看看三车那可怜相，摸摸腰带里捆着的十五块钱，就像上了火车以后一样，二栓再次感到自己没得选择！谁让自己来了呢，谁让自己是叔呢？是叔能看着孩子受罪吗？再说了，除了咖啡是咱自愿改的白开水，剩下自己是一样也没少吃啊！

　　杨二栓看了看身边香气四溢的鸭子，愣了一下说道：

　　"三车，别怕。要是就问这点事，就是看看几点下雨，二叔替你走一趟……"

　　"除了这点事，顶多再问几句话，然后吃顿饭，就没事了！"

　　"噢，就这点事，那没问题，二叔也会会这城里人、大老板！谁怕谁啊？"杨二栓突然觉得自己有些气壮，并且随之声音也有点偏高……

　　到这时候，陈三车也觉得自己的心落到实处，整个身体也都随之轻松起来了……

　　"二叔，人家要问资金来源，你就是咋感觉咋说啊。"

　　"什么资金来源？"二栓根本不懂。

　　"就是盖房的钱，从那儿借？"

　　"盖几间瓦房还用借钱？这城里人可真够穷的！"

　　杨二栓仿佛一下懂得了城里人，气越来越壮，而把自己寻找养猪场投资的事倒是忘得一干二净。

要说起来丁东这个人，有丁克长的基因，也是个厚道的人，有三种人比较容易信奉神人，一是愚昧的人，二是厚道的人，三是过于精明的人。过于精明的人，因为太精明所以不仅希望调动这个社会正常的力量，为自己所用，还希望借用非正常的力量—神鬼力量。当然，神鬼力量是否真的存在，谁都知道那是比较难搞清的问题，或者是"信则有，不信则无"的问题。

丁东当然属于第二种，找资金是所有公司都难办的问题，丁东当然也不例外。没辙的丁东拜到神人这里，对他来说只是"有枣没枣一竿子"的事。

"万一这一杆子打上了呢，"走在霉运里的人，很多人容易、也只能这样想。此刻的丁东也正是这样想。

去饭店的路上，薛志清的态度比较简单，当然是维护丁东的想法。听说订在一个粤菜风味的豪华大酒楼，薛志清一连说了三个好字。

时间约的是六点半，六点二十五分，丁东和薛志清就已经坐在单间里恭候了。

薛志清觉得丁总今天的神情有点奇怪，显得特别老实，特别实在，甚至有点不知所措，不知该说什么好。

"这家伙平常的脾气都哪儿去了？看来还是钱厉害，没钱您就得老老实实的，没话说！"薛志清这样总结。

走进金碧辉煌的粤菜大酒楼，像在车站广场一样，杨二栓二次产生了那种晕晕的感觉，他知道，这种情况下一般最需要注意的是进卫生间要分男女，否则警察会拘人。人很奇怪，还真别这么想，杨二栓这么一想，立刻裤子中间就有点要冲出的感觉。还好，三车立刻就叫过一个漂亮小姐把他带走。而当走出卫生间的时候，杨二栓已经开始有点情绪看看酒店的金碧辉煌了……

大酒店确实金碧辉煌，迎宾小姐排了十几个。从登上高台阶第一阶开始，二栓的心跳就再次加速。而登上第五阶的时候，他的腿就开始有点转筋。而登上第九阶的时候，杨二栓确实曾经被迫返回过第八阶，准备往下走了——三车明白，又是吓得。

"二叔，你可千万别不去了，你要是不去你表侄这份差事都能没了。"由此引起更加惊慌的当然是陈三车。

杨二栓没有讲话，他两眼有点发直的坐在台阶上，大气不出……

"二叔，事到如今，你是去也得去，不去也得去了！不就是会会城里人嘛，有啥了不起的，再说这事是你答应下的！"

杨二栓无言以对，看着火上房一样着急的陈三车，他说道："可是我去说啥呀？"

"咱不是商量好了吗，不就是几点下雨这点事嘛，你有啥说啥，说完就走，这还不行？天大的事由我顶着！"

"这话可是你说的！"杨二栓盯住三车问道。

"没问题！"事情逼到了这份上，陈三车把胸脯拍的山响。

据说，所谓勇敢不是指不害怕，而是指心里害着怕还继续往前走。眼下的杨二栓确实是够"勇敢"，他心中打着鼓，却依然登上了第十台阶，并小步走进饭店。但事实上，在走进包间之前，他也确实转身想跑过，幸亏陈三车早有准备，伸出手把他紧紧抱住，然后轻声说道："叔，你必须得去！"

"你放开我，"杨二栓低声吼叫。

"二叔！"三车当然不敢放手，他带着哭腔说道。然而，当杨二栓挣扎着说出一句话，三车立刻放手了。

"——我去茅楼！"

不知道是哪个名人说过，"想像中的恐怖，远远大于现实中的恐怖！"。

令杨二栓意外的是，当他二次从茅厕出来，走进包间看见丁总的时候，他的恐怖居然消失了大半……

杨二栓走进来，丁东连忙起身，欢迎杨二栓的到来。但他心中也着实吓了一跳，他没想到陈三车居然真的带来了一个农民——从装束到讲话。

"不就是花点钱吗？现在是坑也得跳了！"他这样想。

接下来丁东按照常规的招待，请坐，上茶，招呼小姐上菜，一切都和往常一样，当然，主菜少不了燕窝、鱼翅等等。

但很快他就发现这顿饭很难很正常地吃，像很多第一次吃粤菜的人一样，杨先生把洗手水一点都没犹豫的当成了高汤。幸亏被丁东及时拦住——刚喝了半碗就被接了过来。

"不会吃粤菜，并不见得不会预测。'神人'大概应该没几个会吃粤菜的。，丁东这样想。后边他也就顺坡下驴，精简了一些过程，让小姐一次性的把菜上齐，然后热情地请杨先生进餐。而杨先生只是问了一句话：

"先吃啊？"

"什么？"这话把丁东问得一愣，他搞不清对方是什么意思。

这下把丁东问住了，什么"下雨"的事啊？怎么跟"下雨"有关呢？谁要问"下雨"的事了？

他有点蒙。

"他管预测都叫'下雨'，这是行话。"陈三车连忙站起来，小声和丁东解释道，这下丁东突然明白了，原来"下雨"是预测的总称，而且这是他们的行话。

"没问题，不急，不急。"上来就长了学问的丁总连忙说道。

"那好，大家一起吃呗，"杨二栓站起身张罗着说，并且开始给丁东的盘子里夹上了一筷子菜。

这到底谁是主人、谁是客啊？丁东又有点蒙了。

"请坐，您请坐！"薛志清比丁东反应要快些，他很快就看出这是一个满不懂的老农。他凑近丁东的耳边小声说道："别小看老农，人神不神与职业无关！"

丁东点点头，他觉的薛志清说的有道理。

大家一时都不知说什么好，杨二栓只是闷头吃着，反正人家说了先吃后谈。随着心理上的逐渐放松，他吃的速度也在无形中加快，并且看来越来越吃出了菜的滋味。不大一会儿，一条鱼被他吃了个精光。由于没吃够，他端起盘想喝鱼汤，被三车拦住。

"哎，让人家喝，喜欢怎么吃就怎么吃嘛。"丁东说道。

这一下事情更有意思了，三车不敢再拦，而二栓更加肆无忌惮。整顿饭就听他吧唧嘴声和喝汤的吸溜声……

和杨二栓完全相反，整个一顿饭，陈三车吃的毫无味道。因为他的心情始终放松不下来，他不知道这顿饭会吃出什么结果。他不时的用眼睛偷看着两位领导，还不时用脚踢踢杨二栓的脚，以继续提醒和矫正他的一些做法。每次都踢的杨二栓有点发愣，而这一切也让丁总看在眼中。

"这事稍微有点怪，"丁东想。

请客很少有的在沉默中进行。二栓大概是着急要给丁总办事，所以吃饭特快。眼看着杨二栓第三碗米饭下了肚，眼前的几道菜也都露出了盘底，丁东终于觉得可以讲话了。

"杨先生，我们现在可不可以向你请教请教'下雨'的事？"

"行，"杨二栓反应还很迅速，立刻答应说道。他知道这是躲得了初一躲不了十五的事。

"这可是公司的大事啊，你给咱丁总多经经心。"陈三车不失时机的叮嘱杨二栓。

"事情是这样，我们是盖房子的公司，"丁东没敢说"房地产"三个字，因为他判断这位杨先生肯定没听说过这三个字，"现在资金发生了困难。已经谈了三家，虽然都没有拒绝，但时间拖得太长了，我确实有点着急。想请杨先生帮忙看看，和哪家能够做成？大概什么时间做成？"

"是啊，我们丁总急得晚上都睡不着觉，所以请杨先生神机妙算一把！"薛志清说道。

杨二栓一直聚精会神的听着他们讲话，但是到最后他也没有完全听懂丁东是什么意思。

饭局再次出现了冷场。

"丁总问的是资金的事儿。就是问你他和哪家能够谈成，也就是能够借到钱，我们好盖房。另外，就是什么时间能谈成？"

陈三车也连忙补充地说道，看到二栓还是木呆呆的不讲话。他也有点急了，继续说道："就是下雨，就是问下雨，哪天下啊？和哪家做成啊？"

杨二栓突然明白了——说了这么多，其实还是问几点下雨！他突然站起身走到窗前——把大家吓了——跳—打开窗子向窗外的深蓝色的天空看去……房间里静悄悄的，大家注视着杨二栓，谁都不讲话。

杨二栓聚精会神的凝视着天空，甚至把整个上身都倾斜到窗外。其实从下午答应陈三车来见丁东，他就已经开始观察天空的变化，并且已经有了初步结论，此刻，他只不过是在验证自己的结论的过程中。

"这位杨先生是奇门遁甲，在配合天象啊，看来果然是高手！"似懂非懂、假充大卯钉的薛志清，此刻趴在丁东耳边悄声说道。

丁东点点头。

杨二栓终于收回了探出的身子，转身走回自己的座位，坐下来继续吃饭。然后不断的把腊肉加进碗里，这使大家陷入五里雾中，不知他葫芦里卖的什么药。丁东和薛志清把疑惑的目光一起投向了陈三车。

"二叔……"陈三车不禁催促地说道："咋样啊？"

其实，杨二栓没有任何想法，他只是不知道在这样一个场合里该怎样宣布他的结论，所以就先吃了几口饭。此刻他大口咽下腊肉，说道："明天下午，三点！"

"他是说明天下午三点就谈成了！钱就有了！"陈三车解释地说道。

丁东转过头，对杨二栓盯问地说："是这样吗？明天下午三点就'下雨'了？"

"没问题！"杨二栓说。

"那会和哪一家做成呢？"接着，丁东说了三家投资公司的名字："华威，金玉，大成。"

杨二栓其实没有听懂这三个名字是什么意思，但是他知道丁东是让他选择。此刻的杨二栓满脑子就一个字，那就是，雨，字，所以他毫不犹豫的说道："第二家，金雨！"

丁东听完没有任何反应，这使陈三车心中的小鼓又敲了起来。他估计二栓大概没有说对，说的与公司的实际情况相距甚远。因此丁总才没有任何反应。陈三车觉得饭不可以再吃，事情见好就收。明天一早赶快去后勤报销费用，只要拿到钱，剩下的就听天由命了。这也是三车这几天来一直的思想准备。

而丁东一直什么也没说。但是中途在卫生间里，碰到，薛志清的时候，站在小便池边他小声的表了个态。

"不着边际。不可能。金玉投资公司是最没希望的，那两家还一直有联系，只有金玉已经快一个月没消息了。况且再快，明天下午也不会有公司来送钱，总要先签个意向吧，这是规矩！这不是小钱啊！"

"如果金玉真来签意向，这老农说得也不能算不对。签意向应该是给钱的开始。"薛志清这样解释。

丁东想了想，点点头，觉得薛志清的话有道理。

"但是明摆着不可能呀！"丁东失望地说，"明天赶紧请神人回去，这一天的开支也不少呢！"

饭局草草收场，陈三车把杨二栓带到自己的宿舍。

"咋的，说的还成吗？"睡觉前，杨二栓问他：

"管他成不成啊，反正咱把事办完了，明天他不能不给咱报销，一共三百七十块钱呢！"

杨二栓看得出来，陈三车似乎有点闷闷不乐。

这一夜，陈三车确实没有睡好，除了担心能否顺利报账以外，还因为杨二栓一夜跑了五次厕所……

"小点声，行不行？"陈三车埋怨地说。

"没辙，肚子吃坏了。"二栓毫无办法地回答。

第二天清晨，天刚刚蒙蒙亮，两个人就不约而同地起了床。但是谁都不讲话，杨二栓是因为觉得"忙"大概没有帮好，而且也明显感到了陈三车的沉闷心情，因此他不知道说什么好。

两个人就在沉闷的空气中，洗了脸，出去吃了豆浆油条，看看上班时间已到，陈三车说道："我去财务上看看能不能报销，你就在传达室等我。千万别乱跑，丢了这麻烦可就大了！"

杨二栓点点头，然后就一动不动的端坐在那里。

陈三车来到财务室，一切倒还顺利，只是会计把他的每张发票，都拿起来对着太阳照了有一秒钟，然后才给他做了手续。

"老陈，你怎么搞的，丁总今天和我交代这事的时候，似乎很不高兴，你得罪他干吗呀？！这年头找个工作不容易。"会计一边把钱递给他一边关心的说道。

"我……"陈三车不知该如何回答，他只是觉得非常窝囊。

拿了钱，走出财务室。他看到走廊那头，丁总正脚步匆匆的朝他走来。

"得跟丁总解释一下！"陈三车觉得眼下是个机会，他鼓足了勇气，迎着丁总走去。然而就在两个人距离三、四米、陈三车甚至已经张开了嘴。并且抬起了手，要和丁总打招呼的时候——丁东转身走进了旁边的一个房间，他仿佛根本没有看见陈三车。

陈三车抬起的胳膊半天都没放下，他觉得自己被晾在那里了。他很尴尬——同时，他觉得他担心一夜的结果终于出现了，他拿到了报销的钱，但他失去了工作。陈三车迈着沉重的脚步向传达室走去，远远的他看到会看什么时候，下雨，的二表叔，姿势依旧、表情依旧的像庙里的泥塑呆呆地看着窗外。

"这'雨'看的，把工作都看没了。"三车想。

然而，陈三车必定是陈三车，在二栓面前他依然保持着他的强势："二叔，趁他没说，我先把他炒了！双向选择！这年头谁怕谁呀？谁站着和躺下也是一边长！不就是一月八百块钱嘛？我就不信我找不着了！"

杨二栓没有反应。他知道，三车的气越壮，恰恰说明事情越麻烦。他还知道自己的肚子还在发胀……

"亏……"他这样想。

"二叔，别怕他。反正北京咱也来了，大饭店的海鲜咱也吃了，钱是他出的！"在陈三车看来，谁出的钱谁就是倒霉的人，接着他咬着后槽牙说："下午咱逛天安门去，然后上故宫！明天也别走，咱接着八达岭长城、颐和园、圆明园……不就是再花俩钱嘛？咱有。谁让我二叔投奔我来了呢！"

但是继而他感动了，因为不管怎样三车还是全力以赴的招待了他。继而他变得更加感动了，因为他看到三车气壮如牛、侃侃而谈的同时，眼睛里闪烁着一点特殊的光亮……他知道，那点光亮再多说几句就会带着热流淌下来……

不知为什么，杨二栓也想哭。他真的不知道他做错了什么，他不过是发现"二月草"可以催肥大花猪百分之三十，不过是想办个养猪场，不过是想找人投资。他根本不想来北京，不想吃海鲜，更不想给谁看几点"下雨"！

"别，别了，二叔哪儿都不去，二叔知道你也不容易。二叔回家，你下午把二叔送上火车就行了。二叔知道这十五块不够车票钱，那得你先垫上了。等二叔卖了猪，再还你。"

"别介呀，二叔，我车子再没本事，也不能让你这就离开北京，投资也没给二叔找着，二叔，你听我说……"

然而，不管陈三车怎样劝说，杨二栓是坚决不再去任何地方。他不愿再花侄子的一分钱。

火车是下午三点四十的。下午快到两点的时候，天空突然阴了起来，潮湿的空气在街上飘荡。陈三车无奈，只好依了杨二栓送他去火车站。给他买好了票，然后两个人站在检票口，在一阵阵在地面上打了旋儿的风中挥手告别。

"二叔，我工作的事你不用担心，什么时候我回去我会去看你，给乡亲们问好！"陈三车那在走廊里碰到丁总，举了半天、因为丁总不理他而放不下的胳膊，此刻举得特别高，并且在来回力量地舞动。

"好吧，车子，找着工作给表叔个信，省得我担心！等二叔卖了猪，会再到北京来看你！好孩子，二叔谢谢你啊。"

"二叔，一定再来啊！"

两人犹如久别重逢又再次分手，内心都充满了感动，杨二栓甚至再次看到三车子眼中那点始终没有流下来的、特殊的"光亮"，而他没想到，自己的那点"光亮"却热热地涌出了眼眶……

然而，这个世界上事情的变化常常在最后的一刻突然发生。

就在陈三车告别了表叔，带着的内心被离别的伤感和失去饭碗的心痛同时折磨，离开检票口，向火车站外边走去的时候，他突然听到远远的有一个声音在喊："陈师傅，陈师傅！"

　　陈三车抬头望去，只见远处一个人气喘吁吁的边喊边招手的向他跑来——是中洋房地产公司的办公室主任薛志清。

　　"陈师傅，杨先生呢？"站在陈三车面前的薛志清气喘的、急促的问道。

　　"刚刚进站，火车还没开呢！"三车子觉得心中突然照进了一道阳光，他疑惑地看着薛志清回答道。

　　"马上进站，马上进站！把杨先生立刻请回来！"

　　"干啥？"

　　"下'雨'了！陈师傅，谁都没想到——下'雨'了！！"薛志清显得有点手舞足蹈，十分兴奋的说道。

　　"什么？什么'雨'啊？"陈三车急促的问道。

　　"没错！刚刚来的电话，下午就直接来签合同。金玉公司！听见了吗？金玉公司！杨先生说得一点也没错！神人那，真的是神人啊！"薛志清一脸见到"神人"的快乐，及其兴奋地说道，并且拉着陈三车快步向车站里走去，一边走一边说道："丁总放下电话，第一件事就是让我来找你们，让立刻请杨先生回公司！并且在五星级酒店给你们准备了房间！"

　　一个小时以后，已经走上火车，为了预防需要的时候不走错卫生间，正在提前寻找男厕所的杨二栓被追了回来，并且稳稳当当的坐在了丁东的办公室里。

　　原来，据以往的经验，丁东本来已经认为全没可能的金玉投资有限公司，突然下午来了电话，明确表态将全资投人中洋房地产公司的地产项目。并且下午就来签订合同。电话里金玉的老总明确表态，很快就会有一部分钱打过去！

　　这使丁东非常意外，大为惊讶。虽然天还是没下雨，但是大概五分钟以后，他想起了杨二栓，同时倒吸了一口凉气："天下竟有如此神人……"

　　"谢谢杨先生，以后全面合作的机会很多，希望杨先生多多帮忙，多多指教！"

　　在丁东看来，不管自己是否相信神人的存在，但是事实必须承认——他客客气气的把一杯热茶捧到了杨二栓的面前。

杨二栓的回答简单而出乎在场所有人的意外：

　　"有啥合作的？别，千万别！"

　　接着，他像听到了什么，忽然把头转向窗外。

　　窗外，丁东、在场的所有人都惊讶的看到，仿佛是杨二栓呼唤、携带而来的、带着一阵阵凉风、发着声音的"雨"——真的来了！

　　丁东、薛志清、包括陈三车都只有惊讶的份了……

第九章

丁克长同志的才华一般，脑子也不能算很灵光。看问题周到而肤浅。重视社会表皮规则，不在意独特深度。而且一生都没犯过错误，但这一次他终于"出轨"了……

正是因为这次的"出轨"，我对他的情感更深。应该说，我看到一个更完整的克长同志。

当然这话被大嫂听到了，对我颇为愤怒了一阵。我表示抱歉，但我也表示了我说的确实是真理。

不好意思，云大嫂，真的不好意思。

摘自《铁大都博客》

作家确实比较敏感，葛巴尔感觉的一点都不错。克长家确实出了问题，而问题就出在丁克长的网恋上。

其实，丁科长网恋已经有三个多月。始终没有被云淑芸察觉过，丁科长不是胆大的人，对这天大的"犯罪"的行为，他当然知道后果。更何况他一辈子感情专一，对这个蒙古族老婆云淑芸忠心耿耿。要知道，那是一起唱过几百次"敖包相会"的云淑芸啊！婚礼上两个人还一起再次合唱"敖包相会"。然而，尽管丁克长胆小，尽管丁克长传统，敖包还是迎来了一次汉族女主角的相会。而且丁克长本人对此居然欣喜若狂！

因为他是副科长，是领导。是领导就要起表率作用，因此，他从来没敢造次。偶尔会有思想犯规，比如，在街上看到一个漂亮女人，他也会浮想联翩。最严重的是有一次，在剧场里看演出，他挨着一个香气四溢、皮肤雪白、身材丰满的女人。这也难免让丁科长心驰神往一番，不但没看明白剧情发展，而且全剧结束的时候，观众全体起立鼓掌，丁科长却依就坐的有点发呆……

"唉，陷人剧情了，"事后他叹了一口气，这样解释自己的发呆。但在场的人都知道，那是个皆大欢喜的结尾。

他首先把原因归结到云淑芸过早对性生活的冷淡。

"我很健康啊！"事后他沮丧的对铁大都说。

同时他觉得也缺乏外界对他的监督。不会有人监督丁科长，这年头，谁敢监督领导干部啊？

"就凭咱这长相，谁敢造我这方面的谣言？没人信！"丁科长因此不止一次得意洋洋的在众人面前用一句很，哲学，的话宣布：

"长相是外在的东西，但代表的却是内在心灵。长相是心灵的外化！"

事实上，也确实几十年在这方面丁科长绝无绯闻。

而眼下，有了网络就像一个人躲进了一个坚固堡垒，外人不仅不可能袭击，甚至不可能了解情况。

一旦没有了公共、组织、法律、道德、甚至公安的监督，一旦失去了所有的被惩罚的可能，人—人性在这里就会得到更充分的发挥，宣泄、发泄、随意、任意……

丁科长完全没有想到，他竟然一步就踏进了情感的狂潮，常言说：色胆包天。胆小的丁科长在上网的时候，竟然会忘掉了身边的一切，忘掉云淑芸，忘掉了"敖包相会"、甚至忘掉自己的领导干部身份（后来想起来这可真的是不得了的事，居然……）……

要说他也算非常小心了，他专门设置了聊天密码。而且为以防万一，他没用自己的生日，而用的是成吉思汗的生日—那是从网上查来的，当然准不准就另当别论了。

有"成吉思汗"当镇网之宝，他觉着万无一失。但他忘记了一个基本事实，那就是他虽然是成吉思汗家的女婿，而云淑芸是成家的嫡孙女！于是，意外顺理成章的发生了！

那是一个星期天，云淑芸领着孙子去逛动物园，本来说好，在外边吃午饭，却提前归来。原因是丁东突然出差，孩子的妈妈要上班，小孙子只好到爷爷家住上一周。所以，云淑芸改变计划，提前回家。而他正在网上和网友，四十如花，——吴岚岚聊得津津有味……

"砰"的一声，房门被打开了，像炮弹一样的孙子冲了进来，扑到他的怀中。然后，便死活赖着不下地，要和爷爷玩游戏。所谓和爷爷玩游戏就是丁科长趴在地上，给孙子当马骑。

"这又有什么不可以？你也可以借机会减减肥。"云淑芸这样说，搞得丁克长不好拒绝。

"等等，等爷爷关了电脑。"丁科长说。

"不等，不等，就不等。我现在就要骑！"小"成吉思汗"矫惯成性、历来说一不二。

"关电脑着啥急，他路上就念叨和你玩游戏，你就先跟他玩呗！"奶奶在这时候当然是向着孙子，否则孙子也成不了家里的"成吉思汗"了。

而丁科长的电脑关的又比较正规，要有一套程序。眼下，二比一他只有让步——丁科长立马趴在了地上，驮着孙子爬出书房，在大厅和另几个房间里转来转去。

"驾，快点，"孙子不断用鞭子抽着，吆喝着。而"老马"也自愿加快了速度，一直到满头大汗。

云淑芸高兴的看着这一切，随后，她走进书房，准备帮丁科长把电脑关上，就在她的手已经触摸到开关的时候，网上的一行字让她停止了一切动作！

"丁科长，你一定让我说，我就说。我喜欢你，真的！否则那天在'庄园'咖啡厅见面，我也不会……"

虽然极为意外，但云淑芸毕竟是成吉思汗的后代，她没动声色，而是坐下来把整个聊天内容看了个遍，怒火在她心中理所当然地开始燃烧……

就在这时，丁科长突然发现房间里没有了云淑芸的声音，继而想起电脑没关！他"啊"的一声，连忙站起身把小孙子掀倒在地上，大步走进书房——一切都晚了——满头大汗、白发纷乱的丁科长本来试图抢过电脑，销毁作案"证据"，却被推到一旁，便只有失魂落魄地站在电脑桌前，在成吉思汗嫡孙女的庄严的目光下，满脸通红、羞愧地低下白发苍苍的头……

于是"草原敖包"变成了"草原风暴"不可避免的在清水园爆发……

一切都没有悬念，一切都在意料之中，一切都顺理成章。在丁科长的家里，演出了一场不少家庭都曾演出过的活剧。只是犯在成吉思汗嫡孙女的手里，使风暴的力度更大，以致敖包拔地而起，天昏地暗……

云淑芸从来没有过的大怒、斥责、痛苦甚至叫骂，估计"成吉思汗"发起威来也不过如此……

丁克长同志只有忍耐、解释、道歉甚至自己骂自己……

一切都没用。全"剧"结尾是云淑芸决不让步，坚持请丁克长同志立刻离开这里。反复要求、反复哀告，毫无成效。最后云淑芸终于再次摆出了成吉思汗家的气魄，激情总爆发—她把已经装好丁克长同志衣物的旅行箱和铺盖卷隔窗抛进了雨中……

"那咱们改日再谈，改日再谈！"丁科长知道，打不过，就只有走。他只有暂时屈服，临出大门的时候他理了理满头的白发这样说。

葛老头，我跟你没完

接下来的科长可就惨了，他扛着箱子提着铺盖，一个人在大雨中艰难的走着，不大一会儿，头上给孙子当马骑出的汗，便全部被雨水冲刷的特别干净，。身上的衣服也已经湿透。

雨中的丁科长抹去满脸雨水想了想，他知道他只有一个去处，那就是铁大都的家。还好，铁大都家亮着灯，但是他又开始担心，因为铁大都常常人出门，因为粗心而忘记关灯。

"但愿他就在家中。"丁科长想，就在将要走到铁大都住的单元的门前的时候，丁科长突然觉得他目前这个样子，很难迈进铁大都的家门。他不愿意一进门就被追问，就"交代"家中所发生的"汉蒙战争"。

这时，他想起了物业。

"丁科长，您这是……"物业小王正在值班，看到丁科长的样子，他惊讶的站起来问道，并随手抄起了电话："不是被人抢了吧，要不要报警？"

"别，千万别！"丁科长顾不上放下箱子，连忙抬手制止的说。他想：千万别招警察来，警察一来就更乱了！

"老爷子，你这是怎么了？"小王一边帮他放下箱子一边问道。

"出差，刚出差回来。打的太贵，公交车又没赶上，我从五号地铁走过来的，老婆子又不在家，把东西先在你这儿放一放。没问题吧？"丁科长一边用小王递过来的毛巾擦脸，一边解释地说道。

"没问题。放几天都行。"小王说。

"出差？不对，这年头谁出差还带铺盖卷啊？公交车怎么会没赶上，这刚几点？"就在丁科长说去朋友家坐坐，离开之后，小王却对他的行踪迅速产生了疑问。

铁大都搬到位于郊区的清水花园已经两年多了，应该说郊区的生活对单身的铁大都来说，心情愉快了很多。

这种愉快主要来源于三个原因：首先当然是郊区的空气分外新鲜，不大的小区光柳树就有二百多棵，各种花草也有三十多种，不同季节轮番开放。小区院内经常保持七、八种不同颜色鲜花在开放。或红、或黄、或白、或紫，有的还香气袭人，尤其下雨前后则处处新绿，空气清凉。还会有城里绝对没有的小动物出来或单个或成群的在小区里散步。每当突然看到一个呱大扁、或者戚喳的麻雀、甚至成群的蟾蜍铁大都都会惊喜异常。同时，小区的幽静也是一绝。看房那天，铁大都一个人在房前的花园里坐了两个小时，竟然只看到一个人，那是小区的清洁工在打扫

徐葆齐　著

卫生。这一切对久居闹市——鼓楼、什刹海一带的书画家铁大都来说，自然心情分外舒畅。

其次，是他的住处离老朋友丁科长——丁克长同志只有几十米之遥，步行也不过三五分钟。

"搬到这里来吧，大家离的近点，也有个照应。"搬来之前老嫂子云淑芸不止一次这样说。

事实也是如此，搬来之后，云淑芸隔三差五就会电话叫铁大都："包饺子啦，来吃吧。"，"今天的酱炸得特别好啊，"，或者是丁科长晚上会跑来闲坐，一起聊天，老朋友聊天，那种快乐真的是说不尽的。

这一切和铁大都在城里一个人独居相比，生活丰富了许多，心情自然地也顺畅了许多。

第三点在别人看来是一件小事，但同样带给铁大都心情愉快。

作为八旗子弟，炒肝包子是他早餐中的最爱。所爱之深绝不低于美国人爱热狗、汉堡，法国人爱鹅肝酱。要是早餐没吃上炒肝包子，这一天铁大都都会不精神。当然他所说的炒肝包子要和便宜坊的水平相距不远，至少要和鼓楼的"姚记"能够并驾齐驱。就炒肝包子的水平问题，铁大都还专门在北京晚报写了一篇短文，详细阐述制作过程。据说读者颇多来电询问。

住在鼓楼的时候，他会每天走上十几分钟专门去一家店。有一次，铁大都出差十几天回北京的时候，专门买了夜间机票，在凌晨五点十分——包子铺卸板开门的时间，准时坐着出租车、提着旅行箱出现的事，曾在朋友中传为美谈。

这是搬到郊区他最担心的事，他总不能天天打着的进城去吃炒肝，他更不能天天不精神。

权衡利弊，他还是搬来了清水园。没想到搬来没几天，这个问题意外地解决了。

有一天早晨，他出去散步发现小区门口有一家安徽人办的早点铺。让他完全没有想到是，这里居然卖炒肝包子，而且品尝之后更加令他心跳，水平居然不低于鼓楼角下的包子铺。为此，在吃完之后，他特地把老板叫了过来。

这个早点铺老板因为白胖而被人称为"豆腐脑"，而老板娘又因为皮肤褐色而被称为炒肝。

"老先生，有何见教？"这时，"豆腐脑"一边用围裙擦着手一边问道，"不会是炒肝不合老先生的口味吧？"

"当然不是。我只是想知道你们的炒肝的做法是从城里哪家店学的？"铁大都已经断定他的配方来自高手。

"这还用上哪家店吗？"老板听完哈哈地笑了，随口说道。

"当然。别告诉我是你们发明的啊！"铁大都微笑地说道。他不相信安徽小店能把炒肝做的如此地道。

结果完全出乎意料之外，三分钟之后，"豆腐脑"走了过来，递给铁大都一张剪报，"老先生，'师傅'在这里。"

铁大都只看了一眼，便笑了——那正是他在北京晚报写的那篇文章。

"说是'师傅'在这里，"铁大都笑了，他先用手指指报纸，然后又指指自己说道："不如说是'师傅'在这里。"

"先生什么意思？""丈夫"疑惑地问道。

"没什么意思，只是你要是按照这个办法做的，我倒是可以再给你指教指教！"铁大都突然来了兴致，继续说道："只要你愿意，我可以把豆腐脑、油饼、豆浆的做法一一给你意见！那你就厉害了，非把周围的早点铺都挤兑哭了不可！"

"这，你……""豆腐脑"搞不清铁大都什么意思，不敢承诺。

"哦，"铁大都明白了，"你放心，我是分文不取！每天来吃早餐依旧照常付费。"

从此，铁大都天天来这里吃早餐，并时不时的对这家店的业务进行免费指导。甚至有一次，他干脆卷起袖子亲自下厨，全程演练炒肝的做法。为此，老板娘要付钱给他。

"只是希望你的炒肝越做越地道，而我也有地方吃的比较可口，这比钱重要！"铁大都分文不取，却这样说道。

据清水园居民的反映，这个早点铺确实做的越来越顺口。

没多久，大概三个月以后，周围的两个早点摊竟然空无一人，而"豆腐脑"这里却是车马盈门，想吃上这里的油条、豆腐脑或者炒肝必须排上近二十分钟。就连附近三、四里地的小区，也到这里来排队，或吃或带走。商品经济，自由选择——周围的摊主只剩下唉声叹气的机会，据说有一家老板娘确实掉了眼泪——铁大都真的把他们都"炸"哭了……

当然，铁大都没事的时候，他也转战其他摊位，继续传授秘笈。结果没过多久，几个摊位又都陆续兴旺起来。

"主要是为街坊邻居都能吃上可口小吃，如此而已。"他对摊主们说。

就在日子过的越来越舒畅的时候，这天晚上、一件出乎意料之外的事打破了新生活的平静。铁大都费了挺大劲才扭转了自己的思想，相信了眼前的事实。那就是丁科长被他老婆云淑芸扫地出门了！

那是在入夏以来第一场雨的那天晚上，丁科长以与往日没什么不同的聊天的面目出现，又来到了铁大都的家中。铁大都兴致勃勃的把自己最近写的几幅字画展示出来，请粗通书法的丁科长过目。两人逐一交换意见。一切仿佛都很正常。

但是没谈多久铁大都就发现丁科长今天似乎有些心猿意马。

先是说话颠三倒四，譬如把阎体说成欧体，把柳体说成怀素。再就是居然把铁大都仿柳宗元的字误认为是柳宗元的真迹。虽然铁大都确实有一副柳氏真迹。但这对丁克长同志是完全不应该的，或者说这不仅仅是错误，简直已经是笑话了。

"科长今天是不是喝多了？"铁大都曾经这样想。但是，这个想法很容易被否定，因为丁科长身上毫无酒味。

过一会儿，铁大都又发现丁科长开始沉默、话少。基本上是三、两句话一沉默，问得多了，催得急了，也不过是五、六句话还是一沉默。而且沉的比较深。有时候，几分钟都不说一句话。平日的并不精彩的"谈笑风生"，也只剩下"谈风声"，"笑"字失踪！

再后来就是形体上居然也出现反应。比如，白胖的手三次打翻了茶杯，再比如，去卫生间小解干脆搞了一地。显然方便时也有点心不在焉……

而这些疑点一而再、再而三的发生，就不能不引起铁大都的注意，那时已经是深夜十二点。

"他似乎要在这里过夜！"

丁克长当然从来不在铁大都家过夜——家在旁边，干嘛住在铁大都家？然而今天居然让铁大都产生了这样一个怀疑。

当然这个想法立刻被否定了。在我家过夜，云淑芸还不得急了？要干吗呀？

但继而他又发现了全晚最重要的疑点。

"科长，门厅里那个手提包是谁的？"

"我的，我从外边回来就直奔你这儿来了！"丁科长连忙解释地说。

铁大都没有继续追问，但心眼不多的铁大都并不傻，又聊了几句书画以后，铁大都觉得他好像可以直接发问了。

"科长，今天晚上还走吗？"

"……走……啊！"丁科长有点张口结舌。

葛老头，我跟你没完

91

"是不是和嫂子闹矛盾了，扫地出门了？"铁大都玩笑着直插要害。

丁科长傻傻的坐在那里，不说话。

"那就在这住一晚，等嫂子明天气消了，我送你回去。"

"也只能这样了。"毕竟是老朋友了，事到如今丁科长也不再隐瞒。

"嘿，还成真的了！"不管怎么说，铁大都有点意外。

"怎么招嫂子生气了？"铁大都笑着问道："总不会是第三者插足吧？"

丁科长没有回答，稍停了一下，却答非所问地说："物业快下班了，"

"是啊……"铁大都嘴上答应，心里却说，物业下不下班和我有什么关系？

这让铁大都着实吓了一跳，他确实觉得事情有一点复杂了。他一点也没有犹豫，就和丁科长来到物业办公室。

"就说我出差刚回来，你嫂子不在家。"进门之前，丁科长悄声对铁大都说。铁大都点点头。

等进到办公室里看到丁科长寄存在那里的东西的时候，铁大都全明白了——那里除了一个箱子还有一个铺盖卷——不用问，丁科长犯的绝对不是一般的错误，而蒙古族的大嫂子的火气也绝对不是一般的大，这不是明摆着，丁科长像文革中的黑五类一样被扫地出门了！

科长啊，铁大都心中不禁感慨。这老领导怎么……问题是这种年龄还有如此遭遇，多少有点难堪。

两个人拿了东西往出走的时候，铁大都看到物业值班的小王偷偷的笑了：是啊，这能蒙住谁呀，这年头，还有谁出差带铺盖卷呀！铁大都想。

回到家中，丁科长显然没有睡觉的意思，铁大都也知道这不是个睡觉的气氛，肯定就是分头躺下，也谁都睡不着。他干脆给两个人各换上一杯咖啡说道：

"卡布基诺，上好的，女儿从美国邮回来的。"

此刻，应该说清水园夏天的晚上是寂静而美丽的，窗外淅淅沥沥小雨打在盛开的鲜花上，而柳丝在昏黄院灯的照耀下，一片片或隐或现的在随风飘荡……

但丁科长的心情和境遇并不美丽，而且是非常不美丽……

六十多岁了，居然让老婆扫地出门，这跟谁能说的出口呢？寒修哪"太寒修了！应该说此刻他的心情低落到极点。在深深地一声长叹之后，丁科长用接近平常主持追思会发言的语调，充满哀伤地讲述了他被扫地出门

徐葆齐 著

的原因和那十分悲惨的过程。

"大都，你不是外人，我也不想瞒你。我有生以来做了那么多有益的工作，对党、对组织是忠诚的，而且对国家和民族是热爱的！特别是改革开放以后，能够紧跟形势，继续为党和国家做出贡献！大都啊！就是退休后，我一直没停止的在发挥余热啊……"

铁大都费了挺大劲，最后还是没忍住。没能坚持下来把这段话听完。本来他想问："老丁，有事说事，您就先别追思会了！"但是，他又觉得这样问仿佛对丁科长过于残酷！于是他非常和蔼地问道：

"丁科长，到底出什么事了？"

"哪有什么大不了的事？其实干脆就没事！你嫂子多心！再三解释，再三做工作，她就是不信！最近这些年，外边的事她不懂，她没有跟上时代，不够开放！老同志碰到新问题，哪有那么复杂啊？还是要首先要学会相信别人，创建和谐家庭嘛！这是中央一再提倡的，不要只认为自己是革命的，别人就一定是——"

大概他也觉得这种问题说"反革命"三个字不太合适，所以停顿了一下。

"——不革命的！"

"我能知道是为什么吗？"铁大都有一点开玩笑地问道。其实他已经听出了一些端悦，但是作为丁科长半个世纪的朋友，他无论如何也不能相信，老实了一辈子的丁科长——丁克长同志居然会发生婚外情？按过去的老话说，丁科长出现了"男女关系问题"！

这实在是让铁大都心里别扭，因为丁科长实在是太老实了，甚至太刻板了。如果说全北京只有一个人不会发生男女关系问题，铁大都坚信那一定就是丁克长同志。可是眼下—铁大都觉得自己的头有点晕，似乎他也觉得眼前的阁体字确实其实是欧体了……

"唉……"此刻丁科长的叹息声沉重的可以把地板地砸一个坑，以至于铁大都都有点受不了。大概有一点羞于出口，他还是没有讲话。

铁大都也没有再问。两个人沉默了好一会儿，丁科长终于开口了，他只说了两个字，便又沉默了："网上……"

铁大都立刻明白了，丁科长不仅发生了婚外情，而且是网恋！

这个世界真的开放了，我是不是也应该到网上去搞一个什么"恋"呢？明白了丁科长所犯错误的性质以后，铁大都产生了这样一个想法。因为在他看来，能够把丁科长这样观念的人有所诱惑，足以见网恋的难得魅力。

"没啥大不了的事，就那点事……"看来丁科长是要把，重要情节，忽略过去。

"别介。就哪儿点事啊？"铁大都立刻拦住他，玩笑地盯问道。

"在网上聊天室里没留神认识了一个网友，聊了几个月，见了两面，一块吃了两次饭。就这点事，没了，你嫂子多心！"

"你还没说，这网友是男的还是女的呢，科长，您总不至于搞一个'同志'吧？"

"同志"是网上同性恋的代名词。

"啥'同志'啊，你这不是恶心我嘛，我还搞'同志'，这就够我焦头烂额的了！"

"不是'同志'就好，我也不能接受'同志'！不过，丁科长，有一个事，我还是得问问你。你们两个到什么'程度'了？"

"到什么'程度'得有地方，咱没地方啊！我俩不过是吃吃饭而已。"丁科长急忙辩解地说道。

"就吃吃饭？蒙谁呀？就吃吃饭，能让嫂子扫地出门？"铁大都问道，显然他不相信。

"……分手的时候，我拉了拉她手，顺势……"丁科长红着脸说。"我说也不能就吃吃饭嘛。"铁大都玩笑地说道。

"什么时候啦，还开玩笑，"丁科长不满地说道："你倒是给我出点主意啊，我总不能总住在你这儿吧。再说，时间长了让物业发现了，太丢人了！"

"那倒是。我估计嫂子也是在气头上，谁都知道云大嫂脾气大，也难怪，成吉思汗的后代吗，那过去是驯烈马的脾气，那火一上来，多烈的'马'都被训了，'人'当然更抵挡不住！"

丁科长也知道事情不那么好办，他把头深深地埋进双腿……

"不过你错误犯的不深，我看这事也许好处理。"

一听这话，六神无主的丁科长好像阴天看到了太阳，他抬起头，充满期待的看着铁大都。

"好在嫂子也了解你，知道你是初犯，最终肯定会给你个改过机会。明天上午我单独去，告诉嫂子你在我这儿，并且帮你们疏通一下，去之前我先买点嫂子最爱吃的热带水果，比如榴莲什么的……"

有了主意，丁科长多少轻松了一些。

"嗨，搞婚外恋有意思嘛，都这个岁数了？"铁大都问道。

"不玩不知道，谁玩都心跳，婚外恋不分年龄。"一提起婚外恋，丁

徐葆齐 著

科长就来了精神，他兴致勃勃地说道："在网上一开始涉及这一话题，就开始心跳，在即将见面的时候，心里跟敲小鼓似的，心脏都快跳出来！这话我也只能跟你说，真的太刺激了！唉，当然我这事干的不对，但是跟你嫂子也确实几十年没这感觉了！"

"你跟嫂子把这话都说了？"

"当然。所有过程，连点的什么菜都告诉她了，做人就要诚实！更不用说跟你嫂子了，我现在只有靠诚实来感动她，争取宽大处理。"

"这……"铁大都听完刚要说什么，却又停住了。

"怎么，我做得不对吗？"丁科长抬起头问道。

"我的老哥哟，你怎么能把这些都告诉她呢？你这不是刺激她吗！你这会儿搞诚实，有点没想明白！"

铁大都不好意思说，"有点傻"、或者"智商有点低"，而是说"没想明白"！

接着他明白了，由于丁科长的"老实"、"如实交代"，事情已经被他搞的更加复杂了。铁大都长叹一声说道："这事，有点难办了，"

"那你说怎么办好？"丁科长两眼瞪得溜圆急切地问道。

"没什么，只是时间会拖的长一点。这样，这两天你先不要和她联系，等她的火气过了最高峰的时候再说。"

看着丁科长真的着急了，铁大都连忙安慰地说。但他心里却在想，这个老哥有点过于实在了，再怎么着，也不能如实交代啊……

他知道今晚显然不会早睡了。铁大都起身又冲了两杯卡布基诺。窗外，雨越下越大了……

第十章

　　就在这时，"砰"的一声试衣间的门打开了，胖老头手提着一件刚刚试穿完的新的衬衣，光着膀子，身上的白白的肥肉哆了哆嗦的颤抖着惊慌地跑出来，嘴里喊着："刚才那个人呢？刚才那个人呢？"

　　"怎么啦？"瘦老头问道。

　　"我试新衬衣，他把我的旧衬衣拿走了！"

　　就在丁克长被扫地出门的这个下雨的夜晚，在北京的一家四星级酒店的4012房间里，也有两个人在谈话，不同的是这不是哥俩儿而是爷俩儿。而且这爷俩的谈话要比清水园的那哥俩激烈得多。

　　争论是从晚上开始的，从丁总的房间出来之前，丁东是这样说的："杨先生，这个面子你无论如何要给，我这里你想住多久住多久。但归根结底我这个庙太小，这事由我来安排，反正会让杨先生大有可为……"说完他把头转向陈三车，"老陈——"

　　丁总这一声呼唤，把陈三车着实吓了一跳，在他的感觉之中，丁总还是那个见他走来就躲开了的丁总，眼下居然首次叫他"老陈"。而下面丁东说的话，更令他惊喜万分。

　　"老陈，我考虑过了，你先把传达室的整体工作负起责来，当然目前主要是接待好杨先生。以后你的工作怎么安排，我们再做商议……晚上我有点急事，不陪你们吃饭了。"

　　陈三车一下坠人五里雾中，他蒙了，他的头有点发晕—看来，不仅工作不会丢，还可能要高升！他陈三车要高升啦！

　　"丁总，我一定……我一定……把丁总交给的工作做好！"陈三车的右腿确实软了一下，他也是确实费了点劲，才控制住自己没有跪下。他话说的有点结巴，但让站在一边的薛志清仍然感到那是股信誓旦旦的味道！

　　接下来按照丁总的安排是陈三车陪杨二栓吃晚饭，因为肯定是报销"

所以陈三车一点没犹豫的再次把杨二栓带到了那个海鲜楼。在看着菜单愣了二十分钟、没点出菜来的情况下，陈三车灵机一动对小姐说："前天我来过，按照那桌菜做一半就是了。"

菜上来了，两个人先用饮料碰了一杯（后来才知道，喝的又是洗手水），然后风卷残云般的把那一半菜吃了个干净。

"吃，先吃，就是天塌下来也先吃！"中间杨二栓几次要讲话，都被陈三车堵了回去："表叔，从今往后，你可得听我的，我既然负责招待你，就是领导你，懂吗？"

终于饭吃完了，杨二栓开口了："你是领导这没问题，可是话咱得说在前边，我算看明白了，这差事我不能干，上次说对了那是瞎猫碰死耗子——巧了，那是咱走运。我只会看天……"

"这就够了。二叔，别想那么多，城里要的就是这个，'远来的和尚会念经'，换个人他们还不信呢！"

"但是我必须回家，我是来找猪场贷款的。"

"真是农民，典型的胸无大志！你建猪场那俩钱城里人是个人就能贷！"

"是啊，你倒是给我找人贷啊！我回去还要盖猪场，买猪患，要办的事多着呢！"二栓瞪着眼睛说道。

"可是二叔啊，你咋不明白呢，挣大钱的机会来了！你想咋说就咋说，这事只有你一个人懂，他们只是听的份。二叔，听我的没错！"陈三车俨然已经做了传达室主任，他信心十足的说。

就在这时，薛志清推门走了进来。

"我猜你俩就上这儿来了。"

"薛主任，啥事啊？"陈三车起身问道。

"丁总电话让你们今晚住到和平大酒店，房间我已订好，4012到前台去拿钥匙就是了，我就不陪你们了，杨先生再见！"说完，薛志清走了。

杨二栓没话说了，陈三车则摊开了双手做出无奈的样子。半小时以后，两个人走进了4012房间。

就像刚刚走出火车站、和走进粤菜馆时的感觉一样，走进四星级酒店的杨二栓，第三次感到了大脑的眩晕，灿烂而刺眼的巨型吊灯的灯光，和大堂五颜六色的装饰以及和村前小桥一样的汉白玉的桥栏，每一样都有足以让他不知所措。当然更让他难受的是汉白玉栏杆旁边的那个雕像，那是个女人。是女人没关系，要命的是那是个光屁股的女人，这让杨二栓有点紧张，并且非常不好意思。

"那地方是随便让人看的吗？"看着眼花瞭乱的人群，他觉得他走进了一个从来没有走进过的世界，就像电影里看到的那样的世界。但不管怎样，他觉得不该让那个女人光屁股……

陈三车当然比杨二栓好的多，但他也是硬撑着才没转向，也是费了挺大劲，才找到了前台。

走进房间，杨二栓还没有从那新奇的感觉中解放出来，当然他也再没提猪场投资的事。肯定这一夜，第一次来北京的农民杨二栓依然跑肚，但他毕竟一直睡到第二天上午。

"看来丁总很忙。这样，上午我陪你去买几件衣服，毕竟来了北京了嘛，喜欢什么就买点什么。"

洗完脸之后，陈三车说。其实这也是丁东的安排，但陈三车没有说明，在他看来他是住过四星级酒店的"主任"，虽然是传达室主任，但说话的气派要和这一切相似才对。没有向杨二栓点明，还有一个原因，他想在买衣服的同时，自己也买上一套。这是领导艺术。

"至于中午吃饭随你吧！"

"饭就随便吃点什么，受不了这总跑肚！"杨二栓说。

接着两个人就上了街，并且很快转进了一个大的百货商场。

一路上，陈三车没有忘记不断地给杨二栓稳定情绪：

"丁总请你呆不了几天，这些人每天都忙的脚底朝天。他哪有时间让你老住在这儿，肯定是还有点事没问完，估计今晚在一块吃个饭，明天就让我送你上火车回家了。说不定一高兴，还给你猪场投点资呢，你那点事毛毛雨啦！"

听说住的时间也不长，杨二栓的心渐渐归于平静。

"再者说了，既然来到北京，有人出钱过过这神仙的日子，也不错嘛。说实话，咱村里那些土坷垃做梦也没这好事！一会儿，我带你来身西服，你要想洋气就得非穿西服不可……"陈三车继续说。

说着说着两个人就来到了卖男装的柜台，人确实是财大了才能气粗，有了几百块支配权的陈三车，顿时吆三喝四，竟让服务员连续拿出了十几件不同颜色的西装，让杨二栓试穿。这不仅仅搞的卖衣服的小姐忍着气，不住地用眼白看他们，还因为占用试衣间太久，一些等不及的顾客纷纷离去。最后只剩下两个人，也因为半个小时没能进到试衣间，而表现出明显不满。

陈三车一边看着这两个一胖一瘦六十多岁的顾客，心里一边想到：你烦啥，我不是捣乱，我是真买衣服啊，兜里带着钱呢。

二十分钟过去了，看来那两个老头实在忍不住，开始和他们抢用或者共同用试衣间……这使三车有点不太高兴。

陈三车终于觉得到火候了，可以结账了。他指了指二栓身上一件蓝色西服，对小姐说就这件，然后递给二拴一个塑料袋，说道：

"西服就穿着，到试衣间把你的旧衣服装到袋子里，一件别落啊！"说完他对那个胖老头微笑的点点头，说："请你再稍等一下。"

陈三车交了钱回来，身穿西服的杨二栓，正提着塑料袋在等他，两个人高兴的离去了。

这时，被折腾的一个多小时的卖衣服的小姐，才揉了揉腰，深深的喘出了一口气："可不容易，都这样买衣服还不把人累死！"说完她就去把杨二栓穿过的衣服重新归位……

就在这时，"砰"的一声试衣间的门打开了，胖老头手提着一件刚刚试穿完的新的衬衣，光着膀子，身上的白白的肥肉哆了哆嗦的颤抖着惊慌地跑出来，嘴里喊着："刚才那个人呢？刚才那个人呢？"

"怎么啦？"瘦老头问道。

"我试新衬衣，他把我的旧衬衣拿走了！"

小姐一听连忙追了出去。

"没事儿，刚走不远，还没有走出商场！"瘦老头说道。"这俩人一看就是贫农，连个下中农都不像！"

原来买衣服这一胖一瘦两个人就是丁科长和铁大都。他们因为在家里呆得比较烦闷，天又下雨，正好丁科长被扫地出门，所以衣服没带那么多，于是二人决定进城到商场转转一则散心，二则去买衣服。

这时只见陈三车和售衣服的小姐一起匆忙回来，陈三车手里拿了一件和杨二栓内衣颜色相仿的衬衣，对丁科长说道："不好意思，拿错了，对不起啊！"说完他转身准备离开。

"站住！这衣服不是我的！"丁科长毫不客气的抓住陈三车说。

"拿错了，拿错了！那件是我脱下来的衬衣！"后边杨二栓又匆匆忙忙的追过来。

丁科长接过衬衣却没有急于穿上，光着大膀子、露着满身白肉的他眼睛十分惊讶的盯住了赶上来的杨二栓——

其实从一见到杨二栓起，丁科长就几次觉得这人面熟。但是他觉得自己不可能在这儿碰到熟人，尤其是不可能认识这种连"下中农"都不是的"贫农"——于是他没有在意。此刻，他再次看到这个"贫农"时，那种熟悉的感觉在他脑海中强烈出现。他不禁谨慎的问道："你是从哪里来的？"

杨二栓愣一下，回答道："我不是偷，是拿乱了……"

"他是拿错了！"陈三车连忙赶上来，解释地说道，"这不是给你送回来了吗？要偷就不送回来了！"

"我是想知道你们是哪里来的？"丁科长依然光着膀子，坚持地问道。

"这和老家有什么关系？老家是哪儿的和你有什么关系？"传达室主任陈三车火了，怎么，拿错一件衣服还要追查到老家去？公安局也不能这么干啊！

丁科长的态度使铁大都也开始注意眼前的杨二栓。突然，在一旁仔细观察好一阵子的铁大都高声喊道："二栓？你是杨二栓吗？是十二道沟的杨二栓？"

杨二栓和陈三车全愣住了，他们万万也没有想到在北京的百货商场里居然有人喊出了二栓的名字！

"你们是……"杨二栓因为不知是祸是福，所以他依然迟疑地问道。

"杨二栓——十二道沟的杨二栓！对吧，你怎么连我们都认不出来了！"铁大都激动地喊道，而丁科长眼睛已经有一点湿润。

"你们是……大都兄弟？丁克长—丁社论？"

"是啊，"丁克长冲上去抱住了杨二栓。

"没错，真没想到，怎么连我们你都认不得了！二栓！"铁大都冲上前去握住杨二栓的手，并随手把他紧紧地抱在怀中。

"是你？真的是你？"铁大都激动地说。

"老啦，老啦，咱们都老啦，当年我们在十二道沟的时候，你才是个二十几岁的小伙，现在也成老头了！"丁科长激动地说道。

"是啊，你们也都变得不认识了！多少年了，多少年了……咋在这儿碰上你们了？"二栓也激动了。

"怎么——"铁大都真的不知说什么好了，他只是握住二栓的手、不断地叫道："二栓，二栓！"

"这是当年咱村的下乡知青，这也是咱村的，当年你们在的时候，他还是个几岁的孩子！"杨二栓连忙把陈三车拉过来介绍给他们。

"是啊，没想到，真没想到啊！"二栓也激动地说。

"你怎么来北京啦？什么时候来的？"丁克长还没顾上穿衣服，还光着膀子说到。

"刚来没几天，"二栓还有些不好意思地说道。

"村里怎么样？大家都好吗？"大都急切地问道，并且悄悄的捅了捅

徐葆齐 著

丁科长示意他穿上衣服。

"大都，咱们找个地方和二栓一起坐坐。"丁科长一边穿衣服，一边说道。

"那是，"铁大都想了想说道："旁边就是自助餐，也该吃饭了，只是不知道二栓兄弟是不是习惯？"

"习惯！很习惯！非常习惯！"陈三车连忙说道。

"去，打个电话给葛巴尔，让他到自助餐这儿来找咱们。"丁科长转头对铁大都说道。

电话打到葛巴尔家里——毕竟是快七十的人了，在"黑暗"中一天以八千字的速度工作的葛巴尔，大脑处在半昏沉状态。接通了电话，就连铁大都这个名字，他也对着黑暗、反映了足有半分钟以后，才想起是谁。对于突然出现的杨二栓，他更是经过了五分钟的大脑迷糊搜寻、迷糊组合、再筛选、听对方解释，才突然大叫一声，明白了是怎么回事：

"知道了，他怎么来了？当年塌的那眼窑洞不就是他家的吗？"

"没错，"铁大都在电话那边心想，这不是哪壶不开提哪壶吗？

"是二栓兄弟啊，已经快三十多年没见了，你们在哪儿，我立刻过去！"

"你可小心点，过马路留神！"看到他晕乎的程度，铁大都在告诉他地址以后特别嘱咐说。

半小时以后，五个人聚齐"多伦哥"自助餐厅。这又是一家六十五岁老人五折的餐厅。葛巴尔的到来，无疑又引起了一片激动的情绪。相遇突然，使这久别重逢的激动情绪变得几倍上升！

"缘分啊，真是缘分啊！真没想到二栓子也变成了老头，村里人都好吗？"

"我开始看着他就觉得眼熟，可是无论如何也没想到，居然就是二栓！"丁克长这话已经说了四遍。

"是啊，"铁大都也呼应着说，，我也看见了，迟疑了好几次，但是得承认，我们确实变老了！二栓胡子全白了……"

"人生如梦，人生真的如梦！"葛巴尔也不断地重复一句古话，感慨万分。

"是啊，老了，站在跟前，你说你是葛巴尔，我都不会信的！你原来长得不这样啊！"二栓也不断感慨。

"是啊，谁以前就长这样啊！"

几人的激动把整个餐厅搞得像自由市场，而小姐也已经三、四次的过来提醒。

三个下乡知青，在回忆村里生活的同时，逐一问候那些老人，听到谁还健在，便委托问候。说道谁已经去世，便会啼嘘感叹一番，并且回忆起很多与这个人有关的往事，接着就会把他的家人情况问得更加详细……

"找时间回去看看，一定要回去看看！这一转眼已经三十多年没回去了！"说到最后，三个下乡知青纷纷发自内心的表示。

酒过三巡菜过五味，话题转到了现实。

"二栓这次来北京，有何公干？"铁大都问道。

"没事儿，就是来转转。已经转的差不多了，明天就回去了！"杨二栓刚要回答，陈三车却抢着替二栓说道。

"着啥急啊，多住上几天，我们也陪陪你！"丁科长说。

"是啊，第一次来，我陪你转转，看看故宫、看看长城……"

"就不麻烦几位大叔了，该去了地都去过了，明天我会送表叔回家！"陈三车反应迅速，直接替杨二栓做主。并且彻底隐瞒了真相。

传达室主任陈三车的坚决态度，倒使三个下乡知青不好再多说，于是到下午两点，大家酒足饭饱，葛巴尔和铁大都还专门跑回旁边的商场，买了各种礼物，送给杨二栓及其他村里人。

"二栓，这次很遗憾，没有多陪你。下次来之前打个招呼，我们专门陪你在北京转转！"葛巴尔一边把三个人家里的电话写给杨二栓，一边说道。

"对，一定要提前打电话。我们肯定会去十二道沟，去前会跟你联系！"丁科长和铁大都也说道。

饭后，在三车再三提议结束、而二栓也再三表示再来的情况下，大家挥手告别。

"不许失信，一定再来啊！"

"是啊，我们等你电话啊！"

二栓上出租车前，丁克长等人再三嘱咐。

二栓坐的出租车很快离去了，而三个下乡知青的感慨更加油然而生。

"老了，真的老了！"

"是啊，连二栓的胡子都白了，我们当然也老了。"

"人这一辈子，转眼即逝，该干什么赶紧！"

"该享受也赶紧！"

"没错。"

"哥几个，书进行得很顺利……我得回去继续写我的书去了！"葛巴尔态度更加庄严。

　　没得说，铁大都和丁克长打的把他送回家，然后奔地铁五号线而去了……

　　华灯初上，雨不知道什么时候停了。街上轿车堵成长龙，一闪一闪的红色尾灯不耐烦地的闪烁着，商店更是灯红酒绿，饭店则是车水马龙，忙忙碌碌的人群穿梭而过……

　　和每天一样，北京再次准时陷人繁华之中。

第十一章

在铁大都看来，这一番谈话表面没有本质性的效果，但毕竟他留给了云淑芸一些思考的空间，云淑芸接受起来需要一个过程。而他劝说的理由都以一种特殊的状态——通篇怒骂丁科长、但偶尔也回旋一下——给克长同志也做了一点小解释的状态留在了丁科长的家中，这不由云淑芸不思考。而且接受起来也比较容易。

徐葆齐 著

"咋不让他们到这儿来坐坐呢？喝杯茶也好啊！三十多年没见了啊！"

一直在激动情绪当中，没怎么捞到说话的杨二栓，几乎是被三车强迫拉回酒店以后，才对陈三车遗憾地说道。

"公司有公司的规矩，吃丁总的、住丁总的，就是丁总请你来的，就不能耽误丁总的事，你老和他们泡在一块算怎么档子事啊？"

"那我也不能……"

"和他们以后有机会。"

吃人家嘴短，况且还住人家？杨二栓又觉得他没话说了。

陈三车在北京混了五年，不是白混的。他有他的想法。如果杨二栓真的是到北京来玩，他巴不得"下乡知青"们都出来招待。可眼下，他觉得"二表叔"来"看雨"的事儿不适合张扬，嚷嚷出去谁知道会出什么事呢？这事尤其特别不适和"外人"参与。简单说，他觉得他的事好不容易走上正轨，他怕"下放干部"把他的事给搅胡了。

果然，回到酒店没多久，丁总就打来电话，说下午五点半，薛主任会去接他们，让他们在酒店等候。

丁东虽然身上有着丁克长的基因，但他毕竟和他爸丁克长成长环境不同，而且他是商人。商人凡事当然是有算计的。他既然能够请杨二栓住四星级酒店，大酒店品尝粤菜，他就有他的考虑。他要把这些投资成倍地收回来。

昨天晚上，他与金玉投资公司的老总朱金玉见了面，签订了投资意向之后，两个人在一起吃饭的时候，丁东就势扯开了新的话题。

　　"朱总，你也知道，我这块地的投资我肯定不止谈了一家，但是你相不相信前几天我已经知道我最终的合作对象一定是你！"

　　"开什么玩笑？你以为你是谁啊？"朱金玉笑呵呵地说。

　　朱金玉今年四十多岁，长得高高大大，白白胖胖，是那种比较难看、又不是特别难看，但威风八面、走路生风的人。

　　她长得像几类人。

　　像老板、像佛、像局长，也像大街上随时可能和人动手、抽别人的老娘们。而前三像，常有人跟她说，那些没出息的下属、江湖上算命的、新起的假信佛的，为了在她这儿弄点钱，都没少在她耳边嘟囔……

　　但是最后一像，肯定从来没人说过。这就带来一种结果，没多少人敢惹她！但又带来了另外一种结果，常常及其自信—极其荒唐的在各个领域里带着自信溜达。

　　"……并且我还知道你虽然不会立刻打钱，但在今天下午三点会给我打电话，把意向签下来！"

　　朱金玉的笑声和她的体魄相似，一般都震动不了房梁，但总能震的茶杯颤动。此刻，她又不以为然的哈哈大笑起来。

　　"所以，所以，我是坦然待之啊。"在她自信的笑声下，连丁东自己都觉得自己说的是假的。

　　"现在你们这些年轻人，说话有时候不着边际，你丁总看着实实在在的，实际也是一侃爷啊！"朱金玉说完，便哈哈大笑起来。

　　"朱总，要不要我把底细漏给你。这个底儿我肯定是不会漏给任何人！"

　　"行了，行了。打住，打住！"朱金玉一个劲地摇手，"丁总，开什么玩笑，你是不是想说你是我肚里的蛔虫？实话说，和你合作的事，也是前几天刚刚订下来的。连我都不知道！"

　　朱金玉说的不是假话，她原来并不特别看好中洋的这个项目，只是手上没有合适的项目报，所以有一搭没一搭的把它报给了海外总部，她完全没想到海外总部不知得到了什么经济情报，竟然对这个和其他几个地产项目果断投资。

　　"朱总，我一点都不夸张，我确确实实早就知道了今天这个结果！"

　　"好，那你就说说看，怎么知道的，让我也长长见识。"口气还是前边的口气，但丁东胸有成竹、一意坚持的态度，有点引起她内心的注意了。

而在丁东看来，杨二栓是他的一张牌。是牌就有个什么时候打得问题。眼下推出的时机已经成熟——这倒使他略作沉吟了一下。

　　"噢？！我明白了。"朱金玉突然醒悟，但还完全是讥讽的口气，笑呵呵地说道说，"你是不是也成大仙了，料事如神？我可知道有这样的大仙，只是一般人见不到就是了。那要缘分！"。

　　"朱总，笑话，我哪能成什么大仙。我连这块地都摆弄不好。"说道这里，丁东突然严肃了，"朱总，咱别开玩笑，我这事可是正经事。"

　　就这一句话，真的使朱金玉也一下严肃起来。

　　"我在昨天晚上见到了一个有预测能力的人。我告诉他几个投资公司的名字，包括金玉投资公司，您猜怎么着？"

　　"怎么着？"

　　"他一下就点到了你金玉投资公司。并且说明天下午——就是今天下午——三点左右，朱总会给我电话最终落实此事！朱总，朱总！你看，你看！我现在是不是跟金玉公司合作，你下午是不是给我来了电话，来电话的时候是不是下午三点左右？"

　　丁东异常严肃的样子，一副向朱金玉介绍他刚刚发现的"新大陆"的样子，使得朱金玉心中多少有点发愣。她那震动茶杯的笑声也不在了，代之而来的是思考……

　　朱金玉这样的商人和丁东不同，她是做投资的，按她的话说撒出去的都是真金白银！不仅如此，关键是量也大，少则百万，多则千万，甚至上亿或十几个亿。她所做的生意风险远远大于丁东，因此她对未来预知的需求也远远大于丁东，眼下她其实已经开始相信丁东所讲述的事实，但是还是笑呵呵的、完全不在意问了一句："这是真的吗？你可别让人骗了！假大师我见多了！什么变扑克牌的、事先安排'托'的……"

　　"朱总，没事，这个大师是咱们单独发掘、单独控制的！如果你想见到这位大师，我明天晚上就可以给你安排！但是我可以告诉你，他没见过任何市面，连粤菜都没吃过，他纯粹就是一个老农民！"

　　"噢？老农民好啊，老农民就对了，这种人大多隐在民间，或者干脆就隐在农村！"

　　"纯粹的老农"这句话倒使朱金玉更加相信这事是真的了。

　　丁东这样做当然是有他的考虑，把杨二栓介绍给朱金玉，对自己和朱金玉今后的合作不仅有利，而且是一个顺水人情。确实，"大师"不是谁都能找到的。

　　但是，这件事最难受的是杨二栓了。从不骗人的杨二栓，莫名其妙的来到北京，莫名其妙的给人看，雨，，又莫名其妙的住进了四星级酒店，甚至莫名其妙的穿上了蓝色格西服。这一切都让他心中不安。而他最上心的猪场投资的事，却至今没有任何消息。

"车子，我跟你说，今天晚上再去这一次，明天一早不管有没有人给猪场投资，我都回家了。"

"别操那么多心，也没有人说再请你，或者再留你。二叔，说不定明天早晨想不走还不行呢！"

如果让人家看明白你只是一个时而准、还时而不准的"天气预报"，谁会请你继续住酒店呢？吃粤菜呢？门都没有！陈三车这样想。

两人说到这儿，丁东接人的车到了。

原来，豪华是可以习惯的。

再次走进大饭店的杨二栓不仅不再眩晕，而且他能看出今天请客的这个老板比昨天的那个大，因为馆子明显比昨天的大，灯光也比昨天的多，眼睛刺的也比昨天厉害。在二栓看来，灯光是否多、是否亮、是否刺眼，已经成了一个酒楼是否豪华的标致。但有一点二栓比较得意，大概是因为这次来，看雨，已经是最后一次，他觉得不像前天那么害怕。至少那个很高的台阶是自己一步步走上去的，而不是车子搀上去的。在上台阶的时候，他甚至看到自己西服的下摆在规则运动——杨二栓完全可以了，他挺了挺胸，走进了酒店大门。

同样是这个晚上，大概一小时以后，铁大都敲响了丁科长家的大门。

事情是这样的，铁大都和丁科长回到家中，发现有两个未接电话的电话录音。

"大都叔叔，我爸在你那儿吧？我听我妈说了，看来要很快和解，不是很容易。你告诉我爸让他先来我这儿住几天，等我妈消了气再说。"

而另一个留言则没有讲话，只是稍等了一下，便挂断了电话，但谁都听得出来，对方火气很大，因为电话不是挂断的，而是摔断的！

铁大都查看了对方的电话号码，然后微笑地对丁科长说："第一个是令公子丁东，第二个肯定是尊夫人—蒙古的、'成吉思汗'的啊—的电话。"

刚刚被电话摔断声吓的心惊肉跳的丁科长深深地吸了一口气，以平稳心态。

"什么蒙古的？听你的口气我好像有两个太太似的。"丁克长不满地说道。

"那肯定不是。我是怕你误会，以为是汉族的那个。区别一下而已啊。"铁大都狡猾的微笑了一下，解释说。

不用铁大都说，丁克长知道自己将来肯定在他那里落下了玩笑。但眼下他顾不上说这些。

"你看这个问题怎样解决更好一些？"丁科长两眼有点发直的站起来，直直的走到窗前，他十分担心事情走向复杂。

"要不要给你家东子打个电话？"

铁大都一提醒，他立刻拨通了儿子的电话。电话那边丁东说的更加简单。

"这点小事儿哪能离婚呢？！老爸你也真是的，这岁数还见什么网友啊？你可真够花心的，难怪我妈生气，不就是摸了摸人家手、顺便抱了一下嘛，小事一段！你什么时候到我这儿住几天，咱爷俩细聊聊。看来，我这摸女人手的毛病是有遗传呢！"

丁东在电话那边半开玩笑地说道。

"他妈的，你这小子，胡说什么呢？"丁科长训斥的说道。

"老爸，你就别摆架子了，都让媳妇轰出来了，还端什么啊端？从现在起，您是没架子可摆了……"丁东在那边依旧哈哈大笑的说道。

"你小子……"

"得了，我逗你玩呢，我在家等你了啊！"说完不待回答就挂断了电话。

"这小子！"丁科长愤怒地骂道。但其实他内心是高兴，不管怎么说，儿子没有抛弃他，相反感情依旧。这使他感到一下轻松很多。

"大都啊，一会儿你还是到你嫂子那儿去一趟，探探她的口风，我那媳妇我知道——草原风暴，来得快去得也快，也许今天就让我回去了呢。"

"责无旁贷。晚饭怎么办？我平常就是一碗粥，但咸菜是最好的熟疙瘩。"大都立刻答应。

"没问题，我也在减肥。你嫂子说过，早饭是给自己吃的，中饭是为陪朋友吃的，晚饭是为敌人吃的。"

"为敌人"当然不能多吃，就这样，两个人喝过粥、吃过"最好的熟疙瘩"以后，铁大都一个人来到了丁科长家门前。

"你干吗来了，你给我出去！"

事情比想象的要严重。云淑芸打开门，让铁大都走进来，她却一直虎着脸，过了好一会儿才说道。

"嫂子，你这不是折腾我嘛？门可是你给我开的，进来还没讲话就让我再出去，我又没网聊，更没犯错误！"

"你说他干的这叫什么事儿！我做梦都想不到，这个老东西，七老八十还搞出个婚外恋，还在网上弄出个第三者，你说他对得起谁！"

"没错！"

铁大都高声赞同着，仿佛他和云淑芸的立场极其一致，他气愤异常地继续高声说道：

"这不是晚节不忠嘛？丁克长同志也太花心了！该好好教训他一下，嫂子，这回可绝不能轻饶了他，这回要是饶了他，以后日子怎么过呀！他还不得瞪鼻子上脸！"

"没错。你要是来给他说情的，你就给我出去！"云淑芸依旧沉着脸"口气严厉地说。

"你看我像是给他说情的吗？我要是给他说情，那不仅仅是把我轰出去的事儿，那得把我打出去才对！拿苕扫彻底出去！嫂子我跟你讲，你把我打出去，我铁大都都无话可说！"

云淑芸本以为铁大都肯定来为他的哥们说情的，然而这番话说的完全出乎云淑芸的意料之外，她有点发愣。又一想不对，铁大都来，绝不是来和自己一起骂自己老公的。

"少来这个，你真的觉得他有那么多不对吗？你铁大都也不是好东西，男人都不是好东西！"

"说得对，嫂子，这问题我研究过，男人都是陈世美！历史上哪段男女之情不是始乱终弃，这事历朝历代都没能解决好，再赶上这改革开放的年代，这不得加一个'更'字！嫂子，这年头做女人难，做名女人更难，做蒙古族的名女人是难上加难。做唱'敖包相会'的蒙古族的……"铁大都依然高声的耍开了他逗贫嘴的本事，这也是他日常缓解人情绪的常用手段。

"谁是名女人啊？"云淑芸转过头驳斥地说道。

"嫂子，你不是名教师吗？教书教得好，要不咱们怎么不容丁克长同志干这事呢，再说，'敖包相会'唱遍全国，谁敢说咱不是名女人？名女人才不是善茬子呀……"

"你才不是善茬子呢？"云淑芸一听话说的不对，转头反驳的说道。

"没错，我不是善茬子，老丁是。"

"他还善？"一听这话，云淑芸的火又上来了。

"那当然。"前边一直搞不清在替谁讲话的铁大都，突然变得理直气壮，这不能不仅使云淑芸竖起了耳朵。

"这事儿也就是克长同志太老实，换一个人绝不仅仅是摸摸手，就势抱了一下！这多亏了丁克长同志当过科长啊，他意志坚强啊！要是我，绝不仅仅如此！哪能如此规矩？已经摸手了，还不就势大发展……另外这也怪他和嫂子感情太深，过深！"

铁大都的语气从理直气壮的、快速"流水"，开始变得语重心长的"西皮"，甚至情感悲愤的"二黄"

"嫂子，这是个什么时代啊，改革开放，谁能不受点诱惑，窗外风景色彩斑斓啊，中国人憋得太久了——克长同志就真的算好的了！不容易啊。要是我，早就……嫂子，你运气太好了，算赶上个好老公了！"

这话确实使云淑芸感觉需要琢磨，但有一点她是反映不过来，铁大都即使是替老丁做说客来了——可他丁克长毕竟不对啊。这使她很难接受。

"行了，铁大都，你的任务完成了。你可以走了，也不需要再来了！"云淑芸忽地站起来，异常冷静的说道。

"噢，对了，一会儿还有人来买我的画，嫂子，我得先回去了。卖画是重要事儿，你可千万别留我，千万别！"

云淑芸差点笑了，她想，谁留你了。

铁大都说完了再见，便走出了丁科长家的大门，他听到身后云淑芸站起身关上了房门。

这关门声比那摔电话的声音温和了许多。看来有门——他心里想。

在铁大都看来，这一番谈话表面没有本质性的效果，但毕竟他留给了云淑芸一些思考的空间，云淑芸接受起来需要一个过程。而他劝说的理由都以一种特殊的状态——通篇怒骂丁科长、但偶尔也回旋一下——给克长同志也做了一点小解释的状态留在了丁科长的家中，这不由云淑芸不思考。而且接受起来也比较容易。

"再等一等。别急，你这捅马蜂窝的事，没那么简单结束！但是火气消掉以后，她的想法会变。"回对家中，铁大都这样对丁科长说。

"也只能先这样了，，丁科长严肃地点点头，一副作出新的决定的样子说道："大都，老打扰你不合适，我先去东子家住几天，然后根据新的情况我们再来研究、策划。"

"还策划呢，这是策划的事吗？我这倒没关系，多一个人喝粥，反倒会香。"铁大都笑呵呵地说。铁大都有点佩服丁克长，他碰上这么激烈的家务事，居然语言依然如此把握官气——阵脚不乱，这也不容易啊，这也是一种难得的素质！想到这儿，铁大都微笑了。

"那倒是。可是我还是和东子住比较合适。"丁克长解释地说，临走时，他又嘱咐铁大都说："粥香未必是好事，记住啊，晚饭是给敌人吃的！"

"没错，记着呢—我不但记着呢，而且还记着，这是嫂子说的。"铁大都笑着呼应，并且借机再次敲打了一下丁克长。

第十二章

炸灌肠是北京小吃，肯定也是中国特产。朱金玉有点像炸灌肠。

她表面就特像炸灌肠，油水大——投资公司老总嘛，颜色也特别宜人——外表富贵、大气。她会做生意，不少赚钱——这就使她不低于灌肠的蒜盐香味、口感的鲜美，甚至外焦里嫩……

但她远没有灌肠那样令人难忘，常常要吃的综合味道。具体说，那是盐、蒜、火候——焦嫩程度，此味何时加、何时不加、哪味先加，哪味后加诸如等等。

后来你会发现，总结来总结去，其实做好炸灌肠，最重要的标准和人类定位天才的标准一模一样，就是两个字：分寸！

而对于朱金玉来说，那些调料、及调料的运用就是文化。就是她的人生境界、社会文化、民俗、民风的知识……而这一切，她几乎趋近于零。尤其是对深奥的玄学，她喜欢，并且冒充专家，但其实一无所知。

但是在中国如今的社会中，能像灌肠样的人已经是中上人物，非常不易了。因此，我们不再苛求。

摘自《铁大都博客》

朱金玉是那样的女人，她开始依靠香港的亲戚的财富和国内亲戚的权势，挣到了第一桶金，大概是几百万。其实她只有初中文化，但是她绝对是一个头脑清楚，做事精明的人。因此她很快便把资产变成了上千万，然后参与国际融资，成为了今天这个可以调动上亿、参与调动十几个亿的金玉投资公司的老总。

朱金玉对自己有着和别人不同的评价。她认为"精明"是需要的，但是次要的，运气才是第一位的。她理所当然的认为，她有极好的运气，同时，很自然的她的业余时间便与一些相信运气的人厮混在一起。当然，见"大

徐葆齐 著

师"，对她来说是属于激动人心的事情。在她看来，这个世界如果没有"大师"，她的生活会过于寂寞的。

而杨二栓再次走进大饭店，他最大的担心是如果没把，雨，看对，会惹来麻烦。庄户人老实、不能干理亏的事。但他没想到，这第二次居然和第一次一样容易，或者说比第一次更显得简单。

"你不要看他是个农民，对具有超自然能力的人，是不应该在意他的世俗地位的。"和杨二栓握过手后，刚刚坐下朱金玉就转头对坐在一边的丁东说道。

丁东知道朱总这句话等于一开始就表现出自己不是外行，他当然不敢说朱总是外行——在商界谁有钱就是当然的"内行"，这和在官场谁官大，谁就什么都懂的道理有点相似。

丁总正处在等待朱总拨钱的时刻，在这种时候朱总当然是天下最大、最大的"内行"——您说您是什么都成，只要拨钱。

"我听丁总给我介绍，杨先生确实具有神通。我们这些人至今还在混沌之中，杨先生却已经把我和丁总的必然合作的关系看的清清楚楚，真是敬佩！敬佩！来，为这件事我们就必须干一杯！"

二栓因为本来就不大喝酒，此时，他有点迟疑，不知该怎么办。

"杨先生，"朱金玉立刻继续很'内行'、并且很谦虚地说道，"如果在吃饭上和我们有些习惯上的不一样，请尽管提，不要客气！这个我们不是太懂。"

朱金玉的意思是怕杨二栓是修行人，比如忌荤腥。

杨二栓确实在有些"习惯上的不一样"，吃两次席他跑了两天肚，此刻他见到海鲜，已经有些头晕，有点虚影——譬如看一个螃蟹是两个，两个虾是四个。因此，听到朱金玉的话，他迟疑了一下，说道："来碗面条行吗？最好是热羊汤的！"

"最好有两块腿肉。"陈三车在一旁接着说。

"杨先生"的不高的要求，立刻被传到了后厨。

"你们看看，你们看看，我们现在的人整天吃吃喝喝，杨先生这才是返普归真，有修行的表现！羊汤面，即朴素简单、也绝对美味！"朱总十分感慨地说道。

丁东等人坐在一边则频频点头，现场的人们对朱总不仅态度拘谨，而且是一片呼应之声。没人不怕朱金玉一怒所带来的损失。

"看来朱总也是颇有修行啊，这些我们都不懂，"薛志清坐在一旁说道。

"修行谈不上，和这些人相比，我们都是凡人。"朱金玉转了转手腕上的玉镯，缓缓地说道，完全一派胸有成竹的样子，然后她转过头对杨二栓说："杨先生——"

杨二栓正在发愣——他对这些人的谈话毫无兴趣，他希望和上次一样，只要把下雨的时间报出来，然后把面条吃完，就迅速离开。他着急当然有他的道理，猪场的投资杳无音信，他在北京整天做这些他毫无兴趣的事，他已经有些焦虑表现。

"……啊？"他突然发现满桌的人都在看着他，"你们说甚？"

"没什么，我只是想问问杨先生我这次给丁总多少钱比较合适，分几次给比较合适？"

"朱总问的当然是怎样才能对我们双方都有好处？怎样才能使我们双方都能赚到钱？"丁东怕二栓糊涂说出对自己不利的话，连忙解释地说道。

"这……"对这一切，杨二栓当然无从回答，他迟疑了一下，继续低头吃面。

同时陈三车立刻陷入紧张……

"你倒是讲话呀！"丁东终于耐不住了，他有点着急地说。

"丁总……"朱金玉微微皱着眉头，轻声的制止他，"不要催，不要给他压力，要让他进入一种很放松、非常放松的状态，予知未来不是很简单的事情！"

丁东连忙点点头，并且不敢再讲话。

房间里变得更加安静，大家在"内行"朱总的带领下虔诚的期待着……

过了好一会儿，杨二栓终于讲话了："你们……刚才，说什么？"

所有人都像皮球一样泄了气。

"朱总问你——"丁总说道。

"问我？"不知所措的杨二栓，仿佛刚才刚刚进来一样。

"我是问你我和丁总的合作一共会用多少钱？而我分几次给他比较合适？"还是'内行'厉害，朱总此刻毫不急躁，依然沉稳的说道。

"这……"

杨二栓再次陷入沉思，难怪他不断沉思，也难怪他不知所措，更难怪他两目茫茫四下张望——他确实不知道啊！

"你得说，你得说话啊！"陈三车忍不住趴在他耳边催促地说。

"噢。"杨二栓仿佛刚刚明白他该干什么，他深深地吸了一口气，众人也提起了精神，等待着他讲话。

杨二栓还是没有讲话，但是他开始琢磨对面这个女人的提问：多少钱——他突然想起了他准备办养猪场的贷款是八万——于是杨二栓跷起大拇指和食指……

说到这里，任何人都得佩服杨二栓的高明—他居然没说数字，而是比划了手势——其实在场人只有三车看明白了其中原委，其他没人知道杨二栓这样做完全是惊吓的结果！吓得说不出话，气虚才比划的……

"还有哪，分几次拨给丁总啊？"

杨二栓又沉思了。这次，他想起了还是猪场，是准备养五十头猪—他心里没别的事，只能想养猪，于是他抬起手，张开了五指——

别人心是什么反映，朱金玉不知道，但她自己确实在一瞬间被震撼了，彻底被震撼了！

说实在话，从坐在这里开始，尽管她处处表现'内行'，但来之前她并不相信自己会碰到大师——碰见大师？哪儿那么容易啊！这么多年，她也没碰上过啊。而刚刚见到杨二栓的时候，她心里甚至忍不住笑了：丁东上哪儿找了这么个老农民来，看那衣着，西服一看就是刚买的！领带还打错了。而后来杨二栓的表现更让她失望——好半天都没听明白她问的什么！

但是现在她相信了，眼前这个老农果然是个神人——

最近接连三天，朱金玉和她公司的高层管理人员，反复研究觉得丁东这个项目不错，他们准备全项目暂定最终投人七亿五千万。按照以往的投资规律，朱金玉又详细的盘查了家底，做了预算。并且按照投资的规则，她觉得如果事情进展的顺利，她大概要分五次把这些钱陆续投给中洋房地产公司。这一切当然是金玉公司天大的的密秘，尤其是"五次"这个数字整个天下只有她一个人知道，而眼下居然被这个"老农民杨先生"一"比划"道破！

这确实是一个大师！朱金玉心里想。但是她毕竟久经沙场，她没有表现出自己的惊讶，因为不签合同不算数，但这些对丁东眼下还是要保守的机密。

"杨先生说的恐怕和事实距离太大，不过这也很正常。给'中洋'多少钱，包括分几次给，那是涉及到我们对'中洋'这个项目的评估。投资是肯定的，但数字还是未知。没事儿，没说对也很正常，并不能说明杨先生的功力不行！来，来，大家吃饭！"

朱金玉的表现使丁东坠人五里雾中，他当然听明白了朱金玉的话，在他看来，这些话很正常。但他又隐隐约约觉得事情好像不这么简单……他看到接下来朱总话少了，但同时他也看到朱总接连三次把要挟的菜掉在桌子上，并且再也没挟起来——朱金玉的方寸乱了！

"这是怎么回事？"丁东一边吃饭，一边思考："看来杨二栓是说对了，否则朱金玉的方寸也不会乱。但这个是谷子是什么意思呢？"

接下来杨二栓的事情却变得意料之外的简单。朱金玉没有再问什么时候下"雨"，也没有再问其他任何问题，只是不断催着服务生上菜，只是不断的把菜推到杨二栓面前。一直到二栓的面前已经堆了四只螃蟹和很多其他菜，而在二栓眼里螃蟹是不断地在变成七八只。

二栓也不知道自己是否完成了任务，三车更是十五个吊桶打水七上、八下。对他来说，朱金玉是否满意，再一次关系到他是不是能提拔到办公室工作，甚至是关系到他还能否在"中洋"待下去……

大概不到九点钟，饭局就结束了。朱金玉一定要拉住丁东再坐一会儿。

"我得去送杨先生回酒店。"丁东悄声对朱金玉说道。

"这用不着你去，让我的司机送吧。"朱金玉说。一切又是那么自然，半个小时以后，朱金玉的司机回来，说是已经把杨二栓他们送回了酒店。

事情做到这种程度，丁东巴不得和朱金玉多坐一会儿，因此也就没有多想。到和朱金玉分手之后，他才突然觉得事情好像有点蹊跷，因为朱金玉留住他，但什么都没说，只是打哈哈的事。朱金玉到底是什么意思，丁东想了半天、一直到半夜也没有想明白……

第二天早晨上班之后，丁东才想起杨二栓今天要回家。他给薛志清打个电话，让薛志清去送杨二栓走。

没想到半个小时以后，薛志清打来电话，电话里他惊讶地说："丁总，杨二栓不见了！"

"陈三车呢？"

"陈三车在。他说今天一早朱总就亲临酒店，要求杨二栓留下来，帮助她的投资公司预测。并且待遇丰厚。杨二栓答应了，朱总说关于丁总方面由她去协调。朱总走后，杨二栓说要去洗手间，没想到十分钟后，洗手间里也没动静。陈三车走过去一看，杨二栓不知道什么时候悄悄走掉了。陈三车说他肯定是不愿意再做看、雨、这件事，所以跑掉了！但他肯定没有回家，因为他没有车费！"

什么？朱总亲临饭店？然后杨二栓从卫生间里跑掉了？丁东听完愣在了那儿，半天缓不过劲来。他觉得这有点像电视剧……

徐葆齐 著

突然丁东明白了。昨天晚上，杨二栓打中了朱金玉的要害，因此朱金玉才有今天的表现，朱金玉昨天也才让他的司机送二栓回酒店！目的是让司机认好路，知道二栓住多少号房间。

显然，朱金玉需要这个人。会不会是朱金玉悄悄地把他接走了呢？丁东正在琢磨，电话响了：

"丁东，赶快去给我找那个杨先生，我有事找他！"电话那边朱金玉有点着急。

"这……"北京这么大，上哪儿去找呢，丁东发愁了。显然，在眼下这节股眼上，就是打死丁东他也不敢得罪朱金玉！相反，他要想尽一切办法哄着这个女人让她高兴。他所能做的第一件事，就是以最快的速度把陈三车招到办公室：

"他可能去哪儿，他最大可能是去了哪里？"

"这……"陈三车也很着急，他眉头紧皱，两眼发直，做思考状，其实他确实没什么可思考的……

"你给我听着，想尽一切办法要把杨二栓找回来，这直接关系到公司的生存！找回杨二栓我立马提拔你！"

"是啊，我知道找回来您肯定提拔我！"，陈三车非常实在的说道，"问题是我上哪儿去找啊！整个北京他没有一个去处，只有一个熟人……"

"他有熟人？在哪儿？快说啊！"丁东焦急地问道。

"就是我啊！他第一次来北京，他完全不知道东南西北，他上立交桥就下不来，他常常进女厕所，你说能上哪去找他？"陈三车的话让丁东更加感到此事无从下手。

"对了，"陈三车突然喊道，"有一个地方他肯定会去，火车站，他得回家呀！丁总，咱们得赶快去——"

丁东看了薛志清一眼，立刻起身——三个人一起下楼，准备去火车站。

紧接着陈三车说出了一句话，使去火车站变得更加紧迫："但是现在他恐怕已经离开了火车站。"

"为什么？"丁东停住了脚步，急切的问道。

"火车站他肯定会去，但是他腰里只系着十五块钱，所以他根本走不了！"

看来还是要去火车站。半个多小时以后，丁东、薛志清和陈三车来到了售货窗口，在附近寻查起来。但始终没有看到杨二栓的身影。

"我们继续找。但是薛志清你立刻给公司打电话，就说我说的，凡是手上的活能放下的，都到车站来，进行地毯式搜索——这会更像电视剧了！"丁东说道。

薛志清立刻拨通电话，他非常理解丁东。眼下融资困难，找到一家有钱又肯出钱的投资公司，非常不容易！朱金玉很难得有意向，这就像一棵树长出了苗，要浇水、施肥、除草、灌溉，想尽办法让它成长起来——也就是把钱投过来。而眼下是这样一个时刻，朱总稍微有一点不快，都可能结束这件事。

"唉，这哪是做生意啊——不过这也算做生意，比真正的生意还重要，那就是做好人心理上的生意……"薛志清打完电话，丁东叹了口气对他说道。

整整三个小时的地毯式搜索，整个车站找了个遍，就连餐馆、厕所、休息室都——找过，杨二栓像人间蒸发了一样，踪影皆无。以后的接连几天，盖房不是、而找"大师"才始终是中洋公司的头等大事。为此，丁东、薛志清和陈三车都已经几个晚上没睡好觉。陈三车还遵照丁总的指示，给老家打了电话，但是杨二栓的老婆回答的非常清楚：

"好几天没回来了，俺正寻思着去派出所报案呢！有人说和你去了北京，找猪场投资去了！怎么，没和你在一起啊？"

看来，只有一条路，在北京继续找。

与此同时，没过几天，在朱金玉的活动范围内——几十家大公司的人都传开了一个消息，那就是朱总碰到了一个无所不知的"神人"！

此人来自农村，名叫杨二栓。由于请的人太多，杨二栓已经"大隐隐于市"，没有人能找到他。一时间，有大事为难的人，特别相信预测的人都把找杨二栓排成了最重要的事情。这既给丁东造成了更大压力，但也使和朱金玉的关系有了更好的保障，甚至丁东还牛了起来—我这儿有"神人"，不怕你朱金玉不投资！

朱金玉因此也出了名，得到了一些同行的追捧，这使朱金玉感到得意洋洋——

"朱总，什么时候给我们介绍认识一下二栓大师啊！"

"朱总，别人你不管，我，你总要特别关照一下吧！"

因此为朱金玉寻找杨二栓更变成了丁东的头等大事。丁东这心费大了，有时候他甚至觉得比做好这个楼盘难多了！

这一段时间，薛志清和陈三车都知道，丁东的办公室的灯常常亮到深夜。

"够难的，房地产就盖房呗，怎么还加上找人了啊！城里人也没啥大本事，看看，这回表叔可成了香饽饽了，好大的一个香饽饽！"看着丁东办公室的灯，陈三车心里不无得意地想。

丁东办公室灯亮，主要是为寻找杨二栓。但没人知道，也还有一件次要的事，也让丁东非常烦恼。

那就是老爸老妈的关系问题，这个矛盾爆发的也特别突然，丁东可以说是毫无思想准备。自丁东会玩撒尿和泥的游戏以来，他就没有看到过父母吵架，虽然母亲云淑芸个性直爽，有时会让人有那么一点让人受不了。但父亲丁科长性格平和，很少火气，因此他们俩很难吵起架来。完全没有想到，七老八十了，性格温和的老爸居然上网浪漫起来，并且稍微有一点出圈。当然，这事在丁东看来，一点都不算事。但他也理解老妈这种年龄的心里承受程度。

不管怎么说，这事他也总得出面调停。

这两天老爸已经住在他家，并且听说铁叔叔也曾经介人此事，但老妈毫无和解之意。反正杨二栓一时也找不到，丁东决定按照原来的想法，准备回家和老妈正面接触一下。

"妈，你这是怎么了，老爸不就是上网转了转嘛，也谈不上什么婚外恋，更谈不上什么一夜情，你犯得着吗？这不是小题大做吗！"刚一进屋，丁东连茶都没顾上湖，就开始说话。

"这是叫什么话？你了解情况吗？你知道那个老家伙干了什么了吗？"

"他六十多了，抓住公安局都不处理了，还能干什么？不就是碰上一个老太太瞎聊聊嘛？"

"要那样我就没意见了，我还不至于那么封建！"

"就是干了点什么，你也不必发这么大的火！"

"小东，我算是听明白了，你是来给你爸当说客的，"云淑芸突然听明白了，她高声说道。

"那倒不是。妈，你不是不知道，我从小就是跟你好，你也不是不知道我爸那人，他干不出什么，他没那本事。再说了，人家是没有正科长那科的副科长啊！"

"科长？科长个屁！我过几天就和他离婚，让他随便风流去！让他一夜情、包二奶，搞网恋，省得嫌我在家碍眼！"

老妈为这点事，居然提出了离婚，这使丁东感到非常意外："妈，你别介呀……"

"你小子别跟我来这套，你也不是什么好东西！对那老东西的所作所为，你要是毫无正义感，不能站对立场，你也就先不用回来了！等看看法院判给谁再说吧！"丁东有生以来第一次看到老妈如此愤怒的样子—云淑芸说完这句话，一改往日温柔，"呼"的站了起来，头脑冷静、口气坚决的说道。

看来老妈这回真的急了，要是判给老爸，还真可能不认他了！当然丁东这也是玩笑的想法，他这年龄已经不存在判给谁的问题了。为了不使事情闹僵，丁东决定暂且缓和下来，回去和老爸再做商量。

和老妈一起草草吃了饭，又比往日多留了两千块钱后，丁东才离开。走出清水园时已经大概晚上八点，天已经黑了，天空下起了小雨，雨中夹带着几丝凉意。

回到家以后，已经晚上九点，他没想到把和老妈的谈话原封不动的转告给老爸，老爸的反应出乎意料之外。他原本以为，丁科长会给他一个人开一个会，拿出一套完整的办法。谁知道老爸听完这些话，眼睛直视前方，半天没有讲话。闹得丁东直紧张，唯恐老爸突然得什么病！特别仔细检查了老爸的眼睛，在确认了确实没有"偏瘫"或者"中风"迹象以后，他的心才平静了许多！这时，就听丁克长深深的出了一口气，说了一句这样的话：

"唉，该罚！谁让咱犯错误呢！"

就这点本事啊，丁东想：让老婆一个离婚就吓成这样，这丁克长是真够<u>丛</u>的！还科长呢！

"事情闹到这种地步，老头究竟做什么了呢，不就摸了人家一下手嘛？"

"还……抱了一下……"丁克长纠正地说。

就是丁东陷人疑惑当中的一瞬间，电话响了。

"丁总，我刚刚接到一个电话，说是杨二栓找到了！"电话那边薛志清高兴地说道。

"好！你立刻按住他，千万别叫他再跑了，把他请到最好的饭店，我立马过去！"丁东和老爸连招乎都没顾上打，立刻冲出了大门。

"东子，别急呀，我想想怎么向你妈承认错误，然后你再去找她啊！"丁科长根本没闹清儿子接了个什么电话，他着急的在后面喊道。

"丁总，已经请到了东三环的顺风大酒店，我也正往那边赶。"丁东开车已经转上东三环，再次接到薛志清的电话的时候，他正堵在燕莎桥上，这使他心中稍微平静了一些：

"找到杨二栓就好了，因为与金玉公司的合作，目前还不能说稳定，禁不住什么负面冲击！今天晚上他还是把他拉到中洋公司去，密谈一下"

徐葆齐 著

看有没可能请他利用预测的办法，帮助中洋稳定金玉的资金！"想到这里，他立刻拨通了薛志清的电话。

"丁总，我明白你的意思，我也想到了这个办法，所以我专门带了陈三车一起来的。"薛志清听了丁东话以后，立刻说道："我已经向陈三车渗透了这个意思，他的态度很积极。"

"要把问题和陈三车讲清楚，我们不是利用这种手段来欺骗金玉公司，我们只是希望在真实地向金玉讲述他的预测结果的前提下，对我们有所关照。再说一遍，不是让杨二栓欺骗朱金玉！"丁东纠正地说。这一刻，他突然发觉自己有点像"丁科长"。我毕竟是我爸的儿子——丁东玩笑地想。

接完这个电话，他想了想，随手拨通了朱金玉的电话，他知道这两天朱金玉正在上海，把找到杨二栓的消息告诉她，她也无能为力。

"哎呀，太好了，你要好好招待他，别让他再跑了！这种真有能力的人，都是不大愿意给别人工作的，但是他会特别重视缘分！"

"内行"又在那边开始表现自己是内行了，并且超出一般人地热情的说道："这样，你明天晚上约他和我见面，我决定提前一天也就是明天上午回北京！"

放下电话，丁东开始哼歌了。他不仅有滋有味的唱起了《两只蝴蝶》，并且注意到远处堵在三环路上的车开始动起来了……

几分钟以后，就在丁东的车开始动起来的时候，他第三次接到了薛志清的电话，这个电话使他的情绪再次发生了一百八十度的大转弯——

"丁总，搞错了，搞错了！"薛志清在电话里沮丧地说道。

"什么搞错了？"丁东一边发动汽车一边问道。

"我们派下去的公司的人，他们没有见过杨二栓，所以搞错了，找到的不是杨二栓，而是一个长的很像杨二栓的人，也是个农民！是河北的。"

"什么？你说什么？"

"找错人了，不是杨二栓！是个河北农民！"薛志清高声喊道。"你们不会搞错吧？"丁东疑惑地问道。

"怎么会呢？陈三车就在这里。"薛志清畏懦地说道："丁总，我们该怎么办？"

"这……"这真让丁东气不打一处来，他一下把车停在了马路中间，烦躁的说道："滚蛋，都他妈给我滚蛋！"

丁东说完就后悔了，这不是等于要炒掉他们吗？

"丁总"电话那边，薛志清都快哭了。

"回家，都给我回家！"丁东愤怒的纠正着。

这时，堵在后边的车一起按响了喇叭，丁东连忙先把车挪开。他知道，找杨二栓真的是大海捞针了！

心情烦躁的丁东，决定去三里屯喝酒。这时，他突然想起应该立刻再给朱金玉打一个电话。

"朱总，真不好意思。杨二栓确实找到了，但是我还没有见到他，就又被他跑掉了。这回又是从卫生间的窗户爬出去的，果然是大师，真是防不胜防啊！"他觉得这样说反倒使中洋公司不显得那么无能。

"你这些手下太无能了！我刚才就跟你说了，别让他再跑了，我是有些感觉的！不过，看住大师也不是件容易的事啊！好了，好了，那我就后天回去吧。"

"朱总，回来见！"缓住了朱金玉，丁东一边关上电话，一边心里骂到："他妈的，什么日子口，真他妈背！"

然后一打把，丁东的车向三里屯驶去……

第十三章

这实在是一个多事的夏天，我们在本书中出现的所有的朋友，都仿佛在一瞬间登上了一个五彩缤纷的舞台，不仅人事多变，就连天气的风雨阴晴都常常显的有些多变而突如其来。

眼下丁克长的家事还处在尴尬之中，毫无头绪。他却突然接到了一个有关铁大都的电话。

"是丁科长吗？我是清水园物业的老张，有一点事儿要请丁科长过来一下，居委会的老李也在，看看丁科长什么时候有时间？"

丁科长答应立刻过去。但一路上，他心中有些忐忑。他是清水园居委会的普通成员，这一关系形同虚设。人住了几年，也没有人找过他，眼下能有什么事要找他谈？而且是物业和居委会一起找他谈？他实在想不出什么重要的话题。但听打电话老张的口气，似乎不是很小的事情，况且很小的事情，也不会随便让他跑一趟。他毕竟六十多岁、而且当过科长的。

走进物业大楼大概十分钟以后，一切就都已明了了。话题十分严肃，绝对是爆炸性的新闻，令他难以相信！

听完以后，当过科长的丁克长同志眼前金花四冒、一片眩晕，估计当时血压大概至少一百八。事后他觉得那也一定是他一再控制自己的结果，当时才没有立刻脑血栓——当时确实他是过了好一会儿，才回过神来，明白了事情是怎么回事。

事情很简单：

有人亲眼看见、并且出来揭发：单身居住的书画家铁大都前几天深夜十二点把妓女带回了家！

铁大都嫖娼了！

这是多寒碜的事啊！比上网搞网恋可寒碜多了！

"大概是深夜十二点。这不是瞎说，是对门王大妈和三层的李二婶同时看到的。另外，虽然深夜了，但咱们大门口有录像。离开的时候大概是一点零六分！丁科长，不瞒你说，咱们清水园只有一个人有过嫖娼嫌疑"

就是住在铁老楼上的那个高总，对他我们已经谈过话，请他注意！这对小区的精神文明建设影响非常不好！但是我们也不好找铁老查对，知道你和他是多年老朋友，希望你去和他谈一谈！一是了解一下是不是确有此事，二是如果有此事，希望你先对他进行有力度的批评……"

居委会李主任和物业张主任的谈话既和蔼又严肃，这使丁科长的心跳得特别厉害，包括往起站的时候都腿软了三次。以至于两个主任都抢上前搀扶……

在稳定住情绪之后他首先表态，他对铁大都很了解，非常了解！这事完全不可能！

"我根本不相信！不管谁说，谁说也没用！铁大都我从十几岁就认识他，你说清水园的水是红的，我信。但你说铁大都嫖娼，我无论如何也不信，没一点可能！谁说谁造谣！绝对的造谣！"

"没有最好，澄清对他本人也好啊！"李主任说。

"没错，我们也没说有啊，只是想进一步了解一下而已。"张主任则这样说。

"老丁，你和铁老的关系我们都知道。"李主任当过几天副处长，对丁克长口气绝对平起平坐，"不是我们要查，关键是群众有反应！就是应付也得应付一下吧。"

"没错。而且查清了如果真的有，按照有关部门规定，还要考虑动员他去做个检查……"张主任口气含蓄地说。

"别不着调啊，那跟哪儿就检查啊？什么根据没有，查什么查？"丁克长立刻把他堵回去。他知道他说的是性病检查。

"我只是说如果，我们完全相信铁老。"

丁克长想了一下，他答应可以先去找铁大都了解一下情况。

"等查清无此事，看我怎么不饶你们！"临走，一向不大发火的丁克长真的火了！

这事确实是丁科长无论如何也不能相信的。铁大都作为一个八旗子弟，为人处事虽然各色、脾气也确实大点。但如果说他嫖娼，他把妓女带回家，应该还不至于。谁闹那玩意啊，有要求上网上什么没有啊——就铁大都那个条件？

但回过头去想，他也有点担心。这年头，什么事没有啊？就连自己——一个老实了一辈子的领导干部丁科长不是也约网友见面了吗？而且、而且还摸了人家手！还顺势……那书画家铁大都凭什么就不可能带一次妓女回家呢？要知道他是单身啊，他是男人啊，他过得是没女人的生活啊"他很

徐葆齐 著

容易找妓女。生理需要啊！况且中国的事谁都知道，无风不起浪啊！但是，但是一旦有雨可就一街泥了！更何况是有人亲眼所见呢！亲眼所见的是王大妈，那是个白发苍苍、面容慈祥的老太太啊！还有李二婶，他知道，虽然俗点，但那都不是造谣的人！

不管他心里怎样想，对这个消息信还是不信，他后来都没再嚷嚷，而是对物业和居委会特别强调了此事不要向外人散布的意见，因为造谣可耻，传谣可悲，谣言一定要止于智者。

但是铁大都毕竟是他五十年的朋友和部下——丁科长很容易把退休之后的几年，仍然算作做他部下的时间。他确实不相信有这事！但"无风不起浪"的"传统观念"是非常有力度的—他不知不觉的、又是非常沉重地把这事件很容易的定了性、虽然不能跟别人说—但是铁大都八成已经犯了错误，他必须、立刻去彻底的、极为痛心的去关心一下！老铁啊老铁，哥儿们，你干什么都行，可你别让人家看见啊！你怎么就不懂，群众的眼睛是雪亮的啊……

丁科长拨通了铁大都的电话，讲好晚上去他家。

"别做别的，咱们也不出去吃，还是喝粥，这样谈话比较方便。"丁科长无意中把"聊天"说成了'谈话'——他的左膀子随之颤抖了一下，这无疑使"聊天"增加了几分严肃性。

"当然喝粥，嫂子说了，晚饭是给敌人吃的！"电话那边铁大都幽默地说。

下午五点，丁科长特地回去从儿子家拿了两瓶茅台，比往日多拿了一瓶——然后再次登上了地铁五号线的时候，他这样想，如果真的有这事，大都面临的将是他一生最需要安慰的时刻——他最爱喝茅台了。他真的不知道该怎么安慰大都了。

一路上，想起大都的事，丁科长有一点忧伤，差点落了眼泪。他和他的兄弟铁大都都落了个晚节不忠——看来这保持晚节，还真不是很容易的事！

走进清水园小区的大门，丁科长心里除去忧伤，同时又微微的泛起了一点酸楚。几天前，包括他和吴岚岚约会回来的时候—他走进这个大门时，心情还愉快而放松。因为他是回家了，家里老婆带着温情、带着热菜热饭的正在等着自己。而眼下远远地看着自己家的那幢楼却不能回去，而且是人家不让他回去。事情还不知道会怎样发展，如果真的离婚，那日子真的不可想象。科长丁克长同志完全没能力照顾自己，他衣服不会洗，房子不会打扫，除了下点面，他是连饭也不会做！他习惯了有老婆的生活"他受不了那孤独的单身日子……

　　想着想着，他那硕大的鼻子有点发酸。还没有见到铁大都，滴酒未人，话还没有开始谈，但他已经有一点酒喝多了的昏沉感。这时他才发现他不仅仅是来关心铁大都，或者是来调查事实真相的，更多的其实是难兄看难弟，或者是物伤其类。

　　他们要一起倾诉，一起抒发。一起喝酒，共度难关。不管怎么说，他们"点儿"都有点"背"！虽然他一再对自己说，他和铁大都的性质并不相同……

　　远远的他看到一个人有点像云淑芸，丁科长以年轻人一样敏捷的腿脚，像地下工作者一样，嗖，的闪在一棵树后，然后像黄花鱼一样紧溜着边儿，迅速而敏捷的，三跳两跳的闪进铁大都住的单元大门。他担心云淑芸看见他，心跳着抬起头，没看见云淑芸，却突然看见三楼的李大婶正低头审视着他……

　　"他妈的，什么年头了，还有小脚侦缉队啊？"

　　丁科长一路上想了很多，但他唯一没想到的是，迎接他的是铁大都那及其正常、充满阳光、与往日无异的哈哈笑脸，而自己在那一刹那却表情凝固，显得分外尴尬。仿佛事情已经调查清楚了，犯错误的不是铁大都，而是他丁克长同志。

　　更加令丁科长尴尬的是大都的表现——铁大都永远比丁科长想像的英勇而坦率——其实他完全不知道丁科长已经耳闻——进门第三句话后、他就甩开了惯常问候的"哼哈"的话，直奔了主题。

　　第一句话当然是："喝什么茶？""

　　第二句话当然是："估计你就会带瓶好酒，我已经去买了花生米和猪头肉，这家的花生米是笼蒸的，味道特别好。猪头肉当然是月盛斋的。"

　　也许是刚才进门的时候，为了躲避三楼的李大婶和那个不知道是不是云淑芸的人，身体闪的速度有点快，丁科长有点微微的头晕。他坐下来稳定了一下血压说道："是得好好地喝一回了。"

　　铁大都拿出六个小酒杯，每人三个，一字排开。这是他们的一贯喝法———次三仰脖，逐一干光。

　　铁大都端来几盘凉菜，一边斟酒一边说道："这改革开放三十年了，这北京的居民素质怎么还这么低呢？"

　　"你说什么？"丁科长有点听不明白。

　　"你不知道，我被人家监视居住了！小区里这两天肯定有我的传闻！"铁大都说完，闭上右眼，快速地眨着左眼、坏笑着继续说到：

徐葆齐　著

"这不是明摆的话嘛，邻居知道我是单身，但她们长期以来主观地认为我肯定、而且无论如何也应该不是单身——这年头怎么可能单身呢？对他们来讲，这是个包含着太大悬念的话题！中国人、中国老百姓的饭后茶余啊——于是就满怀兴趣、夜以继日的盯住我的窗户，像军统一样，盯了大概不短的时间了！哈哈哈……"

"这是一个什么人啊？这会儿，这事儿……至于让他这么兴奋异常吗？这哥们怎么不像'点'背，倒像中了彩票，至少是股市大涨了一样？"

丁克长一上来就愣了，或者说有点傻了！他满脸惊诧、不知所措，端着酒杯的手停在了半空中好长时间！

"你干吗呢？喝酒，喝酒啊。"铁大都催促着，继续说：

"这你不懂，你没经历过。人家不是每天盯。是时而盯时而不盯，是上班时间松一点，而业余时间紧一点！是有空就盯，没空就不盯。是白天少盯，晚上、尤其是夜里多盯！

总算功夫不负有心人，把我抓了个现形！让我无法否认，无地藏身！无言以待！总之，没招！"说到这里，铁大都像个孩子一样，再次天真、毫无拘束的大笑起来。然后又突然停住笑声，小声地说："科长，国人对这种事不仅兴趣极大，而且处理起来水平极高！就在我还不知道这个世界已经发生了这么大的变化的时候，小区大概包括物业至少有七、八家得到了秘密情报！"

铁大都似乎毫无顾忌，满不在乎，但说的又像确有其事。同时没有忘记——刚刚收住笑容，就把一杯茅台倒进口中。

这下倒使得丁科长有点无言以对了。

本来估计这么隐秘的事先要由他来旁敲侧击询问，左右逢源，遮遮掩掩的探究——尤其是不能暴露自己已经被谈话。如果铁大都不想告诉他这件事，他也只能及其隐晦的提醒他一下，就此罢了。他完全没有想到，铁大都一见面马上把这件事彻底的摊摆在了阳光下。

"你是说——"

"你肯定不知道，你怎么会知道？"

"是啊，到底什么事啊？"毕竟六十多岁人了，丁克长也会掩盖自己"他莫名其妙地眨着眼睛问道。

"铁大都带妓女回家啦！"铁大都假作神秘的趴在丁克长耳边，秘密地说道，"你肯定不知道，不可能这么快就连你这在外'出差'的领导都被惊动了！"

"你才在外出差呢，"丁科长被感染了，终于吐出一口气，开始有力量开玩笑了，但他迅速地收回的笑脸，严肃地说："大都，你真的把妓女……"

"你也信吗？"铁大都放下酒杯，也不由自主的把笑脸收回，有一点点尴尬的问道。

"我当然不信，但是你要注意了解一下，是什么人在造你的谣言！他们的目的是什么，我的意见是在适当场合予以揭露、予以澄清！"丁科长说的是真话，他当然希望铁大都是清白的，而且在事情没有确认之前，他也只能这样表态。

"但是——"

丁克长的态度是气氛有点微妙的变化，铁大都站起来，走了一圈，默默无语的站在窗前好一会，他突然反过身，对丁科长一字一句、明白无误的说道：

"我确实在夜里，不，是深夜，把一个女人带回了家！"

本来已经正常的丁克长，无疑是遭遇了五雷轰顶，眼珠子都差点掉在地上："什么？你说什么？！"

"我说我确实把一个女人带回了家，而且是深夜，是三天以前的那个夜里十二点多！"铁大都双手插人衣袋，看着窗外、口气平静的继续说道。

这的确是丁科长一生中第一次经历的情景，好朋友铁大都竟然当面就这样简单的、明白无误地告诉他，他把妓女带回家了！也就是说—他嫖娼了！

丁科长张着嘴，半天找不出合适的语言，他张口说道："兄弟，你怎么干这事呀？这可会把你一生都毁掉的！"

"科长，我……"

"我知道，你是要说我的事。咱俩不一样，咱俩完全是两种性质的问题！别往一处扯！铁大都同志，因为你长期放弃学习、放弃思想改造，才走到今天！你要认真考虑做出书面检查！等候组织处理！"

丁科长一点也没有犹豫，他开口截断了铁大都的话。然后异常愤怒的丁科长，手颤抖着、哆嗦着、连续倒了六杯酒，又连续干了六杯酒！然后脸色迅速开始发红，心脏开始剧烈跳动的坐在沙发上—转眼脸色又变得面色惨白的丁科长开始哆里哆嗦的从衣袋里取出速效救心丸，倒在手掌上——铁大都连忙送上白开水……

"科长，没事吧？要不要躺一会？"铁大都激动了，他关切地问道。

丁科长没说话，只是摇了摇手。几分钟之后，丁科长的面色渐渐正常起来。

"科长，你听我说，别那么激动！我会把事情一点一点地讲给你听。"

丁科长不再讲话，他闭目养神，等待着铁大都的自我辩解。

"事情是从一个酒吧说起的。"

铁大都的第一句话，就使丁科长睁开了眼睛。

"你一个人去酒吧？那这事还能说得清楚吗？"丁科长意外地问道。丁克长无意中听儿子说过，那正是个可以找到妓女的地方。

大都沉默了。

窗外那颗硕大的梧桐，随着微风飘荡。而阳光透过树叶撒进铁大都的客厅。也斑驳的洒在他的脸上……

"我不知道你注意了没有，离我们小区大门不远的地方。这大概也是奥运带给北京的一个变化吧，在我们这种郊区的地方也开起了酒吧。我们搬来才几年，郊区就已经快变成城里。

这个酒吧叫'夜深沉'。三天以前的那个晚上，我已经是第三次去了。我能够连去三次，当然是有目的的。在我去第一次的时候，我在那里碰到一个二十岁的女孩。，铁大都语气平缓地说道。

"我不想对你隐瞒她对我的吸引。当然这种吸引是两方面的，即有外表的丰满漂亮、亭亭玉立，也有气质上的一点点书卷气息。那次，我注意了她很长时间，我当然以为这不过是人生中太多的一种擦肩而过，以后肯定各奔东西，淹没在人海之中。这种事生活中太多了，几乎是每天都在发生……"

"找借口，纯粹是找借口！已经是一个人去酒吧了，明明是找妓女的，却还说什么书卷气，都是借口！"心脏刚刚平稳下来的丁科长又开始有一点点波动。

"令我完全没有想到的是，"铁大都显然不愿意把气氛搞得过于严肃"他微笑地说继续说道：

"我第一次去'夜深沉'，是你去你儿子那儿的第二天，或许是你在我这儿住了几天，你的突然离去给了我一点孤独的感觉……"

丁科长同志无力争辩，他生气的闭上眼睛："你找女人，怎么和我有关？这不是大便干燥，怨卫生间吗？"

"晚上十一点多钟的时候，我睡不着、一种少有的孤独、寂寞在我身边环绕。我去小区门口散步，这次走了远了点，不知不觉我走到了'夜深沉'的门口。好奇心使我走了进去。"

领导干部又气的闭上了眼睛——通篇都是自我辩解，完全的自我辩解，无聊！怎么会"不知不觉"？我怎么就不"不知不觉"的进酒吧啊？明明是有意为之嘛！老铁呀，老铁，承认自己"孤独"、"寂寞"，就对了！发生这种事的男人都是有原因的！这个我倒是有点体会……

"酒吧对我来说当然是比较陌生的地方，那里是年轻人的世界，"铁大都说到这里，又给自己倒满了一杯酒一口干掉："科长，这就是我铁大都，不管怎样我没出去，而是继续留在了酒吧——吸引我的正是这里的陌生气氛——我坐下了，蛮有兴致的坐下了——我坐在一个角落里，要了一杯咖啡，开始饶有兴味的观察这个喧闹的场合。你肯定也去过酒吧？"铁大都随口问道。"没有！"丁克长连忙否认，心想，别把我也拉扯进去啊。"去过，就去过，一看就去过，不敢承认！"铁大都笑呵呵地说道。"别，我确实没去过！"丁克长坚决否认。"那紧张什么？"铁大都玩笑地说道，然后停了一会，继续道："那里的五颜六色的灯光使人眼花缭乱，一会儿便连大脑都陷人一种迷幻当中，一会晶亮、一会儿黑暗，忽而尖锐、忽而缓慢——一切都在色彩、闪烁、动态、无穷的变换之中……没有茅台，但是那是个最容易醉的场合，那是一种醉和晕溶合在一起的感觉，很异样、也很舒适。人不禁想喊、想叫——就在这时候，我看见了——"

铁大都说到这里他又微笑着、顽皮的挤了挤左眼，神情略带复杂的，声音沙哑地说道：

"一个身着一身白裙的女孩儿，走上那个小小舞台的中央，随着音乐翩翩起舞……在酒吧里，我觉得我应该很难听到什么吸引我的音乐，而那一天，那种音乐动感、抒情而不让你特别心乱，是带你渐渐走进去，并且越走越远……其效果，不比茅台差……

你知道我，我是不可能在这种通俗的地方寻找到共鸣的。然而，不知道为什么，我的眼睛渐渐被这个女孩吸引……

她那急剧旋转的舞姿，随着音乐渐渐转人了缓慢抒情的动作。我相信那是她自己创作的舞蹈，因为动作特别狂放而独特。后来我也问过她，她说是——老丁，在那一刻，我还仅仅是对这个表演不反感而已，现在想起来，那一袭白裙转动在银色的、流淌着的光线下也确实妩媚动人。"

丁克长感到铁大都的讲述，似乎渐渐地进人了一种情景。他不再玩笑，而是情感越来越专注起来。仿佛一条小河在从容地流淌……

"老伙计，甭说什么"不反感"，也甭说什么感情！都是借口——，但是，眯着眼一直在听他讲述的丁科长心里另一种判断依然在活动：不管怎么说，不管怎么样，你也不能把妓女带回家啊！"

"第一次让我感到心动的是那些慢动作中所延伸出的意味和情感。

她给我带来一种飘然的感觉。那种感觉反复从你心灵中温柔的漫过"

开始不断的、短暂的、轻轻的停留下来，抚摸和催动你……科长，你知道出人意外又人人意中，是艺术最能打动人的过程了。

……她那挽起的长发，那白皙、秀美的面庞，最终都烘托出那双眼睛。那是一双晨雾弥漫、而弥漫的背后又充满哀怨的眼睛。而轻柔的双臂，舞动的丰满的大腿仿佛都在烘托、延伸着那种谈谈的哀怨……

这种哀怨当然是来自心灵……她转身了，她缓缓地转身了，头顶上那束强烈的白光、带着几簇淡淡的雾团一直在狂泻，那秀丽的肩膀，那年轻的铺满烁眼银光的揉动着的手臂，在背后一团特别漆黑的映衬下，仿佛在向我飘来……

她抬起头，头顶上边银色的光铺洒下来，点亮了她的眼睛，哀怨的目光中突然升起两簇晶亮的火焰，像在对这个世间深深的渴求、祈求着什么。那流淌的银光像潺潺的小溪在她身边慢慢的飘动，使我本来已经被微微拨动的心一点都没有犹豫的一下激动了……"

唉——脸上毫无表情的丁科长心里深深地叹了一口气，然后端起一杯酒，一饮而尽，而后木呆呆地看着窗外—

他没讲话。心里在想：老铁呀，你真的是一个艺术家。你描述的这么美，你怎么就不知道那些东西一旦出现在酒吧这种地方，它就是糖衣炮弹呀！你被打中了！她把你害苦了！老铁呀，你一个人生活的时间太长了——

想到这里，丁科长庄严，没有表情的脸隐约泛起第三种颜色—变得有点发黑……

铁大都沉浸在往事的回忆中，他一点也不掩饰自己曾经的感情过程。他再次端起酒杯，一口菜也没吃，只是把酒再次一饮而尽。然后呆呆地看着前方，过了好一会儿，像交响乐中的小提琴，开始轻轻的演奏……

"就这样，我一连去了三天。老丁，我知道这不是一个女人把一个舞蹈跳出了激动人心的力量！不是。吸引我的只是一个舞蹈中的一个场面，一个若干种因素凑到一起的场面而以！而且，我一点都不掩饰，我的心态是这件事发展的催化剂，他使本来平静的河起了波澜……那几天我才发现其实我非常寂寞，也许我和她一样在渴求着、或者企盼着什么……

前两天，我们没有讲过话。只是在第二天她表演之前她看到我又出现在那个座位上时，远远的她对我微笑了一下，我也微笑作答。

真正的故事发生在第三天——"

铁大都的整个的讲述，从轻松的谈笑开始，到不知不觉逐渐进人一种十分专注的情感当中，乃至当他描叙那个女孩子跳舞时的神态、灯光以及表情的时候，他变得情感更加集中，以至于内心开始隐隐波动也显现出来，眼睛闪烁着一种绝非六十二岁人能有的光亮……

丁科长了解眼前的铁大都。铁大都有一个女儿，目前在美国读书，孩子的母亲罗寸馨由于忍受不了铁大都急躁的性格，两人离婚三年多。据说近日也到美国，和女儿一起生活。丁科长知道如果真讲艺术气质或者文化学识，铁大都其实都远远的高过他和葛巴尔。他自称自己是不入流的画家，其实他的某些方面的水平，已经高过很多一流画家。铁大都游戏人生，以才气自居，从不勤奋。他甚至不想出名。在文学艺术圈里，很少有人像铁大都这样对名利极少动心。丁克长知道，几乎只有建立过王朝的家族才能在内心深处有如此的傲慢！那是几代王朝叠加的结果的遗痕！那种吃过、见过的贵族气息，在铁大都身上时有弥漫……在他幽默、平和的态度下，包含着确实是一颗积聚巨大能量的灵魂……

总之，能与他们在同一级别的单位工作，实在是阴错阳差。这种历史的误会，也确实影响了这位满清遗少的发展……

但此刻，丁科长确实非常不以为然——

怎么着，不对吧？听你的思想过程，你倒是成艺术家了！我先不说话，你是嫖客还是艺术家，等你自己说吧。

在已经承认把妓女带回家的铁大都面前（在丁科长的眼里，，女人，就是妓女），多少年习惯站在领导位置上的丁科长，暂时无法和大都一起享受那些艺术家才有的心境。而是充满对铁大都狡辩的警觉。他感觉这种狡辩既无理、也无聊。

不知不觉，落日渐隐。窗外，向花园投下巨大阴影的梧桐，自身也渐渐的隐进黑暗。一阵阵酒香飘出窗子，环绕在梧桐的四周……

不知不觉，天——黑了。

第十四章

　　一辈子没哭过，铁大都怀疑自己是不是泪腺堵塞。这回也没哭。但曾有过一瞬间，他觉得自己可怜。我是谁，早生五十年，在东单领饷银，在宫里上班的主——大清朝，祖上大贵，戎马驰骋，得夺天下。而后弃武从文……然而，那多少年跪拜天下，山呼一统的遗风，从来渗进骨髓，流传气质呢？有了就很难消失……

《铁大都博客》

　　"第三天，大概晚上九点，天空蒙蒙下了小雨，我又去了'夜深沉'。

　　从家里走之前，我觉得自己像上班一样，十分可笑。不管怎样说，我已经六十岁了，无论如何不能再算一个青年人或者中年人了。

　　但是我觉得我的那种感觉，一点也不苍老，甚至可以说和年轻的时候没什么两样。但是我心中很清楚，这只是一种喜欢，算不上什么"恋"。也许只是一种情绪体现，或许是对那个女人的，或许是对那个环境的，甚至是对那片灯光的一种情绪体现！

　　这种情绪很难产生——凭什么产生呢？甚至是转眼即逝的。而产生这种情绪的基础是孤独——我没有立刻明白这一点，但我现在明白了——我孤独的太久了。平时习惯了，已经不觉得——那种孤独是很痛苦的、甚至是残酷的……他每天来临、而且常常是在夜晚，在深夜会愈加浓烈，最后在冷寂的人睡中悄悄消失……科长，你信吗，他有时间性、季节性，也许几天或者十几天，它会飘然散去。

　　想减轻折磨，只有一个办法，那就是寻找一个宣泄对象——和她没别的事，就是去看一看，坐一会，聊一下……就是去感受对方的气息？还是去享受一个有异性在场的场面？我不知道。我只知道这样一个场面可以帮助我排解……"

　　"碰到这时候，你找我啊。我们一起排遣寂寞多好，还不犯错误！"

"找你？"铁大都难得的又开始若有所思的调皮的眨着眼睛。

"对。老铁，应该这次都不要去啊，你还去干吗？这些事，包括我的'婚外情'尽管刺激，我承认非常刺激，简直做过一次都有一生都不白活的感觉！但毕竟我们都已经六十多岁了，你可以托人介绍对象，光明正大地谈谈恋爱。等我和你嫂子的事有了结果，我让她去给你张罗，你怎怎么能——你不应该——大都，我该怎么说你才好！一失足千古恨啊！大都！"丁科长终于控制不住自己的情感，他又给自己连续倒上三杯酒，一一干掉，然后继续感慨万分的说道，"不过，也不用太难过，事情既然已经发生了，也不要怕，咱们商量商量该怎么办！"

铁大都没有理睬他，而是依然脸色庄重，情绪沉稳的坐在那里，一直到丁科长也感到了自己应该暂时停下来。

铁大都还生活在一种情绪之中。

……和前两天一样的我凝神看完那个舞蹈。大概十一点钟，我买了单，走出了酒吧。恰好，天晴了，天上开始露出了点点的星星。街上的空气有点凉，显得特别清新……我深深地出了一口气，不知为什么，我不想回家。一个人开始路上散步。你知道咱们小区门口，那个时间肯定已经渺无一人，到处都有可以听到蟋蟀的叫声，路边的庄稼地漆黑一团，不住地有庄稼的清香味飘出，天又阴了……我全身放松的开始在小路上散步。

大概一个小时以后，天空下起细细的小雨。我决定回家，但我决定还是故意绕路回家，这样可以使我再从'夜深沉'的门前的那片树林里经过。科长，你知道咱们这一带的酒吧，大概一点也就关门了，远远的我看到了'夜深沉'门口的灯已经熄灭，我不由自主的走过去，原本打算只是绕过'夜深沉'回家，当然我不否认我还想再看一眼'夜深沉'。也许站在静寂的酒吧前，越发可以追忆、并衬出喧闹的繁华……

四周静悄悄的，就在我走过那片树林的时候，一声轻轻地哭泣声从黑暗的树丛中传来，把我吓了一跳，我走过去，令我惊讶的竟然是那个女孩，那个跳舞的女孩。当然她已经换过了服装，此刻她穿了一件再普通不过的打工女的服装——一条牛仔裤，一件白色的衬衣。

我看到的仍然是那双眼睛，虽然没有了灯光的照射，但在黑暗中依然美丽而闪烁……

"怎么，是你？"

"先生，你好。"倚在树边低声哭泣的女孩子立刻擦去了眼泪，站直了身体对我说。

"这么晚了，怎么还没回去呢？"

"有点事情耽搁了，我在等人来接我。"她低声微笑地说道。那笑容显得非常得体。

"你的舞跳的不错，学过吗？"

"我在家乡是艺校毕业，"女孩一边回答一边不由自主地用手抚摸自己的脸颊，隐隐约约的光亮中我看到她的眼睛还有剩余的泪花……

"为什么不去专业团体跳舞？"我问道。

"我不知道那些专业团体在哪里，我来北京还不到半年，这里我谁都不认识，"女孩子微笑地说道，然后她有一点急切地说，"大叔能给我介绍吗？"

科长，歌舞团咱们还是认识几个人的。但我当时没有表态，我们毕竟是陌路相逢……

"来接人你的人还要多久才到？"

"大概一个小时，"大概是因为我没有答应她的要求，她的语调低了一些。

说实在话，我隐约感觉这个外地女孩一定是碰到了什么事，否则她不会深更半夜一个人在这里流泪，而且听说她在艺校学过舞蹈，我确实感到有一点贴近的感觉，好像亲切了一些。因为和我们行当接近。

"有什么需要我帮忙的吗？你可以直说。"

"不，谢谢你总是来看我的舞蹈。"女孩子迟疑了一下，说道。

"一个人出门在外，好自为之。"

"谢谢大叔。"

我点点头，转身向小区的大门口走去。

我一边走，我的身体周围不断的有那个女孩的身影闪过，当然是那个在酒吧的舞台上、在璀璨的灯光下舞蹈女孩子的身影……这个动人的身影，使我感觉我周围亮了很多。不知为什么，我停住了脚步。这时我才发现，雨下的比刚才大多了。

"接你的人几点来？"

"应该快了！没事，大叔你回去吧。"女人说。

"你，要不要到我那儿避避雨……"过了好一会，我转身走过去，对那女孩子说。说实话，说这话时我心中也很迟疑。

"不，这么晚了，我不想打扰你。大叔，我没事儿。一会接我的人就到了。"

"可是，雨会越下越大的，这附近没有什么地方可以避一避，接你的人不是要一小时以后吗？"

女孩子无言以对，她沉默了。

"走吧，没事儿，你要是相信我，你就跟我走，我家里也只有我一个人。"

铁大都讲到这里，突然停住了，他两眼看着窗外，仿佛在回味着什么……

"你就这样把她带回了家？一个陌生的女孩子，在这深夜十二点钟"你，居然就把她带回了家？！老铁呀，老铁，你怎么能这么干？就算我相信你说的这些，你已经有违常规了，你已经不对了，老铁，怎么能干这种事儿！"

看到铁大都不讲话了，丁科长有些气愤地发言了，"我们认识这么多年，我很少批评你，我特别给你留面子！当然，我知道现在我批评你，时机不是很好，或者说我不是很硬气，因为我也……但是，大都，要分清两种不同性质的矛盾，我说我不是'敌我矛盾，'而是'人民内部矛盾'，我们的区别是嫖娼是违法的，而婚外情仅仅是道德上的问题……"

丁科长认为老铁的讲述已经告一段落了，而事情也大体有了轮廓：肯定有事。因此，他正准备展开来发言。

"我知道你就是这个态度。"铁大都说话了，他的情绪出乎意料的激烈，"因为是五十年的朋友，我才跟你说，我也正想找个人说。你能不能听我讲完？"

"好，好，你说，你接着说。"丁科长只好打住，但他的情绪打不住，因此虽然他停止讲话，但他却气喘吁吁的端起眼前的三杯酒，第三次一一干掉。心里却在想：这小子有点把自己说的太圣洁了吧？

"回到我的房间里，我给她冲了一杯咖啡，女孩就坐在你现在坐的位置上。窗外的雨也确实下得更大了，"稍微停顿了一会儿，铁大都又开始讲述了："现在我们好像熟悉一些，我对她说"

'你要不要把身上的衣服脱下来晾一晾—'"

"什么，你等等，你说什么，你再说一遍！"丁科长忍不住打断铁大都有的话，声音有点严厉地问道。

"我说，我问她要不要把衣服脱下来晾一晾！怎么啦？"

"你说你，跟她好像熟悉了，就让她把衣服脱下来？你行，你真行！"丁科长的酒刚刚倒满两杯，他气愤的已经数字不分，只是把前两杯干掉了。

"科长，你怎么总是着急，我不是说过了吗，你听我讲完！"

丁科长再次停住讲话。

接下来，铁大都讲述的气氛已被丁科长打乱，他几次再次开头，希望继续刚才的情绪讲下去，但都没有成功。

铁大都苦笑了，他没想到丁科长居然都没给他完整讲述机会"

"咱删繁就简，咱删繁就简，就不用一一细说了。反正我告诉你，没有任何不正当的事情发生，后来也只是聊聊天。"

"再后来呢？"丁科长叮问到。

"科长——"

"你别有顾虑，完全可以和我说实话。我你还信不过？真的，任何掩盖都是没必要的！"丁科长诚恳地说到。

"……我真的感慨，发自内心的感慨，在这样一个国际大都市里，我的心情，我长期积累甚至有些压抑的心情，居然就没有一个合适的人、在一个合适的条件下听我述说。但是那天晚上有了，我向那个女孩子、不认识的女孩子倾泻了我的心情。

原因是她也向我述说了她来北京以后的人生苦恼。当然她说的很多，我说的很少，因为毕竟我的心情有很多是她不能理解的……

因此，科长，我觉得的那个晚上是不可能复制的—因为那是很多偶然因素的一个结果。

每一个偶然因素都是我们最终坐在一起的桥梁—比如，如果我没去'夜深沉'。比如说我去了，如果她没在'夜深沉'跳舞。再比如说如果她在'夜深沉'跳舞，而没赶上我正处在孤独的情绪之中。而赶上我处在孤独的情绪之中，没赶上下雨……

而前边的一切都赶上了，没赶上下班后她还在小树林中。而赶上她在小树林中了，没赶上接她的人迟到，雨却越下越大了！等等，这件事情都不会发生……

事实上，这个晚上也确实难忘。你想想，两个陌生人，年龄相差四十多岁，在这样一个下雨的夜晚，在一起倾诉了各自的烦恼。你不觉得很有意思吗？没有人们想像中的世俗的事情发生，没有性——如果有了，倒很世俗，很无聊，变成了一件到处都发生的事情—没有，真的没有！为什么一定要有呢？没有，才是另一种享受，千载难逢的享受！"

"没有性，有的是什么呢？"丁科长突然问道。

"那只是两个人由于互相的好感，而互相的倾听——像很多年的好朋友一样，当然我说过事情绝不会重复，但是难忘，非常难忘！因为——那种感觉实在很好，非常好！"

丁科长愣住了，他在思考铁大都的话。这是什么意思？一种境界？还是两个特殊的人的特殊的需要的结果？他想不清楚。

两个人各自沉思，房间里突然变得安静。过了好一会，铁大都继续说道：

"科长，实话告诉你通过这件事，我想了，我觉得我的生活需要调整，我需要一个老婆。我过几天就想办法和寸馨联系。去找孩子她妈，去向她重新抛出我的绣球。我们一起再唱一曲'那个九十七岁死，奈何桥上等三年'。当然，寸馨愿不愿等我这三年，就是她的事了！"

铁大都痛痛快快的讲完这番话，把自己眼前的三杯酒，一一举起，完全不等丁科长反映便又一一干掉。

"原来是这么回事！"听完铁大都的话，费了好大劲，丁克长同志终于反应过来，他笑眯了眼睛："我说呢，我说你铁大都也不能干晚节不忠的事，一辈子都忍过来了，都这会儿了，都六十大几了，何必呢！看来我没说错，不过有一点，我还是不太明白，衣服都脱了……"

"你真够逗的！外套湿了，晾干了又穿上，有什么奇怪的？克长，你别忘了，她是个孩子！两个人瞎聊了一小时，又喝了两杯咖啡，手机一响，接她的人来了，咱肯定送她出去了！不过，那个孩子是个好孩子，有舞蹈天赋，有机会倒可以帮帮她。"

"噢，"丁科长这回是彻底明白了："老铁，你可真是个艺术家，率性而为、持才傲世——完全不考虑社会对这件事可能发生的反映！"

"对别人负责，是我们一辈子的生活准则。而对自己负责呢，我们这一代人似乎很少想过。科长，该对自己负责一回了！走自己的路，让别人去说吧！"铁大都抛弃了一个过去的、启用了很长时间的生活准则，轻松的像抛弃了一根稻草……

"你要小心，还是要考虑社会影响哟！"接着丁科长把居委会找他的事告诉了铁大都。

"没干就是没干，别人说什么是他们自己的事。都过上这么现代的生活了，意识却还停留在几十年前！可悲啊，丁科长！这就是中国人，什么时候才能软件、硬件都能成龙配套，都能现代化啊！"铁大都说完哈哈大笑起来。那笑声重新开始震动了整个房间。

丁科长也跟着笑了，他的笑有一点点尴尬。他觉得铁大都批评的不仅仅是周围的邻居、物业、居委会什么的，似乎也捎到了自己。同时，虽然他是副科长，但他再一次感到了铁大都的高明——高明的能当真正的正科长。

"来的时候还有点担心，现在看来完全没必要。"酒过三十几巡，二斤茅台见底，丁科长一派扫去乌云见阳光的感觉，微醉着对铁大都说。

"担心还是必要的，毕竟咱们是多年的朋友。况且你也知道，铁大都从来是个惹是生非，给人添麻烦的人。"铁大都也微醉着说道。

两个人一直喝到半夜十一点，丁东来电话，问什么时候来接丁科长。

"十二点，小区门口小树林。"丁科长挂上电话，对铁大都说："咱也来个小树林中邂逅相遇……"

"行啊，不怕来个老大妈把你强行接走就行啊，不过你得小心，大嫂在后边盯着呢！前边老大妈，后边老大嫂，艳福不小啊，哈哈哈哈……"

"大都，不过你要有思想准备，有些小市民很讨厌！当然，居委会那边我可以向他们解释清楚……"

"既然是'小'市民，就随他去吧，有时候人真的不能是为别人活的。"铁大都仍然大大咧咧说道。

"是，我该怎么跟他们说呢？"丁克长说。

"实事求是。科长，可别包庇我啊！"铁大都再次轻松的闭起左眼，右眼睁大，并且迅速眨动起来……

"那是不可变的原则。"丁科长准备走了，走到大门口他突然转过身问道，"有一个问题我还是想问你一句。"

铁大都眨着眼睛看着他。

"你能这样做，会不会是因为老了？"

"老了？"铁大都一时没有反应过来，但他立刻明白了，然后调皮的笑了。

"可能吗？"

丁科长也笑了，他也觉得自己问得有点多余。

然而，事情没有结束。

接下来接连几天，铁大都除了早晨出去吃炒肝，全天都憋在家里。他要完成一批画，拿到画店去卖，以解决经济上的缺口。铁大都做事精神十分集中，即使在去吃炒肝的路上，他也没有忘记思考雨中梧桐树叶的颜色是"绿"还是"暗绿"……直到有一天，一个电话打断了他的创作情绪：

"是铁大都先生吗？能到居委会来坐一坐吗？"打电话的是居委会李主任。

"有什么事吗？我很忙。"

"一点小事，不会耽误你很长时间！"李主任十分客气。

铁大都只好放下画笔，来到居委会。

事情原来是这样，最近派出所布置扫黄，而片警小于听说清水园居然有人把妓女带回家，便立刻给李主任打了电话：

　　"李主任，事情确实吗？"

　　"应该说不很确实，但是也差不多，有人亲眼所见。"李主任的回答十分委婉。

　　"这话怎么讲？我听不明白。"

　　"深夜十二点，两家邻居都亲眼看到把一个女人带回家。但是，带回家去做什么，没有人能够证实，所以说应该说不很确实。"

　　"李主任，上级要求工作要细致，要坚决杜绝这种不健康的现象！既然已经有人亲眼看到带回家，而且是深夜十二点，事情就已经算八九不离十了！不一定非按在床上。我看这样吧，既然是个老知识分子，就算了，一辈子混到这份上不容易，况且我们也确实没有确凿证据。这样，为他好，找他谈一次话，提醒一下还是必要的。"

　　"是，需要找他一下。"放下电话，李主任觉得有道理，"这事有没有，也不能只听他一个人说呢？而丁克长的话也不能全信，他们是哥们啊。"

　　于是有了李主任通知铁大都来居委会的电话。

　　"老铁，最近很忙吧？"李主任特别客气的请铁大都坐下，并端了一杯热茶，"今年的新茶，云雾茶。"

　　"好。"铁大都当然明白李主任不是请他来喝茶的，"这茶确实不错。李主任，找我有什么事吗？"

　　李主任知道这话十分难谈，所以很动了一点脑筋。话谈的非常有技巧：

　　"最近，北京发展很快，咱们这边同样越来越热闹。所以闲杂人等比较多，因此居委会特别关心单独居住的老人的安全，所以要求每个人都要谈一次话，征求意见。看看关于安全方面你们还有什么要求？"

　　"小区的安全工作做得不错，要提的无非是加强巡逻，大门口注意盘查，不要让那些卖东西的，做广告的乱窜，甚至跑进楼道……"铁大都觉得自己想不起来有什么新的意见，就随便就了几句。

　　"好，"李主任十分认真的记录着，仿佛真的是在征求意见。

　　"其他就没有了。"铁大都说。

　　"噢。那就这样了，谢谢你支持居委会工作。"李主任说，接着他仿佛突然想起来一样："该做的我们会做，但是，老铁，自己也一定要注意自身安全，尤其是不可以随便给不认识的人开门，放他们进来，而且，这会引起别人的议论！"

前面的话当然是关怀，后面的话却让铁大都心中不满。

"李主任这话是什么意思？好像我做了什么不恰当的事？"铁大都立刻问道。

"没有！"李主任也立刻回答，他知道，没抓住证据的事，不可以当真事谈，"我们只是出于安全考虑，提醒一下，完全没有别的意思！"

"那就好，谢谢！"铁大都笑呵呵的说完，站起身来告辞了。

"李主任，小区里关于我的一些传说，我也听说了一点。我只想说一句话，"铁大都态度温和但目光突然变得迥亮，他一字一顿地说："我希望谣言止于智者，也希望猜测别人的庸俗心里早点得到批评和制约！其实，这也关系到我们国家的现代化呢！"

既然李主任没有其他意思，铁大都觉得自己也没必要更加引申谈话的内容。

但不管怎么说，回到家中的铁大都多少有些不快。而接下来，几户邻居的表现就不像李主任那么含蓄了。他们对铁大都未来的行为表示出深度的好奇，那种好奇表现得十分外露，铁大都好几次居然发现有人在窥视他房间的动静。

最有意思的是，铁大都本来与三楼的高总并不相识。他只知道他是一个小公司的老总。然而这几天，只要在门口碰上，高总就会凑上来左右张望后，悄声对铁大都说：

"老铁，我和一个夜总会老总很熟，要不要哪天去光顾一下？那里的小姐很漂亮。"说话的同时，高总脸上会露出庸俗的笑容。

"别，别，千万别，"面对这样的"关心"，铁大都觉得自己不便翻脸，他只能推辞的说道："我最近很忙，再说，我对那种地方从来就没有兴趣！"

"是吗？我们互相……"高总话里有话地说。

"你不可以说我们，"铁大都微笑着把他堵回去，他知道，不及时，居委会也许会认为这是个团体。

高总则摇摇头，带着莫名其妙的笑容离去。

他还不止一次发现，他有时会陷人"敌情"包围之中。

比如晚上对面房子的窗帘常常闪动，而后窗阳台也经常有人在夜晚出来"晒"衣服，再就是晚一点出去散步回来时，远处的保安也会赶过来，"亲切"的查看一番。

铁大都对这一切当然不预理睬，包括对李主任的含蓄"关怀"。这些世俗的舆论从来不在他视线之内。当然，事情的出乎意料的发展，也让他感觉这种世俗实力的强大。

"今后这种事还真的得罢了，麻烦确实不少呢。"

而事情也确实还引起他的另外一番更深人的思考——

晚年单身，开始可能觉得因为特别自由，因为可以把全部精力集中到绘画上，而感到特别愉快。但很快，因为没有人交流，甚至没人吵架，而内心便开始不知不觉的积蓄孤独的感觉。铁大都非常清楚，眼下这件事的发生，就是孤独感积累到一定数量的结果。

这种孤独显然首先不是因为缺少性，对六十一岁的铁大都来说，似乎更多的需要有女人的温存，女人的关怀，甚至是一个女人站在身边身体所散发出的那种气息。否则有时即使是在温暖的房子里，他也会感到寒冷……

而这些内心更深处的感受，他没有对丁科长多讲。即使是这么老的朋友，心灵也不会彻底沟通——个人毕竟只是个人。

这一天，又是个下雨的晚上，铁大都正站在窗前看雨。对于这件生活中的插曲，他确实并不十分在意，在他来说不过是率性而为的一件小事。倒是事情发生后，引发了他对前妻罗寸馨的思念，这是他完全没有想到的。尤其是思念的浓烈程度，更出乎他的意外。离婚三年多，说从来没想过罗寸馨那是假话，但是，像这几天这样思绪如潮，甚至居然有些忧郁还真的是第一次。

铁大都与罗寸馨的夫妻做了二十几年，而从前几年开始却因为过多的争吵而关系越来越冷淡。铁大都心里清楚妻子较少让步，而自己性格急躁，是主要原因，而眼前的思念，确实是他三年多单身生活的一个结果。

当他产生解决这种孤独愿望时，思念罗寸馨的情感便自然而然的产生了……

其实，最近两年当中，也有不少热心人为铁大都介绍晚年伴侣，而且是各色人等，有教师、演员、医生、甚至包括一些前任市领导人的孩子。铁大都一一回绝，有的不得不见一面，他也不过是去走一个过场。

铁大都傲慢，想当铁大都的老婆不容易。当年，下乡回来的铁大都事业上已经小有成绩，接着挑老婆挑了三年，周围的介绍人都已经介绍晕了，北海后门作为见面的老地方也"老"的掉了"渣儿"，铁大都却依然冷静。最后，老朋友都结了婚，原有的光棍委员会也已经解散，铁大都才从二百多等待他表态的人当中，选择了比他小十五岁的罗寸馨。据说是一见面铁大都就被罗寸馨的一双眼睛吸引住了，他立刻做了决定，并且三个月后，

徐葆齐 著

罗寸馨就和他走上结婚的红地毯……

"我已经了解你，"看到那双自己寻找已久的眼睛时，铁大都已经认为没有再了解的必要。没过多久，他就对罗寸馨这样说："单位要分房，不结婚没房，如果你认为还有什么不了解我的，你尽管问，我保证如实回答。"

"你这么大年纪没有结婚，有过什么亲密的人吗？"刚刚被一个帅小伙单方面结束交往的罗寸馨，觉得选老公花不花心是第一重要的，而且在她看来，这种问题问的很傻——谁会如实告诉你呢？

"当然有过，因为我很健康！"铁大都回答问题，从来是出人预料，铁大都闭上一只眼睛微笑着调皮地回答说。

这种回答罗寸馨显然是没有想到，她甚至被吓了一跳——这个男人好诚实啊，她这样想。

于是，三个月以后，这个世界上少了一对"处"男处女，多了一对新婚爱人。

窗外的雨声越来越小，而铁大都对往日回忆的思绪却越来越浓……我这是怎么了，他心中不断地问自己。

铁大都站起身走到窗前，窗外，街灯照耀下的细雨把一切变得昏黄，变得朦朦胧胧—起风了，或明或暗的梧桐在昏黄中摇摆着……

"残酷。"这样一个词突然出现在铁大都的脑海中，使他瞬间皱起眉头。

六十多岁，人们常说颐养天年，或者享受晚年。其实，其实我们是否进人了一个对人生来说，有点残酷的阶段了呢？除去生老病死，这几乎每个人都懂得的内容纷沓而来，还包括其他呢。比如说孤独或者同样的情绪……

铁大都觉得眼前的梧桐，摇摆的速度渐渐地缓慢下来了，而自己也再次进人一种莫名的情绪之中了。再去抬头看那灯光细雨下的梧桐，他突然觉得想要画的这幅画，大概可以动笔了……

酒乱人性，与时同时，在家中喝了半斤茅台的丁科长坐在沙发上说是看电视，其实在想什么，他两眼有点发直。

"爸，你在想什么？"刚刚进门的丁东一边擦头一边问道。

丁科长没有回答，但两眼变得更直。铁大都的行为完全出乎他的意料之外，铁大都居然如此坦然、大气的与他交谈一切，他更没想到这件事虽然与嫖娼无关，但竟然是确有其事。六十一岁的铁大都居然雨夜与陌生女孩倾心交谈……

丁科长历来不是生活味道的敏感者，但也感受到了铁大都的浪漫情怀。

在铁大都的讲述当中，虽然他的表现是个令人尊敬的长者。但是他也没有掩盖他的另外一种心理活动—如果不是个年轻女孩，不是个漂亮女孩，不是个舞姿优美的女孩，这个故事或许不会发生。最终使他把女孩带至家中的决定因素，不就是围绕他身边的那个影子吗？

"科长，我跟你并不隐瞒，最开始让我心动的是那个女孩苗条而丰满的身材、白皙的皮肤，一双漂亮的眼睛……"酒喝过四两以后，铁大都的舌头微微有一点发短了以后，他曾这样说。

眼下两眼发直的丁科长正在联想自己的"失误"。他隐隐约约觉得他心中也在发力—他突然想和吴岚岚一起再坐上一个晚上，去体验和铁大都相同的浪漫情怀，那他将会终生难忘。当然，最好是个下着小雨的晚上……

这样一个晚上，铁大都决定去和已经离婚的妻子争取再度登上"奈何桥"，而丁科长却在茅台的簇拥下，朦朦胧胧的也做了个决定，那就是坚决瞒住云淑芸，与网友吴岚岚再见一次，梅开二度。

"也不过是和铁大都一样，在一起瞎聊聊。这对自己的心情来说，也是一种调整。我怕什么？又不搞那些乱七八糟的。"他这样想。

丁科长能冒天下之大不韪，做出如此决定，有三个心态上的原因。一是最近儿子丁东毫无顾忌表现出对老爹宽容，使他的心境一下放松下来。另外就是铁大都对自己行为的解释，使他觉得自己的行为更加可以理解。第三是他去解放一下自己的人性，而且云淑芸绝对不可能知道！怎么会知道呢？

第三条是他下定决心的最主要原因！

丁克长正在迷迷糊糊的瞎琢磨，突然他的手机响了。

"这么晚了，谁还会来电话？"

是葛巴尔，他马上按了接听键——其实他按了拒接键。接着电话肯定没声音了。

"错了，没人来电话。"丁克长这样想，并且随之睡去。没多久，他就鼾声如雷了。

第十五章

　　写完书，已经忘了自己姓什么，打听啦好一阵，才想起来——这就是葛巴尔，大作家葛巴尔。就这一点，就足以给诸位介绍清楚了这哥们是一什么人！

　　别说了，剩下的就都别说了——我嫌寒碜。

　　"我姓什么来的？！"

　　不知为什么，葛巴尔突然想起了一个谁都不会想起的问题，而且是一个任何人一生都不会忘记的问题。但是，葛巴尔确实想了半天都没有找到答案……

　　当他写下尾声的最后一笔，他一点都没有感到轻松，而是大脑一阵眩晕。他搞不清自己已经疯狂的工作了多少天，眼下是几点，甚至不知道窗帘外面是夜晚还是白天。最重要的是他忘掉了自己姓什么，叫什么了——

　　他觉得这事不能就此罢了，这是必须想清楚的事。然而，好像这类事越认真反倒越想不起来。当他刚刚停止追索的时候，眼光突然落在书架的一本书上—葛巴尔三个字就立刻从大脑中蹦了出来。那本书作者是巴尔扎克。

　　这他才想起来了，镜子里这个人叫葛巴尔。

　　接着按照每天的习惯，他走进卫生间。蹲在马桶上，葛巴尔想起自己的一个重大想法即将出书，而且会引起轰动——他的眼睛突然有些湿润。葛巴尔拿起卫生纸擦去眼泪，然后提起裤子走出卫生间。这时，他突然觉得有点不对，赶紧回到卫生间，重新坐下——他忘了一道最关键的工序……

　　"老了，"他这样想。

　　从卫生间走出来，重新恢复平静的葛巴尔，突然觉得应该向什么人报报喜，想了一下，他拨通了丁科长的电话。

　　然而丁科长醉醺醺的回答，却令葛巴尔有些扫兴。

"噢……祝贺你……祝你胜利……"

"几点了就喝酒？"扫兴的葛巴尔只好挂断了电话，他随手拉开窗帘，窗外深夜的寂静，满天的星斗，使他心中一惊！

"原来是天近黎明啊！"

两分钟以后，刚刚完成骇世之作——《（聊斋）新评》的、忘记擦屁股的六十八岁的作家葛巴尔倚在沙发上进入了香甜的梦乡……

"葛老，祝贺你！我们真的是盼你的消息盼断了肠！"

天亮以后，葛巴尔拨通了刘巨仁的电话，电话那边刘巨仁兴奋地说道："估计你快写完了！最近不知道你看到没有，我们在几家报纸上已经开始投石问路，反映非常强烈。不少人打电话到出版社，问到哪里可以买到《聊斋新评》呢，"

"真的？太好了，"葛巴尔听了非常高兴，"看来我们对市场的判断没错。"

"在书的封面上我们会印上继刘心武、易中天、于丹、吴越之后，再次对古典名著重新评价，老作家葛巴尔呕心之作，你看怎么样？"

"这事你们看着办，我不方便表态。"

"葛老，你看看，我这不由自主连称呼都变了。我敢说，你一辈子最火的时候来了，到时候我们会有一个整体策划，和你商量。"

"书稿……"

"你可以立刻把电子稿传给我，对了，关于我们的合同还有几点补充，我一会也发给你。你先发稿子吧。"刘巨仁在电话那边说。

"好吧，"像所有作家一样，这种时候是心里最迫切见书的时候，葛巴尔没有多想。

五分钟以后，三十万字的《聊斋新评》电子稿发了出去。十分钟以后，刘巨仁收到了稿件，回信告之。同时，还发来了补充合同。

看完补充合同，葛巴尔心中一阵怒火，原来和刘巨仁所签订合同中没有提及的若干利益，对方均要求归其所有！譬如，书转载的稿费、不管在任何一个场合，谈及此书的收入、甚至包括一些辅导报告、创作感想的会议的车马费等等均要归其所有。

葛巴尔想都没想，立刻拨通了刘巨仁的电话。

"这个合同没道理，我也不是第一次出书，我显然不能同意！"

然而，刘巨仁的一番很平静的话，却使葛巴尔不再讲话。

"葛老，现在都是这样出书的。出版社也不容易，如果所有的利益都出让，出版社很难生存。葛老，如果你不同意这些条款，那就只好请你换地方出了。但是你应该事先考虑周到啊，稿子发过来，我就给了编辑，现在你想拿回去，稿子的流向我就不敢保证了！葛老，要不要再考虑考虑？"

葛巴尔听明白了，此刻换地方对他来说，不是个很简单的事情。不管哪个出版社，重新接受这个题目都需要一个很长的过程。更何况他要冒着被人剽窃的危险，去换地方，这他当然不会干。

"我相信你们这样做，出版社领导不会坐视不闻的！"他们是国家的出版社——葛巴尔抛出了他自认为的杀手锏。

"葛老，你真的不了解现在出版社的情况？我们全是承包，早已自负盈亏了！因为没有利益，所以根本没有人有兴趣管我们。哪还有领导？我们跟书商没有任何区别！或者说我就是最大的领导！"刘巨仁说话的态度仿佛十分无奈。

"哦？那你出书的书号，还有合同盖章？"

"我很够朋友，但可惜事情不是我一个人说了算。如果你老爷子是易中天、是于丹，甚至是吴越，我还可以去和其他董事们商量一下。可是很遗憾……葛老，书能不能出还不知道，还没有审查过。我们谈这些好像早了点，不过……要不你再考虑考虑撤稿的事？你放心，我会尽量不使稿件外流。"刘巨仁说。

也只好这样了。葛巴尔刚刚挂断了电话，丁科长的电话就打了过来："跟谁通话呢，这么半天，我昨天喝多酒了，怎么样，书写完了吗？"

"写完了，和出版社生一肚子气。"葛巴尔愤愤的说道。

"生什么气啊，都这岁数了。明天晚上我请你桑拿，你也该放松放松了，儿子给了我两张票。据说，设施很高档！我们不是说过嘛，要了解、享受时尚生活，不能落后于时代，这样才可能写出好作品！"

"唉！"葛巴尔唉声叹气，还是一肚子不高兴。

"咱们按老规矩，饱洗澡饿剃头，去了，先吃自助餐，有大虾的啊。"

"好啊，"葛巴尔回应道。

位于市中心的、刚刚开业的威尼斯桑拿园，灯光眩丽，五彩缤纷。洗浴大厅巨柱擎天，温泉水碧波荡漾，处处散发着豪华气派。虽然是室内，但是大概近百棵热带植物遮荫纳凉、随处可见。各种不同药浴的池子，形状各异，散发着各种中药的清香……

葛巴尔是第一次来，丁科长带着他没有急于下池，而是先逐一参观。

参观完之后，在热水池中两个人边泡澡边聊天。

"我生气，就是因为刘巨仁表现得很不诚恳，甚至带有欺骗！，葛巴尔愤怒地说，，稿子写完前后两副嘴脸，发过去前后又是两副嘴脸。合同的具体条款，为什么第一次见面不说清楚？明明已经个人承包，为什么说是国营？稿子发过去他说他控制不住，可能流失！这不是明摆着威胁人吗？老丁，你说这事该怎么办？"

"我说了，你不一定能同意。"

"你尽管说，咱俩谁跟谁呀，"

"让我说就算了。书的出版是大局，只要书出了，钱是次要的，不就是让点利给他嘛。现在的人大多这样，现在文化界也是商界嘛！一谈钱肯定麻烦就来了，老兄，沉住气，事业为重，大局为重！"

在热气腾腾的池子当中，丁科长已经失去了往日的风采，几根花白头发已变成几绺贴在脑门上，胖胖的脸上，大汗淋漓……而葛巴尔倒不至于，但也是一根根可见的肋骨上满挂着汗滴……

其实葛巴尔心中也明白，事已至此，也只能吃亏上当。好在只要一想起马上出书，心中还是十分愉快。他和丁科长讲这些话无非是希望从他那里得到安慰，他明白即使丁科长劝他从刘巨仁那里退出，他也不会同意。他不敢，这把年龄他失误不起！

"要说他们也不容易。书出来之后，他们要投资，负责在市场上推开，要联系报社、网络、电视台全面宣传。也要花钱，而且也有风险的！"不知什么时候，葛巴尔突然开始替刘巨仁说话了："我主要生气他们骗人。其实要实话实说，我也不见得不同意。"

葛巴尔一边说话，一边不时潜入水中，作全身在热水中浸泡状，然后再钻出来用手抹着脸上的水说。

"哈哈哈……也别那么说，我看涉及钱这东西，只要是实话实说，不欺骗了，大概就达不到目的。相反的，骗了你——他明明知道你只能算了，你肯定不会另寻高就。"

"现在这人心大大的坏了！"

"原始积累阶段嘛，这个问题我们谈了很多次了。老葛，要适应，也只能是适应了。"

"不过，提高警惕还是必要的，后边的事还多着呢，咱不能总是上当啊。"

"没错，总上当拿什么钱买房子啊？"丁科长笑着说。

徐葆齐 著

丁科长今天晚上好像比平常机智了很多，是不是热水泡过、桑拿蒸完，人就会比较深刻呢——葛巴尔突然这样想，但很快他又觉得自己的想法好像根据不是很足。

这时，一个好像也在和他们一样洗浴的陌生人走过来，悄声对丁科长和葛巴尔说道："老先生，要小姐按摩吗？很舒服，价格可以商量。"

"不要！"像是碰到了敌人、又像是被蝎子蜇了一样，丁科长和葛巴尔同时高声回答，陌生人吓了一跳，连忙走掉了。

"这里怎么还有这样的人？奇怪！"葛巴尔说。

"是啊！这可不是我们要的时尚生活！"看得出来，丁科长刚才被刺激了，一阵心跳——他捂住胸口说道。

"你这人有点奇怪，什么也没干，紧张什么？"葛巴尔笑呵呵地说。

"条件反射，条件反射！老葛，我倒是觉得你的事要水到渠成了。"丁科长笑呵呵的爬出水池一边说道："我带你去看一个地方，你一定会觉得有意思。"

两个人来到另外一个水池边，池里有几百条各种颜色的小鱼在悠闲地游荡。

"小鱼咬脚——土耳其式的桑拿才有，你可以下去试试，那些小鱼会咬去你残皮和细菌，很舒服的。"

"真的吗？"葛巴尔惊奇地问道。

"你试试，没问题。"

葛巴尔试探着走下水池，任那些小鱼在腿和脚上叮来咬去，一阵麻酥酥的感觉，确实非常舒服。

"真的很舒服，等稿费到手，请你和老铁再来享受一次。"葛巴尔说。奇怪的是丁科长没有反应，葛巴尔望去，原来丁科长已经进入闭眼享受的境界。葛巴尔也不再讲话，也连忙闭上眼睛，在池子里尽情地享受着温泉的灼热和小鱼吃咬带来的麻酥酥的感觉……

与此同时，刘巨仁和他的助手李峰在策划着《聊斋新评》的宣传工作。

"小李，怎么样？葛老头那书读过了？"

"昨天夜里两点读完！有意思，非常有意思的一本书，特别符合市场需求！刘总，我看这书绝对能火一阵！"

"你估计能火到什么程度？"

"上不封顶！多火都可能！"李峰一点没有犹豫地回答。

"噢？"刘巨仁心中一动，"你真的有这把握？近几年我可从来没听你说过这样的话！"

"那是因为咱从来没抓到过这样的书！从刘心武、易中天开始，我就不止一次向你建议过，我觉得这次是个机会！刘总要是不投，我立刻找人投！"

"我可从来没说过不投，我早就感觉这本书有做头！只是赚多赚少，决不会赔钱！这条大鱼是自己撞过来的，这叫运气！"

"没错，我只是刺激一下刘总，我上哪儿去找人？而且这件事还有一个有利条件。"

"说！"

"作者是个老作家，一般老作家都比较好对付，他们不懂市场运作，给多少钱最终都会忍下去，因为他们傻，而且他们写书的时候确实是把钱放在第二位！"

"别那么说，该给人家多少钱，就给人家多少钱，一分都不能少。听说过欺负小孩的，还没听说过欺负老头的呢！"刘巨仁笑呵呵的纠正着李峰。

"那是，那是。"李峰连忙随声附和，心里却想：这年头，你这样的人是专门捡老头欺负。

"小李，说点正经的，你觉得多大宣传规模比较合适？"

"能做多大，就做多大！这时候投的钱，一块钱将来说不定十倍回报都可能！报社、电台、网络，当然最重要的是电视台，能上到哪一级就上到哪一级，面越大、层次越高越好，最好能上中央电视台，那刘总可就不一样了！"

"你去做一个计划，花多少钱不用考虑，越大越好！既然这是个机会，就绝不能放过它！"刘巨仁两目放光、咬着后槽牙说道。

"好，"李峰还是第一次看到刘巨仁这种表情，他答应着准备去做计划。

"等等，"李峰刚刚走出几步，刘巨仁把他叫住十分诚恳地说道："老弟，如果真赚了大钱，有你一份！"

"没事儿，刘总，您别看我这么积极，我出书也不光是为了挣钱！"李峰说完转身走了出去。

"他妈的，这小患子，跟我玩这里格楞？你不是为了赚钱，你是为了什么？！"

刘巨仁被干在了那儿，心里想到。但是刘巨仁心里越来越有数，这回他绝对是看准了，上天给了他机会，他肯定要不遗余力地搏一把！

接下来，刘巨仁对《聊斋新评》确实发动了，不遗余力，的宣传攻势。先是各省各报连载，继而若干篇评介文章纷纷上阵，再就是请作者签名售书，与读者见面对话。并且频频组织座谈会，请作者去报告。当然，参加座谈会的人选档次越来越高。而整个宣传的高潮是作者登上网络，继而还有走上电视台的考虑，当然这就不是很容易了。

而在刘巨仁出版社所在的省会，刘巨仁当然投了更多的钱宣传。并把葛巴尔专程请来，召开了声势更加浩大的签售会、座谈会、粉丝见面会等等。

"刘总，这种现象是特别值得重视的。只有出现了不同的声音，有了争论，事情影响才会更大，作者才会'火'，书也随之才会彻底'火'起来！才会形成波澜汹涌的场面……"

"你是说网络上开始出现了不同的声音？"

"没错，不是一个人，而是一伙人，并且大有推波助澜、越演越烈之势！"

"带头的是什么人？"

"好像是个网名是：葛老头，我跟你没完的人"

"好，又是天助我也！花钱再雇点人，给他来个真真假假，火仗风势、风涨火势！"

最大的签售活动在本省最大的新华书店举行。大约有五、六百读者到会，并且几十家媒体都很早就到场。这是媒体最感兴趣的事，因为不仅仅是学术之争，而且充满娱乐，特别吸引人眼球。

进门大厅，左边一联：彻底颠覆前人评价，右边一联：根本否定专家看法

巨大的横幅：著名作家葛巴尔《聊斋新评》签售会。

"新的时代、新的看法，必然产生新的作品，葛巴尔先生的深刻和勇气令我们佩服！同意或者反对是读者的事，但是葛巴尔的观点确实前所未有，我们积极支持大家争论、支持大家以各种形式参与进来！发展祖国文化，发扬祖国传统文化，是我们的职责所在，我们一定不遗余力！希望大家发表意见。"刘巨仁的开场白旗帜鲜明。

"……显然，这本书所宣传的绝对是荒谬绝伦的。世界上有狐狸精吗？当然没有，这里宣传的是封建迷信，如果说有狐狸精，谁看到了？在座的说谁看见过狐狸精？并且这些狐狸精还那么善良，懂的爱情？谁看见了？"

要说葛巴尔确实厉害，一开场他就把在场的人全问傻了！是啊，谁看

到狐狸精了，而且是那么善良的狐狸精？懂爱情的狐狸精？不但没人敢回答，干脆就没人敢说话了！是啊，这样的狐狸精上哪看去啊？

"这老头绝，真够绝的！哪有这么问的？"

不仅在场的人都给问傻了，就连刘巨仁都蒙掉了！

"问别人谁看见狐狸精了？这可真的够绝的！能看见狐狸精的人，谁来参加签售啊？"

但他心里明白，不管葛巴尔怎样讲，只要台下热闹起来了，整个签售就不失败！当然，葛巴尔不知道，这里刘巨仁请的"托儿"大概有一百四十多人，每人会后领到车马费二百元。

"不敢说自己的认识百分之百对，但自认为确实前无古人，确实观点独到鲜明，自圆其说。一家之言吧，供大家批评。"

葛巴尔在明确基本观点之后这样说。他毕竟是有一点文化的人，懂得最后作家应该如何表态，应该保持风度。尽管如此缓和，不要说台下的人，就连那些"托儿"们，被葛巴尔问的，也是半天都没谁缓过劲来。

不过，还好的是，整个签名活动渐渐活跃起来，很快甚至在此起彼伏的提问、争论中，风生水起，热闹非凡。读者大概来了几百人，不断有人发表激烈看法，争论激烈异常。

葛巴尔的观点使人没法不争论！看着踊跃的读者，刘巨仁兴奋地想。

这使葛巴尔也非常高兴，甚至热泪差点涌出眼眶。

刘巨仁没有白费力，因为是事先设计好的，所以观点特别对立，发言也特别绝对，好像围绕着这本书，几大派别已经形成，那是互不相让……而且各种观点是你未唱罢、我登场，"登场"者一定是进攻者，甚至发言已经可以闻到火药味。

那场面，连刘巨仁都看得目瞪口呆……

实事求是说，刘巨仁的策划和努力是成功的。连他自己也没想到，很快网络上就有更大的波澜，先是网友争论，接下来几个重要网站也敏感到这个话题的油水，开辟了专题，很快不仅有了专题讨论，甚至有了专门的网页，而且在葛巴尔的博客上也涌现出大量的粉丝，拥护葛巴尔，留下读后的感想。很多文章啼嘘感慨，特别更加深入地肯定了《聊斋新评》，批判了《聊斋志异》。

总之，一切现象表明，书轰动了，葛巴尔是一夜成名，在几夜之间，竟然名扬南方几个省份，并且大有向北方进军之势！"葛巴尔"三个字一时布满南方很多报刊，尤其是那些娱乐小报——各种邪乎的标题都有，葛巴尔出名了！

据说其速度之快，影响之大，只有一个人可以和他媲美，那个人是个天津的相声演员，叫郭德纲！

这天晚饭前后，葛巴尔刚刚参加一个座谈会回来，他像个年轻人，踩着锣鼓点、跳着脚的爬上楼梯。回到家中，元芬已经把晚饭准备好。

"元芬，别忘了，去给我买个墨镜，还有口罩。"一进门，葛巴尔就对赵元芬说。

"禽流感来了啊？电视上没报啊！"赵元芬一边把红烧鱼出锅，一边不解地问道。

"什么禽流感？"

"那要口罩干吗？"

"你这人太不敏感，我出名了。必须上街戴口罩，墨镜！"

"是吗？你有粉丝了？怕人认出来，我明白了。至于吗？别邪乎啊！"赵元芬一边盛饭，一边撇嘴。

"这趋势难说，刘巨仁的签售活动已经发展到北京，已经联系了两家。所以还是早点做准备好，以免到时措手不及！我今天走在街上，已经有人在我背后嘀嘀咕咕了。我怀疑，他们认出我来了！当然，我还只是怀疑啊！别跟别人说去，呆会儿不是，让人笑话！"葛巴尔洗完手，坐在桌前。

"那你可得留神！"

"是啊，给人认出来，麻烦！"葛巴尔眉头皱的直抽动。

"那是，搞不好，也许还惊动派出所呢。"赵元芬根本没听清葛巴尔说的，端着一个炒青菜出来说。

"派出所？派出所也看'聊斋新评'啦？"

"不是，你没看见？"赵元芬诧异地看着葛巴尔。

"什么？"

"楼门口贴了通缉令，一米六五，秃顶……"

"我跟那个有什么关系？"

"那人家干吗议论你？"

"你也太不敏感了……我再说一遍，著名作家——"

"知道知道，葛大作家，你现在是名作家了，谁都得跟你客气点，对吧？"赵元芬一边把碗筷准备好，一边玩笑地说道。

"那到谈不上，不过你也看到了，我确实忙了很多。非常忙！到处人们都在议论彻底颠覆《聊斋志异》，葛巴尔三个字已经在四十几个报纸出现了！现在邀请我去报告，演讲的邀请信大概有三十几封，昨天一天就来了五封，估计后边还会更多，事情再发展下去，你也不需要到医院去补差了，干脆不如给我做个秘书或者经济人。"

"那当然可以，只是我觉得你的观点站不住脚啊——"

"没什么可觉得的，你懂什么？你还能有那些专家懂？我的观点力度很大，你就早点归顺就算了，一直坚持下去影响不好！"

说着，葛巴尔拿起筷子，正在这时，电话响了。

"你看看，你看看，连饭都不让吃，人可千万别出名，没好处！唉——"葛巴尔坐在那儿，皱着眉头长叹一声，半真半假的说道。

"喂——"自从书出版了，葛巴尔接电话也不一样了，他拿起电话，往往会拉长了声音说。他觉得这样不仅有风度而且显得比较有学问。《聊斋新评》的作者葛巴尔应该跟人一接触就显示出大家风范。

"声音没有必要拉那么长，按照以前的状态接就行了。甭嘀咕，不是粉丝！是我！"电话那边丁科长急忙说，"老葛，没事吧？"

"没事，下午还做了两个小时的报告。"长声没拉完的葛巴尔，本来被丁科长截断了那里正不知所措，他赶紧闭上嘴把声音放平缓下来。

"依然是掌声雷动？"

"当然，"其实，葛巴尔稍稍做了点夸大，下午是个座谈会，他不过是解释了点问题而已："老丁啊，这出名和不出名是太不一样了！不出名什么事都得憋着，忍着。而出了名就可以坦率、直言、甚至扬声大气。那话说的，老像带着麦克风一样。其实说的内容可能和过去一样，水平也没有差别，但出了名的人，就很容易赚到掌声、鲜花、甚至眼泪……"

"那当然是，不过，这也跟你多年努力是分不开的，还是那句话，要经常告诫自己要谦虚、不要骄傲，而且要把这种思想体现在对自己观点的重新思考上。"

"话是这样说，但我的那些观点，有必要重新思考吗？难道我们不能从广大读者的疯狂认可中得到一点启示吗？！"连葛巴尔自己都没有觉察到他已经开始扬声大气：

"我的观点不也是你的观点吗？"

"那当然，但即使有百分之一不准确的地方，我们也有责任把它修正。"电话那边丁科长显然有点不太适应葛巴尔的口气，但他的底气似乎有点不足，他仍然特别强调地继续说道："你可以重新看一下你的博客，在诸多的漫骂之中，有一个人的留言值的好好读一读，网名叫做。'葛老头，我跟你没完'"。

"好，我去看看。"葛巴尔知道，丁科长为这个人的留言专门打电话给他，足以说明文章的分量。

晚饭后打开电脑的葛巴尔，并没有立刻去看，我跟你没完，的文章。而是，先又重读了他加在收藏夹中的另外两篇文章。第一篇文章作者署名，豆腐脑，，文章是以书信形式向葛巴尔表达了十二万分的敬意，使他读来心中有一种少有的愉悦。葛巴尔老师你好：

读了你的大作，《聊斋新评》心中激动不已。这本书对那些封建的残余思想，给予了彻底的批驳和清算，使我们读来像一股少有清风，吹散了那历史的阴霾！我们不得不承认，如果没有葛巴尔老师的尖锐提示，我们可能还会愚昧的相信这个世界上不仅仅存在着狐狸，而且有可以修炼成精的狐狸！这就会使我们陷入封建迷信的深潭不能自拔。

葛老师，好想见到你，当面向你请教啊！

真的，特别特、别想见到你，葛巴尔老师。

……

而另一封，网名，三七二十二，留言写的更是动人：

葛巴尔老师，我真的十分佩服您深刻的思想，和彻底颠覆历史上一切名家的勇气，对于错误的东西就要予以彻底否定！

这个世界上不仅不存在狐狸精，更不存在化作美女的狐狸精。其实，这不过是一种哗众取宠的谎言，是一种读后走夜路就会心跳的一种可耻的欺骗。

葛老师，这个世界上多亏有你这样的勇士……听说您六十多岁了，就更加佩服您的追求真理的勇气！

向您学习，祝您健康！永远健康！

葛巴尔每次读到这两篇文章心中都有暖暖的感觉。但有时他也会想：我没有那么高尚，我在有高尚目的的同时，也实在是连着去了三趟清水园看房……

即使如此，大作家葛巴尔心里还是很愉快。他是太崇拜我了—想到这儿，葛巴尔微笑了。

丁科长说的那篇文章，篇幅比较长，属于批驳葛巴尔观点的发表不同意见的文章。

"我跟你没完，的文章，确实文字辛辣，语言略带嘲弄，功底深厚，一看就是个聪明人。在文章的最后还留下了自己的 QQ 号。

葛巴尔觉得此人态度严肃，还有必要和他认真交流，于是他把他的

QQ 号加进自己的 QQ 当中。没想到"我跟你没完",正好在线,很快有就了反馈,并马上对葛巴尔发出谈话邀请。

"我觉得你们这些中老年人挺逗的,过了大半辈子的人生,也读了不少书,不知道人太老了,还是害怕一生虚度,于是就开始拿历史说事,不承认这,不承认那,总在质疑儿子不是妈生的,人不是猴变的!"

"我跟你没完"一看就是个年龄不很大的人,上来是锋芒毕露,意见尖锐,不留情面。

"希望认真交流,各抒己见,能不能不必挖苦。"葛巴尔平和地说道。

"如果辛辣的笔法,还不能令你老人家有所反省,那也许就证明你另有目的了!"

"希望知道你对聊斋的看法,"葛巴尔依然平和地说道。

"你认为聊斋宣传封建迷信,难道你要求蒲松龄宣传马列主义,毛泽东思想?你犯的最大的一个错误就是思想混乱,你用今人的观念去要求古人!而不懂得那是文学,而不是历史。"

"问题是聊斋发行在今天,如果它只发行在明清,那当然无碍,遗憾的是它影响的是我们今天的青少年,难道不是吗?"

"当然不是,聊斋所宣扬的善良是千古存在的,中华民族的、甚至是人类的优良传统,也是今天特别提倡的,当然不可以因为其具有历史局限性,而予以否定,这是路人皆知的道理。你是作家,你怎么会不明白?"

"但是蒲松龄说的不是'人'的善良,而是狐狸精,根本不存在的狐狸精啊!这宣扬了什么呢?"

"你真的很逗,作家怎么不懂含蓄,不懂文学除了现实主义,还有浪漫主义?你不知道,正是通过狐狸精来写善良,这个善良才特别深刻、动人!"

"我当然不同意你的意见,难道美化鬼怪,不是事实吗?难道对青少年的毒害不是事实吗?我真的希望你再作思考。"

"真没想到,这么老的人在名利面前也耐不住寂寞,你不觉得你很无耻吗!"

这下,葛巴尔心中开始不平静了,"希望你语言文明,"

"面对你这样糟蹋中华传统文化,而把青少年引向歧途的人,我很难平静!葛老头,我跟你没完!"

"我跟你没完"说完立刻就下网了。

"好,再聊!"葛巴尔仍然保持着作家的涵养。从网上下来,他的心情却始终不快,不管怎样,他感到有点郁闷,尽管"我跟你没完"不懂礼貌,但是，自己的做法究竟对不对，他又第一百零一次的陷人思考，结论和以往一样，他觉得他没错，他的观点始终是可以站住脚的！

第十六章

"是我，我是葛巴尔。"

"我是××电视台对话节目，希望采访葛巴尔先生，请问你什么时候有时间？"××电视台是一个离北京不远的省会的电视台。

一听说是电视台，葛巴尔的心不知为什么咚咚地跳了起来，这当然是他做梦也在想的事情。

"我二十四小时都有时间。"慌不择句的葛巴尔回答了。他一时竟然忘掉了电视台再有时间也不可能凌晨三点来采访。

"那倒没有那么紧张，我们顶多占用你两三个小时，而且不会是在深夜。"电视台的工作人员在电话那边笑着说。

葛巴尔突然发现自己没稳住，有点过于激动。

"葛先生，我们想在采访你的同时，最好有两个您的粉丝作为嘉宾到场。这样，他们也可以与您一起谈谈读《聊斋新评》的感受。您如果认为可以，请推荐两个人过来，我们会和他们联系好，录像之前我们先一起坐坐。"

"没问题。"尽管葛巴尔已经意识到自己激动过早，但此刻他的心仍然"咚咚咚"的跳。

放下电话，他立刻想起了"豆腐脑"和"三七二十二"，在葛巴尔的印象中，这两个粉丝不仅对他的观点最为拥护，同时从发言中不难看出，两人肯定都是大学本科毕业。

"虽然电视台没有这样的要求，但是谈这么深刻的问题，当然还是学历高一点好。"葛巴尔这样想，于是他把这两个人的情况发给了电视台。

"唉，搞得这么忙，真是苦命啊，"葛巴尔自己也不知道，自己这声长叹是真是假，接着他迅速进入紧张的工作中。也是，电视台都来了，自己当然没有任何理由不做一个充分的准备。

两天以后，按照通知葛巴尔来到了电视台。

徐葆齐 著

"葛先生，两个粉丝都已经来了，我们先见一个，然后再见一个，最后您看看这两个人是否合适？"栏目的编导一边给葛巴尔倒茶一边说道。

"可以。"葛巴尔点点头。

第一个走进来的人，不用介绍就知道是"豆腐脑"，因为长得又白又胖，动起来"白"肉微微抖动，实在是太像豆腐脑了。而且也有一点像丁科长。

"葛巴尔老师，见到您我实在是太高兴了，我能感觉到您的文章特别感人，文笔特别辛辣。尤其您彻底颠覆前人的勇气和精神，真的十分令我感动！做人就是要这种气派！希望再拜读您的大作，并希望经常能得到您的指正！邀请您能光临我的饭店。那我将感到非常荣幸！"

豆腐脑衣着打扮，是典型的外来民工，一身新买的廉价西服，肥大过分，而脚下的一双皮鞋，大概至少两年没擦。皮鞋上沾满一些像面粉似的白沫，这让葛巴尔比较扫幸。

"饭店？你是做什么的？"而最后这句话让葛巴尔非常惊讶，他不禁问到。

"您不知道我是做什么的？"豆腐脑笑嘻嘻地说，"您再想想我的网名！"

"你不会是真的是卖豆腐脑的吧！"葛巴尔惊讶的说道。

"当然是了，怎么不是？我的生意很好，欢迎您来品尝。"

葛巴尔看到，编导在一旁偷偷的笑着。

葛巴尔像是吃了一只苍蝇，他无论如何也没有想到，"豆腐脑"居然真的是卖豆腐脑的。

"没事，你可以走了。"葛巴尔说。

"那我什么时候再来呢？"豆腐脑充满渴望的问道，"整个小区都知道我要上电视了，而且不是因为炒肝做得好，是因为特别有文化！"

"你有文化？什么文化？"葛巴尔不禁问道。

"大学本科，在老家上的。"这句话使葛巴尔喘过气来，刚吃的苍蝇又吐了出来："学什么专业的？"

"电机系。"

"电机系？"葛巴尔摇了摇头，心里想：学电机的，怎么卖了豆腐脑？这年头真的是乱套的。

"我请二位吃炒肝，我请二位光临小店！"看来豆腐脑非常希望抓住这个机会，他热情的发出邀请"

"什么时候来，我们会通知你。"编导连忙出来为葛巴尔解围。

豆腐脑临走前向大家分发了名片，上边赫然写着："清水园小吃文化研究中心主任。"

这着实让葛巴尔吃了一惊。而另外让葛巴尔不禁微笑的，是名片上还赫然写着顾问：铁大都。

"下一个不会有问题，下一个是硕士研究生。"为了稳定编导情绪，葛巴尔的语调尽量平稳的小声说道。

接着走进来的确实是一个带着眼镜斯斯文文的年轻人，并且一进门就把名片递给了大家，上边印着某研究所工作人员、硕士学位。

大概是被，小吃文化研究中心主任，吓怕了，因此葛巴尔又对他进行了特别认定。

"你是硕士研究生毕业？"

"是。"

"是某研究所工作人员？"

"是。"年轻人显得非常老实。

"你们研究所是研究什么的？"

"原子弹。"

考核使葛巴尔十分满意。

"你可以谈谈你读《聊斋新评》的感受？"葛巴尔微笑地说。

"读了葛巴尔老师的书，我常常想这本书写得太好了，《聊斋志异》必须批判，让人觉得奇怪的是历史上居然有那么多人，对他予以肯定？他写了世界上有穿墙术，甚全写了十八层地狱。我觉得这是一本写得十分拙劣、胡乱编造的书，怎么可以这样直接欺骗读者，扰乱社会人们的思想、制造混乱……"

葛巴尔听着微笑着频频点头。

"你读过《聊斋志异》这本书吗？"编导突然发问。

"我……我确实还没有来得及去找这本书来读。"硕士变得有点不好意思，"但是，一定要找来读吗？读过《聊斋新评》不就可以了吗？《聊斋新评》不可以作发表意见的基础吗？我非常相信葛巴尔老师。"

这个学原子弹的年轻人，十分单纯，他发自内心的说到。

"看来，可以制造出原子弹，但不一定能够评价《聊斋志异》，现在的年轻人知识面常常有限。"

"硕士"走后，编导不知为什么说了这样一番话。

"这样吧，葛先生，我们还是先给你个人录像，请你讲述你的观点，然后在电视台播出。对话节目可以考虑以后再做。"

葛巴尔当然没有话说。而且在他看来，这样做确实也不错。

老作家葛巴尔一夜窜红，以谁都不相信的迅猛速度，"闯"进千家万户！

网络上的一个帖子这样评价说：

"该书提出的看法绝对振聋发聩！大概是作者晚年不甘寂寞，因此提出了如下观点：人不是猴变的，儿子，不是妈生的！

这就不能不使更多的人像赶春节庙会一样，只要看到人多热闹，便蜂拥而至，至于，庙会，本身究竟好坏很多人并不计较。多数人其实只是凑个热闹，别无它求。

虽然今天的年轻人并没有经历过大跃进的热潮，但他们的热情却绝不因此而低半度——依然闻风而动，不动则已，只要动就动它个热气腾腾、气势汹汹——

"亩产上万斤哪！""钢铁产量翻十番啊！"——他们就像参加者遗漏了过去的大跃进一部分，高呼着口号呼啸着前进——也许这种"凑热闹"，也可以算作中华民族最重要的精神行为之一，甚至可以讨论一下，这种"凑热闹"是否可以列入中华悠久的传统文化……"

文章犀利尖锐，引起不少网友热读、热议、热传。但即使是阐发了真理的意见，是真正的反面意见，矫正问题的同时，也在推波助澜的把葛巴尔推向出名的高峰。

这篇强有力的文章作者依然是："葛老头，我跟你没完"

葛巴尔本人当然处在事情的漩涡中心。眼下，我们的这个身材瘦小的主人公就坐在某省电视台的休息室里，等候录像。这已经是他在录第十二集，而前边的一到八集已经播出。

他身穿着黑色中式对襟小褂，花白的头发只剩下最下面的一圈，但是依然打了摩丝。猛一看，稍微有一点像腊人。

因为头发的问题，出镜前，葛巴尔专门和丁科长通了电话。

"巴尔，你在和我说话之前，不可以拉那个长声——那是你接粉丝电话新添的毛病。"在谈正经话题之前，丁克长因为再次享受到那个长声，而愤怒地抗议。

"是。我是没留神，当然也有点习惯。"葛巴尔解释地说。

"注意就是了。有事吗？"

"我计划出镜打一点摩丝，会不会显得过于讲究？

"这——"丁科长思考了一下说道："我认为可以，打摩丝显得比较正规，比戴假发要强很多。上电视主要是出名，而戴假发会搞得一些粉丝在台下不认识你，应该说这是损失。"

"但是戴假发会显得比较年轻。"

"写这种书，越老越会让观众觉得可信。"

"也是。那我就打点摩丝算了。跟你商量一下，是因为一旦形象出镜"就很难更改。我总不能今天戴假发，明天不戴，后天又戴上了吧。"

"当然，那会把粉丝吓成神经。"丁克长说。

结论最终是赵元芬提出的："这没什么可商量的，老葛要是戴假发上电视台，我明天就离婚！那还不把周围的邻居都吓成高血压，我怎么出去见人？我们老家怎么能走出一个小妖精呢！"

于是葛巴尔确实没有戴假发就去了电视台，但是他确实戴了墨镜。使他确确实实感觉到自己在市面上有些变化的是，这一天接连发生的三件事：

走到街上、或者在一个什么场合，即使不认识他的、不知道他是做什么的人，看到他也有点"半熟脸"。

"那老头是干什么的？怎么看着有点眼熟？"

"我也好像在哪儿看到过，电视台？"

"没错，就是评《聊斋志异》的那个老头。"

——人们会这样说。

第二件事就是下午到一个单位去和读者见面，回来的有点晚了，司机闯了红灯，被警察叫住。

"你'牛'啊，红灯也敢闯，你以为这是在县城呢？"，一向自己最"牛"却总说别人"牛"的交通警，一边敬礼一边说道，"驾驶证！"

驾驶证不能不交，交出去拿回来可就不容易了。尽管司机低三下四磨破了嘴皮，警察还是准备开出罚款单据。

"后边坐的是葛巴尔，葛老师，"

司机实在没有办法，甩出了最后一张牌。

"提我有什么用？我又不开车。"葛巴尔心里想。

开罚单的笔还真停下了。

"哪个葛巴尔？是在电视台讲《聊斋新评》的葛老师吗？"警察正好是一个读点书的电视爱好者，他惊讶地问道。

"当然。就是在电视上讲《聊斋新评》的葛老师。"司机一看事情有门，不但直起了腰，口气也稍稍的"牛了"一点。

警察走到车的后座前，伸进头去把葛巴尔从头到脚仔细地打量了

徐葆齐 著

一番。

"对不起，葛老师！"警察对葛巴尔验明正身之后，抬手敬礼说道。

因为是第一次，葛巴尔坐在车里，还真没反应过来，整个一个莫名其妙。

"走您的！"警察敬礼时，皮鞋后跟相碰的响声传进车里，跟着，葛巴尔不但没有被罚款，而被顺利放行。

为此葛巴尔先生大概"晕出"一站多地。也就是说，要是在北京，在天安门警察敬的礼，巴尔"晕"到了东单。

当然，后边再碰到这种事，名人葛巴尔就熟练了许多，他会及时下车，和警察握手，还会送上一本签过字的《聊斋新评》。而且，人也不会"晕"出那么远了。

然而同一事情的尊重形式、或者说明星效益是变化出现的，所以葛巴尔也是在不断的适应之中。

比如第三个值得一说的事，是铁大都来看他，他和铁大都出去宵夜。因为时间太晚了，饭馆已经关门，两个人去了三个饭馆都没能吃上饭。巧了，两人那天还特别饿。

"等等，您是葛老师吗？"

就在铁大都去敲了第四家门回来，回答是"确实没饭了"——他们准备离开的时候，老板隔着夜色看到葛巴尔——立刻追出来问道。

"是啊，"葛巴尔说。

"是那个'聊斋新评'的作者，葛巴尔老师吗？"

"没错。"大都替他回答，并且闪在一边，介绍地说："您看这个头儿，这摩丝……"

"别走！您想吃点什么？"老板一边说一边回过头对里面喊道，"谁说没菜了？挑开火，准备炒菜！"

那天晚上两个人不但吃到了鲜美的川菜，临走时，老板还死活不要钱！

"有点事，想麻烦葛老师。"老板推回钱之后，不好意思地说。

"没事，不管什么事，你说。"铁大都一口答应。

"我想……让葛老师给签个字。"

"没问题。签多少都行。"铁大都当时有点被震撼，也有点嫉妒的说得当然整个吃饭过程葛巴尔做出一副什么事没有的样子，但嘴吧唧的山响，吃得特香。但铁大都却多少有些憋闷……

"大都，曲高和寡，其实我挺羡慕你的。"吃到最后，葛巴尔十分真诚的说道，而且最后还笑着说，不过。还是少让人怀疑嫖娼比较好。"

"他妈的，你这小子，笑话我！"铁大都笑着抓住葛巴尔，做痛打状。正是这次见面，铁大都向葛巴尔讲述了前些天清水园的非凡经历。

而正是对铁大都绝对的信赖，理解，葛巴尔才把事情完全纳人玩笑之中……

"别，别，下次不敢了。"葛巴尔也顺便佯装恐怖。

而铁大都早已把心情调整顺畅，他只是笑着收回手势。

有了这些经历，使葛巴尔自己也觉得需要做一点礼仪方面的训练，譬如：怎样走路，怎样上台，怎样与人握手，怎样接收奖品，怎样……

眼下，葛巴尔再一次稳步走上演说台，一切礼节按规矩—开始了他的第十五次录像：

"观众朋友大家好，我是葛巴尔，下面我将继续向大家汇报我学习《聊斋志异》的体会……"

"没想到，完全没想到，书会卖得这么火。"

这天，走进丁东家一边摘下墨镜一边慨叹的葛巴尔有点愤怒了，"这人还有没有自由了？这整个是失去自由了嘛，早知道还不如不出这个名……"

"得了，得了，别得了便宜卖乖，"丁科长笑呵呵的一边给葛巴尔湖茶一边说。

"真的，"葛巴尔一本正经的辩解道。

"巴尔同志，人越到这种时候，越要冷静、谦虚、谨慎，不能被胜利冲晕头脑——"在葛巴尔面前，在巨大社会名利的压力下，丁科长也已经严肃不起来了，他笑着说。

"这你放心，咱毕竟是受党教育多年的老同志了，和那些七零后、八零后不一样。不过，今天又收到四十多封读者来信，我只带来两封，和你们分享一下，你们听着——，葛巴尔打开读者来信，朗读起来："葛巴尔老师你好，看了《聊斋新评》，我觉得你批评了历朝历代那些酸腐文人，第一次还原了《聊斋志异》一书的本来面目！还有……"

"行了，行了，不用念了，你很伟大，我们都知道了。"坐在一旁的铁大都拦住他说。

"老铁你这是什么态度？你好像不同意这封信的观点，或者说不同意我对《聊斋志异》的看法，有不同意见可以说嘛！"

葛巴尔的由于态度认真，使人有点叫板的感觉——一下空气有点紧张了。

"如果说不同意见，我确实有点想法……"铁大都比较含蓄地说道。

"老铁，你的态度不对，我觉得你有一点嫉妒人！"对铁大都这样打断自己的兴致，葛巴尔有点不高兴，在潜意识中他觉得自己已经超过了铁大都，不必再向以往那样去忍耐他了。

这使铁大都非常尴尬，他觉得眼下不适合认真地交流意见，他不知道说什么好。

"老铁，你也是，葛巴尔有了一点成绩我们都应该高兴才对。但是老葛，我觉得还是那句话，你不应该骄傲！"丁科长自己觉得自己像以往一样严肃，但他确实是笑着打了个圆场。

"我怎么骄傲了？我不就是客观的反映读者的感受嘛，连这都不允许吗？我有意见。"按照以前，丁科长讲完事情肯定就已经平息，连丁科长也没有想到，今天"发了迹"的葛巴尔，居然气壮如牛。这下搞的丁科长也不知道说什么好了。

铁大都突然哈哈大笑，并且笑起来没完，笑到最后，丁科长和葛巴尔也都领悟了铁大都的大笑含义，也跟着一起笑了起来—大家都突然觉得自己像小孩子……

"老葛，你接着读读者来信，接着读。"笑罢之后，铁大都说道。

"这样吧，老丁，打开你的电脑，我应网站之约开了个博客，我们一起上去看看。"

"好啊。"铁大都说道。

博客打开了，谁也没想到了是博客中大量的留言竟然是强烈反对葛巴尔的《聊斋新评》。因为是网络留言，因此反对的形式各异。有口吻嘲笑的、有骂爹骂娘的，也有讲评说理。总之，反对已经成了主流！

其中，辱骂性的语言，大概占了百分之八十。

丁科长和铁大都忍不住担心地看着葛巴尔，承受如此巨大又如此直接的漫骂，谁都是第一次，他们有点担心。

葛巴尔愣了半天。他以前大多听刘巨仁汇报，开博客是第一次，自己面对网络也是第一次。而博客也是第一次如此集中的、一点也不含糊的把网上的反对意见、以及漫骂意见毫无保留地展示出来。他毫无思想准备，他不知所措，随后，他用手捂住头，一阵眩晕，他站起来，晃悠了一下，又坐下了……

这种结果对他的打击，实在是太大了。他这种年龄的作家，是文化人，是秀才，一般行为儒雅，喜欢探讨研究问题，从没有碰到过这种"野蛮"

的语言和场面，再者说，他本来是来习惯性地收获表扬的，谁知——

对葛巴尔来说，这绝对是"秀才"突然遇到"兵"了。

丁科长和铁大都连忙把葛巴尔扶起来，坐到床上。丁科长还立刻把茶加了开水端了过来，关切地说道："老葛，没事吧？"

葛巴尔深深的呼出了三口气，双眼紧闭，轻轻地摇了摇头。

"这些人也太没教养了，意见不一致，可以探讨，怎么能骂人？而且骂得这样难听，这哪是网民，纯粹是一些流氓！"

"老葛，我觉得你应该有思想准备，我们都是网民，我们都知道网络的特点，既然上网，就不能怕一些品质不好的人，或者是愤青，出来骂街！这些我们不都是坐在一起总结过嘛，怎么事到临头……"

这时，葛巴尔已经缓过来，并且睁开眼睛，他抬起手阻止住丁科长的安慰说道："我知道，我不是没有思想准备，既然完全进入网络生活，成为网络的一分子，就必须有这种承受力，老丁，不去理睬他，漫骂不是战斗，我们完全不去理采他！"

"这就对了！"

"可是，可是，他们骂我妈！"葛巴尔愤怒终于爆发了，他满脸通红，指着电脑说。

"这……"铁大都刚要解释，丁克长对他悄悄的摆了摆手。

"让他喊出来，喊出来就好了！"丁克长小声说到。

"这就是网络，人家骂你，你怎么可以不吭气呢？我实在是不理解这种网络！"

"网络本身就具有宣泄功能，既然是匿名，就允许人家上来进行情绪渲泄，你完全可以把这看作与你无关，或者视而不见！不过，这也是个本事，是个上网必须具备的本事。这对老葛来说，也是个锻炼机会！"丁克长对铁大都解释地说道。

铁大都仍然不能接受，他轻轻地摇了摇头。

"老丁说得对，说实话，只是没想到事情来的这样突然，确实要适应"否则就无法上网！"已经完全恢复过来的葛巴尔说道。刚才对他来说毕竟只是个小插曲。这么多人不同意他，甚至骂他，但他们不能不去议论他"不能不敲打"葛巴尔"这三个字！葛巴尔正是在骂声中加大影响，也正是在骂声中成为社会名人——这种情况不正是自己向往已久的事情嘛！

"不行，我得赶快走了，我下午两点还要参加一个报告会。"葛巴尔突然站起身，说道。

"你没问题吧，"丁科长关切地问道。

"没问题，刚才只是头晕了一下，现在什么事都没了。"

"老葛，多保重，别太忙，毕竟快七十岁的人了！"铁大都也关心地说道。

葛巴尔匆匆忙忙的走了。

铁大都皱着眉头，在思考着什么。

"大都，"丁克长喊了一声，"你在想什么？"

"我在想，巴尔这件事做得对吗？"

尽管形势向好，尽管葛巴尔被炒得沸沸扬扬—他出名了，肯定也会有收人，目的达到了，一切似乎都很好……

但是，铁大都的思维不同常态。他比较冷静，也不只看眼前。可是未来，有谁能知道未来呢？

人啊，常常是混混沌沌的……

"主要是身体，这种年龄只要身体不出问题，其他问题不大。巴尔六十八了，应该不算很大，可是我还是有点担心……"

丁克长这样说。

"这话说的是对的。"铁大都心里想，他也有一点担心。

第十七章

虽然我一直认为，丁克长同志的老年行为，表现了人最基本的人性。但我也要为云淑芸大嫂说几句人话。不管怎么说，她生活在当代，是一快六十的中年人，她的文化、她的观念、她所受的教育，没一样能使她理解或者承受丁克长同志的"基本人性"。

再者说了，她再次看到的这个场面，她肯定受不了，太刺激了……

还好的是，她没失去理智。

现在有一种观点，没有偶然，偶然是必然的一部分。虽然这个观点没有很多人认可，但铁大都却认为这个看法非常值得玩味。

生活中的巧合是不可避免的。巧合也是命运的一部分。因此，在小说中巧合自然也是被经常运用的。

巧合引人人胜。

眼下我们书中的人物云淑芸，就碰上了一个巧合。

和"老东西"分居时间一长，大概是因为气也消了很多，云淑芸多少有点觉得，对丁克长似乎没那么"你死我活"了。同时，有件事也令云淑芸比较为难，她想看孙子，但又不想见到丁科长，最后只剩下一个办法了，那就是去之前，给丁东家打个电话，先问问阿姨"老东西"在不在，如果"老东西"不在，她便悄悄去看孙子，看完立刻就走。

这一天，又是一个机会。她来到儿子家中，和孙子在一起边逗边笑，玩的非常开心。看着五岁的孙子那单纯真诚的笑脸，听着他那愉快的笑声，那一瞬间，云淑芸觉得自己其实很幸福。但很快想起了自己和"老东西"的关系，她又变得伤感起来……过了大概半个多小时，她准备去商场买点菜，然后就回清水园。就在她提着包即将走出大门的一瞬间，她看到桌角

徐葆齐　著

上放着一个手机，她认识，是丁科长的。

其实，在那一瞬间，云淑芸确实什么也没想，但连她自己也不知道为什么，也许是好奇？或者是分开久了的一种关心？反正她迟疑了一下，还是快步上前拿起了丁科长的手机。然而，这她绝没想到——就在显示屏上她再次看到了一个让她心惊肉跳的短信：

丁科长：短信接到了，按照你所说的，我会在下午五点准时到达我们上次见面的庄园咖啡厅等你。

下面落款：吴岚岚

那股怒火一点都没有停留，立刻强有力的掠过她的心脏，反转冲上头顶！

云淑芸全靠伸手机警地扶住了桌子，才没有跌倒。大脑里一片空白，心脏咚咚地跳个不停……

三分钟过后，她才渐渐的重新清醒过来。

"你没事吧？"阿姨连忙过来问道。

"没事。"云淑芸说"

云淑芸是很果断的人，走出儿子家的大门，云淑芸看了看表，已经是下午四点。她决定不请自到，立刻去那个短信中提到的咖啡厅。去会会"小三"吴佩佩！

老公是我的，我怕什么？得了，咱也别客气了，干脆来个三堂会审——大家都见见吧！我倒要看看，这小丫头见了我她什么表现！

"同时，我到底要看看他们鬼鬼祟祟的会干些什么？还佩佩，你也配！"

云淑芸怒火中烧是有道理的。她原本以为，分居已经给了，老东西，很严厉的警告，被警告过的丁科长肯定应该是老老实实，呆在儿子家中反省、发愁、忧郁、害怕离婚……她甚至想过自己是否别太过分，她怕丁克长真的患上忧郁症，那就得不偿失了。

可她完全没想到，"老东西"不仅没有反省，反而在继续寻欢作乐！继续与网友，也就是那个吴佩佩约会，这无疑进一步空前严重的伤害了她的情感和自尊。

是可忍，孰不可忍！

以为我好欺负？这个祖上"射大雕"的老太太，决定立马单刀赴会，即使是鸿门宴，也要打他个落花流水！

四十五分钟以后，云淑芸走进了"庄园咖啡厅"。这是间美式风格的咖啡连锁店，房间布置幽雅别致，长条桌子上铺着深绿与咖啡色相间的桌布。两边是宽大舒适的美国乡村风格的坐椅。窗帘与桌布，包括服务生的服装色调统一，整个咖啡厅除了飘荡着一种淡淡的咖啡豆的香味，还响着北美的田园牧歌式的音乐……

"好幽雅啊。他从来没和我在这地方喝过咖啡，从来没有这样浪漫过……他真肯花钱，也真会选地方！他原来是这样有生活情趣——他就是这样和他的情人约会，寻欢作乐！"咖啡厅优雅的环境已经使云淑芸怒不可遏，她咬着后槽牙，狠狠地想到。她再次感到怒火中烧……她甚至产生了立刻砸掉咖啡店的冲动。当然，她没有。因为她还知道，咖啡厅不是吴佩佩的。

"请您坐下，"聪明的服务生多少看出点不大对劲，因为他已经是第三次请这个老太太坐下了，但是老太太站在那里，除了眼冒怒火，双唇紧闭，没有其他任何反应。

最终，云淑芸还是选了一个地方坐下来，并要了一杯咖啡。她选的是一个角落。咖啡厅里的人不太容易看到她，而她对整个咖啡厅却一览无余——云淑芸气喘不均、间或咬住后槽牙的一口一口喝着咖啡—几口、很快一杯咖啡就仰脖子。

"哪有这么喝咖啡的？看来这老太太是真渴了—或者大概又是跟踪什么婚外情的！"服务生连忙上前给老太太续上咖啡，心中暗暗想道。两天以前就是一对中年夫妻在这里动起手来的。

五点整——云淑芸再次愤怒了，她的手攥成了拳头，并且有点哆嗦——丁科长衣着整洁、神态潇洒、面带微笑的走了进来。那本来不多的头发，不仅梳理得十分整齐，而且令云淑芸奇怪的，原本是黑白相间，现在则是满头漆黑，染过！云淑芸越加愤怒，这头是居然是刚刚染的！他至于吗？最可气的是丁克长同志走路的样子，肚子收着、胸挺着，步伐比往日轻盈了许多。胖胖的脸上始终挂着微笑—他这种样子，大概在云淑芸面前已经消失了三十几年。

坐下以后，云淑芸再次愤怒——她亲眼看到他要了一杯比较高档的咖啡，悠闲地在等候什么人。

"这个老东西，看他那副样子！恶心！真是人老心不老！他居然来了，他居然真的来和情人约会了！他居然打扮得如此整齐、漂亮来和情人约会！"

看着丁克长手敲着桌子，细眯着眼睛，悠闲的样子，云淑芸觉得自己的后槽牙牙根被咬的一阵阵痒的厉害。她恨不得立刻冲上前去，怒斥，老东西，！但是她没有这样做，而是气喘吁吁的坐在那里，她觉得自己四肢无力，空前的无力……

就在这时，另一个主人公上场了——远远的她看到一个四十岁多岁的中年女人走进来，径直走到"老东西"对面——"老东西"则连忙站起来，十分风度得、带着温柔的微笑表示欢迎……

云淑芸气的几乎爆炸："看他那张嘴脸，他居然还站起来欢迎人家，看那个不知羞耻的女人，居然也来和有家的男人约会！"

但她承认、这也使她冷静了一点——她隐隐约约的有一种酸酸的感觉——眼前这个吴岚岚确实比她年轻、漂亮许多。同时，她的笑容也很迷人，神态也比自己幽雅了很多，穿戴也时尚而讲究—难怪，哪个女人不是在五十到六十这个年龄段彻底老去！这能怨自己吗？但是，想到这里她的怒火竟然开始下降。云淑芸变得更加冷静了一点……

她低头想了想，她突然觉得自己其实没必要冲上去。那样，真正自尊受到伤害的其实不是别人，而是她自己！冲出去，是被动、黔驴技穷的表现。是完全不自信的表示……自己是努尔哈赤的嫡孙，是一个优秀的教师。至于年轻、漂亮自己也有过啊，而且那时候的云淑芸比这个佩佩可漂亮！事情是比较严重，但自己也犯不着丢掉自己的自信和尊严，变成一个泼妇！顶多不就是离婚吗？再说了，他们既然在咖啡厅约会，能干什么啊？

有了这种想法，她也随之觉得自己其实没必要再在这里坐下去。事已至此，冷静处理似乎显得更有品味、更有章法，结果也更好。

"是啊，原来没有看透他，丁克长这个男人，还可能在一起生活吗？"云淑芸咬着嘴唇沉思了好一会儿，然后轻轻的她招呼服务生来买单。

"看来，这个老太太就是来监视那个胖老头的。"服务生觉得自己已经看出端悦，他做好应变的心理准备。但同时，经验告诉他，这个年龄往往不会当面冲突。但每当云淑芸紧咬后槽牙的时候，他都会有些紧张……还好，事情没有出乎他的意料之外，买单以后，云淑芸很快悄悄的离开了。

与吴岚岚第四次见面的丁科长，当然完全没有想到，自己居然在结发妻子云淑芸的目光下进行了"地下的婚外活动"。因此他坦然、他自在、他幽雅而谈笑风生……他以为云淑芸正在清水园炒菜呢！如果他知道云淑芸就坐在他的背后不远的地方，他也许立刻就会尿裤子（这是后来丁东说的—只是也许啊），眼前的种种幽雅会全部消失，而只是剩下脸红、尴尬、不知所措……丁克长同志娶对了老婆，在可以给他一生中最大的惭愧、羞辱、无地自容的时候，他的老婆却什么也没做，而是悄悄地离去了。

这大概也算丁科长的一点点运气——不是他不知道云淑芸在背后咬牙，而是云淑芸没有让他知道自己在他背后咬牙！

一场本来的、常规必然的疾风暴雨，竟然落得个柳暗花明。虽然是毕竟给事情火上浇油了，而且留下了必然留下的后患。，愤怒，其实是因为云淑芸的品味而转到后台……努尔哈赤的子孙确实不同寻常！

六十二岁的丁科长，毕竟是已经六十二岁。六十二岁虽然不是八十二岁，但也绝不是四十二岁。丁科长是在与铁大都深谈之后，心中荡起与吴岚岚相会的念头，那无疑是第一次见面那种"特别享受"、"特别刺激"所催动的结果。但一旦坐到一起的时候，他本人的心情和想像也有很大不同。

他觉得他与吴岚岚其实更适合就坐在一起聊天，吴岚岚那幽雅的笑容、温柔的谈吐伴着咖啡的香味都扑面而来，溶进他的心中，那是一种愉快。

一种他生活中缺少的愉快。他甚至觉得他所追求的、他所想得到的其实也就是这样网上相识、网下见面，然后喝着咖啡闲谈。这样已经很好了，这样已经很够了。他发现他一旦想到"其他活动"，先不说那些"其他活动"是否会发生，而是一旦想到"其它"，这种交往似乎就变成有点"累"，有点不大自然，有点吃力。因为不管怎样，一切超出规则的享受都要付出代价。

引起风波是代价，没有引起风波的那种躲藏、隐蔽、动用智慧蒙骗云淑芸也是代价，甚至这过程的劳累仍是代价。真出点事，那种无法逃脱的内心惩罚更是一种近乎残酷的付出……

丁科长的直觉是，他似乎不应该勉强自己。想到这里，他突然变得轻松而自然，他真的开始谈笑风生，讲他下乡的故事，讲他和铁大都的友谊，讲他和葛巴尔的共同经历—他们怎样被埋在土窑之中。他甚至不自觉地几次谈起云淑芸，谈起他们下乡的时候，怎样一起唱《走西口》……

"当时，是窗户架子挡住了我，使我很快便有呼吸的缝隙，结果死里逃生。多亏那个"两报一刊"的社论……"

吴岚岚被这个阅历丰富的老头所吸引，她聚精会神地听着。

徐葆齐　著

在"庄园咖啡"经历了一场没有硝烟的战斗后，两天之后的一个下午，丁科长打开电脑，打开自己的信箱，一封陌生人的来信吸引了他的目光，他完全没有想到，居然是云淑芸的电子邮件！在此之前，云淑芸是从来不会上网的。现在不但上了网，而且还给他发了电子邮件。这让丁科长觉得有点新鲜，这点新鲜当然不足以让丁科长激动。真正让丁科长激动的是，这是他们分居两个月以来，第一次联系。而且是云淑芸主动与他联系，信的内容很简单：

是时候了，我们应该好好谈一谈了。请在八号晚上八点，到清水园来找我。我会在原来的家中等你。

看着信，丁科长有点发呆。也许是信来的有点突然，使他一时反应不过来。但可以肯定这是个良性的信息，深思了一阵以后，丁科长心中有点激动，说不清是为什么激动，是因为要与云淑芸久别重逢？还是自己的错误得到了赦免？如果事情这样发展，那么这种结果该怎样认识呢？是思想解放的胜利，还是传统文化的回归，他想不清楚。

有一点是可以肯定的，那就是他心中有一点喜悦，他突然发现自己其实对和云淑芸在一起的那种生活非常留恋，或者说他特别想回到那种生活中去。那种生活才真正是人生的基础，而与吴岚岚的浪漫日子大概只是一种调味剂——要有，但不需要太多。

想到这里，丁科长的眼睛有一点湿润，他甚至觉得如果眼前云淑芸就在他的身边，他忍不住伸出手把她揽过来，拥在怀中……

"我要出去一下，"晚上草草吃过晚饭，他对丁东说道。

"噢？"因为晚上他从来不出去，所以丁东有点惊讶："要很晚才回来吗？"

"也许吧。"

丁东没有继续追问，他觉得只要使老爸心情不再郁闷，去哪里他都支持。但是他隐约觉得，老爸似乎高兴了很多。

"这老爷子不会是去歌厅要小姐去了吧？"丁东玩笑地想。

丁科长走出大门以后，先给铁大都拨了一个电话，告诉他云淑芸给他来了电子邮件。

"好啊，看来你们的关系要解冻啊！也该着了，本来也没什么大事，按你的话说，和我的事'性质'不同，嫂子会想开的！"

"但愿吧。今天也许没有机会，哪天我再去看你。"

葛老头，我跟你没完

"今天你肯定没时间。那什么，和好了还得亲热……"铁大都在电话那边笑呵呵的说道。

丁科长什么也没有讲，便挂上了电话。

天空再次飘起小雨，街上商店的街灯都已经打开，雨中的灯光朦朦胧胧、眩丽而五彩缤纷，这个城市永远那样拥挤，那样匆忙……

清水园毕竟是地处郊区的小区，晚上院落里黑洞洞的，只有每个单元的门口亮着灯光。走过小区的大门，丁科长看到两个年轻的保安并不相识。也难怪，两个月不在这儿住，保安也已经换了。走进黑洞洞的院子，路过铁大都的家，他看到铁大都的书房里灯光明亮，这小子，不知道在干什么，会不会又把跳舞的女孩子带到家中？想到这里，他不由自主的笑了。

又走过几栋楼房，只要再穿过花园，就要来到自己家的单元门前。丁科长产生了一种熟悉的感觉，是啊，这是自己的家啊，他曾经在这里住了六年。

那时，他每天都要走过这个花园，走进这个单元门，走过这个楼道，这里真的是太熟悉了！他再次感到他不可能离开这里，这里永远是他的家！他仿佛从来没有荒唐过，没有去见过什么网友，一切都没有发生过。他像往常一样，只不过是刚刚从城里办事回来，而云淑芸已经做好了饭菜，就在家里等他。

黑暗中，科长笑了。

走上楼梯，来到自家门前。丁科长按响了门铃，然而没有反应，他再次按响门铃，依然没有反应。他低头看了看表，已经八点零五分。

她不应该不在啊，不是约好八点半嘛，是临时有什么事出去了？不对，如果是那样，她应该给我打个电话。丁科长第三次按响了门铃，房间里依然没有任何动静。他觉得有些不对。他从身上掏出钥匙，打开房门。

房间里十分幽静，只有离大门最近的书房亮着一盏台灯…

这使丁科长产生了一点不祥的感觉。

"淑芸，淑芸！"他轻轻地叫了两声，没有人回答他。房里显得更加安静。

丁科长走进书房。像很多电影里演的似的，意料之中的他看到台灯下放着一个信封，上面写着丁科长同志收，打开信封，丁克长取出一张纸，丁科长连忙打开纸条，上边一看就是他所熟悉的云淑芸的笔迹——那字有一点像蒙文：

徐葆齐 著

老丁：

抱歉，越是临近与你见面的时间，我的心情越紧张。

前天，在庄园咖啡厅你和你的朋友见面的时候，我就坐在你背后的角落里，我也在喝咖啡，可我的眼泪一串一串的滑落在咖啡当中……

我们认识快五十年了，请原谅并且理解我……

连我自己都没想到，当我愤怒的高潮过去之后，随之而来的情绪竟是那样的平静，我毕竟是一个女人。

我想我们还是不要见面。很多话让我当你面说出来，对我来说真的很难。同样，你也会非常尴尬。况且事到如今，我们也没有太多话可说了——写到这里我的眼泪又滴到了纸上，我想起了十二道沟……我至今记得你压在窑洞里，我那呼天抢地的哭声，当然，更令我难忘的是在我觉得你大概已经没救了的时候，窑洞里突然传出的，走西口，的歌声……事后，你几十次的告诉我，那歌声是你送给我的，你还说——快死了我会把留恋的歌声送给你，快乐了我也会把欢快通过歌声送给你……

没想到，决没想到的是，我们居然会这样结束——

从今天起，我将搬出这套房子，不再回来。

文件留在信封里，有事电子邮件联系！

祝你好运！

云淑芸二零零九年六月八号

丁科长连忙打开信封，一个文件滑落出来，掉在地上。他连忙拣起，看到还是那近乎蒙文的文件——抬头写道：离婚申请书。

丁科长愣住了，丁科长傻了！一辈子自认为聪明的丁克长同志，觉得脑子出现极大空白——世界瞬间消失了，只有雨的声音，但那也已经是远在无际的天边……

很快，一瞬间——闪电雪亮的掠过漆黑的天际，雷声突然咆哮着炸响，雨越下越大，雨水冲击地面、楼群、树叶的声响交汇在一起，像一场空前的交响乐，完全掩埋了这个世界其他的一切—连丁科长自己也不记得自己是怎样在大雨中步履蹒跚地走出清水园大门……

云淑芸走了，而且再也不回来了！他知道，眼下这个空荡荡的家，他也不能呆，屋中的悲伤和压抑，会把他转瞬扼杀。

"喂，老同志！你找谁呀？喂，老同志！"，保安看到他失魂落魄的样子不禁在岗亭里连声喊道。

"我——"丁科长晕头晕脑不知道该怎样回答。说是自己家在这里，自己家又不在这里，说自己是找人的，他找谁呢？他不知道该怎样回答"大雨很快就淋透了他的全身，他开始觉得有点冷。

这幸亏是个下大雨的晚上，街道上没人。如果有人一定会被丁克长一人蹒跚地走在大雨里、闪电里的场景所惊吓，震撼。

这是在郊区啊，一个白头发老头，在暴雨中，独自前行，雷声滚过、闪电不时照亮他淌水的身影和苍白的头发，老人不知是在擦雨水还是泪水……

而第二天就会有聊斋故事在这一带流传：葛巴尔歪批《聊斋志异》，得罪了狐狸精。狐狸精急了，变成一个老头，变成一个白头发的胖大老头，昨天雨中向公交站走去，后来一直在公交站等车，他是要进城去找葛巴尔算账……

确实是一直到公共汽车站的时候，丁克长才恢复了一点意识，猛然他想起铁大都。一点都没犹豫，他立刻折回头，重新走进清水园的大门。丁科长站在铁大都住的单元门前，徘徊了大概两三分钟，他才渐渐恢复了清醒的头脑。并且琢磨着怎样和铁大都谈……

铁大都正在窗前观察那棵梧桐树叶在雨中摇摆的姿态，远远的看见一个没有任何遮雨设备的人，在大雨中慢慢行走，他相信这个人一定是碰到了什么不幸，否则怎么会……

"这人好惨，不知道是死了爹还是死了娘，还是碰到了什么事，使他在大雨中如此失魂落魄、如此茫然……这还不一会儿就淋透了。"铁大都摇摇头，他相信这个邻居大概是居委会逼得，他长叹了一声，再没多想，转头继续观察暴风雨中梧桐叶摇摆的样子——他的头还没有完全转过来，目光也没彻底地落在梧桐树上的时候，一个想法在他大脑中突然产生：这人怎么有点像丁克长同志？

铁大都还是把头转了回去，继续看那个走得越来越近的人。灯光幽暗，树影婆娑，花园里黑洞洞的，依然无法看清那个人的面孔。就是丁克长—铁大都依靠他走路的姿势迅速做出判断——不对，按时间推断，此刻丁克长应该正和云淑芸鸳梦重温，而不是一个人呆呆的任大雨冲刷啊。而且如果是他早该敲门了——铁大都再次彻底转过头去看雨中的梧桐叶，但他觉得自己心中总有一点不够安静，他依然有点觉得雨中发呆的人是丁克长—铁大都没再犹豫，他拉开自己家的大门，门道里灯光下他看到一个人满头白发的人、湿漉漉的站在那里。

"进来呀，你怎么一个人在这里？"

"噢，是这样，淑芸不在，我想先在你这儿呆一会。"丁科长随口说道。

"坐，坐，"丁克长犹犹豫豫的走了进来，铁大都才发现他身上不是一般的湿，说落汤鸡是毫不过分："喝点什么茶？"

"随你，"

铁大都很快冲好茶，摆在茶几上，茉莉花茶的香味立刻四溢开来。这时，他才发现丁科长依然呆呆在站在一旁。

"坐呀，你今天怎么了？这是跟谁啊，好像第一次来，特客气。，铁大都笑着说，，我去给你拿干衣服去。"

比较遗憾的是铁大都所有的衣服丁克长全穿不了，最后只好披上铁大都的睡袍才算了事。灯光下丁克长仿佛是在桑拿浴里泡脚。

"大都，你在画梧桐？雨中梧桐，不错，有意境，挺好，精彩……"丁克长因为心不在焉，不知道怎么夸奖了。

"你老兄，今天是怎么了？有点词不达意，"铁大都笑了，哈哈地笑了，笑完之后他说道。

丁科长有点尴尬，出于面子，他还不想把云淑芸看到了他在咖啡厅里与网友约会的情景、并提出离婚的事告诉铁大都。虽然他们是几十年的朋友，但自己毕竟是科长呀，这是多寒碜的事啊——他这样想。

"这雨中的梧桐是最难画的……"他又走到墙上挂的书画前面，指着一幅画说道，"单就树叶摇摆的状态来说，要想活灵活现就很难……"

铁大都不说话，他继续看着有点奇怪的丁科长，继续听他说，但想起丁科长刚才在雨中行走的状态，再加上眼前的表现，他觉得大概是又有点问题了，但是他又想不出此刻会有什么问题……

"梧桐树叶比一般的树叶大很多，就树叶个体来说，它的层次就难表现，更不要说它的立体环境，比如灯光、雨水、闪电——就整棵树来说，它的树冠因为特别大，而树叶特别茂密，这就更难表现。尤其你要画狂风暴雨中梧桐，那就难度更大，在雨中……"说到这里，丁科长突然停住了，他的上下眨着两只眼睛，好像有些伤心……

铁大都明白了，这老哥肯定又碰上事了，大概还不是一般的事。

"科长，你——"

"没事儿，没事！啥事没有，我就是来跟你聊聊，那个淑芸不在嘛。"

"没事就好，"铁大都说，但他心里想，怎么会没事呢？没事干嘛一个人在雨里那样走，左摇右摆的？

"淑芸不在，她也就是晚来一会儿。"铁大都说道，他试图开一个玩笑，打破眼前的尴尬，"她不会永远不在吧，大哥，她要是永远不在，你可虾米了！"

丁科长没笑，相反，他哭了，丁克长哭了——他虽然在死死的抿住嘴唇，控制泪水，但眼泪还是流了下来。

"她不在了，她永远不在这里了，她真的永远不在这里了！"

"怎么会呢？嫂子那身体，再说她前两天还挺好的，"铁大都有点二乎的说道。

"不是那个不在，是她永远不在这个家了，大都，她要跟我离婚，我这辈子头回碰到这事，我六十二岁，马失前蹄，哥哥马失前蹄了！我虾米了！"丁克长痛苦地说道。

这下铁大都可愣住了。

"不是约你好好谈谈嘛？不是重归旧好嘛？怎么会……"

"她根本不在，她想离婚！她只留下了离婚协议书，"

"你是不是搞错了，不就是那么一点事嘛？怎么突然急转直下？离婚？不可能！"

"可能！"

"可能？"

"你不知道，我又去跟那个网友聊天，谁想到被她跟踪了！她始终就坐在我身后，看着我跟那网友一边谈笑、一边喝咖啡！她始终就坐在我身后啊！而且，那天我还染了头，要了高级咖啡，还收着肚子走进去的……"

"哎哟，我的科长，这事你怎么能让她看见呀？这不是要了命嘛，你这么刺激人家，这岁数人当然要跟你离婚！"

"我不是不知道嘛，我是听了你跟那个女孩的事，我也想最后浪漫一番……"

"你怎么能跟我比！我的丁科长，咱们俩是不同性质的问题——"

"相同性质，相同性质！你不是不是嫖娼嘛？所以相同性质。"

"我那事跟嫖娼一点关系都没有。可是性质还是不同，我是单身男人，你是有妇之夫，所以性质不同。"

丁科长愣住了，他确实是有妇之夫，看来性质确实在些不同。过了一会儿，丁科长说道："是啊，性质有些不同，可我和那网友见面的时候，我已经不想继续了，我觉得我们最适合做一个网上聊天的朋友，不适合去发展什么关系。"

徐葆齐 著

"那这事就更窝囊，那边不打算发展了，这边也不跟你继续了，你说你办的这叫什么事儿！"

谈到这里，铁大都已经意识到问题的严重性，亲眼目睹丁科长跟网友幽会的云淑芸大概很难回头，而且风云突变，丁科长也老了许多，落得一个孤家寡人……

眼下，对这个老朋友的遭遇，他一时还真拿不出什么办法，如果他去找云淑芸也不会有什么好的结果。

铁大都换了一杯热茶，重新放到了丁科长的眼前。眼下，对丁克长同志，这已经是他能做到的最大安慰了……

第十八章

精彩永远出现在杨二栓哪里，他从五星级宾馆逃出来，却睡在了什刹海的冷板凳上。最有意思的是，生活所迫他做了"引厕人"——就是把憋不住的人带到附近的公共厕所。而且第一个客户竟然是我。

我们身边本来奇奇怪怪的事就多，再加上神奇的命运，或者不知来自何方的多种能量推动下、产生的巧合，使和我们生命相遇的这个世界就变得更加五彩缤纷了，不可解释了。

铁大都博客

徐葆齐

著

180

第二天，铁大都和丁克长登上五号线，准备把丁科长送回儿子家。

在五号线上，他和丁克长都不很舒服。因为头天睡得晚，所以两个人都觉得有些疲劳。然而一路上依然是没有一个人让座，这使铁大都有点不快。在他看来这其实是个起码的道德问题，但是没有一个人遵循。好几个老年人都在不断地换腿，倒换支撑。看得出来都很疲劳，但年轻人居然全线打坐。估计其他车厢也是如此。

如果年轻人自小接受的是这样的道德环境，对这个国家的未来真的是不太好。看起来这似乎是小事，但将来总有一天会是个国家风貌问题——他想。

"怎样可以改变这一切呢？"

到了丁东家，铁大都婉谢了丁克长午饭的挽留。

"科长——"临走的时候，铁大都故意玩笑的、同时表情诚恳的叫道。

"行了，行了，"丁科长不耐烦的制止着他。

"丁科长——"铁大都准备继续说。

"行了，行了。还什么丁科长，丁科长的—你诚心是不是？都让人家给端了，我是有家不能回，还科长呢！寒碜我？"

"科长怎么了？科长就不离婚，科长还不吃饭啦？我以为你为离婚着急，原来你是为。科长·离婚着急！这可犯不着！"

铁大都笑了，他刚明白原来到这时候了，丁科长还想着自己是科长。铁大都哈哈地笑了。

丁科长伤心的目光显露出一丝不满看着他。

"别着急，科长虽然被人抛弃了，但是我觉得事情还会有转机。因为本来她不知道，她看着咱们与网友亲热聊天的时候，也就是云大嫂最愤怒的时候，其实正是你在修正错误的时候！"

"修正错误？我？"连丁克长自己都糊涂了，难道自己不是被老婆抓了，现行，？

"你真的糊涂，云大嫂看见什么？你跟网友亲热？"

"那倒不是。"

"这不结了！正好给她看看你和网友的真实关系。省得她在家老放开想象！"

"可是她相信吗？她会相信吗？"丁科长可怜巴巴的、频频的对铁大都发问。

"看你这样，好像我欠他钱似的。"铁大都说。

丁克长不再础础逼人了。

"所以，事情要慢慢来，先踏踏实实在儿子家再多住几天。但是，心情再不好，也别一个人在下雨的时候散步，那雷可不客气！"

"什么时候了，还开玩笑？"

"小心感冒！"铁大都连忙说。

丁科长皱着眉头点了点头，铁大都这一说，他倒突然觉得自己大概真的是感冒了，一个大喷嚏打了出来，他伸手一个手指对铁大都说："姜汤水！"

"没错，姜汤水！"铁大都发现事情发生不到十五个小时，丁科长的胖脸已经开始显得不如前两天胖了。

"看来这种事对人的打击太大了，这么快就有了反应。"

"你嫂子会原谅我吗？"铁大都临走时，丁克长像一个孩子，可怜巴巴的问道。

"没问题，当然要过程啊。"铁大都心里明白，事情肯定是复杂了，科长被人抓了"现行"，大嫂怎么会心中和缓了呢？越是没看见当面有什么，也许越怀疑背后才有什么——这是多数国人思维定式，云大嫂大概很难逃出这个套路。

和丁科长分手以后，铁大都一个人走在街上，心里想到。

铁大都没有回家，而是直接来到了自己前夫人的弟弟家中，向这位前妻弟委婉的表达了自己想和太太重归旧好的愿望：

"不知为什么？这两天常常想起小铁钉——"铁钉是铁大都和罗寸馨的女儿，现在在美国上学。

"我倒是觉得和你姐姐分手的时候，替铁钉想得还是少。一个女孩子在单亲家庭中长大，不能经常享受父爱、不能享受天伦之乐，毕竟是很遗憾的事。而且，搞不好别再弄一个'后父爱'、或者'继父爱'，那就更麻烦了——客观地说，我的脾气也确实不是很好。"

这种做法是铁大都再三考虑过的，通过第三者先远隔重洋，抛出绣球，再静观事态发展。之所以这样做，是因为他估计如果他坦率提出重修旧好，"前妻"也就是罗寸馨那倔强的性格，一定会坚决拒绝：

"他想离就离，想好就好，没门！一辈子嫁谁都不会再嫁他！让他找地儿凉快去吧！"

他觉得想做成这件事，他要先给她发泄的机会。而且大约要三次。等前妻火气泄的差不多了，他才可以出面正面接触。而这三次，只有先请妻弟代他接受。如果他自己出面，也许会谈崩，这当然不是他所希望的家。

还好的是，他和前妻弟关系一直不错。妻弟是书画商，开着一件书画社，两个月前他还帮他拉成一笔书画生意，而他本人分文未取。

铁大都好像是与生俱来的不大喜欢钱，看不起钱，不到万不得已不会想辙去挣钱。

"放心，这点小事，我当然会给姐夫办好！我早就说过，不愿意你们离。姐夫，离婚这几年，我一直叫你姐夫，一直没改过口！"前妻弟这样说。

这是事实——铁大都这样想。但是这种积极的态度也和两个月前的生意有直接关系，同时铁大都也这样想。

前妻弟的书画社离什刹海不远，从书画社出来，铁大都决定去什刹海散散步。铁大都就出生在什刹海附近，搬到清水园之前，这里是他常来的地方。

什刹海是北京城内少有的一个湖区，是北京仅存的一块风水宝地。与前些年大有不同，它虽然依旧是附近老北京人休闲的地方。但更多在这里流连忘返的是外地人、外国人。这使什刹海周围不能不增添了很多的酒吧、饭馆、商店等等。最近那些看准商机的酒吧商人，更是纷纷抢占滩头——什刹海在浓浓的商业气氛中呈现出它新的美丽。

岸边碧绿的柳丝飘荡，什刹海湖水碧波荡漾。衬着蓝蓝的天空，到处人头攒动，游人如织。铁大都走在什刹海的北岸，前边不远便是燕郊十景之一的"银锭观山"。

铁大都走在这里，心情分外舒畅。什刹海是他从小生长的地方，他在南岸摔过跤，北岸谈过恋爱，西岸遛过早市，东岸吃过炒肝、灌肠。旧日的什刹海其实给他印象最深的是不远处屹立的雄伟的钟鼓楼。那时这里天是灰的，水是灰的，钟鼓楼也是灰的。铁大都一点都不反对进步，但他一点也不觉得旧日的那个什刹海不如今日的美丽。在铁大都看来，今日的什刹海充满着商业和文化的热情，使人感到社会的进步，令人激动。而旧日的什刹海更多的是一种味道、品味乃至人生的底蕴。昨天悄悄拨动的是人的心弦，今天掀起的恰恰是人内心深处的宽阔的水面……

后海的繁华程度远远超过前海，但在其最后边，也还保持着旧日的清净。后海是他多年没有去过的地方，走过烤肉季，转上银锭桥果然满眼五彩缤纷、形式各异的酒吧豁然出现，使铁大都一点都不觉得自己走进的是后海，而一下掉进了一个完全陌生而尊贵的集市……

巴黎左岸——他脑子里迅速出现了一个名字。

"我真的变成老农了，什刹海已经变成了这个样子！"他感慨地想到。他觉得有点目不暇接，这也使他的心情一下子变得更加愉快。

站在银锭桥上，水墨画般的西山、轮廓起伏，淡淡雅雅尽收眼底。这不过是一幅古人发现的自然风光，大概今天的孩子们没有人知道这里有一幅沁人心脾的画卷、更不会知道这是一幅历史上曾经令很多北京文化人沁人感情去欣赏的画卷。这不怨他们，这大概就是历史。今天的现实覆盖了过去的历史——事实上四周繁华的街道，上百个建筑各异、名称各异、文化各异的酒吧确实也已经覆盖了什刹海的周边。

"银锭观山"已经不过是银锭桥上一个站处，一个不经意留给人的并不起眼的景观。大概没有一个孩子认为它值得一提，孩子们值得提得是周杰伦、法式西餐和什么时候去美国旅游的事……总之，今天的银锭桥变得狭小而无生气，真的太容易被忽略了。这使铁大都内心惊讶了好长时间……

接着他走上了银锭桥。撇开四周的喧哗，铁大都惊讶地发现当他驻足银锭桥的时候，他所看到的西山依然是那样吸引他，那景色似乎躲开一切干扰，而独立生存在远古的、特别特别淡的、像水墨勾成的远山。而那远山竟然依旧给了他震撼心灵的启示。他觉得四周喧闹的人群，繁华的商业街道，和那个远古的悠然存在、淡的几乎趋近于零的远山相比，是一种无法再渺小的存在。他觉得周围的繁华"心虚体瘦"、价值归……

总之，不管历史如何流淌，现实即将隐去，但对铁大都来说，"银锭观山"生命确实，永远不会消失……

铁大都心中再次被那隐隐、悄悄的远山，点燃起了一阵搏动的热情……

但没多大一会，他感觉有点不对，那肯定不仅仅是风景生发的热情，同时还有每个人都熟知的"内急"在汹涌，并且产生热度。后门有些焦躁。

铁大都被迫立刻结束对银锭观山的悉心观赏，他知道他必须去解决一下，内急，问题。

同时他也知道他不适合去那些酒吧解决这个问题。一是因为他没在人家那里消费，被轰出来可能性极大。二是因为他不是解小手，绝对会因此被拒绝。三是因为六十二岁的他已不大适合"长蹲"，他必须要、一定要"坐"。

但是他当然不知道卫生间在那里，这可急坏了铁大都！他甚至觉得自己的血压也开始迅速上升。

这种是说不大也大，说大也不很大的——麻烦！

铁大都用全身的力量收腹提肛，走速加快（基本上是竞走速度），四处打听。后来，他干脆顾不上文明，不再口气从容地问：卫生间在哪里？而开口就是问：厕所甚至茅房在哪里？最后也没问出有坐便的公厕在哪里。那一带的人们似乎对这一问题没有兴趣，尽管铁大都已再三告急，并且一次比一次来势凶猛。他已经问了四个酒吧，并且脚步匆匆的串了三条胡同……

要说铁大都这个人，也算是有点运气，就在他从胡同里闪出来，重新来到湖边寻找的时候，他突然看到一个人背上扛着一个牌子，上面写着：内急找我，每次二元。

这使他十分惊喜——他连忙上前，拍拍牌子那人转过头来—铁大都刚要提问，突然愣住了："怎么，是你？"

那人也愣住了，接着刚要惊喜的讲话，铁大都连忙拦住了他，指着他的牌子说道："这个，这个！"

对方看着"立正提肛"站着的铁大都，突然一下反应过来，连忙拉着他向一个窄小的胡同走去。里面果然有一个新建的公厕，并且十分人性化的设计了一个坐便。

"怎么会是他？怎么居然还有这种职业！不过这也说明什刹海繁华得

徐葆齐　著

可以了！"蹲在那里的铁大都一边使劲方便一边想。他突然想起不知谁跟他说过，这是一种应运而生的新兴职业，叫做"引厕人"。

铁大都微笑了。

大约九分三十秒以后，重新轻松起来的铁大都，将里外打扫干净，系好腰带，溜溜达达的、态度十分悠然的走出公厕。

然而令他没想到的是，厕所外竟然空无一人，二栓再次不知去向。

"这家伙能去哪儿呢？"铁大都四下寻找，奇怪地想到。

这时，远远的他看到一个人，背后还跟着一个人，匆忙的走来，是二栓。

"我在这里等你，来了个人让我去帮他带个人过来。"二栓一边把厕所指给刚引来的小伙子，一边和铁大都解释地说。

此刻，"引厕人"——"看雨"大师杨二栓正站在那里，提着牌子带着一点尴尬的微笑等候他。

能见到杨二栓，铁大都有一种非常的兴奋。他一点都没有犹豫，立刻把还背着"内急找我，每次二元"牌子的杨二栓拉进旁边的一个酒吧，而二栓也顾不上要钱，随着铁大都走进去，两个人点了一壶碧螺春，然后便兴奋的畅谈起来。

"你不是到北京来转转的嘛？怎么转到这里来了？"铁大都迫不及待的问道，确实事情太出乎人的意料之外了。

"唉——甭提了，俺现在是有家不能回，俺现在就睡在湖边的长凳上啊！去晚了连长凳都没有了，就睡在地上。大都，俺惨了……"

提起眼前的境况，六十岁的杨二栓两眼潮湿，哀叹不已。随后，他一点点向铁大都讲述了自己是怎样迷迷糊糊的来到了北京，怎样当上了"看雨"的大师，又怎样在清晨逃出了五星级酒店……讲到动情之处，杨二栓不禁热泪盈眶。

铁大都听到之后，先是惊愕，后是哈哈大笑，他觉得杨二栓的经历实在是太离奇了。他没想到，现在这个社会居然连杨二栓都不放过，居然有理由把他拉上社会的喧闹的舞台，并且站在聚光灯闪亮的正中央。

"你能不能告诉我，你假借说下雨，结果说对了投资的事，是因为你看到了什么？"

"就是下雨！"

"下午三点这个时间呢？"

"那个天气能看出白天黑夜，或者几点来啊。"

"就是一个下雨场面吗？"铁大都有点刨根问底。

"还真不是，好像有晶亮的光……"

"有晶亮的光—有意思，有意思！"铁大都思考着说道。

"咋得了？"杨二栓不安的问道。

"没事。"铁大都转瞬恢复了常态，玩笑地说："你真逗。现在的人哪有你这样的？你已经当上了大师，并且住进了五星级酒店，你还跑？对很多人来说，那是做梦都想碰到的事。"

"这你知道，俺真的是只会看雨，顶多算个不合格的'天气预报'。俺不懂他们说的那些事，北京城里的事俺是两眼一抹黑……"

"可是，你说对了。他们信你呀，这也许就能成为你的饭碗啊！可惜你丢了个大饭碗。"铁大都说完又哈哈大笑起来。

"不，俺宁可回家喂猪，也不在这儿骗人！"杨二栓抹去眼泪，正言厉色地说道。

铁大都心中一动，这种掷地有声的话，已经好久听不到了。现在竟然从一个几乎完全没有文化、连北京都没有来过的农民口中听到！他宁可回家喂猪，也决不骗人！他不在意五星级酒店，不在意什么粤菜，他坚决的要回到诚实的生活里！

也许正是因为他是农民，他从来没来过北京，他才能说出这样的话。铁大都又这样想。

"上次在商场碰到，葛巴尔不是给你他的电话号码了吗？你怎么不打电话给他？"

"俺怎么能去麻烦你们？你们都是大忙人。"杨二栓不好意思地说。

真是个实诚人。都什么时候了，你都"引厕"了，您还不好意思—铁大都心里暗暗笑着想。

"从酒店跑出来以后呢？你怎么跑到这里来了？"铁大都又关切的继续问道。

杨二栓又把他这几天的经历一一的讲给铁大都听。

"那天从酒店出来，俺是哪儿都不认识，又怕被三车子找回去，俺想明白了，俺实在是不愿意干那事了，俺就乱跑……"

那天，俺一整天都没吃饭，到晚上也不知怎么回事，就跑到了这里。在湖边的椅子上忍了一宿，第二天，天亮了以后，俺看到不少像俺这样的农村来的人，都在这里弄辆车卖水果。

这时俺正发愣，走过一个人来，据然和俺的口音差不多。聊了几句，他就问俺能不能给他看摊，说是一天给俺十块钱，俺本来又冷又饿又没去处，兜里只有十五块钱，也不够买车票的，俺就答应了！

徐葆齐 著

谁知道，刚看了一个时辰，就看到摆摊的人突然都推起车放开腿跑了。俺还没闹清是怎么回事，几个穿制服的人走过来，没收了俺的所有水果。俺求他们，告诉他们这水果不是俺的，但是他们根本不理俺，他们走了。俺一个人蹲在路边不知道该怎样和那个老乡交代……

那位同乡大哥回来了，俺赔了他十块钱，他不要，但是俺不能不给人家啊，这出门谁都不容易啊！那大哥看俺实在没办法，就把俺介绍来做带人去洗手间的工作。俺已经做了十五、六天了。"

听着杨二栓讲述，铁大都感到一阵阵心酸。这就是今天中国的农民，不管他们遭遇了多苦的生活，他们也不会痛苦，甚至连一点郁闷都没有。

但是，该怎样评价这个现象呢？他一时寻找不到答案。

"二栓，走，跟我回家。到我那里好好住上几天，我带你逛逛北京"看看长城、故宫、颐和园，吃吃北京的涮羊肉，烤鸭。铁大哥也是一个人，很方便。你愿意住上多少天，你就住上多少天！什么时候你非要回家看看，有时间我陪你回十二道沟，没时间给你带上盘缠，我送你上火车！"

"不行！"杨二栓口气坚决地说："俺怎能麻烦你，你们在城里也不容易，不行，无论如何不行！"

"跟我说客气话，你小子不该！你别忘了三十年前睡在一条土炕上，咱是兄弟！"铁大都笑着说。

"不，铁大哥，这么多年不见了，俺怎能拖累你！"

"甭废话，立刻跟我走！"铁大都也坚定地说。

杨二栓不再讲话，但是看得出来，他决不愿意给铁大都带来任何麻烦。

"好，好，好，我不管你，到我家去看看，去吃顿饭总可以吧。"铁大都知道杨二栓是不能强迫的，他只好退一步说道。

"那好，我们说定，到你家看看，我立刻就走！"

"好！"铁大都干脆利落地回答。

杨二栓笑了，这一刻，铁大都觉得他单纯的像个孩子，也许现在也只有这样的人，才能喂好十二道沟的猪。

两个人站起，准备出发。

"等等，"杨二栓突然指着那个写着"内急找我"的牌子说道，"你坐在这里等我一会儿，我要去退这个牌子。"

"算了吧，"铁大都说。

"不行，押金两块呢。"说完杨二栓扛起牌子起身离去。

是啊，铁大都想：两块钱对杨二栓来讲，是一个月的盐和醋钱。铁大都清楚的记得三十年前在十二道沟的时候，一个月的盐和醋钱是一块二。继而，他的眼前又出现了十二道沟的山山水水，还有他们住过的窑洞，他们打水的井，和那些衬着黄土高坡乡亲们的笑脸……

二栓在他家住下，他应该把丁科长和葛巴尔叫来，大家一起聚聚。想到这里，铁大都喝了一口茶，眼睛向窗外望去，这时已经是下午四、五点钟，暑气开始散去，什刹海的游人开始更多起来了。湖中的小船轻轻荡漾，湖边的茶座上也有不少人坐下休闲、品茶，微风吹来，铁大都感到一阵凉爽。

"什刹海毕竟是什刹海，"铁大都心中再次荡起一阵对"家乡"一样的情感。

等到杨二栓走了二十五分钟的时候，仍不见回来，铁大都有点奇怪了。

他总不能到对岸去退那块牌子吧，他想。但是他不敢去寻找杨二栓"他怕两个人走叉了，他只有死等。

铁大都像一个忠诚的哨兵坐在酒吧当中，喝着花茶，等候着、甚至是盼望着"引厕人"的归来。

一个小时过去了，杨二栓依然香无踪影。"哨兵"铁大都毅然结账，走出酒吧，开始在附近寻找……天已黄昏，火烧云映红西边，铁大都的眼睛都看累了，但杨二栓毫无踪影。他有点后悔，不该让他去退牌子。他相信不管为什么，杨二栓是再次消失了。

大概又过一个小时，无奈的铁大都长叹一声，一个人离开了什刹海，登上了返回清水园的五号地铁。

"有晶亮的光？"大师杨二栓的经历，包括他看雨的经历使一贯喜欢思考的铁大都再次陷人深思："这事，会不会有什么有意思的内容呢？世界上预知未来的人难道都是假的吗？"

第十九章

　　我激动了，特别佩服这个养猪专业户，并且由此更加相信运气。

　　二栓当然不是什么大师。当时当你认真地去思索他那神奇的经历，尤其是那些使他成功的特别具体的过程，或者细节，你会觉得他也许是真的－太多年的教育和影响使我们虽然不信，但对大师总有一种固定的概念，如果抛开这些概念，把标准低下来，你也许会惊讶地发现：其实二栓是大师啊！

摘自《铁大都的博客》

　　这一天，对杨二栓来说，不知道是个什么古古怪怪的日子。他在茫茫人海当中，"引厕"引到第十五天，竟然"引来"了铁大都。而离开酒吧二十分钟以后，他退掉了"引厕"的牌子，刚刚要返回酒吧时候，他又十分意外的碰到另外一个人，这是个他根本不想碰到的人。

　　这个人就是他的表侄陈三车。他本来想躲开，但已经在三车视线之中。随后没讲几句话，他就被连拉带拽的推上一辆汽车。他当然不是被绑架，但和被绑架也有一点点相似之处。总之，他再次被表侄带回了五星级酒店。而那一刻，铁大都正在观赏什刹海的美景，等待二栓的回来……

　　原来，朱金玉从上海回来，立刻把丁东找去。

　　"丁总，情况很好，"丁东一走进朱金玉的办公室，朱金玉立刻满面笑容的说道："我这次去上海，主要是和南西见面，南西是某国际银行投资部的主任，这次投给你的这笔钱，主要想从她这里融资。事情进展还好，国际银行仔细研究了你项目的资料，他们非常感兴趣，已经把资料上报给高级管理层！"

　　"太好了，朱总，千万不能有差错！我这儿架子都搭起来了，七通一平已经开始……"丁东一听，立刻做出苦哈哈的样子说道。

　　"当然。南西就这两天要到北京来，她想实地考察一下你的项目。"

"这没问题，我马上就去安排！"

"丁总，场面要做大，一切细节都要正规化，千万别让她感觉咱们是草台班子！"

"朱总放心，咱本来就不是草台班子。我知道该怎么做。"丁东说完，起身就想去安排。

"等等，还有一件事，看似小事，实际上很重要。目前对我们来说，南西这里没有小事！"朱金玉的脸色一下变的严肃起来。

"您说。"丁东也关注起来。

"是这样，我不知道你还能不能再想办法去找到那位能"看雨"的杨先生。"

"找他？"丁东不解地问道，"找他做什么？"

"是这样，这些年，我给南西讲了不少中国大师的故事，也推荐她看了不少这方面的书。我回北京之前，她突然跟我提出希望见一下。孙悟空·，外国人不知道什么大师，只知道中国有个无所不能的'孙悟空'，因此她们把神仙统一叫做'孙悟空'。"

"但是，到哪里去找我们这位'孙悟空'呢？"丁东发愁地说道。

"如果谁能找到'孙悟空'，只是请他和南西见上一面而已，其实南西也不过是开开眼界，西方人不会相信这些。"

"是啊，问题是谁也不知道'孙悟空'在哪里啊，"

"谁能找到，奖励八千八佰八十八块！这钱由我出。"朱金玉大概觉得自己又在做'内行'的事，所以她微笑地小声说道，"我觉得你可以去找杨先生的那个表侄。"

很显然，为了这笔钱能顺利到位，不管南西有什么要求，朱金玉和丁东都会全力满足。这样丁东立刻找到了薛志清，一起又立刻找到了陈三车，把朱金玉的意思明确传达，最后丁东双手抱拳语重心长地说道：

"三车，这事全靠你了，我丁东拜托了！"

"不就是找二栓叔吗？这人还成了香饽饽了。"

既有奖金又有职务升迁，再加上丁总这一抱拳，这不能不使他浑身是劲！他潜心分析、仔细琢磨，甚至专门派了"线人"——也就是他所认识的那些同乡，悬赏两百——在他看来，这足够使那些人枳极提供信息，铺开了寻找杨二栓了。终于，从卖水果的老乡那里，获得了线索。陈三车在什刹海一带聚精会神、一寸一寸的转悠了三天，终于等到了去退引厕牌子的杨二栓！

"我妈的妈的姥姥哟，"在看到杨二栓那一瞬间，陈三车差点哭了，他心中惊喜的喊道。随后，他不由分说把杨二栓塞进了出租车……

"二叔，你可千万别再跑了，不就这点事么？我保证这次找完你，就不再找你！二叔，公司碰到了困难，不光是丁总，连朱总都求到咱们这儿来了，况且你只要出一下面，不用预测，问题就解决了。我的工作也好安排了，先做公司办公室的副主任。二叔，不管你多不愿意，帮人帮到底，送人送到家，这个忙你帮也得帮，不帮也得帮！三车子求求你了——"

一进宾馆的房间，陈三车便情真意切的说，并且立刻准备双膝落地……

"别，别，有话你说！有话你说！"杨二栓连忙拦住要下跪的陈三车，并且心里再次觉得自己大概很难不答应这件事了。

"二叔，明天这位是个外国人，他会叫你孙先生，'孙悟空'的孙，"去之前，三车子嘱咐地说。

"甚吗？说甚啦？我怎么又姓孙啦？"二栓大叫起来，"这可不行！"

"二叔，姓什么有那么重要吗？孙悟空怎么了？人家是齐天大圣！你以为你是谁啊？"

"三车子，二叔求你了！这事一完，给金山银山我也不再干这事，你立刻送我回家！我不过这日子！啥事啊，还得天天改姓啊。"

这回快轮上杨二栓给三车子下跪了。

第二天晚上，是个阴天，在凯宾斯基大酒店，南西终于见到了她向往已久的中国神人——"孙悟空"孙先生。

杨二栓有生以来第一次见到金发碧眼的外国人，而且是个外国女人。然而，这个外国女人注视他的目光让他不大舒适。当他与她四目相碰的时候，那女人会对他非常友善地点头并微微一笑，他会不由自主的也微微一笑。但是，有时当他突然转过头注视看到这个女人的时候，他会发现这个女人正以一种好奇、冷静、探究的目光观察着他……他感到浑身发凉，继而发痒，很不自在。他相信每当外村的人来到十二道沟看到他的花白猪又多长出三十斤的时候，就是这种目光。的确，杨二栓觉得那是观察动物的眼神！还好的是每到这时，那个女人便迅速露出微笑，而他肯定也立刻微笑着点头。

"南西，这就是我跟你说过的那位具有超自然力量的'孙悟空'，如果你有问题可以向他请教！"大家坐下来以后，朱金玉向南西介绍说。

南西立刻走向前伸出手说道："见到你很高兴，请问你可以给我们做点什么表演吗？"

"表演？"杨二栓本来就有些不知所措，这一下又更加坠人五里雾中"

他转头看着陈三车不知说什么好。

"南西小姐，你对中国古老的传统文化知道的实在是太少了，我多次和你讲过，这不是表演，我们也不给任何人做任何表演！这是东方的一种神奇，是整个人类、包括你们美国人必须尊重的超自然的力量！"

对这种原则问题，朱金玉毫不让步，她这一番话，使在座的每一个人都感到意外。

杨二栓当然听得出，这话是在替自己撑腰，他挺了挺腰板，坐的比原来直了些。

而丁东和薛志清却没有想到，朱金玉能在这种时刻有如此的气势，要知道，大家所盼望的是掏出南西口袋里的钱啊！

南西注视着朱金玉，认真地听完之后，微笑着说道："孙先生，对不起，我实在不了解中国的文化。"

"没什么，你现在可以发问了，杨先生——噢，你叫孙先生也可以，"朱金玉觉得这个问题一时解释不清，"他可以回答你的任何问题。但是，不要期待百分之百，他也是人，不是神！"

南西点点头，然后问道："任何问题吗？"

"是的，"朱金玉点点头。

"请问孙悟空先生，你能知道我在美国住在哪个城市吗？"南西开始发问了。

杨二栓感到茫然，他不知道这个外国女人为什么问他这个问题，他怎么会知道她在美国住在哪个城市呢？他不知道怎样回答才好。

"过了。这个问题暂时过了，这很正常，我说过，他是人，具有特殊能力的人，不是神。你可以继续提问题。再说，他也要进人一下状态。"朱金玉又很"内行"地说道。

"怎么，我可以再提问题了？"南西问道。

"是的，"陈三车说。

"请问孙悟空先生，你能告诉我，我的孩子今年几岁？"

第二个问题仍然使杨二栓感到莫名其妙，他感到有一点烦躁，随口说道："五岁，一个男孩子，五岁！"

因为进人了正式回答问题的阶段，全场气氛有些紧张，因为谁心里都没数，大家的目光奇刷刷的转向南西……

南西没有立刻讲话，而是仍然注视着杨二栓，仿佛在思考什么。

"南西小姐……"朱金玉小心冀冀地问道。

南西终于微笑了，她转过头去，对朱金玉说："一个男孩儿，五岁零

徐葆齐 著

八个月了。"

朱金玉也笑了，并且深深的出了一口气，在场的人都笑了，并且都变得有些轻松。

"南茜小姐，你看看，连我都不知道你的孩子情况！南西小姐，这就是超自然能力。请继续！"朱金玉讲话的声音好像响亮了一些。

"那好，请问孙先生，能告诉我，我在美国的房子是什么颜色吗？"

"绿的！"杨二栓变得更加不耐烦，他随口说道。

南西仿佛突然被开水烫了一下，因为，她的房子是黄色的，而"孙先生"回答之迅速使她猝不及防，她不知所措的看了看朱金玉。

"孙悟空先生，你能不能告诉我，我的家门朝哪个方向开？"

"门前有几棵树？"

"我的老公比我大几岁？他现在家在做什么？"

"另外我的父亲已经去世，是哪一年去世的？"

"母亲住在哪一个城市？"

"我兄妹几个？"

……

看来，南西性格还真的是比较宽厚，她并没有因为杨二栓说错了房子的颜色，而对他失去兴趣，而依然十分认真的把问题一个接一个的抛出。杨二栓毕竟只是十二道沟搂草、养猪的杨二栓，虽然他能看"雨，"，虽然他发现了可以给猪增肥的，二月草，，但他仍然很正常地被南西的问题砸得晕头转向。有些问题他随口回答，显然是回回失误"

比如把南希的父亲说成是一九三五年去世，而那一年南希的父亲还没有出生。再比如南希的母亲住在纽约，他却说成了莫斯科，看到南希迟疑的表情，他又赶快改成了东京。又比如南希姐妹三个那却说成八个。南希笑着回答："那么多吗？"

——后来我们的实诚的二栓干脆就变得不知所措，再后来，索性变得惊惶失措。状态全部乱套！中间他去了两次卫生间，两次都犯了老毛病—无——幸免的走进了女卫生间，而幸亏都被监视他的陈三车及时拉住……

终于到了，朱金玉觉得必须赶快出面救火。

"我觉得大概今天的气场不对，孙先生——"朱金玉表面沉着，内心其实也乱了套，把杨二栓喊成了"孙先生"，"不，杨先生，今天你的状态也不是太好，我看这样，下边请杨先生看雨，这天刚刚有点阴，请杨先生看一下，会不会下雨，大概几点会下？"

这个建议，赢得了大家的包括南西在内的一致同意。可能在南西看来，也不必再继续提问题了。

像上次一样，杨二栓走到了窗前，看了不大一会儿，宣布："大概不到一个时辰就会下雨，是小雨。"

"非常肯定吗？"南西问道。

"当然是。"朱金玉说，接着她建议大家转移到酒店院落中，去喝咖啡和啤酒，"这里的德国黑啤酒非常有名，而且是当场鲜榨，"

丁东明白，朱金玉还是一定要挽回南西的印象，使这次聚会圆满地达到目的。而在院落中，迎接这场雨，将使南西印象深刻。当然，他和朱金玉都没有想到，接下来的发展，完全出乎他们的意料之外。

院落中一阵阵清凉的微风吹来，几乎吹走了全部夏季的酷热，天空变得更加阴沉，而草坪里的地灯却显得更加明亮，照亮了四周五颜六色盛开的月季花。

大家围坐了一张桌子，要了鲜榨的啤酒和几种小吃，在一起边谈边等待小雨的降临。

"肯定可以下雨，这不奇怪，关键是肯定在什么时间内下雨，有点神奇，对吧，南西小姐？"

南西点点头。

德国黑啤酒世界驰名，再加上五星级酒店的鲜榨，更是味道鲜美，质量上乘。不大一会儿，几个人便每个人都喝了一扎多，变得有些醉意，而话题同时也变得更加顺畅。

"孙先生，是哪一年来的北京？"南西问道。

"今年，"已经醉眼迷登的杨二栓，看着眼前双影的南西，随口说道。

"几个月了？"南西继续问道。

"半个月，"杨二栓说道。

"半个月？来北京做什么？"

"找投资。"本来说起投资，杨二栓就兴致勃勃，再加上比普通啤酒高上十几度的黑啤酒的作用，使他立刻滔滔不绝起来：

"我有一个发现，可伟大了！在我的家乡十二道沟，那是个深山老林，每到二月，都寸草不生的时候，我们那里有一种草却会提前长出了嫩芽，颜色特别绿，我们叫它二月草，只要在猪饲料里掺上几把二月草，那猪就疯了似的上膘，最后至少多长出二十多斤。我想办养猪场，地儿都看好了，一下能养百十头，可我没钱，听说北京钱多，我上北京来想找人投资。"

"哈哈哈啊，你不是孙悟空，不是来大显神通的？"南西眯起微醉的眼睛问道。

　　"我哪是什么孙悟空？我哪有什么神通？非说我是，我就是猪八戒，想办养猪场的猪八戒！"杨二栓又喝了一大口黑啤酒，大声说道。

　　"你不是能看雨嘛？不是知道几点下雨吗？那不就是孙悟空吗？"这时南西看杨二栓也开始变成重影。

　　"那没错儿，做这事我能看个八九不离十，庄户人嘛，经得多了，看了就准了，在十二道沟别人都叫我天气预报！"这时，杨二栓看南西也已经变成三个。

　　"下雨了，你们别聊了，你们看，下雨了，下小雨了！"这时朱金玉突然喊道。

　　大家抬起头，果然细细的雨滴随着微风飘洒下来。

　　"南西，你看到了吧，你承认不承认他是孙悟空？"

　　"当然，他就是孙悟空！真正的孙悟空，会养猪的孙悟空加猪八戒！"这时，孙悟空—杨二栓已经瘫在桌子上醉得整个不省人事。

　　"我不是！"他大喊一声，然后就睡过去了……

第二十章

"……再比如《画皮》，渲扬了人比妖怪更糊涂，更混池。并且直接描写开膛破肚，直吃人心的恐怖场面，进而宣传不劳而获的思想。同志们，我试问：读了这样的书，你还敢一个人在黑夜里走路吗？还敢一个人单独居住吗？

再比如《崂山道士》，表面看来是反对、批判，实际上是展示不劳而获！很容易使青少年误入歧途，相信神道，甚至产生上山学道的思想。也就是说，其实在某种意义上说，在提醒不劳而获"

徐葆齐

著

196

葛巴尔最近心情异常愉快，他常常一个人坐在书房里，闭着眼睛，享受幸福。他发现原来幸福是"居然是物质的"——他坐在椅子上，那些令他愉快的场面围绕在他身边，变成一块黄色的、润滑的实在的光，把他整个沁泡进去。他分明感到那种舒适，愉悦。

"同志们，今天我和大家一起探讨我国古典文学作品《聊斋志异》。时代在发展，我们的思想在不断地解放，对待历史上的一些作品我们必须给予新的研究。发表新的认识，可以说是社会的一种必然。尤其是有一些古典作品，对当前青少年的影响则是一个非常重要的问题。对一些作品我们必须实事求是，必须引导青少年正确认识，必须还原其本来面目！是毒草就要铲除，伪装必须剥去！前人的错误认识也必须予以清算！（掌声）

我的水平不高，对《聊斋志异》也谈不到什么研究，我只是把我个人的看法，公布出来供大家一起讨论。

《聊斋志异》是一本什么书呢？过去历代的认识，都把它捧作描写了狐狸精的善良、鬼怪的善良，从而确定了它的权极意义和作品的人民性。

但是我认为，《聊斋志异》宣传的是封建迷信，世界上没有鬼怪，只有人。而且《聊斋志异》把鬼怪描写得十分的善良。而由于鬼怪的不存在"因此，使青少年所接受到的，善良，，其实也是不存在的！这无疑会使读者读罢感到失落——描写了一种高尚，然后又告诉你这种高尚不存在，这对人思想和精神上的影响乃至打击是显而易见的。（掌声）

不能回避的是，就像有人说的，这部作品是寓言作品，所有的鬼怪都是在映射人类。那么让我们再看一看这些鬼怪的所有行为，都是只为自己的。他们来到人间，本身就是为寻找个人的、丑陋的、损人利己的所谓快乐，他们是极端自私的。因此，即使是寓言式作品，也无疑的宣传了陈腐的、令人不能不质疑的个人主义……"

……

"让我们一起选择一些《聊斋志异》的具有代表性的作品，来一起研究一下，看我们上述观点是否正确。"

《聂小倩》是《聊斋志异》中的最有代表性的作品之一，它恰恰为我们讲述了鬼怪吃人的故事，这样的情节首先是充满惊吓、恐怖性的，它给读者带来了精神上的极度不安，而且它的故事情节越曲折，形象越感人，它的毒性就越大。我就听说一个年轻人因为读了《聂小倩》而住进精神病院。当然这是个别的例子。

再比如《画皮》，宣扬人比妖怪更糊涂，更混沌。直接描写开膛破肚，直吃人心的恐怖场面，并且宣传不劳而获的思想。同志们，我试问：读了这样的书，你还敢一个人走夜路吗？甚至还敢一个人居住吗？（掌声热烈）

再比如《崂山道士》，表面看来是反对不劳而获，实际上是很容易使青少年误入歧途，相信神道，甚至产生上山学道的思想。

再比如《席方平》一文，居然干脆直接宣传了，有钱能使鬼推磨，腐败的思想，对今天的贪污受贿，起了推波助澜的作用。尤其令人不能容忍的是，它虚构了阴间比阳间更加黑暗，更加腐朽堕落，从而，使读者产生死后的生活会异常恐怖的效果。（掌声如雷）

以上只是举了几个简单的例子，但是我们的思想确实是已经一反历史上所有人的评价，提出了全新的看法。显然，既然对历史评价是完全、彻底颠覆性的，就不会被人们轻易接受，就不会一帆风顺，我们有思想准备！（掌声如雷）

我们愿意和有识之士共同学习，一起探讨。（给家热烈的掌声）

（摘自葛巴尔报告记录）

对《聊斋新评》引起了社会影响，在铁大都意料之中，因此他表现得态度漠然。

"这种观点是瞎闹，热闹不了几天。"他这样想。

但他完全没有想到，"浪潮"居然能很快卷到他的身边。

"铁先生，看《聊斋新评》了吗？"有一天，在他走出大门的时候，门口的保安对他这样说。

他愣了。

"铁老师，有一本书最近卖的特别火，您看了吗？"又有一天，他正在吃炒肝，早点铺的伙计问道。

"什么书？"铁大都停住正盛炒肝的勺子，警惕地问道。他不相信《聊斋新评》会打进早点铺，然而对方的回答却让他无奈。

"《聊斋新评》。"

他又傻了。

"葛巴尔真有两下子！一件由于没有文化而形成的事，居然当作高档文化引起人们如此大的兴趣！"接连几次，铁大都服了。他有生以来，第一次这样想。他也只能这样想。

"这两天没见'豆腐脑'，这小子不会也去研究《聊斋志异》去了吧。"他微笑着想到。

还真别说，由于第二天要去电视台、当天晚上满身白肉的"豆腐脑"就拿着《聊斋新评》到他这儿请教来了。

"我去了该怎么说，该提哪些问题？"

铁大都差一点就气蒙喽！一瞬间，他真的觉得自己没一点活路可走了……

"你读过《聊斋志异》吗？"他忍住心中的一腔怒火，表面平和地问道。

"豆腐脑"不好意思地笑了："读过。不过那是很久以前了，大概是小学二年级。"

"那不叫读过。"铁大都反应很快、态度坚决地说："一边撒着尿和泥，一边看的书能算'读'吗？"

"《聊斋志异》是一本很出名的书，不需要来回读。印象还是有的。后来也听老人讲过。我觉得这个葛巴尔先生——据说是个大作家——说德非常好，有勇气，敢于颠覆前人，不盲从，很厉害！值得我们学习！"

"就算你读过。你有研究吗？"

"我的意见已经发表过了，上电视台是他们选上我的。现在的研究比较简单。没那么复杂。再说，我是葛巴尔的粉丝……"

在这件事上，来之前，"豆腐脑"对铁大都的定位是有自己想法的"

徐葆齐 著

他不盲从。

铁大都是画家，但是一个不很出名的画家，不很出名就意味着他画得不是太好。好怎么能不出名吗？做豆腐脑或者炒肝他肯定比自己强，其他就难说了。至少他没葛巴尔先生颠覆前人的勇气和气魄，铁大都做炒肝显然是继承、而不是颠覆前人的，他有没有能力颠覆前人，是一个很大的问号……因此，在对待《聊斋志异》争论上，当然要听葛巴尔老先生的。人家是大作家啊，现在火得那么厉害，谁见谁服！都上电视了！这方面铁大都老师恐怕没有任何道理高过葛巴尔——葛大爷。

现在网上赞成葛巴尔的大多称他为葛大爷！而反对的人却称其为葛老头！

豆腐脑的态度让铁大都感觉有点无能为力，他不知道该怎么样跟他说清楚。确实，当两个人的文化距离太大的时候，就很难有共同语言。况且，葛巴尔是他的朋友，特别是当他听说"豆腐脑"即将作为嘉宾和葛巴尔一起上电视的时候，铁大都就更加觉得自己实在是无能为力了，或者说不好讲话了。

"你提的问题，我肯定是不赞成的。但要时间考虑，不过我倒是建议你重读《聊斋志异》。真正得出你自己的见解！"说完这些之后，铁大都找了个借口，让豆腐脑离开。他没有劝豆腐脑别去电视台，因为他知道对他们来说，能去电视台露面和上天距离不是很大。他不可能劝住。

"小区的老百姓要是知道了'豆腐脑'上了电视台，肯定都来观看，那豆腐脑得多卖多少啊！"他着实在替豆腐脑着想，而且他也相信，豆腐脑也会这么想。

大概是由于形势所迫，使铁大都晚上竟然悄悄来到网上观看。

网上确实热烈。拥护葛巴尔的人主要是因为三点：

第一当然是赞成葛大爷对《聊斋志异》的深刻批判，认为无论如何不能让封建迷信猖獗！

第二是敬仰葛大爷的批判力度，空前的、彻底颠覆的、前所未有的！这种气派和人格年轻人特别喜欢、特别折服。

"小孩嘛，见到不服管的就兴奋！"铁大都这样想，"其实这已经不是学术问题。"

第三更不是学术问题，六十八岁还如此勤奋，如此充满社会责任感，如此出来一搏，真的令不少网友敬佩。

当然，反击的力量也不示弱。

其中，一个网名："无法沉默"的人说到：葛老头是肯定老糊涂了——但奇怪的是我们这些不糊涂的人，竟然折服在一个糊涂人的脚下，这难道不是社会的悲哀？

另一个叫做"葛老头，我跟你没完"的说道：葛老头炒作，显然另有目的。否则不会把这种"儿子不是妈生的，人不是猴变的"的无聊命题拿到网上。

第三个网友说的就比较损了：葛老头显然是思维问题，需要去医院检查一下，有了身体健康的证明以后，我们再探讨。

尽管是不少人反对，铁大都还是愣了。

他完全没估计到葛巴尔的书的影响竟是如此之快，并且如此之大！

开始有些影响不奇怪，继而报刊评论爆出，也没什么。但是葛巴尔那么迅速成为名人，却让他完全猝不及防……

最后，是铁大都决定亲临了一次现场。

那轰动的场面，雷动的掌声，实实在在让铁大都彻底傻了！而且由于参与人太多，热情太高，以至于差点不让他进去！

"票？"报告会在一个学校礼堂举行。礼堂门口几个小伙子把门，态度极为严厉。

铁大都没票，他没好意思告诉葛巴尔他来。而且他觉得他这种身份，来就是看得起葛巴尔了，没人会不让他进去。

"没票。"

"那只能在院子里听，听大喇叭！"

"我？"铁大都从没受过这种待遇，竟然一时不知该怎么解释。

"靠边，别挡道！"小伙子说着把大都推到一边。

后边听众确实拥挤着凭票走进礼堂。

"对不起，我是画家，"铁大都决定找个辙。

"什么'家'，没票也进不去。今天这'家'那'家'来了十几个了"全在操场晒着，等着听广播呢！"

"我认识葛巴尔。"铁大都没辙了，只好招了。这岁数了，他不能在操场上晒着。怕一会儿晒晕了。

"有葛老师的条子吗？"

"没有。"铁大都确实没有。能有条子就有票了——他想。

"没有只能在操场听。"把门的小伙子依旧坚持原则。

"可我确实认识他。"

"说认识他的也有七、八位了，后来都去操场了—巴尔老师都想不起来他们。对不起，里边窗台都坐满了。"

铁大都觉得彻底没戏了。葛巴尔是什么人？葛巴尔是个有时连自己是谁都忘了的人，这会儿让他想起熟人？那绝对困难，包括铁大都！

面对着不断涌入的人群，铁大都感觉有点无能为力了，他总不能回去啊……他突然想起这个礼堂他来过，好像有个后门。他决定先去试试，不行再给葛巴尔电话。

到底是后门，只有一个老头把守。

"我是葛巴尔朋友。"铁大都指指里边。

老头稍微地犹豫一下，挥了挥手，铁大都连忙进去了。这时他听到有人和看门老头对话。

"你怎么放人进去了？"

"是葛老师朋友。"

再接着他听问话的人在打电话。

好在推开前边的一个门，就进礼堂了。铁大都加快了脚步。

然而刚刚走到门前，门自己开了，几个保卫人员守在那里。

接下来问题就既复杂也简单了—任凭大都解释，还是被带到保卫

办，而且失去自由。万般无奈，他只好播了葛巴尔电话。还好的是葛巴尔迅速想起了他是谁，但因为报告已经开始，无法来接铁大都，铁大都只好坐在保卫处里，在保卫人员的，看守，下，还是通过大喇叭倾听了葛巴尔的报告。到中间休息，葛巴尔特地派人把大都接出来，而且专门在一排加了一个座位。

"早来电话啊，你其实可以和校长坐在一起的。"事后，葛巴尔埋怨地说。

听过报告以后的铁大都，回到家中，沉默良久。

铁大都是社会少有的那一种人。他的贵族后裔的身份遗传了他很多清高的品格。但他这一代，已经家境贫穷。皇族家庭留给他的是两种无形资产：为人善良、喜欢读书。再就是藐视名利、金钱、权势。他写过一篇文章叫：不想出名，他确实不想出名，因为虽不彻底、但宗教还是把他的境界的一部分迁出世俗。

但和很多有出世思想的人一样，他有人世的一面。于是应该说铁大都也会"妄想"。在现实生活中，他希望人能按照他的实际才华来尊重他。这其实不大可能。因为社会对才能如对冰山，只承认表现出来的部分！至

于没表现出来的，甚至深埋在海底的，对不起，就只能视为不存在！

而如今社会文化是面对财富惨败的后花园，既常见枯枝败叶，又冷的无人光顾！因此文化人铁大都只是在社会的一个角落里悠然自得……

他承认，他大概和现实社会脱节比较久了。人们、主要是年轻人对这样一本书的热情确确实实超过了他的预计和想像。但这种结论之余，他也开始为老朋友葛巴尔担心了。

他明白，巴尔肯定是出名了，虽然他的观点不值一驳。他始终认为，葛巴尔对《聊斋志异》的观点不过是一个游戏，根本不值一驳！而完全没想到竟然如此火暴，一夜之间他竟成为大名人！

"这个社会是怎么了？"铁大都感觉有一点哭笑不得。但是他觉得也许有一些内容很值得思考

铁大都没吃晚饭，连灯都没开，一直坐到深夜。

时钟敲打十二下时，他站起来提笔下写下诗一首，并觉得这也应该是他下一幅画的主题：

庭前红袍映红花

扬手竟饮好年华

只知湖石鹰雀在

窗后寒风掠雨搭

冰压黄卷经书折

墙阴百草塔已塌

踪迹偶至惊回首

酒杯空碎翰人家

扔下笔端详字的时候，他突然想起杨二栓。

"这小子对北京两眼一抹黑，别再出什么别的事！"在什刹海杨二栓消失以后的接连几天，铁大都的心里一直在为他担忧。

第二天他再次回到什刹海，来到和杨二栓一起喝茶的酒吧附近，反复寻找。甚至几个小时、几个小时的像公安局抓捕犯罪嫌疑人那样蹲守，希望杨二栓像那天一样突然出现。为此，他甚至追踪了几个"引厕人"

然而，他毫无收获。一直到两天以后的那天晚上，他刚刚从什刹海回来，便接到葛巴尔的电话，这使他惊喜异常。

"老铁，告诉你一个你绝对想不到的消息，我刚刚接到一个电话，你猜，是谁打来的？"

"杨二栓！"铁大都想也没想脱口而出，说完之后他甚至觉得自己十分荒唐，怎么会呢？！

徐葆齐

著

202

"哇，你老兄好厉害呀，你怎么会想到他呢？"电话那边葛巴尔惊讶的说道。

"怎么？不对吗？"刚刚还觉得自己有些荒唐的铁大都，突然又觉得他可能没有说错。

"就是他。和他在一起的还有他的那个表侄陈三车，他说他们想来看看我，还特别问我怎样才能找到你，"

"请他立刻到我家，我在家里等你们，你也来！"铁大都立刻说道。

"这没问题，反正五号线很方便。但是你也知道我很忙，因为明天还要去做个报告，我要做一点准备！"

"没问题，你老弟现在是名人！"

在与葛巴尔通话的同时，铁大都一直在考虑一个问题。那就是是否把丁科长的事告诉他。按关系，当然不必和他隐瞒，但前一段考虑到他太忙，就一直没跟他通过气。而眼下应该告诉他了。

"老葛，科长这边发生了一点事……"说着铁大都便一五一十地把丁科长最近的故事，讲给葛巴尔听。"怎么，还有这样的事？"葛巴尔听完惊讶地说，"真的是时代变了，科长还能有这事？不可思议！太不可思议了！不过也正常，都是人嘛！你说他们是在哪里见的面？"

"庄园咖啡啊。"

"哦，明白了。老铁，告诉你一个我的秘密，跟谁都别说啊。"葛巴尔有点神秘兮兮地说。

"怎么，不会是你也网恋了吧？"铁大都玩笑地说。

"那倒没有。是一个粉丝，不断给我送花，还约我见面呢！搞得元芬很难堪，不断地发牢骚。你说我该怎么办？"葛巴尔压低了声音，向铁大都讨主意。

"我怎么知道？最近好像我成这方面的专家了。"铁大都笑着说。

"那是，所以才——"葛巴尔说又不说的诡秘地笑着。

"住嘴啊，你给我住嘴！"铁大都知道他又要说"嫖娼"什么的。

"我什么也没说啊—真的，给老弟出出主意！"葛巴尔诚恳地说道。

"要问我，很简单。人家喜欢的是你的书、你的名，或者说是你的钱！我说老葛，千万可别自作多情啊！就你那一米六三的个儿，也不大容易出事，哈哈哈……"铁大都了解葛巴尔，他觉得他不过是赶个时髦而已。

"铁大都这老毛病永远也改不了。凭什么有人约老丁就是爱上他了，约我就不是？一米六三怎么啦，才华才是最重要的。"放下电话，葛巴尔心里又有些不快，但很快他的思想就转向了另外一个问题。

他能理解云淑芸的愤怒，也有点替丁科长担心。他觉得他应该帮助他们办点事。于是首先是拨通电话辞去了下午的座谈会。

"不好意思，确实有点意料之外的事，"

"可是您不来，我们会很尴尬。"主办方说。

"时间还来得及，请您及早通知！我不是不去了，我只是希望调换一下时间。为了向与会者表示歉意，我可以免费多谈一个小时。"

好不容易推辞掉下午的会，接着葛巴尔打开网络，进人丁科长常去的263聊天室，填上丁科长常用的网名——"高个男人有点胖"，开始守株待兔了。

没多久就开始有人点他了，那是一个名叫"四十如花"的人。

"你好，哪天再去喝咖啡？"葛巴尔单刀直人。

"好啊，还是'庄园'吗？"

"当然。"

葛巴尔已经确认这个人就是丁科长的朋友后，便露出了本来面目。

"对不起，我是丁克长最好的朋友。"

"你不是克长？"

"我是他从小穿一条裤子的朋友，否则也不会知道他的网名和你们的交往！我叫葛巴尔。"葛巴尔说。

"哦，听他说过。你是名人！"

"哪里，哪里。"葛巴尔按照常规客气着，"我想跟你说说丁科长的事！可以音频吗？"

两个人很快接通了网络电话。

葛巴尔向她讲述了丁科长家最近发生的事情，讲到了他们夫妻交往的历史，讲到了他们之间深刻的感情，甚至讲到了他和丁科长被埋在窑洞下，云淑芸大哭，而丁克长突然唱出，走西口，的有名的段子……

"您不用多说了，我明白了。"

听的出来，"四十如花"被感动了，因为和丁科长本来也没有太多的交往内容，所以吴佩佩很快就表了态："需要我做什么吗？"

而铁大都那边放下电话以后，也有点兴奋，他给自己倒了一杯茶。这时，他突然想到，要不要把丁科长叫来喝一杯，他又觉得时间有点晚。就在这一瞬间，铁大都突然又产生了一个奇异的想法—杨二栓的到来，会引发出什么呢？

这时电话又响了，是葛巴尔。

徐葆齐 著

"我在网上找到了吴佩佩，就是老丁的网友，和她谈了一晚上。人家态度很好，还给云大嫂写了一封信，我发给你了，应该用得着！"

"太好了，你真是名人。这事儿我怎么就没想到呢！"铁大都的奉承似乎非常发自内心。

"哈哈哈……你想到了也没用，对方不会信任你，因为你不是名人！这时候名人就起作用了，那是一种以名誉做的社会性担保。"

"没错，另外想到没想到是智商问题，最近的事实证明你的智商当然高过我！"铁大都一点不带玩笑的语气说。

"你真的是这样想的吗？"

"当然。"铁大都又开始以肯定的语气说两可的话，让葛巴尔觉得他还是服输了。

"总算翻了身了，让你足足看不起了半个世纪！"葛巴尔愉快的说，"翻身了，要打土豪，你小心啊。"

"没问题，随便打。就怕你没真翻身啊！"铁大都笑着说。

"呵呵，"葛巴尔不知为什么苦笑了一下。

放下电话，铁大都看着窗外。突然，他突发奇想的有了一个新的计划……

然而，就在这时一个意外的电话打乱了铁大都的思绪。

"大都啊，你可真够难找的啊，我费老大劲了。"电话那边说话的人声音令铁大都特别耳熟，但分辨不出是谁。

"哪位？"他客气地问道。

"连我你都不记得？你即使忘了你姓什么，也不应该……"对方笑着说。

"你……"铁大都还在使劲的反映。

"啊——冰棍！"对方突然一个吆喝，像听到接头暗号，大都脑子一亮："慎之！"

"大都！"对方一声呼唤，铁大都觉得他已经激动，或许已经流出了眼泪。

"你在哪儿啊？"大都继续问道。

"还能在哪儿，纽约呗。你的电话好难找。我过几天回去，你们都在吧？"

"在，在。"铁大都也有些鼻子发酸，他连忙回答。

老友意外联系上了，并且很快将见面，使两个人都很不平静。

"我是一周以后的机票，差不多十五年没回去了，特别想哥儿。"

"我们也是。"

因为很快就会回来，所以没谈多久，两个人就挂断了电话。放下电话那一刻，铁大都才发现自己的眼睛有点湿润。

到卫生间擦了把脸，他立刻把消息告诉葛巴尔和丁克长。两个人听说了自然惊喜非常，都在等待着慎之的到来。

"这家伙在美国那么多年，肯定发了！"葛巴尔断定地说，"说不定落叶归根，回来买房呢。"

最近，葛巴尔忙得还是脚丫子朝天。签售活动甚至发展到北京，就连居委会的张大妈也来敲他家的门，说是小区的离退休人员希望和他座谈……

这让他感觉虽然是非常兴奋，但也确实是分身无术。此刻，他真希望变成两个或者三个葛巴尔，帮他去应付各种邀请。当然愿望只是愿望，最终还是只有一个葛巴尔滴溜乱转。当然，也有不少让他心烦的事，那就是几乎每个座谈会都会有那么一群人站出来和他辩论，甚至会语言不恭，有时让他非常生气。

"要是没火起来，想生气还没地儿生呢！"他这样想。其实也是安慰自己，但是不管怎么说"气"很快就消失了。

当然，他特别忙还有一个原因，那就是他一个人悄悄的、蹬着自行车，去看了十几套房子。

"凡事不打无准备之仗，要以防钱一到位措手不及，那可就耽误事了。"

几经考虑、比较，葛巴尔决定暂时把主要目标仍定在清水园二期的清风园，其实清水园的一期也就是铁大都和丁科长所住的小区，现在还有房子，并且价格上涨得也不多。但是，葛巴尔决定不予考虑。不是别的原因，他觉得小区设施有点过时。而就在清水园附近的清风园，则即将开盘，虽然贵了点，但设施先进，绿化率高，并且还有游泳池……

当天晚上，他把二栓送到铁大都家，坐都没坐，就告辞出来。铁大都对他的匆忙离去感到意外，着力挽留。

"着什么急？一起多坐一会儿吧。"

"老铁，你也知道我最近忙得一塌糊涂，明天还有两场报告。哎，你可不知道，比以前累多了！"葛巴尔满脸皱纹下垂，愁发大了，"我要回去准备一下，而且你不知道，听众们要求很高啊！我会抽时间来。"

既然如此，铁大都也不好再说什么。

其实葛巴尔是想顺便去清风园看一看那里的夜色如何。

对葛巴尔到处看房，赵元芬不仅不去，而且感到很不耐烦。

"钱还没到位，你蹬个自行车，瞎看什么房啊！"赵元芬嘟囔的说。

对钱的事，葛巴尔当然早有考虑。从目前市场销售情况，以及各方面的反馈来看，保守的估计，《聊斋新评》一书的销售量应该已经不低于三十万册，而且销售势头不仅不减，还大有增加之势。

这样，按照葛巴尔的估算，收人应该不低于四十万。当然，这本书如果再卖上三个月，葛巴尔的收人就远不是这个数了。况且葛巴尔多年毕竟还有一些积蓄，装修费用也不成问题。

对于他这个估计，赵元芬倒不觉得是天方夜谭，或者很不着调，葛巴尔在出版界混迹多年，这点经验还是可以信赖的。况且她也一直在关注书卖的情况，但她还是对葛巴尔说：

"有那么多吗？"

"当然。"葛巴尔不是第一次出书，对于这个数字估计他充满信心。而且在他看来，以上数字绝对是保守数字。

"老婆子，快点啊，一会儿出门，咱们'金钱鲍'！"这天上午，还不到十点葛巴尔就开始催促赵元芬。

第二十一章

　　按照丁科长的介绍，他先把五个。精点，菜吃了两遍，那就是鲍鱼、鱼翅汤、生鱼片、鹅肝普和大闸蟹。尽管他觉得鲍鱼很难吃，但为此餐保值，他还是吃了两个回头。

　　虽然肚子里好像要闹暴动，葛巴尔还是起身又去端了一碗鱼翅汤，一边喝一边看着那熙熙攘攘的吃饭的人们，同时不禁又慨叹地对元芬说道：

　　"其实，这里的很多饭菜也一般，比如那个清蒸鱼，在小馆子里清蒸的也同样是'那条鱼'！"

　　说实在话，葛巴尔在现在还能不忘了这句话，令我眼睛有一点湿润。

　　难道葛巴尔真的能坚持己见，勇往直前吗？不过，其实也没什么奇怪的，关于。那条鱼，的论断正是他一切成功的基础－

　　当然，也实实在在是我们的社会悲剧……

《铁大都博客》

　　最近，葛巴尔的生活水平在不知不觉向上浮动。'金钱鲍'离他家不是很远，这是个当前北京人都知道的自助餐盛宴，每人要两百多元。十几种菜系、上千道名菜，一应俱全。但是价格也令人望而却步。

　　每次从门口过，葛巴尔倒不至于流口水，但总得咽点吐沫，当然往里多看几眼是必然的。还得小心别让熟人看见。对他来说，那是个香味诱人的神秘世界。

　　丁科长去过一次'金钱鲍'，那是他儿子请客。回来和铁大都、葛巴尔的情况介绍非常有意思。首先是丁科长描绘一下'金钱鲍'的盛况。

　　"大！"这第一个字，就已经把唾沫星子溅了那两个人一脸了，"一辈子没见过这么大的馆子，你说你饭馆就饭馆吧，干吗这么大啊？此外，鲍鱼随便吃，鱼翅汤随便喝，鹅肝酱随便拿，生鱼片是随便挟……有一条最重要的经验啊，老葛，你听好！如果你去，当然你最近是去不了，咱们说的如果啊，先选好座位，出去取菜的时候，每拐一个弯一定要记住标志，有老头、老太太没年轻人带着，出去取菜四十分钟没回来—转向了，在一个地儿转圈玩，你说这顿饭吃的……"

接下来的谈话就变得更有意思，你问任何一种菜，回答都是同样的："有，味道不错！"

"有，味道相当不错！"

铁大都倒无所谓，他当然去过，因此听了也只是笑笑。

当时，葛巴尔当时就下定决心，此生要去趟"金钱鲍"！

终于来了。大约上午十一点，著名作家葛巴尔携赵元芬来到了"金钱鲍"。

凡事不能光听说，一定要亲眼得见。

走进餐厅，气派果然非同寻常。最近二十年，美食世界这样的字眼，葛巴尔至少看过四百多家，而眼前的"金钱鲍"，让他第一次见识了什么叫美食世界。

这里有大约一两千人在同时就餐，男的、女的、老的、少的熙熙攘攘在争先恐后的吃着这一顿美味佳肴。十几个菜系均有代表作散发着香味。每一个菜系的柜台前，都站满了各种各样的人，人们喜欢这样的自助餐，因为这是一次对胃口的最大限度的解放和挑战。

也只有身临其境，才知道丁科长介绍的经验确实重要。还不错的是每次出去取菜，回不来的时候，服务小姐都给他引座。既然是自助餐，葛巴尔也不再去想"那条鱼"究竟还是不是"那条鱼"了。奇怪的倒是这天他的胃口变得奇大。

按照丁科长的介绍，他先把五个"精点"菜吃了两遍，那就是鲍鱼、鱼翅汤、生鱼片、鹅肝酱和大闸蟹。尽管他觉得鲍鱼很难吃，但为此餐保值，他还是吃了两个回头。接着，他又喝了两杯咖啡，挟了一小盘烧鹅和一中盘韩国烤肉，最后还要了一小碗火锅面。然后才酒足饭饱的和赵元芬聊起天来。

赵元芬则是眼馋肚小，只好是什么顺口就吃点什么算了。

"鱼翅汤一定要再喝一碗。十五年前，我去新加坡讲学的时候，第一次吃自助餐。请我去的商人十分文雅的说，葛先生，吃是这么多钱，不吃也是这么多钱！吃多吃少还是这么多钱！

这话他接连四次走过来对我连说，以至于第五遍他刚要开口我就替他说了：不是吃是这么多钱，不吃也是这么多钱，吃多吃少还是这么多钱吗！。"

赵元芬笑了。

"所以，元芬——"葛巴尔刚要往下说，赵元芬就接上了："吃是这么多钱，不吃也是这么多钱！"

"所以，鱼翅汤、鹅肝酱、大闸蟹。当然，把肚子吃坏也不是太必要！"

接着，葛巴尔又开始谈起了买房子的事。

"可以考虑定房，至少先把首付交了。不过也就是十几万块钱儿。"

葛巴尔最近添了一个毛病，把钱叫做钱儿。

"另外，这几天不要再安排其他事。房子定下来，就可以和设计师讨论装修方案。我已经打听过了，找个设计师不过是几千块钱，这个小钱儿没必要省。"不管怎样说，葛巴尔毕竟是见过点世面的人，这一切他大概在两年以前，就已经了解清楚。当然，那是苦于没钱，只能干看着，咽吐沫。

"太匆忙了吧，我觉得没有必要这么着急。"赵元芬说，"还是等钱来了，再做这些事比较稳妥。"

"难道你觉得钱儿还会不来吗？四十万没问题啦，我干了这么多年出版，这点小事还会错。四十万是手拿把掐了！"

"这……"

"事办的这么稳健，你还觉得不稳健，那就是胆小了。胆小会耽误事的，比如说，万一清风园的房子卖没了，万一房子还有，而一楼的卖没了，你总不能让我老头子再去爬楼梯吧！真到那时候，你攥着钱儿再多也是干着急吧！真到那时候，你可别怨我！"葛巴尔笑呵呵地拍着赵元芬的肩膀、得意洋洋地说道，"到时候四十万块钱儿的金卡，你怎么拿着去的，怎么拿着回来吧！"

"真有这事？"赵元芬笑了。

"当然。这点帐还算不过来，老婆子二话别说，把家里那十四万五千块钱儿拿着，看看这个月工资到没到位，加一块十五万，明天定房去！"

"行。虽然你每回都错，但是我还是得听你的。可是老葛，先别跟别人说啊，万一闹了笑话……"

"行，放心，没笑话。给铁大都和丁科长一个不错的惊喜！"葛巴尔说完哈哈大笑起来，这时他突然有一个感觉—这喝着鱼翅汤谈买房，真的是太幸福不过的事了！

"我葛巴尔也有今天啊！"他想。

虽然肚子里好像要闹暴动，葛巴尔还是起身又去端了一碗鱼翅汤，一边喝一边看着那熙熙攘攘的吃饭的人们，同时最终还是不禁又感慨的说道：

"其实，这里的很多饭菜也一般，比如那个清蒸鱼，而在小馆子里也同样是'那条鱼'！"

赵元芬都没有听清他在说什么。

葛巴尔最近心情异常愉快，他添了一个毛病，常常一个人坐在书房里，闭着眼睛，享受幸福。他发现原来幸福居然是物质的——他坐在椅子上，那些令他愉快的场面想一朵朵荷花，围绕在他身边，而那些荷花通过根部，把内容传递到他的身体里来，变成一块黄色的、润滑的实在的光，整个沁泡着他。他分明感到那种舒适，愉悦—这就是幸福。

欢迎慎之回来的队伍不能算庞大，除了慎之在京的亲戚、比如说侄子，就是铁大都、丁克长等朋友。

"我们必须去，要他感受到祖国的热情，祖国欢迎他！"来之前丁克长皱着眉头说。

葛巴尔当然也去了。

"人得意的时候比较喜欢见故人。这是一种必需的谦虚！"他双手搓来搓去的这样说。并且来的时候，特地戴着墨镜，唯恐被人认出来尴尬。

"名人出门比较麻烦，其实真的不是我愿意戴的。"见到铁大都他特地解释道。当然到了接机大厅，他发现灯光有点暗，辨别男女卫生间有点难。为了避免犯二栓的同类错误，他试着摘掉墨镜。

"摘掉吧，没人认识你的。"铁大都不耐烦地说。

葛巴尔摘掉了，居然附近的几个人都不认识他。

"这些人不读书，"他这样想，但过了好长时间始终没人认出他。铁大都斜眼看着他，这回轮上巴尔先生自己有些尴尬……

慎之离出口还有十几米，丁克长就认出他了。可以说气宇轩昂、派头十足。

"像个老板。肯定发了。"丁克长低声对铁大都说。

"是，西服一看就讲究。"

侄子等亲戚首先上前，握手问候拥抱。接着，他走过来和大都、丁克长拥抱，每个人的问候语不同。

"哥们！"

"科长！"

"《聊斋新评》，在美国就看了。"

葛巴尔差点哭了——都到美国了，自己怎么不知道啊！

"你要指教哟？"葛巴尔含着泪，小声在慎之耳边说。

"谈不上，还有几个人希望得到你的签字呢！"

葛巴尔又差点哭了……

接着大家相拥着，走出接机大厅。

"哥儿几个，"分手时，慎之把他们拢过来，擦着眼泪说道："明天晚上，我在凯宾斯基定了个包间，那里的啤酒一流。哥儿几个一定光临！"

"应该我们欢迎你！"

"不说那些，咱们谁跟谁啊。谁再说这个我跟他急啊！"

看到慎之如此真挚，大家都不再谦让。

"你住在家里吧？"丁克长悄声问道。

"我在长城饭店包了间房，习惯一下再回家。"

慎之走后大家啼嘘不已。

青年生活如影相随，又出现在每一个人面前。

"十五年，真的是转瞬之间啊！"丁克长感慨地说。

"是啊，慎之去美国，我们送他的时候一起喝酒的情景还历历在目啊。"铁大都更加心动。

"没错。那晚的酒香、菜香还没散去，时光却已飞逝如梭十五年。"

当然，众人也没忘议论慎之的境况。

"肯定发了！看那西服就能看得出来，名牌！"

"是啊，凯宾斯基包了单间！那里可是不会低于八千的。"葛巴尔悄声说。

"是啊，看看，先在'长城'习惯一下！太'牛'了！"丁克长说。

"确实是。不过去美国十多年，经济都不会太差。"连大都都不禁回应。

第二天一早，葛巴尔和赵元芬拿着存折就来到了清水园二期售楼处。看见是拿着存折来的，售楼小姐立刻动起来，显得分外热情。

重新审视了清风园的景色之后，葛巴尔还是比较满意的。这里空气新鲜，又是个新小区，加上那些原来就有的青草、大树，和一个不大的湖面，使得整个小区显得清静而幽深，这也是作家最喜欢的风景。他很快看好了其中的一套，那是带花园的一楼。

这套房子靠东南，即有晨曦，又比较安静。让葛巴尔特别喜欢的是房子的窗外一棵柳树，不仅挡雨遮阳，而且还有几只柳条有时会飘到了房间里。

"真的很浪漫，"想起自己将在这样一个环境写作，葛巴尔激动了，他想："我要不得诺贝尔奖，我他妈跟'葛巴尔'急！"

"我准备交首付，剩下的贷款。但是，如果很快我有很多的钱到位了，我是否可以全部交齐？"葛巴尔没有等售楼小姐说话，便继续问到。

"当然可以。"售楼小姐微笑着地说。

接下来，葛巴尔和赵元芬忙活了几天，除了办理了贷款的各种手续。然后，按照葛巴尔的思路和设计师见了面，付了百分之五十定金，提出了自己的要求，设计师开始去工作。

"没有什么特殊的要求，希望房间里更多的呈现自然，或者能联想到自然。飘进来的柳条那样的景观当然尽可能多的保留，正面的落地窗，能做多大做多大，希望抬眼就能看到完整的花园……"

再往下的事情就是看家俱了。

"看家具没必要，太早了！"赵元芬坚决反对，她表示自己要回家涮碗。

葛巴尔只好一个人开始逛北京的各大豪华家具城……

大概下午五点，葛巴尔回到家中，准备喝一碗粥，然后准备一个报告稿。谁知一到家，赵元芬就和他急了。

"打你手机也不接，去哪儿了？"

"怎么了？"葛巴尔手机没电了，他知道理亏，连忙问道。

"怎么了？大都来电话，慎之请客地点变了。"

"变哪里了？"

"搞错了，不是凯宾斯基，是一个新的饭店，叫卡尔斯基。吃广东菜的。"

"我以为什么大事？不就是换个地方吃饭吗？我就知道慎之没这么大气派！"

"大都上网查了，新开的，也是个大饭店。在西边。找你也找不着！把我急得。"

"这急什么？没见过市面！"葛巴尔说着，穿好衣服，戴上墨镜准备出发。

"戴那玩意干什么？大晚上的。小心摔跟头！"

葛巴尔理都没理他，当然要戴。你怎么知道碰不上粉丝？碰上了当然尴尬啊。

　　但他戴着墨镜出门没多久，就摘下来了一天太黑，他也怕摔跟头……

　　据乔慎之电话介绍，卡尔斯基酒店靠近南城。因此铁大都和丁克长出来的早了一点。没想到这个时间段五号线人比较多。人多倒没什么，关键是有两件事让铁大都和丁克长有点怄气。

　　先是从终点站上车的时候，两个年轻人竟为抢座位吵了起来，接着甚至大打出手，互不相让。

　　好不容易抢座位的人安静下来，铁大都发现车厢里站着的老年人为数不少，他不禁指给丁克长看。丁克长也不住摇头。接下来发生的事情就更出乎很多人的意料。

　　一个孕妇，挺着肚子，站在座位旁，而座位上清一色打盹的年轻人。孕妇几次险些摔倒。

　　铁大都忍不住上前，对一个年轻人说道："让一下好吗？你看她已经站不住了。"

　　年轻人依然闭眼"打坐"。

　　铁大都忍不住上前拍了拍年轻人的肩膀。

　　"对不起，我的脚崴了。"年轻人倒是睁开了眼，但是说道。

　　这使大都和丁克长气愤异常。因为他们亲眼看到这年轻人上车的时候腿脚非常麻利，并迅速抢住座位。

　　但他们无话可说。

　　"算了，大爷。我没事。"孕妇诚恳地说道。

　　这时，旁边的另一个年轻人站起身来：

　　"来来，坐我这里。"

　　孕妇道了谢，坐了下来。

　　旁边另一个站了好久的老人也不禁摇了摇头。

　　眼前的一切使铁大都不禁气愤异常，而且突然有了个想法。

　　"我知道这种事并不多见，而且地铁公司也不好办，他们也没少尽责任，比如广播，标语等等。但现在看来不解决问题。"

　　"那你说怎么办？总不能你我去解决问题吧？"丁克长说道。

　　"我有个办法，咱们从民间的角度解决一下。"铁大都说。说着说着，两个人来到了卡尔斯基饭店。因为约的是饭店门口见，所以一看就知道巴尔大概又迟到了。

徐葆齐 著

两个人只好在门口等待。好在没几分钟，远远的葛巴尔走来了。

"什么事？看你们谈得这么热闹。"葛巴尔满脸笑容地打着招呼。

三个人顾不上细说，而是直接走进了饭店。

卡尔斯基酒店，地点是偏僻了些，但装修还算不错，比较华丽。

"你家好像在这附近住过。"丁克长对铁大都说。

"主要是我二姨在这里住的时间长，我们很快就搬到鼓楼那边去了。"铁大都说。

慎之早等在大堂，见大家来了，连忙上前热情迎接。

吃饭的单间也很雅致，谁知上来的饭菜也尽豪华。燕窝鱼翅样样俱全，最后还上了河豚汤。而且也是按照惯例，厨师上来品尝第一口，接着大家尽情享受。

席间，慎之尽述离别之情：

"……做了很多样工作，端盘子、给老人读报、为教授打扫房间、涮啤酒桶……在这期间，先读了两个学位。然后在地产公司做，最后是在大学里教书。不容易，一个人在海外真的不容易！越困难越想念哥儿几个，也会想念十二道沟的生活。人生真的是太不容易了！"

"是。"丁克长说："大家也想念你啊，每次聚会都会说起你。前几天，我和大都聚会还提起你。"

"那当然，我们那真的叫朝夕相处，抵足而眠啊！"

"是，你应该多和大家联系。"大都说。

"没混出个样子，才不好意思和大家联系。联系说什么呢？想过回来，可回来真的没脸见人！"慎之不好意思地说。

"现在情况还不错吧？"丁克长问道。

"一般。接近中产阶级而已，教书反正发不了财也饿不着。"慎之微笑地说，"反正一切都有保证，年薪五、六万。"

1：6.4，在座的人都迅速换算了一下。年薪 40 万人民币，应该挺舒服了。

"这我就放心了。来为这次聚会干一杯！"丁克长听完之后，高兴地举起杯。

接着慎之挨个给大家敬酒。

"对了，我在纽约一次聚会上遇到了寸馨，还说起你。"轮到他和铁大都喝酒前他突然说道。

"哦？"大都心中一动，"什么样的聚会？"

"好像是个单身聚会。"

"哦，"大都没有讲话，心里却多多少少有些不是滋味。过了一会，他看到大家都注视着自己，不禁哈哈哈地笑了："这有什么奇怪？她本来就是单身嘛。"

不知为什么，熟悉他的巴尔和科长都觉得他的笑声稍微有点假。

酒过五巡菜过八味，老朋友开始渐渐露出原形。

"慎之，你小子行啊，看得出来，你在美国混得不错。去美国的人不是都混的不错的！"酒量不大的葛巴尔说。

"瞎说，我一般般。你老兄才不错呢，大作家，在美国华人家里不少人都知道'聊斋新评'！听说你出门都要戴墨镜的，粉丝太多吧？"

"没有的事。"葛巴尔谦虚地说，但又随手掏出墨镜晃了晃，又装了起来，"这儿没法带，晚上，怕摔跟头。"

"哈哈哈，你小子喝多了——大作家葛巴尔喝多了，说'没有的事'，又掏出墨镜！喝，喝多了。不管你是多大的作家，在我眼里还是过去那个葛巴尔！"慎之大笑着又干了一杯。

"那是，那当然。"葛巴尔笑着说，但同时他突然发现，铁大都已经迷糊不应。葛巴尔发现，铁大都有点反常，不仅话少，而且仿佛醉的比往日快得多。

这家伙是不是听了寸馨的消息，顶不住了？

"干，再干一杯！"丁克长也喝得醉醺醺，大喊之后，不和任何人干杯得、单独又干了一杯。

"大都，你怎么了？大都，"葛巴尔摇着他的肩膀，问道。

铁大都突然觉得自己有些失态，为了掩饰，他突然站起："哥儿几个，听我的——喊啊——谁不喊谁不够意思——啊，冰棍儿，一二三！"

"啊，冰棍儿！"

"啊，冰棍儿！"

"啊，冰棍儿！"

在场的人一起大声吆喝起来。

一个遥远年代、北新桥卖冰棍老太太的吆喝声，使聚会的气氛推向高潮。于是后边每喝几杯，冰棍的吆喝声就会重新响起……

近五十年来，"啊冰棍"是他们接头的暗号，也是他们相互情感的呼唤，更是对过去生活的激情回忆——而且，而且是任何其他东西都无法取代的……

四个小时很快过去，快十点了。

"哥儿几个，今儿的茅台怎么样？"慎之微醉的问丁克长。

"好，当然好！"

"不是假的吧？"

"当然。"

"妈的，八百一瓶，比美国不便宜！好，你们谁也别管，我结账！别管啊，谁管我他妈跟谁急！"

丁克长有点嘀咕，他悄悄地对葛巴尔说："说好他请客，当然是他结账啊，我们干吗'管'啊？"

"他是怕你喝多了，万一要管……"

"买单的事一般喝多了，也不会搞错。"

不管怎么样，丁克长扶着葛巴尔走出单间，来到饭店大堂。而铁大都不知什么时候早已出来坐在沙发上等候。

"没事吧，大都？"丁克长关心的问道。

"没事。"大都回答。

几个人坐下来，大堂小姐给上了茶。大家喝着，聊着，感慨着等着慎之买单出来。

二十分钟过去了，慎之没出来。

半小时过去了，时针已指十点半，通往单间的路上仍然空无一人，甚至毫无踪影！

奇怪，几个人停止了谈话，互相看了看。

"我去看看，"葛巴尔站起来，走进单间。

十分钟以后，依旧没有任何踪迹。

大堂已经变得十分安静，客人几无。

"打起来了吧？这哥们别是没钱吧？"丁克长忍不住了，站起来走过去。他还没走进单间大门，就听见里边的喧闹声。

"我们又不是不给钱，你们怎么能不让我们出去？"葛巴尔正在和人交涉。

丁克长走进单间，立刻愣住了。他看见慎之尴尬的坐在那里，一边站了一个壮汉，随时准备控制他的行动。

哇！慎之被绑架了！这新闻也太大了点！

"我跟你们说，我可是名人，我是葛巴尔！"葛巴尔正和那些人严正声明。

"吃饭交钱，天经地义！不管你是什么尔！不给钱就不能离开！而且我限你们十五分钟内缴款！"旁边一个穿西服的年轻人，大概是负责人严正地说。

"没有人要跑，我们只是等一下再买单！"慎之再次声明。

"是啊，哪有名人吃饭跑掉的？我告诉你们，我葛巴尔到你们这儿吃饭是你们的荣幸！"

"先生，我们是开店的。用餐收费理所当然，我们不认识什么什么巴尔。请赶快买单！"

"你们怎么可以这样呢？对客人太不客气了吧？"丁克长走进来，不满地说。

"不交钱，我们已经很客气了！再不交钱，可就不是这么客气了！"穿西服的人严厉地说道，并且对身边的人使了一个颜色。旁边的人拨通了手机。

"慎之，你？"

"我肯定要买单啦，只是我侄子没来。所以要等一会。"慎之尴尬想站起来对丁克长说话，被壮汉按下，他只好坐在椅子上悄声说道。

丁克长虽然觉得饭店的愤怒可以理解，但他毕竟要站在"美国朋友"这边啊。

"着什么急啊，我们不会不埋单的！"他这样说，但心里却想：请客吃饭跟侄子有什么关系？侄子掏钱？那应该早就到了啊！再说，你这"一会儿"也太长了。

"干吗要等你侄子？"他悄声问道。

"三言两语说不清楚。"

看来事情有点难办了，因为侄子不知道什么时候来！克长明白，这个忙别人还不好帮，因为这一桌怎么也要三、四千块。

就在这时，突然门开了，又有两三个壮汉走进来，有一个还站在他的身边。

"这什么意思？"丁克长不满地说。这时，他突然觉得一个不高的身影，"簌"的一下闪出包间大门，他明白，"名人"先生先撤了，吓跑了！

"对不起，领导指示，我们只能再等十分钟！"穿西服的人发话了。

"不管怎么说，有事可以叫公安，你们也不可以打人啊！"丁克长只好一边后退，一边以理据争。他心里知道，事情更加复杂了，因为十分钟子很可能不出现！

这时，包间门再次打开。

"住手！谁敢动手？"一声恫吓，铁大都大步闯了进来，正言厉色地说道："有话说话，光天化日，谁敢打人？"

"可以不采取措施，但要交钱啊！立刻交钱！""西服"说道。

"既然来吃饭，钱就一分也不会短你的！你根本不必兴师动众！要干什么？告诉你，三十年前在这一带'玩'的时候还没你们呢！"铁大都气势傲慢，言辞激烈，令人很难小窥！

"你是……"

"不管你们老板是谁？你告诉他，马二都到了。"

"哦？""西服"一点不敢怠慢，连忙拨通老板电话，没说几句，他关上电话，吩咐给铁大都他们重新上了茶，客气地说："诸位不好意思，不好意思！我们老板马上就到。"

大概只过了十几分钟，一个胖胖的人走进包间，他转了一圈然后对"西服"说道："谁敢说他是马二都？这里没有二都！"

"好，诸位，请换个地方说话！""西服"说。与此同时，壮汉架起乔慎之，也有人过来抓住丁克长的手。

"你听说过马二都有个表哥吗？"铁大都根本没看他们，而是拉把椅子坐下。

"当然，铁大都！"

"我就是。给二都挂个电话吧。"

胖子疑惑地看着大都，随手拨通了电话。

"二哥，这儿有个人，说是大都哥。"说完，他把电话递给铁大都。

"二都，是我。没事和朋友来吃个饭。找你干吗？有辙谁找你啊！你甭管了。"铁大都说完把电话递给胖子。

"大都哥，您来了打个招呼啊，没事了。什么时候再来，打个招呼。二都哥说您忙，我就不留您了。"胖子接完电话笑呵呵地说道。

"饭钱……"

"您来是我的荣幸，早听二都哥说他有个表哥，铁大都，是画家。"

这是突然包间门开了，"侄子"气喘吁吁地跑进来。

"三叔，钱。"他跑过去把一个信封塞给慎之。

"买单，买单！！"慎之第一声还小点，第二声则气壮山河般喊道。

"算了吧。"胖子坚决地说。

"你收下，二都那边我跟他说。"这样好说歹说，慎之总算买了单。

"那胖子坐奔驰来的。"大家走出饭店，一直躲在大堂的葛巴尔对大家说，仿佛他不是吓得躲开，而是专门在门口监视胖子的到来。

"嗨，这事闹的，是这样，我临出门的时候，我侄子悄悄对我说，吃饭别让我交美金，他有黑市路子可以多换三个点！让我等他来送人民币。我一想，哪能有钱不赚啊！其实我八百美金就揣在身上！"慎之对大家解释说。

众人互相看了看，谁也没出声，想法却是一模一样，再次对换过后想到：至于嘛，为这 240 块钱。

"怕丢 240 块钱，却不怕丢时间，不怕大家尴尬，不怕当着众人丢脸面，甚至不怕被打。不管对方做什么，也要守住这 240 块钱——这足以说明慎之这十几年在美国是何等艰难啊！虽然他很可能比我们有钱。"看着慎之乘坐的出租车远去，铁大都感慨地说。

"没错！"在场的每个人都有同感。

接着，铁大都、丁克长和葛巴尔三个人坐地铁回家。

"我刚才是有点憋不住了……"一上车葛巴尔就解释地说道。

"你从来不是个胆大的人！"丁克长对葛巴尔刚才的表现非常不满，因此不客气地说道。

"怎么了？"铁大都问道。

"没事没事，大都，你刚才不是要说有什么事？要在地铁上采取什么行动？"葛巴尔连忙把话题岔开。

"哦，"铁大都把他的想法，一一道来。

"我想这个行动绝对必要，或者说会对我们的老年生活增加很多意义！"

"是，"丁克长赞成地说。

"我觉得非常好，"葛巴尔沉思了一下说道："我要一起去。"

"巴尔，你现在是名人，好像不适合参加这类活动！"铁大都却不很赞成。

"胡说。我一定要去，作为一个有一定影响的人，这是社会责任，我这人胆儿从来不小！尤其是在关键时刻！"葛巴尔特别严肃而郑重地说道。

丁克长内心笑了，他知道葛巴尔在弥补自己刚才的行为。

"其实在我看来，这事本来不是我们应该做的。但现在看来……"铁大都沉思了一下，说道："又好像特别适合我们做。总之，它的意义实在是比较深远，所以不管如何，我们似乎都应该做。

说着、说着，葛巴尔到站了。

"我想参加，可以加重事情分量。就这么定了，我一定参加啊，到时候别忘了告诉我啊！"临下车，他还回过头说道。

"巴尔的话也许有道理，大都，有名人参加，肯定更吸引眼球。"

"是，这件事最终应该在媒体上画句号。"大都说。

当天晚上回到家中，已经很晚。但铁大都一直没睡。他坐在窗前，望着夜色沉思了很久……最后在他的博客上写下这样一段话：

其实，世上确实有很多东西比钱重要。金钱只是在人将饿死那一刻是最尊贵的，因为你要活。而如果不是那一刻，甚至是你已经可以酒足饭饱了以后—即使只是白菜豆腐式的温饱，钱确实就应该退居次位、三位、甚至十多位……可以居前的东西就实在太多了……如果你愿意为钱、尤其是你已经不是特别需要的钱，而丢掉很多不该丢掉的东西，大概就可以说明你已经活得很失败了。

尤其可怕的是你的选择是一种社会教育的结果。那么我们有理由说，这个社会非常悲哀，或者说这一定是一个失败的社会。但是现如今，我们的下一代，他们—是怎样理解金钱的呢？

铁大都觉得这是个既复杂也特别值得思考的问题……

大概两周以后，慎之打算回美国了。

欢送酒会由丁克长张罗。

"一定还要在卡尔斯基。钱一分不少他们的，要让他们知道，我们不是没钱，不是托人情蹭饭的。"铁大都说："同时这也是个和解，是给二都他们一个面子。"

丁克长不反对，他知道大都还有一层意思没说出来，那就是他要和二都划清界限。他不希望大家误会。

于是还是凯尔斯基，还是那个包间，二都和"胖子"，还有"西服"都来敬了酒，然后客客气气地离去。这帮哥儿们呢，则一醉方休。一直喝到深夜一点，最后还是一起喊了"啊，冰棍！"后散去……

在走之前，慎之晃悠着身体，这样说："哥儿几个，我不掩盖，尤其是和你们。

在美国，我不止一次经历过几乎挨饿的时刻，流落街头，身无分文。我一个学文科的，已经四十多岁，没辙！那个社会没钱你是真的没钱！我不能不算计花钱，算计每一分，甚至每一厘，渐渐养成了习惯—我不要面子、不要尊严、甚至不要自己、还捎带着别人的人格的省钱、挣钱、攒钱、我唯钱独尊！

我生活的环境是进步了很多，可这些年，我自身做人的质量呢？提高了吗？我不知道。

不能说美国不好，美国对我不薄，但它确实就是这样的一个社会。"

铁大都没有讲话，在这样的时刻，他觉得他和慎之的关系，已经不适合完全的坦诚。

"如果再能见到寸馨，就说铁大都问候她。"铁大都异常平静地转移了话题，目光真诚地说。

　　"会的，而且我会加上一句：你问候她—并且关注她，发自内心地关注她——大都，我们的幸福观也许已经很不一样了，但是我还是要说："寸馨是能够给你幸福的女人。"

　　铁大都没有讲话，表情如"铁"。

　　慎之走进安检大门，挥挥手，很快就消失了。

　　不知是在离别的痛苦中还是什么别的，反正大家沉默了好一会……

　　"唉，都不容易，哥儿几个都不容易！"葛巴尔轻轻地说到，他的话音才落地，一阵歌声悄然、悲愤的升起—

　　　　哥哥你坐船头"
　　　　你不要坐船尾"

　　　　大路上行人多"
　　　　可给哥哥解忧愁。
　　　　……
　　　　是克长。

徐葆齐　著

第二十二章

丁克长、铁大都早已被挤到一边。但挤着的人都不清楚为什么挤1过了一会，出来个人，丁克长问道："里边干吗呢？"

"谁知道。好像是新型产品——雪花膏，叫葛巴尔丝，为打开市场白送的。"

这实在使铁大都他们哭笑不得。

过一会又出来一个人。丁克长再次上前探问。

"克仑苏牛奶，打折销售。要不哪能那么多人——一箱一箱打折！便宜！"

"听说是一个作家签字？"丁克长试探着说。

"不可能。作家签字能有这么多人？作家签字能值几个钱？不可能！就是打折牛奶，也有说是卖咸带鱼的，我没看见。"

国庆临近，北京像往年一样每个大型超市门口都张灯结彩、锣鼓喧天。而鲜花摆设的大型花坛，更是到处显现，红的、黄的、白的、粉的五颜六色的花朵、洒满露水，簇簇拥拥的绽放着自己骄傲的身姿……

因为还没放假，所以天通苑的五号线站，依然车水马龙，人满为患。而且作为始发站，依然是车门一开，人们就像刚刚打开木塞的香槟一样"

蜂拥而出，抢占座位。此时的老年人一般抢不过年轻人，只好等下辆。如果再抢不上，就只好等第三辆。因为自己站不了太远。

然而，这两天情况有了一点变化。

在人员候车的站口，来了两个老人。一个黑瘦，一个白胖。两个人在站台上先把等车的老人集中在一起，然后车来后，年轻人抢上车后，他们则招呼老人也上车，没座就站在车厢里。

车发动后，瘦高的老人，站在车厢中间，展开一个手写的书卷：请给老人让座。谢谢。

多数年轻人则一如既往，闭眼打坐。

"不好意思，谢谢。"黑瘦的老人则十分客气的招呼大家。

开始无人理睬。

老人继续。

终于，有些年轻人打不住坐了。

每一个年轻人起来，白胖的老人则就带过去一个老人。

老人都已有座，黑瘦和白胖老人却不坐下，而是走进下一个车厢，继续宣传给老人让座，请站立的老人坐下……

慢慢的，两个人开始讲话了："年轻人，不好意思，我们只是两个退休老人，希望首都的风气得以改善。我们知道，你们也很辛苦。但是礼让老人的社会风气是必须养成的。希望大家理解！"

事情似乎比较简单，很快有年轻人让座，并和他们开始攀谈。

"是应该礼让和照顾老人，五号线横穿北京，从头站到尾，确实不容易。"

"是啊，"黑瘦老人说道，"有些老人还不止六十多岁，七十多岁的有，孕妇有，残疾人也有。我们觉得大家应该养成礼让习惯。"

"没错，不管怎么说，年轻人总比老年人体力好些，谢谢大家啊。"白胖老人也过来发言。

但走到第七车厢，也就是最后一节车厢的时候，情况开始变化。

地点大概过了南三环。

"这种事凭自觉，最好不强制。"一个大概三十岁左右的人开始说话。

"不好意思，有谁强制您吗？"

"您这种做法，横幅一举，谁还好意思继续坐啊。这不是强制是什么？"

"不，你完全可以按照自己的意愿做。至于不好意思了，这确实正是应该'不好意思'的事。'不好意思'就对了！是您的'不好意思'让您站起来的，没谁强制您。"白胖的老头也笑呵呵地说。

"有些风气确实应该改一下了。这是个显而易见的事。况且我们是在伟大祖国的首都啊。'礼让'真的是一件很美好的事！"黑瘦老头也幽默地呼应道。

"再说了，我请问，你们是什么人，有什么权利做这样的事？"三十岁的中年男人继续咄咄逼人。

"我们只代表民间，我们也只能代表民间。或者是只代表我们自己。"这时一个声音从铁大都身后传来。

这时丁克长发现，戴着墨镜的葛巴尔不知什么时候也上车了。

"谁都可以代表民间，我也可以。"中年人嘲笑的口吻说道。

"当然。"葛巴尔坦然地说道，"我们欢迎不同意见，欢迎帮助我们改进。但是我们做这件事，无论是对国家，还是对民间都是有益的。"

"无聊！"中年人同样侃侃而谈，"人老了有时会闲得发慌，于是就出来寻点是非！不就是争个座位吗？"

"你怎么能这样的？"铁大都愤怒地说。

"我说话是有依据的！"

"好啊，把你的依据说说！"铁大都火更大了。

丁克长在后边轻轻地拍他的肩膀，拦住他。

"我相信，你们一定是另有企图！"

"你胡说！"连丁克长都忍不住了。

"你们连自己的本来面目都不敢暴露，还谈什么民间？谈什么代表谁？"

"这——"铁大都一是蒙住了，"我们怎么不敢暴露本来面目了？"

"你看看，有谁在地铁里还带着墨镜的？这分明是不敢暴露自己嘛！"中年人理直气壮地说。

不想他这番话，竟然引起一些旁观者的共鸣。

"是啊，你干吗戴墨镜啊？"

"典型的心怀鬼胎！"

"没错！"

"是啊，大白天怎么戴墨镜？"

"不敢露本来面目，看来这些人有什么目的不好说。"

"这年头什么事没有啊？"

"是，骗子特别多！"

"我这是工作需要！"葛巴尔也愤怒地说。

"怎么难道你是大名人？你是刘晓庆？是郭德纲？还是杨幕？"

"依我看大概是闲着没事，出来炒作的！"

围观者一起哈哈大笑起来。

"你不是？那好，我问你，"有人支持，使中年人心气大增，他讥讽地对葛巴尔说："你敢把你的墨镜摘下来吗。让我们看看你是谁？敢吗？"

人群中开始有更多的人支持中年人：

"炒作的，肯定！"

"我看也是。"

　　"有本事，你摘下墨镜啊？你摘啊！，中年人变得更加牛气十足，，这年头，我什么没见过？告诉你们，见多了！"

　　这一下子还真的叫铁大都和丁克长为难了。巴尔如果摘取眼镜，怕他真的被粉丝认出会被动。不摘吧，这事还说不清了—搞不好前功尽弃不说，还被人说成另有目的。

　　场面空气有些凝重。

　　一个站到了，看热闹的人很专注，竟没人下车！

　　在这一瞬间，葛巴尔突然转身要下车——企图再次临危逃跑—却被丁克长一伸手拉了回来。

　　"别跑！我们不能前功尽弃！"丁克长小声愤怒地说。

　　"对啊，哪有那么多粉丝？"铁大都也凑上来。

　　这时，地铁再次启动了。

　　"大家帮忙，别叫他们跑了。"中年人满面胜利的微笑着说，"咱们也联系报社、电视台什么的，把企图炒作的人暴露一下。"

　　"好。"事情既然逼到这份上，葛巴尔也豁出去了，他心里想，摘了怕什么，我哪有那么多粉丝啊，说不定这里没一个人认识我呢："摘就摘，摘了给你看看！"

　　葛巴尔摘下眼镜，目光直直的看着中年人。

　　中年人一下愣了。

　　"本来是几个老人，提倡新风气，瞎猜人家干什么。提倡照顾弱者当然是对的、是好的！"

　　"给老人让座天经地义的，这还说人家？该挨批评的是你自己！"

　　"戴墨镜怎么了？那是人家自由，很正常。"

　　"有什么根据说人家炒作？"

　　有句名言：天才在于分寸。葛巴尔没留神，下面的行为略微失去了一点分寸，结果就发生了新的变化——

　　"诸位，"葛巴尔觉得事已至此，为了彻底说清事实，最好把自己完全的摆在阳光下，他毫不掩饰地大声说道："我姓葛，叫葛巴尔。诸葛亮的葛，巴尔扎克的巴尔……"

　　人群中突然静了好几秒，人群似乎在集体思考、回忆、接受……

　　"你叫什么？"终于有人发问了。

　　"葛巴尔。诸葛亮……"

　　葛巴尔有点被动……

"诸位，"人群中有人兴奋地喊道："是葛巴尔老师啊，就是天天在电视上给我们讲课的葛巴尔，没错就是他！看你个头，就是他！有点像'今年过节不收礼'！"

"没错，就是他，收礼就收脑白金！葛老师，你好啊！"

紧接着人群就开始骚动起来，大概有十几个人边向前挤着，边高声喊道："葛巴尔老师，给我签个字——"

"巴尔老师，可以和你合个影吗？一会到街上，别走！我们想和你合影！"

"葛巴尔老师好，我喜欢你的书！"

"没想到做好事的是葛巴尔老师啊！"

当然也有这样的声音：

"葛巴尔，收回你黄牛的观点吧！"

"你的书纯粹胡说八道！"

……

总之，人群涌来挤去，非常热闹。而吵架的中年人早已跑得不知去向，地铁车厢里变成葛巴尔和粉丝的见面会——

正好车道一站，几十个人粘结成一大块，一起下了车，又粘结着一起涌上了地面。中间不断有新的人参加进来，有要握手的、要签字的、要合影的、要交谈的。有同意《聊斋新评》的，赞扬葛老师的，也有反对的葛老师，要要求给时间辩论的。同意的要谈，反对的更不放过机会。

更可怕的是，有更多的、不知道是怎么回事的人，也趁乱参加进来，以为有什么便宜可赚……

丁克长、铁大都早已被挤到一边。但挤人的人都不清楚为什么挤！

过了好一会，出来个市民模样的妇人，丁克长问道："里边干吗呢？"

"谁知道。好像是新型产品——雪花膏，叫葛巴尔丝，为打开市场白送的。"

这实在使铁大都他们哭笑不得。

过一会又出来一个文化人模样的人，穿着整齐。丁克长再次上前探问。

"特伦苏牛奶，打折销售。要不哪能那么多人——一箱一箱打折！便宜！"

"听说是一个作家签字？，丁克长试探着说。

"不可能。作家签字能有这么多人？作家签字能值几个钱？不可能！就是打折牛奶，也有说是卖打折咸带鱼的。我没挤进去！"

最后出来的是个教授模样的人，满头银发，银边眼镜。特别是那一脸的文气，绝对无法伪装。

"什么事这么挤？"铁大都特别上前问道。

"嗨，好像是看一个名人。"

"噢？什么名人啊？"铁大都特别有兴致的问道。

"'今年过节不收礼，收礼就收脑白金'广告的那个老头—演员！"

这让铁大都哭笑不得。

"随便问一句，你是电视台的吧？"为了听到回答，铁大都特地抬高了对方身份。

"哪里，不过是个区区教师而已，中学的。"对方谦和地微笑了。

请问，"铁大都得寸进尺，您看过《聊斋新评》吗？"

"知道。不错的一本书，您别看我是教授级的，也不大看书。太忙——"说完教授头也没回的'忙'去了。

这下连丁科长都在皱着眉头、眨眼睛—快哭了……

总之，说什么的都有，就是没人说写《聊斋新评》的。

这又搞得丁克长、铁大都不知说什么好。

"不过今天效果不错，估计明天小报就会采访巴尔。"铁大都笑着说道。

"没错，这也说明咱们是顺应天意！好，明天咱俩继续跑10号和4号线。"

"巴尔的任务就是抵挡媒体了。"

"对。"

事情进行的出奇地理想，这确实和葛巴尔是名人有关。

果然，第二天，小报刊出：

著名作家葛巴尔在写作之余，特别注重首都道德新风尚的建设。他和他的朋友们走上街头、地铁直接呼吁年轻人为老年人、孕妇、残疾人让座位。并且认为要形成习惯。

给老年人让座位本来就是个难题，葛巴尔从民间的角度介人，就显得特别给力。我们相信，他们的做法会给民间道德进步起着极大的催化作用。

接下来几天，铁大都、丁克长继续，他们的足迹遍布了市里地铁的主

徐葆齐 著

要干线。事实证明，虽然有少部分线路，坚持了"尊老让座"一阵之后，又恢复原状——有年轻人仍然闭目打坐，而老年人也只能干看。但毕竟大多数人从内心深处接受这个尊老的概念。

一个月后，丁克长特地和铁大都坐了几条线路的地铁。他们发现已经很少有老年人站着，而年轻人闭目打坐的现象。相反，不止一次，他们或其他老人一上地铁，立刻有人起立让位。

当然，也有人认出他俩，有点恐惧，让座的速度铁别快。

"至少就这一现象，已经大有改观。"几天以后，三个人为庆祝胜利"一起喝了几杯时铁大都高兴地说。

"巴尔功劳大大的！"丁克长也咧着大嘴说道。

"是啊，这就看出名人的力量！"铁大都呼应地说。

"哪里哪里，跟你们面前，我算什么名人！"葛巴尔谦虚地说。

"巴尔，那天从人群里出来的人可都说是打折卖咸带鱼的。"大都玩笑地说。

三个人一起哈哈哈笑了起来。

"可那天我确实手都签酸了！"葛巴尔找回了一句后，像突然想起一样，"那天跟记者我可是一上来就把两个老弟端出来了，可他们没登！"

而铁大都和丁克长对他这句话，毫无反应，像没听见一样。

但不管怎么说，葛巴尔心情都很愉快。"地铁事件"再一次提高了他的知名度，而让他最兴奋的是，喝过酒的当天晚上回到家里，他又接到了刘巨仁的电话。

"葛老，形势发展应该说还不错，我们也算想尽了所有的办法，加大了宣传，投人了巨大成本，来推这本书，书已经销到美国了。"

不知为什么，听着刘巨仁的话，葛巴尔觉得有一点点心冷：形势很好，谁都看得出来。干吗却说"应该说还不错"——似乎有什么保留，谁都知道你刘巨仁做了很多宣传，但似乎眼下大可不必这样强调。

"不会有问题。"他这样想："国营单位，一分都不会少我的。要是民营就不太好说了。"

"葛老，我想按照合同规定，我们应该结一次账了。我明天下午到北京，晚上一起吃饭。"刘巨仁说。但是，最后他又加了这样一句，让葛巴尔心中不禁特别忐忑："也许事情和常规想象的有距离，不过应该是差不太多。"

刘巨仁强调的"距离"让葛巴尔心中一痛，但后边的"差不多"，又使他平静下来。

"好吧。"两人约好地点，葛巴尔挂上了电话。

不管怎么说，刘巨仁的电话让葛巴尔平添了一点忐忑。

"瞎担心，他如果不给，就到法院去说个明白！反正有合同在。"葛巴尔想。

第二天，按照昨天的约定，下午五点半，葛巴尔准时来到莫斯科餐厅。刘巨仁和李峰还没到，他一个人在门口乱转。

"唉呀，老葛，葛老，葛大作家，让你久等了！"十分钟以后，一辆出租车停在门口，刘巨仁一走下出租车便扬声大气的和葛巴尔开起玩笑，这让葛巴尔那忐忑的心里又一下安静了许多"

"没问题。这完全是合作伙伴的态度，看来自己想得有点多了。"葛巴尔一边笑着走下台阶一边心里开始批判自己。

接下来是十分有意思的谈话，葛巴尔是应约来结账的，他最担心的是结不到钱，或者是结到的钱比合同上的少了许多。因为房子已经交了首付啊！

虽然有合同，但是是人就知道，打官司不是个简单的事。能回避尽量回避。葛巴尔是弱者，他当然也这样想。而整个谈话，刘巨仁的态度是忽左忽右，这使葛巴尔的心情忽好忽坏，备受折磨。

三个人走进宽敞富丽的莫斯科餐厅，这是个历史悠久的老字号，北京人都知道这里的俄式大餐做的最地道，当然，价格也十分可观。葛巴尔对这里当然是望而却步。比上次和刘巨仁见面吃烤鸭，这里显然体面了许多。

"这里的鱼子酱，真的是好地道。在我们那里是根本别想吃到，当然，奶油杂拌、罐牛肉也很正宗。噢，对了，冷酸鱼，还有冷酸鱼，味道一流！"

三人坐下，刘巨仁熟练的把菜点完，然后转过头对葛巴尔说道。想起冷酸鱼他又把服务员叫了回来，添了这道菜，然后对葛巴尔继续说道："我们和你不一样，劳苦命到处奔波。你老人家是作家，这回摇身一变，变成了全国名作家，真的是坐在家里就可以挣钱了！"

"别，别。"葛巴尔有点不知所措，刘巨仁的这番话又让他开始有点忐忑。因为和在门口说的话一样，刘巨仁仿佛在强调葛巴尔的身份变化，这无异于在强调在出版《聊斋新评》这本书过程中，他们所起的作用，而葛巴尔这方面所获的"无形"收益。

"当然，总的来说，形势还不错，我相信你也看到了。"很快，菜上来了，刘巨仁边吃边说，"作家是我们出版人的衣食父母，所以这件事葛老功劳肯定是第一位的……"

葛巴尔的心又开始有些放松，但是，还不能做到彻底放松，因为刘巨仁还始终没有谈到事情的本质，也就是发行的册数问题。

"……但是，葛老，我们这回为了炒作这本书，为了宣传你本人，也做了大量的工作。对吧，李峰。"他转过头去对李峰说。

"那当然是。"李峰的态度显得非常平和地说。

"所谓大量的工作，其实就是背后花了大量的钱。这年头做点什么事、麻烦什么人都得给人家点这个，"刘巨仁食指和拇指做出点票子的动作，然后继续说道："没有人会给你义务劳动，只要你点得少了，不是不给你干活，就是给你干的一塌糊涂！或者半路撂挑子！葛老啊，不容易啊！办点什么事都不容易啊！不过，这在商业社会倒是也很正常。"

刘巨仁说话的同时，眉头皱成了一个大疙瘩，一脸异常痛苦的表情，仿佛他刚刚经历了爬雪山过草地一样的艰难过程。他说话的声调越来越透着万分感慨，乃至凄凉，甚至流露出受伤后的哀痛……

这让葛巴尔的心情从刚刚的平缓下来，又变得特别的忐忑不安，他知道对方如果是在过度的夸大自己的作用，那么，也许就等于在重新规定金钱的划分。

唉——他想，少给点就少给点吧，只要差不多就算了。但是，仿佛在做一个游戏，刘巨仁绕来绕去，始终不谈钱的问题，而葛巴尔自己当然不好意思开口。

终于，俄式大餐接近尾声，服务生已经开始上咖啡。葛巴尔心里想，这回差不多了，你总不能永远不说'钱'的事吧。

'钱'的事当然不能不说，这个刘巨仁比葛巴尔明白。表面看来，他前面讲这些话都与钱无关，其实都是铺垫。喝完第一口咖啡，刘巨仁就明白事情已经到了最后的时刻，不得不说的问题必须得说了—短兵相接的时候到了。

"葛老，真不好意思。我先要向你做个检讨。"

"别这么说——"对这句话，葛巴尔感到是不祥之兆。

"真的！"刘巨仁庄严的表情把话题推向更加的严肃。

看来真的是要检讨—葛巴尔想。

"这次，事情的外表做的轰轰烈烈，但实际上，我们收入与外表的轰轰烈烈并不统一。分销商开始要书的权极性确实很高，因此，报出的数字都不是实际的销售数字。也就是说，实际卖出去的并不是很多，到这几天索性就开始大量退货了！"

"不会吧，"葛巴尔尽量保持着风度，但也流露出怀疑。

"我估计你也不会相信，但事情是明摆着的，我这里都有据可查！"刘巨仁说着转身拿出自己的皮包，拉开拉链。

"等等，"葛巴尔说，"不必搞的那么严肃，我相信刘总总不至于骗我这个老头子吧，你到底卖了多少本？"

刘巨仁还是没有回答这个问题，而是坚持打开拉链——葛巴尔以为他在掏钱，然而刘巨仁掏出的却是账本和一些发票。

"我说了实际数字你也很难相信，所以我把账本带来了，你自己过目！"刘巨仁说。

"我怎么能看懂这些东西？"葛巴尔依然保护着礼貌，但内心已经非常不满。这时他突然发现不知道李峰在什么时候不见了。

"好，那就我说。一共卖出五万册，现在回款只回来四万册的钱，这四万册有两万册是折扣书，最低六点八折，这个由我来承担。这样按照销售五万册计算，你应得十万两千元，刨掉税款实际付给你的是八万八千元。请你查收。"说完，刘巨仁又从皮包里取出九沓钱，当场抽去两千元，然后放到葛巴尔的面前。

"我不相信这个结果，光北京的几家大书店卖的就不只这个数，更不要说全国了，刘巨仁你要不要再去查一查，再去核对一下？"葛巴尔内心充满愤怒，但他仍然保持着和气的态度说道。

"查什么？账本、发票、收据都在这里。我就怕你怀疑，所以全带来了。葛老，你看看——"刘巨仁一边把发票一张张摆开，一边说道："你看看，这都是请媒体、电视台吃饭的钱，光每一个人的车马费就是八百块钱，而主任一级的还要另付三万。否则，怎么会有人请你去电视台讲课？其他我就不多说了，我全承担下来，大概才赚八千块钱！比你差多了，这里一清二楚，没什么可怀疑的。当然，书如果能够再卖，我们肯定再来和你结账。但眼下，就是这么个情况，我也很不愉快！我忙活了半天，我投了那么多钱，但是我没赚钱！不好意思，葛老，我还有其他事，我先告辞了！"

刘巨仁起身一边提起包一边说，看着葛巴尔气恼的样子，他继续说道："葛老，钱是小事，你成了全国著名作家，这个无形资产价值百万！"

说着，刘巨仁头也没回的，向大门口走去。

葛巴尔没有阻拦他，他决定先收下这笔钱。这是来之前就想好的，不管给多少钱都先收下，不收白不收。当然他并不相信这个结果，这个结果和他所估计的相差十万八千里。傻子也能看出刘巨仁做了假账，他心里想，，有法律在，不怕他，回去看合同，请律师告他！跟他斗争到底。"

这时，刘巨仁仿佛看到了葛巴尔的想法，他转身又走了回来，满面笑容的拍了拍葛巴尔的肩膀说道："什么事，别急着做，把合同看清楚再做决定！"

这让葛巴尔心中又咯噔了一下。远远的他看到李峰已经叫来出租车，等在门口。两个人迅速跑掉了。显然，刘巨仁也不愿意在莫斯科餐厅里吵起来。

"不管怎么说，咱们法院见！"

葛巴尔收好钱，心情愤怒地走出莫斯科餐厅大门，正准备招呼出租车的时候，却听到背后有人在喊他。他以为是自己落了什么东西，但是服务生走过来说的话却又让他觉得哭笑不得。

"老先生，你还没有结账！"

"我结什么账？是他请我！"

"我们不知道你们怎么说的，反正这桌饭，要由你们来结。，跟上来的领班，客气地说道。

"这——确实是他请我的！，葛巴尔愤怒地说道。

"老先生，里边谈好吗？"

结果是显而易见的。愤怒没有用，莫斯科餐厅不管葛巴尔为什么生气，反正吃饭给钱。半小时以后，葛巴尔只好掏出一千一百块钱买了单。

坐在出租车里，葛巴尔觉得有一股气逆人心来，显得特别憋闷。正好车在一个路口等红灯……他突然觉得这股气再次逆人袭来—车外的人流、红绿灯都越来越模糊……他的脑子大概有十几秒钟失去知觉，还好很快就又逐渐看清了。

"他妈的，别再为这事来一个猝死。，葛巴尔愤怒地想到。

等到到了家，葛巴尔的怒火已经消掉了一半："确实不管怎样，书出来就是胜利！况且打官司不是件简单的事，据说还要陪法官吃饭，有那功夫又写一本书了。"

但是他转念又一想，就这样白白地被坑，他绝对不能接受："还得告他，相信法院会主持正义！"

接着，他找来合同，重新阅读，当他仔细的研读一遍以后，他才发现根据合同条款他根本无法告刘巨仁，更不可能打赢官司！

葛巴尔上当了，上大当了！不会看合同的葛巴尔签了一个无法打赢官司的合同——葛巴尔觉得的心脏在加速跳动，整个头顶在一阵阵发胀，他想起丁科长和铁大都，立刻给他们拨了电话。

"我爸？他出去了，好像去铁叔叔那里。"丁东在电话里说。

葛巴尔连忙又拨通铁大都家电话，接电话的是丁克长同志。

"科长，有个让我特别烦的事，我想跟你见面！"

"哪天都行，今天不行，"丁科长一口回绝，然后特别强调的说："我一会儿去和淑芸见面，你明白吧！和淑芸见面！"

葛巴尔明白，这对丁科长当然是件天大的事。

"那大都呢？"

"他在前面铺垫，我在后边准备冲锋！三句两句说不清，一有时间我立刻会跟你联系！"丁科长说。

"好吧，我今天等你，几点我都等你！"葛巴尔说。

"你怎么像个孩子，都这岁数了，凡事想开！否则就是折磨自己！"

"我听你的，我等你电话，一整夜都等你啊！"丁科长挂断了电话半天了，葛巴尔确实有点像个孩子，他还举着嗡嗡作响的电话听筒一同时又感到一阵头晕袭来……

"去医院吧？我去找车。"赵元芬着急地说。

"不……"葛巴尔坚持地回答一这时连他自己都觉得自己是一个无助的孩子了——悲伤着过了一整夜、一整夜都在等待着大人们的关心……

坐在书桌前，像一尊菩萨一动不动的，坚持着的葛巴尔，终于在赵元芬一阵阵呼喊声中，什么也不知道了……

第二十三章

终于忍耐不住了，她冲过去，"呼"的拉开大门——门外"楼道灯光照耀下，满头白发打着绺，被雨淋得湿漉漉的丁克长，目光尴尬地站在那里，不知该走该留……

"你走吧，"丁克长包括云淑芸自己都没有想到，云淑芸会这样说。迟疑了一下，丁克长哀伤的向雨中移动了脚步……

云淑芸是下午三点半接到铁大都的电话的，内容令她十分意外。

"云大姐，怎么这几天一直没有回家？"听得出来，铁大都的口吻十分关切。

"是啊……"云淑芸一时不知道该说什么好。

"其实，丁科长……"铁大都语气迟疑，似乎并不十分自信。

"……是个好人，对吧？我替你说了，老铁，我相信那个老东西那天晚上已经到你那儿去过了，一切你都知道了。所以，你也不必遮遮掩掩了，"云淑芸说道，"我肯定是要和他离婚，一起生活四十多年了，没想到我居然没有看透他！"

"云大姐，话不是这样说，理不是这样讲。这种事是几乎每个男人都很难避免，你应该多理解！丁科长受党教育多年——"铁大都又开始有点调侃地说道。

"行了，你别再提'受党教育多年'了，我看党对他的教育一点都没起作用，谁知道这种事他是不是干了很多回了呢？"

"嫂子，咱可别以此类推，这可不是买东西，说一块钱一个，就都一块钱一个，无根据的扩大思考，据说是有点病的表现。"

"你才有病呢！改革开放，把你们都改出毛病了，我就看不惯这个毛病，你要还是来替他说情，就不用开口了。在去民政局正式办理离婚手续之前，我是不会见他，也是不会回那个家的！"，云淑芸不由分说态度果断地说道。

“你必须回那个家，而且今天就得回！”铁大都突然口气异常坚定地说。

“大都，你真逗，那个老东西都指挥不了我，你怎么能……”

“云大姐，二栓来了！”

“你说谁？”云淑芸有点不相信自己的耳朵。

“二栓，杨二栓！”

“什么，杨二栓来了？你开什么玩笑？”

“我一点也没有开玩笑，是我从大街上把他找回来的，他非要带我去卫生间！”铁大都想起那次巧遇，不禁笑着说道。

“你说的什么乱七八糟的，我怎么听不明白？”

“你回家我慢慢跟你说，反正是杨二栓确实来了。”

“大都，你别骗我。他现在在哪儿？”云淑芸仍然有些不相信。

“现在就在我身边，不过，我先把安排说一下，看你有没有时间。今天晚上我准备带他到你家看看，你看你可不可以过来，我们一起聚会一下！”

“没问题。”云淑芸立刻就显示了爽快性格说,，晚饭就在我那边吃，”

“好，你等着。”

“云大姐，你好。”铁大都说完，大概一秒钟电话里便传来了杨二栓的问候声。

云淑芸激动了一不用问，这当然是杨二栓的声音，那个放羊、养猪的杨二栓，云淑芸不用专门判断，这口音应该也算是她的乡音—云淑芸有点激动了：“二栓，是你吗？二栓，你好吗？”

接下来，一切事情顺理成章。云淑芸稍做整理，便走出老娘的家门，顺道去了一趟家乐福，按照她所知道的十二道沟人的口味购买了足够做一桌菜的东西，她还专门买了一瓶五粮液，然后登上五号线直奔清水园而来。

当地铁快到终点站的时候，云淑芸突然想起了一件事，她立刻拨通了铁大都家的电话。

“大都，我已经快到清水园，我问你一件事，你一定要和我说实话。”

“没问题。”铁大都那边说道。

“今天晚上那老东西来吗？”

“那老东西……”铁大都似乎有点迟疑。

“你可不能骗我，如果他来，我现在立刻返回城里！我们另找时间”

我决不和他见面！"云淑芸口气坚决地说。

"那他就不来。很显然你不同意他来，他怎么来？这件事没有问题，我当然是坚决和嫂子站在一边的！"铁大都故意作出讨好的口气说道。

"好吧。"云淑芸松了一口气。眼下她确实不想见到丁科长。想起自己五十多岁了碰到这种事，她心中不禁一阵悲伤，眼泪又要流出来，她连忙控制住自己。

回到清水园的家中，她便开始忙活—红烧肉、烙油饼、蒸土豆、烩豆腐和粗粉条等等。一切都是十二道沟人最爱吃的东西，并且是标准的十二道沟做法，比如说：油饼是油和面，再用油来烙。再比如红烧肉，不放酱油，而是放一点酱。而烩豆腐必须是用卤点的豆腐和最粗的宽粉条。云淑芸没有做鱼，因为十二道沟人从来不吃鱼。

当一切基本料理妥当后，云淑芸找出了四个小酒杯，把五粮液摆在了桌子正中央。刚刚和丁克长发生矛盾的时候，她曾经对自己失去自信，觉得能发生这种事一定是自己老了。而眼下看着这么快的速度，就摆上这一桌丰盛的饭菜，她突然觉得自己没有老，自己还很年轻。在摆最后一个酒杯的那一瞬间，她突然想起丁科长。每次她给丁科长摆酒杯的时候，都会说：少喝点，一杯就可以了！今天在自己的家中举行的一个热热闹闹的聚会，却没有她的"克长"。还是在这个房子里，一切都已经变化了。

云淑芸情绪有些低落……

正在这时，门铃响了。

"来了，"这一瞬间，云淑芸的情绪又迅速得到了转换。瘦高、瘦高的铁大都大步走进来，后边跟着两个人。

"二栓子！"云淑芸一眼就认出了矮个子的杨二栓，她快步走过去，握住杨二栓的手，兴奋的用十二道沟的乡音喊道。

"云大姐，"二栓也激动地喊道。

太久没见了，谁都没想到有这样一次见面，谁都没想到对方已经变成这样一个样子。因此，大家特别激动。

"三十多年了，云大姐，你好吗？"杨二栓微笑着问道。

"还好，还好，你呢？"云淑芸说。

"一般吧，庄户人，就这样。"

"十二道沟呢？乡亲们都好吗？这么多年了，怎么不来看看我们呢？"

"都好，都挺好的，没人敢来，怕给你们带麻烦，怕你们不认我们了！"有些拘谨的二栓习惯性的实话实说。

"怎么会呢？我们在十二道沟呆了整整七年……"云淑芸深情地说道。

"二栓，不要说怕我们不认识你们，不接待你们，而是要说我怕打扰你们。"铁大都在旁边故意作出指教杨二栓的口气说道。

"去你的，人家二栓可不像你，油头滑脑的。"云淑芸说完才发现大家都还站着。

"怎么都站着，坐呀，二栓，当年你可没少吃云大姐做的饭，也没少给云大姐担水、打柴，云大姐怎么会不认识你呢？"

"那是，云大姐，那时候我们就像一家人一样！"

"现在我们也像一家人一样。"

大家坐下。看到云淑芸发自内心的热情的招待，杨二栓内心放松了很多。

"啊，云大姐，你好厉害啊，还能做一手的十二道沟菜！"铁大都看了一遍桌上的饭菜，惊讶地喊道。

"地道不地道，得二栓说了算。这个是三车吧，我们在十二道沟的时候，你还是个孩子，这么高——"云淑芸用手比划的说，"你总把手指头含在嘴里，整天追着我，跟我要肉吃，轰都轰不走！"

众人一起大笑起来，陈三车也有点尴尬地笑了。

"我调回北京的那一天，是二栓赶着驴车送我到县城，你躲在车上怎么拽都不下来，非要跟着我来北京！"

"是吗？"想到自己小时候的样子，陈三车惊讶地说。

"当然了。"

大家一起笑了起来。

"人家三车子早就是北京人了，现在马上就要当房地产公司的办公室副主任了。"大都连忙介绍说。

"真的？"这回轮上云淑芸惊讶了。

"是，工资一个月大概得三千！"陈三车规规矩矩地回答说。在他看来，在这种场合亮出这种工资，是最体现自己价值的做法。

"噢，不少，不少！"

大家一起又笑了。

云淑芸一边说，一边把酒盅倒满，放到每个人的面前："来，喝酒，二栓，到这里就是到家了，谁也不许客气！大都，你陪他们多喝一点。"

铁大都站起来说道："嫂子，你要让我劝，可以。咱得按十二道沟的规矩，你再拿六个杯子，每人三杯！"

云淑芸二话没说，又拿出了六个杯子。

"好，见面难得！我就带个头，咱们连干三杯！"说完铁大都一一干掉，

徐葆齐 著

杯杯见底。

"云大姐，我不能喝酒，你是知道的，不过既然铁大哥干了三杯，云大姐又下了命令，我也不能给十二道沟人丢人现眼。三车，来，咱爷俩一块儿！"

二栓和三车也将眼前的酒一一干掉，然后，在大都和云淑芸的招呼下开始大口吃肉。

喝酒其实不在人多，也不在菜好，更不在酒量大小，关键在喝酒人的心情。当主人与客人都满怀多年的情感，而又急于倾诉的时候，酒就成了最好的媒介，人也就不能不一醉方休。

"云大姐，三十多年了，我好想你呀！其实十二道沟一百多户人家，我是和你们关系最近的。"

"那当然，我们一直就住在你家的窑洞里嘛。"云淑芸一边给三车往碗里加肉，一边说道。

"老房东！老房东！"铁大都接着说。

"云大姐，你还记得吗？大概是你们来的第二年，我生病是你和克长大哥冒着大雨赶着驴车把我送进了县城的医院。因为没钱，人家不留俺住院，你和丁大哥拿出了所有的钱凑在一起，可是还差三块五毛钱……"

云淑芸的热情和"连干三杯"的冲劲使杨二栓迅速进入了角色，埋藏在心中三十多年的往事被牵引出来，清晰的浮现在他的脑海。三十多年了，杨二栓的大脑从来没有像现在这样清楚，这样吹动他的感情：

"那天可难忘了，这一辈子都难忘了……克长大哥只好回村去找钱。可是出去了不到半个小时，他突然像疯了一样大步撩回医院，满脸都是眼泪……那么大的汉子，在医院收费处的窗口外忍不住地哭……原来在回村的路上，大雨当中，克长大哥居然从屁兜里意外的又摸出一张钱，是五块钱——大雨中，他赶着驴车疯了一样地赶回医院，他在哭，他在为我能住院哭的个歪歪的……"

一贯调笑的铁大都默默地听着。当时，他不在村子里，这件事他是事后听说的。但在他心中，也"鲜活"了三十年。此刻，这件往事也同样在他心里涌动，而他觉得与此同时，也许还有十几件或者几十件这样的往事在心中活动着……

杨二栓这几句话，已足以使云淑芸热泪满眼。她当然记得医院的大门，挂号时的窗子，甚至记得那天下雨的声音和丁克长那满脸的泪水。那时丁克长同志还没有现在这么胖，而且一头乌发，是个帅小伙。那时她与帅小伙还没有开始亲近的关系。而也就是这件事后，"五块钱"——丁克长举着五块钱，满脸雨水和泪水的、高喊着冲进医院的样子—也使他走进了自己的心中……

当然，杨二栓第一次说到克长大哥的时候，她的心跳动了一下。但她依然愤怒，她无法把眼下的这件事情告诉杨二栓，然而，这件事毕竟使她冷静了许多。

"二栓,这些往事已经是陈芝麻烂谷子,让一阵风把它们吹散了吧。来,再喝一杯,你还住在村口那眼窑洞里吗?"

"不,云大姐,十二道沟也发生了很大的变化,乡亲们也大部分从山坡上搬到了河滩地,盖起了新房。"

"大都,你还记得那个窑洞吗?"

"怎么不记得?"铁大都微笑着回答,他当然也已经走进记忆中,,走进了,十二道沟:"那是咱们最喜欢的一个窑洞。刚下乡那年,我们四个干部就住在二栓家那三眼窑洞当中。窑洞就在半山坡上,印象最深的是窑洞前的那个空场。早晨起来,走到空场上,抬眼可以望到整个的汾河川,那就是一幅画,令我一生都挥之不去的一幅画! 远处云雾缭绕,近处河水潺潺……嫂子,"铁大都突然坏笑着看着云淑芸,眨了几下左眼说道:"你还记得吗?那个空场旁边是大队的场院。"

"当然记得。"云淑芸不知道他为何坏笑。

"有一天晚上,我饿得睡不着觉,起来想找点吃的,窑洞里当然没有吃的,好不容易找到一棵葱,我几口就把葱嚼了,你猜怎么着——"

"怎么了?"云淑芸睁大了眼睛,等待铁大都的下文。

"原来是饿得睡不着,这下子变成辣得睡不着了!"几个人不禁都大笑起来。

"先别笑,事情还没完呢。我只好一个人走出窑洞。事后我想十二道沟的夜景真是够美的! 当然,那是事后才想起的。"

"当时,你怎么不觉得?"云淑芸笑着问道。

"欣赏美景譬如春江花月夜,那是吃饱肚子人的事! 饥肠如鼓、满口葱味,辣得钻心的人的眼睛不可能看到良辰美景,占满脑子的只有一个念头——"

"什么念头?"云淑芸问道。

铁大都的表情一下单纯起来,他的老眼显示出几分清澈,表情十分认真地说:"谁给我一个土豆,我立刻生嚼!"

云淑芸突然鼻子一酸,眼泪差点流下来,铁大都眨眨双眼,谁都看得出来，他在控制自己的情感，他笑了："精彩的还在后边。"

三个人的目光一起集中的盯住了铁大都。

"先吃。二栓，三车，咱们再干三杯，我不勉强你们，谁喝不动了，可以扣杯！云大姐，你也吃啊，我看你吃的很少。"

"你就不用管我了，接着说你的精彩的吧！"

"那当然，既然是精彩的那就不能不说。"铁大都继续坏笑着眨着右眼。

"倒是说呀？"云淑芸有些着急了。

"云大姐，凡事三思，凡事不能急，不是我说你，你太急！"铁大都显然在卖关子。别人越是急，他越是不急，把悬念造足了，他又开始讲话了：

"后来我回忆，那天晚上的月色是特别晶莹，说是'窗前明月光，疑是地上霜'，是一点也不夸张。"

"你倒是快说呀！"云淑芸真的有些着急了。

"那葱味钻心，我决定去场院子里散散步，同时也散散葱味。我想说不定还能找到点什么吃的呢。刚走进场院，就看见草垛里有两个人，互相抱着，好像是一男一女。月光之下，我仔细望去，好像一个是丁克长同志，另一个人看不太清楚，反正是个女的，"

"你的，净瞎编！"云淑芸还没听出其中端悦，笑着说。

"我是魂飞魄散，真的！"铁大都夸张地说："那时候不能随便谈恋爱呀！我赶紧悄悄的回到了窑洞，躺在炕上，那可是更睡不着了，或者说那是不可能再睡着了！你想，又是饿，又是辣，又是看着人家一男一女亲近，我又正在壮年，嫂子——"

铁大都眨了眨左眼，调皮的看着云淑芸，云淑芸不知说什么好……

"嫂子，说实话，这么多年，我一直琢磨，那女人是谁呀？后来我突然想明白了，就是……"

"净胡说八道！"云淑芸这才明白他在说什么，她脸色有点发红，连忙厉声拦住铁大都，不让他再说下去。

"喝酒，喝酒！"铁大都也不再往下说，而是微笑着招呼杨二栓和陈三车喝酒。

"那女的到底是谁呀？"杨二栓干完了三杯酒，好奇地问道。

"我。"铁大都说。

"你？"杨二栓当然不明白，铁大都的这种着三不着两的回答，其实就是不让他再继续问下去。

"不过，站在二栓家窑洞前的那片空场上，确实景色漂亮，这么多年，每次画画，凡是与北方农村有关的题材，那幅留在我大脑中的情景都是素材之一。说实话，我们在那里七年，艰难的生活造就不了科学家，耽误了不少有才华的人，但是，确实对作家、画家之类倒是很有些帮助。二栓，我记得，你的信天游不是唱得很好吗？丁克长同志不是还跟你学过，那段时间你们经常站在崖顶上大声迎风喊叫！丨"

　　"对，二栓的民歌唱得特别动人，我至今还记得他的那个高昂的声音"现在在电视里每次听到那些原生态表演，我都会想起二栓，其实和那个阿宝也差不多！"云淑芸说。

　　"二栓，有酒岂能无歌？一会儿给我们再来一段怎么样？"铁大都笑呵呵的说。

　　"莫问题！"杨二栓说。

　　"唉，对了，还有一件我们最难忘的事——"铁大都放下酒杯，又开始抒发人生感受。

　　"你是说二栓家的那眼窑洞塌了的那次。"云淑芸说。

　　"没错。你看，嫂子，这就叫心有灵犀一点通。"铁大都回答说。

　　"那次是接连下了五天大雨，到第五天，已经是大雨变小雨，细雨蒙蒙了——"杨二栓接着说。

　　"没错，汾河上游的水，奔腾咆哮着，像打雷一样，顺川而下！"铁大都说。

　　"你不是还做了首诗？"云淑芸说。

　　"不是我做的，是我和葛巴尔一起做的——"

　　"是《咏汾河》吧？"一直没有说话的陈三车突然接了下茬。

　　"怎么，连你也知道《咏汾河》？"铁大都奇怪地问道。

　　"是听大人说的，我们好几个小孩都会背。"陈三车说。

　　"你背来我听听！"铁大都兴致来了。

　　陈三车咳嗽了几声，准备背诗。

　　"你得站起来，"铁大都说。

　　陈三车站起来，朗诵般的呤道：

　　　雷雨变汾河，一改消消波。

　　　虎啸千峰倾，狼鸣几江合！

　　　雾冷人绝迹，林空鸟惊窦。

　　　恋恋无离意，西天火云多！

　　铁大都全神贯注地听着每一个字，他看得出来，陈三车根本不懂这首诗的含意，但那农村孩提式的真诚和那满口的十二道沟的乡音加在一起，就不能不使他万分激动了！

六十一岁的铁大都，一手抚着酒杯，面容沉静但内心却开始掀起波澜。他完全没有想到，三十年前的生活，竟还能有如此打动人心的力量。他更没有想到，这段生活居然在他的内心潜藏的这样深，这样无形，而又这样充满质感！虽然，他早已深深的知道这段生活，改变的不仅仅是他一个人……三十多年来，这段改变他们心灵的生活，如影相随，变成一种感觉，伏在身上。而眼前，杨二栓的到来，无疑扫去了他心灵中长期覆盖的那种城市的喧嚣，水泥般的压抑和世俗的尘埃，使他的心灵裸露出一片黑黑的坚石般的土地。而在近三十年的日常的生活中，为生存奔走，为那几乎人人具有而又渺小的生活常态而努力、而流汗，渐渐的掩盖了这片坚实的存在。

这片坚石就是十二道沟，或者说就是在十二道沟的全部生活。

"大都，你刚才不是说窑塌了，那天……"云淑芸说道。

"没错，黄土窑最怕的是雨水慢慢的下渗。当然我们那眼窑已经有六十年的历史。那次，接连五天大雨的冲刷以及小雨的渗透，窑顶已经支撑不住了。二栓你还得吗？"

"是，俺记得特别清楚，因为俺看到一头猪从上游漂下来，正琢磨要不要去把狗的捞上来。"

"二栓，认识你这么多年了，我发现一个问题，你好像总是和猪分不开？"铁大都玩笑地说道。

"那是，庄户人嘛！养猪是最挣钱的事了。"杨二栓当然不理解铁大都的玩笑，他一本正经地说道。

铁大都微笑了，然后转过头对云淑芸继续说道：

"那天我和丁克长同志正在窑洞里，学习社论。好像是广阔天地，大有作为之类的社论。按照他平常那认真态度，肯定人已经沉浸进去。大概窑塌下来，盖住他至少三秒以后他才搞清楚是怎么回事，他才发现'天地'已经很不'广阔'了，甚至很狭窄——周围都是土，和塌下来的窗户框子……后来据丁科长跟我说，他喊了几声救命，可没有反应！，铁大都哈哈地笑了，"那地方怎么会有反应？"

"是，那个窑洞在村子最边上。"云淑芸也笑着说。

"唉呀——"铁大都处在一种悲喜交叉的心境中，在哈哈大笑当中，他突然又深深地叹了一口气，继续说道："最可笑的是葛巴尔，咱们的葛大作家，本来没有他的事，他在大队部开会，作为下乡知青代表在发言为我们争取口粮……"

"是，"云淑芸接着说，"他是有一个记着出工数字的什么本，忘在窑洞里，他正好回来取——"

"葛巴尔前脚刚刚跨进窑洞，后脚还在窑洞外边，据他说，整个身子正在前倾，他说他刚要和丁科长讲话——窑塌了！"

"是，是，"杨二栓接着说："是俺一边跑，一边喊村里人，大家一起挖，第一个挖出来的是葛巴尔——"

"是。也是我们三个人命不该绝，雨还在下，我和丁克长同志正好被捂在窗户下边，支起来的窗户给我们留下了空隙。我至今还记得—外边的人们一边挖土，一边高喊着我们的名字，有人哭了，有人一边哭一边高喊着，那真可以说是惊心动魄。"

"我那天吓坏了，我们毫无思想准备，我和老乡一起拼命的用锹铲，用手刨，想到你们几个可能没了，可能死了，我大哭。我都不知道我身边是什么人，他们也在大哭，那真是我一生经历的最恐怖的事情……"云淑芸说。

"……我被挖出来的时候，人还清醒，而丁克长同志已经吓晕过去，但他手里还紧紧攥着那篇名为《广阔天地，大有作为》的社论。但是我记得，丁克长醒过来的第一句话是：'关于口粮的会开的怎么样了？'"

在场的人都笑了——此刻在云淑芸家聚会的人也都笑了……

"是啊，"铁大都感慨万分地说道："嫂子，我们这些人不容易，一辈子都不容易！"

云淑芸没有讲话，她一边擦去泪水，一边频频地点头。铁大都看到她的眼睛有些潮湿了……

只是短暂的回忆，谈笑风生过后铁大都却不禁一下沉浸到一片黑暗之中，渐渐的他看到了身边不是黑暗，而是在非常非常暗淡的光线下，他看到了白色的墙壁，他不知道这是什么地方，他只是觉得在上一片情绪当中，他感到一种难得的舒适，一种难得的放松。他用心慢慢体会着，这时，他突然发现他好像一个人坐在一个窑洞中。

铁大都立刻感到情况不对，因为他的沉默，好像整个酒桌都沉默了……

"嫂子，有一件事你不会忘记！"

"是！"云淑芸低声地回答。

"在你哭的最厉害的时候，在乡亲们抢救最疯狂的时候，一阵歌声飘来……"

徐葆齐 著

“是的……”

“是走西口！”

“是他唱的，我至今记得……”

“悠扬动听的歌声，轻轻地盖过了一切声音，风雨声、哭声……”

“是克长唱的，那么发自内心，那么乐观……他在向大家报告，他没死，他还活着……他在叫云淑芸别哭，说他没事！”

云淑芸沉默了，她不再讲话。

“来，喝，喝，咱不说好了一醉方休嘛。”铁大都觉得有点对二栓冷谈了，他立刻站起，给二栓和三车子倒满酒，并且连连说道。

“铁大哥，俺，不行了……真的不行了……俺这会儿要是看见俺那大花猪，俺会特别高兴，本来是一个，现在看都是三个了。”

“二栓，给我们来一段《走西口》。当年那可是你的拿手好戏呀！”

“村里人都知道二表叔，拿手的除了养猪，就是唱戏，人称‘喊破崖’。”三车子高兴地说道。

“去你的，瞎说个啥？”杨二栓一边斥责陈三车一边说道：“来哪段？”

“哥哥你走西口，”铁大都捏着嗓子先唱了一句。

“谁别拦着俺啊，俺得站着唱，别拦着啊……”杨二栓说着晃晃悠悠的站起来。

“莫事吧？”铁大都用十二道沟话关心地问道。

“莫事，这二两酒刚够俺漱漱嗓子，喊上两句就啥也没有了。”说着杨二栓驴叫似的大声地清了清嗓子——幸亏这房间里没有人有心脏病，但云淑芸还是吓了一跳，心脏跳了好一会儿才正常下来。

而杨二栓绝对嗓子没有“白”清，你别看他醉眼蒙胧，似睁未睁，别看他晃渴悠悠，似稳不稳，而那歌声只是在转瞬之间便从他的刚刚清过的嗓子里像清泉流过石面一样，也像小猪见到老猪一样，深情、遥远而悠长地飘荡出来。

那歌声仿佛是从天外、从远古的另外一个世界飘然而至。

哥哥你走西口

小妹妹我实在难留

手拉着哥哥的手

送哥送到大门口

哥哥你出村口

小妹妹我有句话儿留

走路走那大路口

人马多来解忧愁

哥哥你走西口

小妹妹我实在难留

手拉着哥哥的手

送哥送到大门口

……

　　也许是离别太久了，也许是因为这段人生已经快要忘怀，更也许是因这个场面这个歌声出现的过于突然——

　　当然也许是因为"吼破崖"今晚唱得特别动人，也许是因为《走西口》本身，具有的神奇的感染力量，也许是因为二者兼而有之。反正歌声刚刚唱出了第一句，仿佛整个房间就开始堕人到中国远古的黄土沙尘，车马人群之中，使在场的人无不心动……

　　新婚之际、男女送别，太不愿离开了，又必须离开的大背景下，情感出奇地简单，没有温柔浪漫的拥吻，只有前夜未眠。忍着辛酸，忍着病痛，担心着丈夫的冷暖安危，在如豆油灯下为远行的丈夫打点的妻子，以最难离别的心情送别心上的人儿到大门口，而男人背着背包即将出发，为家人的温饱，而毅然走向那明知艰难困苦、却黄沙弥漫的远方，但是当匆忙离别的脚步，突然停住，男人缓慢而又深情地回头一望，便鼻子一酸，泪流满脸——于是，歌声便如水如泉似溪如瀑地流淌出来。

　　从二栓的歌声一起，云淑芸的眼睛立刻湿润了，歌声一下把她带回了十二道沟。她立刻就看到了那里的一片黄土尘埃。她甚至觉得已经有黄沙吹进了她的眼睛……是啊，在那里整整七年的生活，已经深深地嵌人她的心，成为她身体的一部分。包括这些人，包括这歌声。而同时，丁克长年轻时的面孔也硕大地出现在她眼前，云淑芸立刻哭了，虽然是无声的，但泪水却如小溪般的流满脸颊……

　　是的，谁也无法否认过去的经历。在十二道沟她失去了青春，同样是在十二道沟，她却得到了人生最宝贵的情感——爱情。她没有觉得丁克长同志是上天专门赐给她的白马王子，但几十年来她确实经常两眼含情的悄悄的注视着这个头发逐渐变少，身体逐渐变胖的忠厚男人。每当那时，她会有一点特殊的感觉，很多年以后她才知道那就叫做幸福，她觉得有了这个男人，她不枉此生……

　　没错，大都说的没错。克长就是在那样的一个夜晚，就是在那间后来踢了的窑洞旁边的场院上，不容分说的亲吻了她，那是她人生的第一次。

只是她从来不知道那个夜晚居然被铁大都偷窥……

没过多久，还是在那个场院上，她变成了女人……是的，在一生中都不会忘记的那个农村的场院上，她至今记得那里柔和、微凉的晚风，记得那天上分外晴朗的夜空和闪烁的、孩子眼睛一样的星星……

眼前动人的歌声，分明不是二栓唱的，是她的爱人、她的情郎哥唱的，他正慢慢向她走来，唱着、微笑着向她走来——没错，正是他——丁克长满含柔情的正向她走来——云淑芸的泪水再次涌出—

奇怪的是，这歌声很久没有听到，但是只要听到就会觉得仿佛一直在听，时远时近、环顾左右、贴山近河的始终没有间断过，没有离开过。只是那时候克长常常轻轻拥着她，唱给她一个人听，每到那时，这歌声就似乎可以亲吻、可以抚摸……

在场院幽会的月光下，在收莜麦的那些山顶上，甚至有一次她病了，躺在病床上，克长都曾经唱起这些歌……要知道那些歌声在那些年代里，都是送给她一个人听的啊……是啊，克长的歌声没有二栓这样原汁原味，但是情感却仿佛更加深远悠长。

二栓继续高昂而纵情的歌唱，甚至抬手挺胸地做出各种动人的表情。歌声在云淑芸眼中已不再是一片黄沙，而是丁克长的高高的身影和微笑"云淑芸再次哭了，由无声的流泪到轻轻的抽泣。

二栓歌声继续更加狂野奔放地唱着，在歌唱的间歇，三车还会把热茶迅速递上，他第一次发现二表叔居然这么重要—歌声随着二栓的情绪渐渐地走向高潮。

> ……
> 紧紧地拉着哥哥的袖
> 汪汪的泪水肚里流
> 只恨妹妹我不能跟你一起走
> 只盼你哥哥早回家门口
>
> 哥哥你走西口
> 小妹妹我苦在心头
> 这一走要去多少时候
> 盼你也要盼白了头

铁大都没有哭。

歌声带给他的不是一般家乡般的温暖，而是一种无法躲避的感染力量。他慨叹、惊讶，他甚至想伸出手像抚摸可爱女人一样的去抚摸那些就在眼前跳动的、悠长的旋律。虽然其实他们无形，但是，他们又确实是一片有形的人的感情——人类有多少艺术在这简洁的歌声面前，顿时变得苍白。

这里没有其他，只有一个牵着毛驴在回头张望的后生，和一个男人还没有离去、便已经翘首盼归的女人。背后黄沙在远处迷漫，而情感在近处彻底淹没、纠缠着人的心灵。尽管如此，铁大都仍然认为自己还是没有，读懂，这段民歌小调，而他觉得遮住他眼睛的、不让他读懂的这首歌的正是现代人的现代情感和所谓的现代生活，现代人的现代生活的作用，不仅仅是推动了社会前进，同时也隔断了对远古文明的历史性的理解和接纳……

然而，铁大都突然动心了，他激动的甚至站立起来—眼前这个刚刚给丈夫纳过鞋底的女人竟然是他的前妻罗寸馨，一身长衣长裙，头发盘成发髻，美丽的眼睛深情而无奈地看着他。

第一次见到罗寸馨，就是这双眼睛迷住了铁大都，令他脚步难移。铁大都喜欢那如雾如梦的眼睛……而眼下，罗寸馨的那双眼睛依然飘着那层薄雾，铁大都一向镇定的心态突然变得如线如麻，就像歌声中离别的小两口，铁大都觉得自己也陷人那样情感的气氛中。虽然他明明知道，罗寸馨对他要求重修旧好已经表示了拒绝，但此刻他坚信，这只是她接受重修旧好的前奏，一定是的！因此他一点也不沮丧，而是决定安静地等待，等待这个给自己纳过鞋底的女人归来。也许已经年过六十的他，在整个事情的过程中，几乎没有表面的感情波动，但眼下在《走西口》的歌声中，铁大都的鼻翼在不断地微微泛酸，此刻，他突然觉得应该立刻给前妻直接写一封信，直接表达自己的思念，自己的真诚，这才是他铁大都……

陈三车是所有人当中反映最弱的，他只是想起每次在十二道沟打，拼伙，的时候，二两酒下肚，二栓曾无数次的唱起这支歌，而乡亲也曾无数次的欢乐过。但是，他完全没有想到这支在他看来的土腔土调在这么多年后，居然还唱出了城里人的眼泪和忧伤，他第一次那样清楚的感到城里人并不像他所理解的那样。

"其实，他们喜欢我们，他们喜欢十二道沟，，他这样想。

……

　　紧紧地拉着哥哥的袖

　　汪汪的泪水肚里流

　　随有千言万语难叫你回头

　　只盼你哥哥早回家门口

只盼你哥哥早回家门口

歌声终于在高昂的曲调中结束，谁都没有想到养猪的杨二栓居然也唱得热泪满眼。其实这首歌他至少唱了几千遍甚至上万遍。而且也曾不止一次的动过感情，但是今天连他自己也不明白，他为何居然流泪……

接下来是沉默，半天都没有人讲话，铁大都突然端起桌上的酒杯再次连饮三杯，然后说道："嫂子，我们回去了，你也早点休息，二栓他们还要在住几天，有'旧'咱们慢慢地叙。"

"好吧，二栓，明天想去哪玩，我带你去。"云淑芸擦去眼泪说道。

雨越下越大，淅沥沥的雨声敲打在树叶上，使夜显得更加寂静，云淑芸把他们送走之后，独自一个人回到房间，她就这样静静地坐在桌前，铁大都再没有提她和丁克长的事，但云淑芸自己却觉得的内心好像有了一点变化，似乎多了一点温情……

电话铃响了。

"嫂子，我刚才忘记了一件事，咱们的大作家老葛让我带给你一件东西，我忘在洗手间里。"铁大都说。

云淑芸感到奇怪，能有什么东西呢，还忘在洗手间里了？放下电话她走进洗手间，看到面盆的架子旁放着一个信封。

云淑芸打开信封：

云大姐，请允许我这样称呼你，我是丁科长的网友，你在咖啡厅见过我，我叫吴佩佩。冒昧地给你写这封信是因为想向你解释，我和丁科长只是比较谈得来的网友，没有任何其他，也许人在各种不同的年龄，因为各种原因，都会有一点寂寞。

丁科长是个非常好的人，如果我们这个交流影响了你们的家庭关系，我向你表示真诚的歉意，并且将来肯定不会再出现在丁科长面前。对不起。

看到这封信使云淑芸感到非常意外，坐下来静静的想一想，她陷入彷徨之中。

说实在话，这段时间关于和丁科长离婚的事云淑芸又做了反复的思考。她感到犹豫，四十多年的夫妻分手，不是一个简单的事情。这时，连她自己也没有想到的是，脑子里浮现的最多的是丁克长对她的好，而且想起的净是些生活琐事。而恰恰是那些很小、很小的事情，已经忘记多年的小事情，在此时，却频频浮现……

比如三十年前的一个下雨的深夜，她加夜班回来晚了，但她没有打电话给丁克长，她不想让他专门跑一趟来接她，但一出单位大门，却看到站在大雨中的丁克长……再比如，她出差在西藏病倒了，病得很厉害，她依然不想告诉丁克长，她不是那种喜欢麻烦人的人。然而，在她一次晕迷醒来之后，一只手握着她的手，她惊喜—不用问，她立刻就知道是她的克长来了。坦率地讲，四十多年来，丁克长总是在她最需要他的时候出现。而自己仿佛在效仿丁克长，也养成了一种习惯，那就是总在想丁克长需要自己做点什么……

不错，嫉妒是人的天性，而在多种嫉妒之中，关于男女情感的嫉妒是排在首位的。云淑芸充满正义感，咖啡厅里丁克长与那个叫做吴岚岚的女人的约会，实在太刺激她了。那一刻丁克长的每一次笑容，每一次关照对方的动作，比如给对方加一点咖啡，比如给对方加一点糖，这一切在平日大概只是一个最平常的礼貌而已。那一刻都深深刺痛了云淑芸的心，她甚至后悔自己为什么要去那个咖啡厅，她甚至觉得让她看到每一个场面，都是对她的一种惩罚。不错，他们都已经老了，老得觉不出他们的情感，老得他们以为那种情感其实已经并不存在。只有在这时，云淑芸才一个人体会到这种情感和她的生命长度一样，从未离开，始终伴随。

她该怎么办？

今天这一晚的聚会像是有一只手，不由分说地把她再度拉进十二道沟的生活。那时候，他们都那样年轻，都比现在瘦，比现在稚嫩，也比现在活泼、漂亮……而在十二道沟，贫困、坚难、朝气、鲜活，对未来充满幻想。只有她和丁克长知道，在那个场院里他们完成的不仅仅是初吻，还有每一个女人都有的，第一次，。就是那个，第一次，后没过几天，正在读社论的丁克长被埋在土窑里，那一刻她的撕心裂肺，是她一生都再没体会过的。而那一次克长的歌声既止住了她悲哀泪水，然而几秒钟以后又催动了她的惊喜的泪水！

眼下《走西口》的歌声无疑牵动了她的心，把她重新带回十二道沟和丁克长同志在一起的生活……

窗外，雨还在淅沥沥地下着。云淑芸深深地叹了一口气，站起身，她想把桌子收拾一下，她还没有想好，今晚是否住在这里，因为她不知道住在这里，想得最多的会是《走西口》，还是，咖啡厅，……

云淑芸心事重重，把剩菜剩饭全部拿进厨房，然后洗了一块抹布，轻轻地擦抹桌子，她准备稍微收拾一下，就睡了……就在这时，她突然听到一阵轻轻的歌唱声，还是《走西口》！

奇怪，是自己幻听？不，歌声非常确定。二栓没走？她正想出去看看，转瞬，那歌声又消失了……

"大概是幻觉。二栓大概早就睡觉了，要是克长唱的该多好，"她突然这样想："可是他在城里啊，是自己说的坚决不见他！"

但是就在这时，大概也就是一两秒钟以后，轻轻吟唱再次响起——哪肯定不是二栓，她立刻就判断出来。"是克长！"云淑芸突然激动了，她扔掉抹布，快步扑向窗口，没错，隐约看到在细雨中有一个人影在晃动……

云淑芸又迟疑了——歌声停了——轻轻的敲门声传来，云淑芸突然站起来，关掉了电灯！云淑芸一个人在黑暗中站立着——敲门声继续传来，云淑芸仍然没有动——显然，对方体会到了她的拒绝，也许对方感到羞愧——果然离开的、缓慢的脚步声传来——那声音是云淑芸再熟悉不过的了，她好像看到了那双她所熟悉的大脚在雨中即将离去——

终于忍耐不住了，云淑芸冲过去，"呼"的拉开大门——门外，楼道灯光照耀下，满头白发打着绺，再次被雨淋得湿漉漉的丁克长，目光尴尬地站在那里，不知该走还是该留……

"你走吧，"丁克长包括云淑芸自己都没有想到，云淑芸会这样说。迟疑了一下，丁克长哀伤的向雨中移动了脚步……

云淑芸没有关门也没有讲话，而是转身走进房间。丁克长转过头，看着敞开的房门，不知所措……转瞬他突然兴奋的转过身大步走进去，站在门厅里，又变得不知所措……

"还不去洗手间擦擦！"云淑芸头也没回地说道。

丁克长明白了，他再次兴奋的摘掉身上的录音机，放在桌子上，走进洗手间。这时，再次热泪满眼的云淑芸才发现《走西口》是从录音机里放出的。

云淑芸忍不住乐了。接着，又哭了，她一下扑进丁科长的怀中……房间里的钟开始报时，一共打了十二下。

与此同时，在清水园小区的另一套房子里。还有一个人在看着表，此刻他一个人挤了挤右眼微笑了，这就是铁大都：

"丁克长已经走了半个小时，还没有回来，说明他大概已经重新回到自己家中，与云淑芸和解了！重温走西口，重温走西口！重温过去，再现未来！"

铁大都不仅帮助了老友旧梦重温，他自己也找到了快速与罗寸馨和解的途径。想到自己的安排自然流畅、天衣无缝，铁大都不禁笑出声来。

"你在笑什么？"杨二栓奇怪地问道。

"没什么。"铁大都说。

"作为普通人来说，丁克长同志的爱情可不可以说伟大呢？"

铁大都突然想到，但他突然又想到一个更加深刻而有趣的问题："丁克长的婚外恋是不是也应该算入伟大之列呢？"

铁大都意味深长的微笑了。

在铁大都看来两者必然相辅相成，然后共筑人间男女情感的伟大，缺一不可！因为两者结合而又形成今天的结果—必须是今天的结果，才是人性不可遏制的浪漫！是的，难道婚后坚守约束，但偶尔的出轨不也在正常的浪漫之中吗？

但是必须批评，是的，必需的——为自己的调皮，六十二岁的铁大都再次微笑了。

这时，电话铃响了，铁大都笑着一边接电话，一边对杨二栓说："好事来了！肯定是丁科长的电话，好事！"

"好事？"杨二栓不解地问道。

"旧梦重温！"

然而电话里传来的消息确实不是什么好事。

"大都，你快来，不好了！老葛晕倒了！已经晕迷不醒，我该怎么办？大都，你快来！你快来啊！"电话那边传来赵元芬惊惶失措的哭泣声。

"什么？"铁大都惊讶了，他毫无思想准备，"快打 120 啊，打 120 了吗？"

"打过了，还没到。"

"你别慌，我马上过去！"铁大都放下电话，想了想他奔向卧室找到了一个存折，然后又匆匆忙忙的一边穿鞋，一边对杨二栓说："巴尔晕过去了！二栓，马上跟我走，我们上医院！"

第二十四章

我始终不知道老年人的情感到底是一种什么状态，但和周边的人接触，我依稀感觉，人的一生真正孤独的、情感最危机的时候常常是 60 多岁。这与你有无老婆当然有关，但又无关。在 60 多岁的生命阶段，已经没有哪一个人会全部占据你情感世界的全部。我是，老丁是，巴尔老哥居然也是……

摘自铁大都博客

葛巴尔觉得一个人在黑暗中行走，突然遥远的天边开始发亮。他离亮光越来越近，渐渐的他惊讶的看到眼前竟然是熙熙攘攘海洋一样的人群。就像文革当中举着毛主席语录一样，每个人都高高地举着一本书。远远的葛巴尔突然发现，那本书居然是《聊斋新评》。这是他无论如何也不能相信的，怎么会有这么多人看了这本书？怎么会有这么多人举着这本书？

近一点他看清了，葛巴尔微弱的心颤抖了。他觉得自己不能颤抖，自己不能激动。然而，不管怎样还是有一团热热的东西，从鼻腔上升涌入眼眶。作为作家来说，难道还能有什么比眼前的场景更让人激动的呢？葛巴尔高兴的想喊，但是他喊不动，像一个什么重重的东西压在他的胸口上，他动不了。

然而，不大一会儿，他又站立起来。接着，涌上几个工作人员，搀扶着他，把他带上主席台。坐在正中间的位置上……声音来了，轻轻的潮水般的声音，自远而近，流趄过来——那是人群对他的欢迎声，敬佩声，是啊，谁能不反对封建迷信，谁能相信世界上有鬼、还是些善良的鬼、还是些追求纯真爱情的鬼——葛巴尔笑了，哈哈大笑，他终于弄对了，成名了，死而无憾了——不，他不能死，他千万不能死，他干吗要死。他好不容易弄成了上万人的粉丝，他要好好地活着，活到一百岁！突然，丁科长和铁大都一起向他走来，也迈着和粉丝相同的步伐——运动员进行曲，手里也举着《聊斋新评》。丁科长一脸虔诚，而铁大都则一脸无奈——

看清楚了这一场景，葛巴尔心中一阵不快，这是干什么？一起走过半个世纪的老朋友，就是再佩服我的观点鲜明，就是再认为我道理阐发的精彩、有深度，就是再喜欢我的文采，也没必要这样嘛！完全没必要！尤其是丁科长，书当然是我写的，但是观点也是比较早的得到你的支持的。你怎么可以这样呢？太没必要了。大都，你和丁科长的情况不同，你服过谁呀！但是，看到你眼前尴尬无奈的样子，我就知道你被我征服了。老弟，没想到吧，山不转水转，这个世界不会总是你一个人得意。你太张狂了，你太居高临下了。但是，即使如此，老弟，我们也是半个世纪的朋友，你别也来当我的粉丝啊！这叫我脸红啊！

远远的他突然看到，铁大都走过来了。

"大都，坐，快坐！"葛巴尔连忙站起身，请铁大都坐下，而自己站着。

"别，别。"铁大都连忙说，"这哪轮得上我呀，我上来是负责搀扶你，伺候你，给你倒开水的，茶凉了吗？要不要换一点？"

"这我哪敢呀，"葛巴尔有点手足无措，他连忙再次挥手相让，让出主席台最中间的座位，并且说道："你是八旗子弟，祖上大贵，驰骋疆场，而后又是学富五车，最终官拜九门提督右堂，怎么能让你给我倒茶呢？应该是我给你倒茶才对！坐，坐！"

"这都没错，按说是我应该坐在主席台上。但是，老葛啊——"铁大都和往常一样毫不客气，但此刻他又十分无奈地说："现在形势不同了，你写出了《聊斋新评》，我没写出来。今天人家是欢迎你的大会，当然应该是你坐。要是平常肯定是我坐！"

葛巴尔听了这话，一时不知说什么好了。正在这时，他突然看到丁科长走上台来，葛巴尔连忙迎上去。

"科长，你来了，我给你找个座位。我得向他们说明，此书最早得到丁克长同志大力支持！"

"别，别，我不能坐，一会儿别人有意见！"这时葛巴尔才发现丁科长手里拿着笤帚和簸箕。

"你这是干什么？"葛巴尔问道，"总不会来打扫卫生的吧！"

"我就是来打扫卫生的！"丁科长悄悄地说道，"不管怎么说《聊斋新评》是你写的，不是我写的！"

葛巴尔心里一阵甜蜜的感觉，他觉得自己一生也没有像今天这样愉快，这样放松……但继而又很愤怒，他大声喊道："这是谁干的？谁干的？胡来嘛！他们都是我的朋友！"

徐葆齐 著

没有人理睬他。他声音更大了，又喊了一遍，还是没有人理睬他。

突然，欢迎声变得高亢起来，眼前的人群像潮水般涌动起来。随后，所有的人都开始一起打着腰鼓，扭起了大秧歌。远远的一队高跷队，欢快的扭动着走过来。葛巴尔再次惊讶了，系着白毛巾，化着装的排第一队的高跷队员，竟然是云淑芸。再后边是铁大都，再后边则是丁科长，再后边赵元芬也来了，都踩着高跷……

这有什么必要呢？！这完全没必要，这太没必要了！老朋友不管你怎么喜欢这本书，你们也不必这样呀？完全不必！作家葛巴尔心里想到，这多多少少有一点个人崇拜的味道。然而，场面实在是太大了，欢呼的声音也响彻了云霄。渐渐的葛巴尔醉了……

他突然有一阵钻心般的头痛。欢迎的场面消失了，众多的粉丝不见了，丁科长和铁大都也消失了。他突然发现自己变成了一个古代的老翁，拐着拐杖、满口胡须、衣衫褴褛、驼着背的一个人站在荒野之中。背后是老树昏鸦，一阵阵寒风吹起地上的沙石。

"不对，这怎么有点像铁大都画的一幅画呀，我成画中人了。这铁大都这小子，我早晚要和他算账！"葛巴尔想，他有点害怕，他搞不清楚自己怎么会变成这个样子。突然，远远的他看到一个和他一样穿着古代服装，花白的头发扎成发髻、衣衫不整的老太婆走过来，搀扶住他，这时葛巴尔才发现是赵元芬。最有意思的是，赵元芬抬手居然拦了一辆出租车，葛巴尔正要拉门上车，却被赵元芬拉下来："人家不去，"

原来，他们居然被拒载了。终于，他们还是上了一辆出租车，竟然是一辆宝马，司机牛哄哄的，一路上在讲奥运会的单双号问题！突然车外一个奇特的建筑一闪而过，他惊讶的抚窗望去。

"别看了，国家大剧院，法国人设计的！"

葛巴尔觉得自己大概是看《聊斋志异》看的，他有点不知所措，赵元芬则坐在一旁，平静地睡着了。

又一个更奇特的建筑一闪而过，葛巴尔还没来得及趴在窗户上，司机已经又开口了："这是鸟巢，也是法国人设计的！"

奇怪，我这到底是在哪里呀？

"知道前几辆出租车为什么不拉你吗？"司机提出的问题把葛巴尔吓了一跳。

"为什么？"

"你乱骂人！"司机说道。

乱骂人？葛巴尔觉得的特别好玩，于是他特别好奇的问道："我骂谁了？”

"《聊斋新评》是不是你写的，"司机严肃地问道。

"当然是我。"葛巴尔回答到。

"你骂你爹了，哪有儿子骂爹的道理？"司机多少有一点愤怒的问道。

这使葛巴尔一下陷入迷茫之中："我什么时候骂我爹了？"

"就是最近！"司机看了葛巴尔一眼，口气愤怒地说。

"我爹是谁呀？"葛巴尔不禁发出了一个奇怪的问话。

"大名鼎鼎，众所周知，蒲松龄啊！"

葛巴尔的头轰一下大了，他发誓，他这辈子曾经忘记过他叫什么，但他从来不知道他爹叫蒲松龄！

"那你叫什么？"葛巴尔又发出了一个奇怪的问话。

司机重重的看了他一眼，笑了。说道："葛老头，我跟你没完！"

葛巴尔的头再一次轰的一下大了……他的心情一下变坏，他觉得自己大概一生都一事无成。他想起一部小说里写的一副对联"一事无成惊逝水，半生有梦化飞烟"，他觉得这是眼前心情的写照。

总之，一路上他感觉万分失落。他快到家门口的时候，突然想起刚才那个荒野处，也就是铁大都的那幅画里，旁边有一条河，葛巴尔感谢赵元芬，如果她不来，也许自己会投河自尽。接下来，两个人依然穿着古代服装，走下出租车，司机绝没有因此少要一分钱——真是他妈商业社会，老子都变成这样了，他还是一分都不少要，葛巴尔心里想。

就这样，撕裂般头痛的葛巴尔，跌跌撞撞的回到家，躺在床上……

医院的重症监护室，一盏灯孤独的亮着。

整个医院漆黑一团，出奇的安静，只有几个护士来回穿梭，匆忙的走过。令铁大都奇怪的是，那些护士的脚步像踩棉花一样，完全没有任何一点声响。这使他的感觉被带入了另外一种奇异的境界。

不知为什么，铁大都想起了一些通俗小说当中所描写的坟场的感觉。但是他觉得太平间比坟场还要寒冷——也许，医院本身就是个阴阳相接的地方。想到这里，他的心突然咚咚咚的跳个不停——不会是因为自己是老人才有这样的感觉吧。

不过，以前来医院从来没有这样的想法，当然这种想法不过是转瞬即逝。

葛巴尔已经直接进入了重症监护室，并且一直在晕迷之中。站在病床前，看着他那惨白的、瘦瘦的脸上胡须依然倔强獗起，双眼紧闭。还有那四周各种监视身体变化的仪器，铁大都心中一阵惨然。

他从来没有想过，葛巴尔会变成这个样子。他心目中这个瘦小的老头，永远滔滔不绝，永远对他不满。也许是因为他过于健康，所以他从来没有停止过冲锋陷阵，从来没有过休息的意思。而眼下铁大都也不会相信他会休息，但是，现实是残酷的，没有人知道他会怎么样……

刚才医生已经对他和赵元芬介绍了目前的状况，并且正式下了病危通知书。赵元芬伏在桌子上，拿起笔却没有马上签字，她抬起头，满眼泪水的看着铁大都，仿佛在等待他的决定。铁大都挥了挥手，示意她签字，然后转身走开了。他不愿意看到这个场景，病危通知当然要签字，签字只是意味着你收到了而已。更令人紧张的是医生的话：

"我们会尽力抢救，但是结果如何，我们不能做任何保证，我们唯一能告诉你们的就是像他这种情况，奇迹是可能发生的。"

这句话使已经悲哀了半天的铁大都和赵元芬心中突然一亮，赵元芬甚至停止了哭泣。抬起头盯着医生，铁大都也紧张的等待着医生的下文。

"——但比率比较低，往往是百分之一到百分之二。因此我们必须立即下达病危通知书！"

医生大"喘"着气说的话，等于说葛巴尔没救了！铁大都一阵烦躁，他差点想和医生动手，而赵元芬则更加悲痛地低下头，铁大都转身坐在走廊的椅子上沉默了。他没有话讲，陷入沉思之中，想到葛巴尔也许不再能走出，而会被抬出这个房间，铁大都眼睛有些湿润。一个活生生的人，竟然在这个世界上消失了，按老百姓说的"没了"。他感到太难接受！此刻，一切怨恨、一切看法在他心中都漾然无存，有的只是一个肌肤苍白的老人，一个与他耳鬓厮磨，半个世纪的兄弟，铁大都真想喊一声："老葛"别走！老葛，你不能走！"

赵元芬就坐在铁大都的旁边，她的悲痛之情溢于言表，像祥林嫂一样，她只是不断地重复着一句话："不让你写这本书，你非要写！不让你写这本书，你非要写……"

丁科长和云淑芸是慌慌张张地跑进医院的。甚至丁科长的一只脚上还没顾上穿袜子，而且穿着拖鞋，这使他走路显得更加狼狈。离重症监护室还有百十米，还根本没有看到人，丁科长已经热泪满脸。

见到铁大都和赵元芬，他只是重复地说一句话："别、别、别，人不是还没走嘛！"

这话吓了赵元芬一跳，她没有马上反应过来：这话是盼着人走，还是怕人走。

还好的是，在场的人已经没有误会的心情，也没有误会的时间，都很沉痛。

"用最好的药，积极抢救，不要留下任何遗憾！"几个人当中，最慌乱的丁科长又说了一句让人容易误会的话—仿佛人已经死定了，只是要多尽心而已。还好的是说着云淑芸掏出一个存折，上面大概没有多少钱，因为丁科长接着又说了一句话："大数等儿子。"

赵元芬点点头。

这时，医院的主治医钱副主任走来。

"经研究，葛巴尔的病情和一种美国在临床实验的新药KYK特别对症。看家属是否同意使用。价钱会比较高。"

"元芬，不用考虑价钱。丁东一会儿就送钱来。"丁克长说。

"虽然是新药，临床也已经两年多，效果不错的！"钱副主任说，"KYK不是百分之百保证可以治好葛巴尔，但是不用KYK葛巴尔变成植物人的可能性极大！反正死马当活马医呗。"

看来犹豫的余地不大，元芬在丁克长、铁大都的支持下签了字。

接下来一整夜，几个老人像庙里的佛爷一样端坐在医院的走廊里，面部庄严，连他们自己也不知道在等待着什么，反正谁也不大讲话。大家的心情就像夜色一样阴沉、焦虑而悲哀。

而葛巴尔却与他们完全不同，只是在他的世界里理所当然地快乐着。似乎自己根本没有要离开哪里的事情，也根本不知道走廊里那几个人究竟为什么伤心。是的，他起身了，他隔着窗子看了看那些人，但是看得不很清楚。他不知道谁要离去，或许是走廊里这些人中间的哪一个？他又回来了，他忘记了自己多大。他只是觉得自己像一个孩子，十二、三岁的孩子。在准备做一个愉快的游戏，他蹑手蹑脚的爬上床，躺下闭上眼睛，开始仔细倾听——

一片欢呼声和唢呐欢快的吹奏声，立刻把他淹没。声音比刚才要大，似乎人也要比刚才要多——忍住剧烈的头痛，葛巴尔从床上飘起来，一奇怪的是，他开始在空气中飘荡……

"我怎么会飘起来呢？，环顾四周，他确实在空气中而那张床也已经离他越来越远。当他落到众人面前的时候，他突然看到这里，似乎即将举行一次隆重的婚礼，婚纱照上那个男人他肯定认识，而且特别熟，因为长得特别像他……

是他结婚啊，不就是那个一辈子啥也没干成的小子嘛。没错，是他，一辈子倒霉。那次塌窑本来没他的事，他都要上去凑下热闹，结果差点把命丢了。好事他永远凑不上，这种事——他前脚进去，后脚刚抬起来，就来了。一点不含糊。那可是人家住了六百多年的窑洞啊，一百多年就一个机会，多难啊，这小子居然就能赶上。让土埋了，差点丧命不说，来救人的第一锹就铲在他的腰上，结果别人都没事，就他这腰疼了三十多年——葛巴尔饶有兴趣地欣赏穿着婚纱的这个人，但他突然又觉得好像有点不对，这小子后来好像还干成了一件大事——火过！没错，是火过！这时，他突然心中一动，这个人——他想起他为什么跟他熟，特别熟！他见过他太多次了，而且是在同一种情况下见的面！镜子，镜子！没错，他每次照镜子的时候，都会见到这个人，和他一向表情相似，哭笑统一。所以他熟，特别熟！

葛巴尔傻了，葛巴尔明白了——那是自己，婚纱照片上是自己—不对，不可能，自己怎么可能结婚，不可能，太不可能了，自己有老婆，怎么可能结婚，好笑，太好笑了！荒诞剧，完全的荒诞剧！是的，葛巴尔写了《聊斋新评》，所以火了，火的一塌糊涂！粉丝片一片，追随折一群一群，举着《聊斋新评》，有点像举着毛主席语录！他可能再写一本、二本、三本，《聊斋再评》，《聊斋三评》，他们可能更加火，火得晚上也要戴墨镜，吃饭没人敢要钱。

但他不可能结婚！！

葛巴尔笑了，自得的笑了，也为事情的荒诞程度笑了。但他愣了——他清楚地听到一个声音喊道："新郎到！"

"他妈的，这小子来了！"他连忙转过头，四下张望。但是没想到，上来几个人不由分说，便给他换上了新郎的服装—他拼命地挣扎，他受不了拿他老头子开这种玩笑，虽然他明白这也许是一种善意的玩笑，是粉丝们实在太崇拜他了，才和他开这种玩笑——但他仍然挣扎。这时，新娘来了——他仔细地看了看新娘，心中一阵惊喜——葛巴尔突然停止了所有的挣扎——

新娘不是赵元芬！

这原来是自己的再一次婚姻，而新娘不是赵元芬！这让他一阵狂喜，连葛巴尔自己也没有想到，娶一个二房居然让他感到如此幸福、如此兴奋。也只有在这一刻，他才发现，原来这是自己的潜意识中盼望了很久很久的事情！这上天赐予的、突然到来的幸福感远远超过发表《聊斋新评》时的快乐！他才发现，也许他的生活缺少的不是《聊斋新评》，而是二次婚姻。他被压抑得太久了，他也是刚刚发现，他视为自己的好妻子的赵元芬，其实已经与他形同路人！至少他生命缺少的是二者并存。葛巴尔笑了，他发自内心地笑了。发自内心地笑了的葛巴尔，愉快地走到新娘身旁，站在新

葛老头，我跟你没完

郎的位置上，准备接受庆典。

"大概一会儿就要进洞房了。"他想。

但是就在此时，他侧头向一边望去，才发现不远的地方还有一对新人在准备婚礼——原来是集体结婚，他这样想。但接着，他突然急了，火了，愤怒了，他无论如何也不能忍受——那边的新娘竟然是赵元芬！而新郎不是自己，是一个不知哪里来的高个儿老头！

葛巴尔冲过去，高声的喊叫着、抗议着，他一点不吝惜地脱掉新郎所有的服装甩在一边，要求赵元芬和他一起回家。

赵元芬居然不肯，这是葛巴尔没有想到的！

终于，葛巴尔头疼欲裂，全身发麻……

葛巴尔再次晕过去了。

第二天早晨八点，葛巴尔仍在晕迷之中。

丁科长突然想起一件事，他站起身，对铁大都和云淑芸说道："你们在这里陪着元芬，有事随时给我打电话。"

"是啊，科长你也该回去休息了。"赵元芬两眼哭得红红的，对丁科长说。

"你去干什么？什么事还有老葛这事大？"云淑芸责怪地问道。

"我不是回去休息，老葛答应九点在网上和粉丝对话，他去不了了"我总要上去和那些网友解释一下。"

几个人一听都说："那你快去吧，我们不能言而无信。"

丁科长回到家，洗了把脸。饭也没顾上吃，就坐在电脑前，看看表已经九点五分。

打开网，果然有不少粉丝，已经等在那里，问题也已经提了一大堆。当然更多的人是在催促对话何时开始，个别不耐烦的人又开始挖苦葛巴尔。

"葛老作家毕竟是老作家了，非来凑这年轻人的热闹，不是起不来床了吧？"

"葛老头，什么时候才能开始给我们讲话，告诉我们儿子为什么不是妈生的？"

……

"网友们你们好！我是作家葛巴尔的朋友，我特地待他向大家道歉，葛巴尔因为有急事，来不了了，对不起……"丁科长想了一下，然后在网上打出了这样一句话。

徐葆齐 著

没想到，等候已久的网民愤怒了，网上连连打出各种不雅的留言。

"我看这葛老头就不是什么好东西，纯粹骗子，看他那干瘦的样子，就是一肚子诡计多端！"

"至少是不讲信用，这个年纪的人居然说来不来，拿大家当猴耍！"

"再也不相信他了！什么学者，什么作家，纯粹是老坏蛋一个！"

……

丁科长有点坐不住了，他清楚地看到葛巴尔将在网上会遭遇信用危机！他现在不是普通人，他是名人！要特别注意自己的外在形象，一次失信可能将来十倍的努力也未必能挽回损失！他决定立刻公布葛巴尔的病情，把真实情况告诉给粉丝们，以保住这难得的局面。

"对不起，大家请听我说，葛巴尔老师突发脑血管病，昨日已住进医院，目前在深度晕迷中，生死未卜！"

丁科长含着眼泪打下了这几句话，"所以请大家原谅他今天没有按时到会。"

网上一瞬间沉寂了，接下来，半天都没有人讲话，紧接着是一片更大的发言浪潮：

"希望葛巴尔老师早日健康！"

"祝葛巴尔老师平安！请转达我们的问候！"

"告诉葛巴尔老师，我们还在等着他给我们讲课！"

"葛巴尔老师，我是一个中学生，谢谢你告诉我，世界上没有狐狸精，使我少做了很多噩梦。"

……

"多好的网民啊，不愧是老葛的粉丝！"丁科长想。

关上电脑，网友们的话还在他脑子里盘旋，同时想起躺在医院的葛巴尔，丁科长突然热泪满眼……

接着他找出袜子重新穿好，换上布鞋，他没有休息便再度出门。丁科长在街上买了一些吃的东西和水果，便又回到医院，这时葛巴尔仍在晕迷之中。

"不行，元芬，你必须吃点东西！咱们都是老人，首先要保住自己的身体，才能完成照顾老葛的任务！"看到已经将近十几个小时没有吃东西"也没有睡觉的赵元芬再次拒绝吃东西，已经换掉拖鞋的丁科长严肃的说道，然后转过头去对铁大都说："你立刻回家，好好睡上一觉，晚上再来换我。"

"你也去休息一会儿。"丁科长对云淑芸说道。看到赵元芬开始吃饭，铁大都也起身回家，丁科长的心情轻松了很多。

大概晚上七点多钟，铁大都就重新赶回了医院。正在这时，医生跑来报告：

"好消息，好消息，"

几个人一下子都从椅子上站起来，丁科长小心翼翼地问道："醒过来了？"

"没有，但是从监测的仪器上来看，他的脑血流情况有点好转，大概是输入药物的作用，堵塞的面积在减少！李主任已经给他输入简称KYK的那种美国新药。"

不管怎么说，必须承认这是个好消息，虽然葛巴尔仍在深度晕迷中。

"丁克长同志，还有你们俩，"医生走后，铁大都一脸严肃地说，"请立刻回家休息，今天晚上全部由铁大都负责。打开手机，随时有消息我会随时报告！"

"怎么可以这么安排呢？！"丁科长脸色更加严肃。

"不用争论，老丁，你已经二十个小时没有休息了。我们不能再躺下一个，不管是谁！"铁大都一边把随身带来的折叠床打开，一边说道。

"老铁，"丁科长显然不同意这个做法，但他还没有说下去就被铁大都截断了。

"老丁，一辈子大事都是听你的。今天你必须听我的，我们都不是小伙子，再说谁知道老葛哪天醒过来，后边需要我们的时候多了！"

丁科长没再讲话，而是像个孩子一样乖乖的准备回家。这不仅是因为铁大都的道理说得对，同时也因为他看到了铁大都准备彻夜陪护的决心。他带来了行军床、被褥，甚至是拖鞋——这个八旗少爷什么时候也不会忘记得要尽量过的舒服一点。

丁科长觉得自己只有回家，并且在他的劝说下，赵元芬也同意回家休息。在劝赵元芬回家的时候，铁大都是这样说的："元芬，你要是不信任我，你就留下，咱们几十年的交情，你不信任我，不是等于让我窝囊一辈子吗？怎么办？你来选择。"

说完，铁大都便不再讲话，这让赵元芬觉得也不好再说什么。

第二十五章

"是吗？"铁大都随口问道，并且转过头放眼去看这清寂的什刹海，"没错，我觉得很难得在这水天灰褐的图画中，感觉到一种生命的清新。老葛，你知道我的父亲就葬在这里，我的母亲也葬在这里。什刹海是我一生当中无法忽略的地方。这里看不到银锭桥，但可以隐约闻到烤肉季那少有的香味……"

就这样，这一夜便只有铁大都留在深度昏迷的葛巴尔的身边。而那时，葛巴尔正好在自己的第二次婚礼上，发现新娘不是赵元芬的惊喜之中……

此刻，铁大都既没有葛巴尔的快乐，也没有葛巴尔离奇的经历。他去了一趟护士办公室。

"护士同志，有事随时叫我。"

"好吧。"胖胖的值班女护士正无聊的看着报纸，随口答应到，并很特别的看了他一眼。心里想，"这种情况比较少见，老头看老头！也难怪，年轻人大概都后半夜来，这会儿都卡拉 OK 去了。"

夜深了，幽幽的凉风，吹得窗外的杨树叶发出沙沙的声响。整个走廊只有深处亮着一盏电灯。铁大都把折叠床打开放在走廊的暗处，他没有睡觉，而是一个人坐在床上沉思。一阵风从窗户钻进来，从铁大都的身边溜过，远处的灯摇晃起来，这使铁大都突然觉得有一点凄凉……

又坐了一会儿，他开始迷迷糊糊的似乎要人睡。

这样睡会着凉的，铁大都想。他立刻站起来，躺在床上，盖好被子。几分钟以后，铁大都进人了似睡非睡的迷糊状态——

又一阵轻风吹来，铁大都突然变得心清气爽——他又看到了那副灰蒙蒙的图画。那是他一生最喜欢的一幅画——冰面是灰色的，阴着的天空也是灰色的，钟鼓楼背后衬着遥远的天际还是灰色的，钟楼和鼓楼像一对穿着灰色长衫，胖胖的、手拉手的夫妻，靠得很近。互相守卫者、呵护着"毫无表情的看着旧日的北京。

旧日的北京，比较安静。

这时，他突然看到有一个人孤零零坐在湖边的小凳上，是葛巴尔。

他怎么会到这里来呢？铁大都奇怪地想到。

"大都，知道你要到这里来。"看到铁大都到来，葛巴尔站起身说到"我在等你。"

"你怎么知道我会到这里来呢？"铁大都奇怪地问道。

"你说过，整个北京对你来说，其实就是什刹海。而你喜欢阴天、空旷的什刹海，每到这个时候，整个什刹海只有一种颜色，那就是灰色。即使是有一点暗红色的鼓楼，也已经几乎融进在灰色之中。你看，现在不就是这样吗？所以，知道你一定会来，我就专门到这里来等你。"

"是吗？"铁大都随口问道，并且转过头放眼去看这清寂的什刹海。

"没错，我觉得很难得在这水天灰褐的图画中，感觉到一种生命的清新、人世的空灵。老葛，你知道我的父亲就葬在这里，我的母亲也葬在这里。什刹海是我一生当中也无法忽略的地方。这里可以看到隐隐的银锭桥，可以大概闻到烤肉季的香味……"

铁大都玩笑地夸张地说道，但他的情感却在真实流露。

"小时候，妈妈只打过我一次，就是因为我逃学，却告诉妈妈我去上课。其实那天我就在鼓楼后边听书，叫一个家王笑林的艺人说隋唐演义。老葛，你知道吗？那时候我淘气，一边说相声，一边说评书。而我，说相声的收钱，我就听评书，说评书的收钱我就转身听相声……就这样我的文学艺术启蒙就在这里，在灰褐色的钟鼓楼下完成。"

"我对什刹海固然没有你那样深的眷恋，但我也多少次喝一碗豆汁儿、吃上两个焦圈之后，在钟楼和鼓楼之间的市场徘徊……人都，其实你才是作家，真正的作家。"

"开什么玩笑，你是名人啊！巴尔，你其实很成功！真的。商业社会，我这种做法其实并不可取，很容易一事无成。"

"我成了吗？"

"当然。"

铁大都没有再讲话，他沉浸在对两个人情感的玩味之中……

"大都，我要走了，"葛巴尔突然悄声地说道。"我来和你告别，能和你最后这样坐一会儿，我就真的很知足了！这两天我才突然觉得在这个世界上，我最留恋的不是元芬，甚至不是老丁，而是一个叫铁大都的八旗子弟……"

"干吗这样生死离别的，你要去哪？"铁大都转过头，笑呵呵地问道。

"不知道。反正不会再回来！"葛巴尔异常平静地说道。

"你说什么？永远不再回来，老葛，你别吓唬我。"铁大都依然微笑地说道。

"大都，我的一生一事无成，还好的是晚年写了这样一本书《聊斋新评》，当然你激烈反对。"，葛巴尔没有正面回答铁大都，却按照自己的思路继续说下去："当然我至今坚信自己的观点。但是，事到如今，我也想告诉你，我也不是没有困惑过，疑虑过。而且到今天为止，偶尔我还会想，我是不是做了一件没有多大意思的事情，瞎说的事情，甚至是挣钱的事情？不，我不这样认为！"

说到最后两句话的时候，葛巴尔特别加重了语气。

"老葛，别这样想，真的别这样想！"，铁大都发自内心地说道："你没事，你做得很好，你以一种特殊的形式和一些人一起探讨了一本书，一本古典作品，这已经很好了。"

"真的吗？你真的这样想吗？"葛巴尔急切地问道。

铁大都沉默了。

"你看，你不是这样想的，其实你的心里仍然在指责我，你铁大都也有不讲实话的时候，哈哈哈……"葛巴尔仰头大笑起来。

铁大都没有做任何辩解，他抬起头，目光痛苦的看着葛巴尔，轻声说道："老葛，别走好吗？你走了，大都会寂寞！真的，会非常、非常的寂寞！"

然而，象故意和铁大都作对，像一阵风一样，葛巴尔突然消失了。

"老葛，别走好吗！"铁大都在空旷无人的什刹海岸边四下追逐，一声比一声高的喊道。一直到他嗓子嘶哑，开始绝望了。他坐在岸边的小石凳上——突然他觉得下雨了，飘然的雨滴落在他的脸上。他觉得有点热—怎么会是热雨呢？

铁大都醒了，这时他才发现脸上不是什么雨滴，而是眼泪……

这时，值班护士突然匆匆走来。

"铁先生，葛老师醒过来了。"护士哈下腰，悄声报告。

"什么？"铁大都惊讶地问。

"是葛老师醒过来了，看来是药物起了作用。"护士继续说。

铁大都迅速擦去眼泪，起身来到重症监护室，值班医生破例让他换了衣服走进去。

"大都，我病了。"葛巴尔眨着眼睛看着铁大都，神情像个孩子看到了家长。

"是，没事，要坚持。"铁大都亲切地说。

"我要死了。"葛巴尔很平静，但很大的泪滴涌出眼眶。

"谁说的？没有的事！你活得好好的！"

"大都，帮我照顾元芬，她不容易。《聊斋新评》要再有稿费，就留给她了。"

"那是，那是。"铁大都连连答应。

"大都，帮我再看一眼什刹海，其实我也喜欢那一片灰褐色，多像一幅画啊……"说着，葛巴尔的眼泪再次流出。

"别，别跟留遗嘱似的，你还不至于。李医生说了，正给你用着最新的药，你会好的！"当然，最后一句是铁大都编的。

"真的？，葛巴尔毕竟比较单纯，他擦去眼泪，差点坐起来，，好极了，谢谢李主任……"

也许是过度兴奋，说完他却又昏过去了。

"当然是好现象，希望很大的。"值班医生说。

铁大都很高兴，不管怎么说葛巴尔醒过来一会儿了。他立刻把消息通知赵元芬和丁克长。

赵元芬在电话里告诉他，罗寸馨在美国也听到了葛巴尔病的消息，特地来电话问候，并且寄来钱。

不知为什么听到这个消息，铁大都内心一阵感动。

在医院值班时铁大都以为，在医院肯定远不及在家中舒适，其实还真不尽然。

已经回到家中的丁科长就非常不舒服——他遭遇了另外一场意想不到的战斗，而且最终以痛苦的失败告终。

一切都是从他打开电脑的一瞬间开始的。他本来的想法是想再来看看那些粉丝的温馨的话语。这样，会让他觉得真正关心葛巴尔的不仅仅是他们几个，其实，有更多的人在关心这个为社会做出贡献的老人。

然而，打开电脑，他再次看到关于葛巴尔的铺天盖地的消息，数量之大，来势之凶猛让丁科长感到十分意外、十分震惊！

全部言论起于一则这样的帖子：

据可靠消息，老作家葛巴尔干今晚七点零五分由于脑血管病逝世。

接下来，确实有一些帖子表示质疑。

"这是谁发送的消息，可靠吗？"

"据说是葛巴尔生前最好的朋友对记者透露！"

"有人亲眼看到葛巴尔的家人悲痛万分，还有人说在八点钟的时候，有人看到葛巴尔的家人已经带上黑箍，据说该消息明天早晨正式向社会公布。"

这不仅让丁科长惊讶，而且大怒，这不是纯纯粹粹的谣言吗？他想都没想立刻发贴：

这是谣言！不许造谣！葛巴尔先生目前仍在医院治疗之中，而且病情见缓！我是葛巴尔的老朋友！

然而，立刻便有人出来反驳丁科长的帖子。

"葛家为了丧事从简，决定封锁消息——这消息是从葛家真正的老朋友那里得到的。我很怀疑你认不认识葛巴尔！"

甚至有这样的帖子：

"葛巴尔确实已经去世，葛巴尔家属带黑箍是我亲眼看到的，我是他家邻居。"

丁科长一气发了七、八个辟谣的帖子，他奋力抗争，一直到一张照片的出现。他终于气喘吁吁地停住了，他屈服了并且真正感到了无能为力——

这是一张医院门口的照片，令他震惊的是还真的是葛巴尔所住的医院——一个中年妇女，一个戴着黑箍的中年妇女，正掩面从大门口走出来。照片有一点模糊，再加上女人掩面，所以其实也看不出什么内容。但是，丁科长知道大多数人会相信，照片上是葛巴尔的太太，而葛巴尔确实已经不在人世了。

"没想到网络上的恶作剧居然到这种程度，"丁科长心中一阵悲哀。

葛巴尔逝世的消息已经迅速被转载到很多网站，甚至是国际网站。而驳斥他的消息也以同样的迅速在扩大，只有他的那几个帖子很少有人转载。看得出来，人们好事的心理、以及网络运营商以赚钱与否为标准的选择，都有点不喜欢"葛巴尔仍然在治疗中"，他们更喜欢把事闹大，他们觉得如果葛巴尔逝世了，会更过瘾，更赚钱，更吸引人的眼球。

这一点绝对有点像《聊斋新评》。

面对网络，丁科长感到无奈。他甚至连打电话把这件事告诉铁大都的劲都没有了，况且又冷又累、身在医院的铁大都又能有什么办法呢！

而事情到晚上九点，则逐渐走向高潮。已经有人提出成立葛巴尔网上治丧委员会，十点正式召开网上追思会。

丁克长愤怒了，他疯了一样到处辟谣，申明真相—告诉网民葛巴尔还或者，只不过在治疗之中。并且再三声明自己对这条消息的真实性，以生命负责！并且自己确实就是在看护葛巴尔的、当过科长的老友！

然而事情十分遗憾，基本上没人理睬他的严正声明。有几个帖子回应也对他表示了极大的嘲笑：

"有人亲眼看见的，人都到太平间了，你还在这儿瞎嚷嚷啥啊。"

"戴黑纱照片已经流出，证据确凿！"

"只有白痴才不相信葛巴尔先生已经命丧黄泉！"

"你是葛巴尔的老友？证据何在？"

"天下之大，无奇不有！我才是葛巴尔的老友，从小和他一起撒尿和泥的老友！我已收到追悼会的通知！"

尤其令人十分遗憾的是，那个提议在网上召开追悼会的帖子被很多人接受，甚至网络葛巴尔，治丧委员会，已经在成立之中，负责人是两个"——一是叫做"葛大爷，我为你哭"和一个网名"葛巴尔发小"的人，而，委员会，发言人则是，我刚从医院来，。

一切真真切切，成龙配套，就连丁克长本人也曾一时怀疑是不是葛巴尔确实已经去世，只是自己没及时得到消息而已。当然，他立刻打消了这个念头：

"他妈的，我怎么会不知道呢！"

而网上立刻有人开始捐款、捐物，有人愿意出力，那些参与者网上的表态一个个热泪盈眶、豪气凛然、惊天动地，十分动人。

而追思会也在积极筹备之中。

丁科长快气疯了。

"不可以打 110 报警吗？我那次在咖啡厅看到你和网友见面，还差点打了 110！"云淑芸对他说。

"你真无聊，和网友见面打什么 110 啊，再说网上也没有 110 啊！"丁科长不耐烦地说，但是话音刚落，他的脑海里却飘出四个字：网络警察！

丁克长同志一点也没有犹豫，立刻拨通了市公安局值班室。值班室请他把电话打到关于管理网络部门的值班室。于是大概十几分钟以后，丁科长与网络有关的警察值班室接通了电话，报告了情况：

"实在是太令人气愤了，葛巴尔本来生命就在垂危之中，怎么可以这样到处散布谣言呢？太过分了，实在是太过分了！"

"请你不要激动，你怎么知道葛巴尔确实活着呢？"

"我是他的老朋友……"

"怎么证明呢？"

"这……"这还真把丁克长难住了，立刻证明显然有困难。

"你还是把葛巴尔所住的医院的电话告诉我们，我们来查对一下！"

丁科长立刻把医院的电话报给了他们。

大概也是因为葛巴尔毕竟是个名人，公安局的动作很快，就在九点五十五分，网络警察以神奇的迅速开始出动，不仅发出公告，正式辟谣，并且立刻把网络中几乎所有的葛尔去世的消息全部删掉。

已经有好长时间，云淑芸没有看到丁科长那发自内心的笑容了。接着，丁科长深深地出了一口气，说了一句话，却把云淑芸又吓了一跳：

"恢复了，已经完全恢复到葛巴尔死以前的状况了！"

"葛巴尔没死！"

"啊，"丁科长拍了拍自己的脑门，"我是说已经完全恢复到谣言：'葛巴尔死了'出现之前的状况。"

"这还差不多，把我吓了一跳！"云淑芸说。

"还等什么？拿酒来！"丁科长高声说道。

于是云淑芸连忙拿酒，而丁科长难得的自斟自饮。他觉得自己胜利了，他为葛巴尔高兴，而这高兴是自己替他挣来的！再加上铁大都来了电话，说葛巴尔的病情确有好转，医院在考虑给他使用新药。如果那样，葛巴尔几乎是百分之百可以继续活下去！

"科长，老葛这小子真是绝处逢生，前世修来的福气！是这样，医院的李主任刚才来了对我说的。美国的一种在美国、中国同时临床试验的新药 KYK，对老葛的病特别对症。他已经两天前给老葛开始免费用药，估计这回老葛肯定有救了！这个药疗效特别好，只要坚持用三个疗程，也就是三个星期，死亡率就只有百分之三十八了。"

"好！好！好！，听了这个消息，丁科长连说了三个好字，，明天我去医院，当面谢谢李主任！"

"那就不必了，人家科长见多了，据说比较想见的是副部级！"铁大都在电话那边笑着说，"况且人家明天要去美国开会，一早的飞机！"

"那好啊，那就回来再谢他！"

老葛总不至于落到百分之三十八里吧，看来老葛好转真的指日可待了！放下电话他连干了三杯，愉快地想到。大约十五分钟以后，准备上床休息的云淑芸突然发现，书房里传来丁科长均匀的呼噜声。

"这回他心里踏实了，也高兴了，也该歇会了！"云淑芸这样想。

第二天一早，丁科长爬起来，脸都没洗就把这一喜讯报告给了所有关心葛巴尔的人。大家听到无不惊喜万分，并奔走相告。新得到消息的人纷纷来医院探望。丁科长还不失时机的把这个消息公布到网上。于是，网上的网友和粉丝，则更是关心备至，到处是预祝葛巴尔早日健康的留言。接着，铁大都打来电话，说有一些粉丝不知道怎么打探到葛巴尔所住的医院，竟然携带水果来医院问候。铁大都把葛巴尔下一步的医疗方案告诉粉丝们，大家欢喜之极，并且激动地说：

"葛老师，这么大年纪还如此努力奋斗，关心青少年的成长，写出像《聊斋新评》这样的书，实在让我们感动！"

"不管怎样，老人家的奋斗精神值得我们尊敬！"

网友们这样说。

铁大都和丁科长、云淑芸等人对葛巴尔的照顾、关心更加备至。在这期间，还发生了一个小小的插曲，那就是杨二栓又失踪了。

原本二栓多次提出要返回老家，觉得自己在这里只是给铁大都他们添麻烦。

"俺总是这样住在这里，不合适，不能给你们帮什么忙，而且总是白吃，不合适！"

"说什么呢？我们当年也没少给你们添乱，再说你也没给我们添麻烦"看到你，我们就高兴。"

铁大都不愿意二栓走，二栓在这里住的这几天，他感觉自己的心情要好了很多。他喜欢二栓，喜欢和他聊天，尤其喜欢和他谈十二道沟，甚至有时候和二栓一起聊十二道沟的人花猪，能聊上一个小时。

铁大都还把自己前些年所取材十二道沟的画，拿出来给杨二栓看，当他兴致勃勃地讲述这些画的创作过程的时候，他的身后却传来杨二栓轻轻、均匀的鼾声。

但不管怎样，他满足杨二栓给他带来的这点"人气"。然而他没有想到，就在看完画的第二天早晨，二栓失踪了。

他马上拨通了陈三车的电话。

"你那个表叔又找不到了！你知道他可能去哪？"

"肯定是回家了吧。"三车想都没想就说到。

"可是他没有路费啊，"铁大都说，"一定让他回来，还等着他参加葛巴尔恢复健康的庆祝大会呢！他怎么能不在呢！"

"这事交给我了，您就别操心了。"陈三车说。

接下来的几天，铁大都每天忙于葛巴尔的健康恢复，只是在偶尔的时候想起杨二栓的事。

徐葆齐 著

"也许真的是回家了，到时候去十二道沟接他就是了。，铁大都想，，
不过千万别再出什么事！"

又过了两、三天的一个晚上，铁大都照例上网在 MsN 中和女儿对话。
在即将结束的时候，铁大都忍不住打了这样一行字：

"你妈妈给元芬阿姨寄的钱，她已经收到了。"

"妈妈就在我身边，她向你问好！她说过些天她也许会回国看看……"

"这话什么意思？回国来看看，看什么，看国家？看街道？肯定不是。
应该是看我！"关掉电脑以后，从来不缺乏自信的铁大都这样想。

葛巴尔服用 KYK 半个月以后，他的身体状况确实发生了惊人的好转。
他的脸色逐渐开始有些血色，体温也开始有了一点热度。而且有一天下午，
他的右腿居然动了一下！这不仅使接替李主任的钱副主任非常兴奋，而且
使丁科长、铁大都和赵元芬的脸色也开始有了一些血色和笑容。

看来，一切都确实在向好的方向发展。

"奇迹正在诞生！又快可以和这小子打架了！"那天在医院知道葛巴
尔的右腿动了几下的消息以后，铁大都小声的、但异常兴奋的俯在丁科长
的耳边说。

"没错！就别打了，都六十多了。但奇迹确实正在诞生！"就像在世
界杯赛场上踢进了一个球，丁科长双手握拳狠狠的挥舞了一下之后，这样
回答他。

也已经得知消息的赵元芬和云淑芸从远处走来，云淑芸抬起左手做"V"
状，大家一起笑了。

正在这时，谁也没想到，陈三车拉着杨二栓也赶到医院。杨二栓除了
手里提着一兜水果，背上还背着那个，内急找我，的牌子。

铁大都上前一步，握住杨二栓的手说："可回来了，老葛见好了，说
不定过两天出院了呢！"

"俺……俺只是想出去打几天工，弄点钱给老葛买点吃的，也算俺的
一份心意！"说着杨二栓把水果递给了赵元芬。

"栓，谢谢你！"赵元芬感动的说。

"不要再走，明天起安排你在这里'引厕'，和我们一起照顾老葛，
你不是不愿意在家呆着吗？就到这里来打工，行了吧？"铁大都微笑地说。

"行！"二栓高兴地说。

第二天晚上，几个人还凑在一起，计划了一项葛巴尔出院以后的庆祝
活动。

"科长，这事肯定由你来主持，咱们开个庆祝大会，欢迎葛先生与'死

亡'握手之后又重返人间，请老葛给我们讲一讲'死亡'长什么样子，给我们介绍一下经验，怎样才能不被、或者晚被'死亡'请去约会。"

"那是。这是一个很重要的话题，关系到葛巴尔，我们，也关系整个社会的老人。建议老葛再写一本书，题目就叫'拥抱死亡'！"

"别，这题目过于文气，我起一个名肯定畅销，叫《我死过……》"

"这名不错，只是听着晚上有点睡不着觉，有点吓人。像《聊斋志异》里的故事。但是直接切中要害，不错！"

"这个时代人对文化就是这种要求，或者吓人，或者直接！《聊斋新评》和《我死过……》就是都比较直接又比较吓人，所以会成功！"

"是，现如今社会大变，人对文化的要求，已不是过去追求美感，更多的是在寻求一种刺激！"

"没错。是在寻求一种刺激，有点像见网友……"说完铁大都哈哈的笑了起来。

"这小子，什么时候也不忘了欺负人！"丁科长脸稍微有一点发红，他笑着指点着铁大都说。

"不是光说你，我也一样。"铁大都说完立刻做出问题严重的表情，故意作出有点吓人的口气说道："嫖娼啊——"

大家都被他滑稽的样子引得哈哈大笑起来。

"深夜把'妓女'带回家——这倒也是个很好的书名，肯定畅销！"丁科长突然灵感来了说道。

"没错，非弄他个人手一册不可，问题是黄色小说谁给你出啊？

说正经的，还得说老葛这《我死过……》。说真的，写好了绝对是一本畅销书。他可以满足人的新奇感、寂寞感，甚至是恐怖感！而这些都是人类正常的要求。一本书能畅谈死亡之际、死亡之后那种怪异的景象。然后书的主要篇幅可以从哲学的角度讨论死亡，最终要告诉人们的是死亡并不可怕的。

其实死亡是我们人生各种各样的朋友之一，是你一生下来就已经深交的一个哥儿们，否则怎么会注定要来呢？人生几十年，你可以常常想起它、议论它，甚至有时可以怀疑它似乎来了，当然你最终不可以见到它。因为它只在你真正的生命终点出现！当然，没人希望这个哥儿们早点来"相反都希望他晚点到，越晚越好。

恐惧让大家把这个哥儿们看得青面獠牙，是魑魅魍魉！其实它也许是个忠厚长者，或者英俊小生呢！""你怎么知道是英俊小生呢？"丁克长吃着苹果，笑着说。"我只是说可能是。不过我一点也不觉得它凶恶，相反不知为什么，我觉地他会很慈祥。总之，这里的一切你可以放开想像。当然，并不等于没有依据……"

"那依据在哪里呢？"葛巴尔问道。

"在你自己那里，在我们每个人的心里。"铁大都突然又变得，哲学，起来，其余几个人静悄悄地听他讲，都觉得话题充满意味，充满玄机。

"此话怎么讲？"丁克长问道。

"其实，六十以后应该活出了一种感觉。我想这一切也许都在这种感觉当中。"

"你净瞎说，还是好好料理料理自己的事吧。"赵元芬笑着说道，"你和寸馨联系的怎么样了，什么时候喝你们的和好酒啊？"

"不如叫复婚酒，或者叫再婚酒，这一离一复真的是损失大了，两个人都变成了二锅头……惨呢，我铁大都等来等去，等来的二锅头！"铁大都夸张的作出极端痛苦的样子说道。

"去你的吧，就你那德行人家寸馨能够再看上你，就不错了！"

"没错，要想和寸馨和好，你得求着大伙，别把你把。妓女·带回家的事告诉寸馨……"丁科长也故意作出严肃、训斥的口吻说道。

大家又不约而同的哈哈大笑起来。

"没错，这个把柄可大了！"

"铁大都告诉你，从现在起，你可是有短儿在我们手里了！"云淑芸也玩笑地说道。

"没错，把柄太大！我服输还不行，我服输还不行！"

"大都，这回也真够难为你的，为了葛巴尔的病，寸馨还专门从美国寄来了钱！"赵元芬笑着说。

铁大都一愣，因为他完全不知道罗寸馨从美国寄钱的事情。这使他不仅仅有一点尴尬，而且内心感到有点失落。尽管他通过内弟和女儿从侧面迂回对罗寸馨不止一次的进行包抄，向她含蓄地传递希望和好的信心。希望罗寸馨内心逐渐重新转向自己。现在看来，效果不佳。如果罗寸馨有了和好的想法，她肯定会自己或者通过女儿把钱转给铁大都，由他再转给赵元芬。可眼下，是他完全不知道这件事。

"那，那好啊……那是她应该做的。"铁大都迅速收回尴尬的表情，连忙把话跟了上去。

"怎么，你不知道？"赵元芬惊讶地问道。

"怎么会，是我让她把钱直接寄给你的。"铁大都轻松地说道。

但是，在场的人除了杨二栓都看出了铁大都的尴尬。

"俺有个想法，俺想把大伙都请到十二道沟，然后把俺家的大花猪宰了，来它个全猪宴，行吗？"杨二栓说道。

几个人又都笑了起来……

"二栓真不愧是十二道沟的养猪大王，凡事不离猪！但是，你那大花猪还是留着吧，我们希望去十二道沟，是参加你的养猪场的开业典礼，那样就可以年年吃全猪宴了。"铁大都说。大家又笑了起来。

这时，电话响了……

"是铁大都先生吗？请问葛巴尔先生家属赵元芬女士在不在你那里？"电话是葛巴尔的主治医生钱副主任打来的。

"在。"一种不祥的感觉瞬间传遍了铁大都的整个身体，他把电话迅速递给赵元芬。

"赵元芬女士，我是心脑血管科的钱副主任，我正式通知你，葛巴尔先生四十分钟前再次出现脑栓塞，经抢救虽然生命保住了。但是，他的状况现在变得更加不好。我们第三次向你下达病危通知，请您立刻来医院！"

电话的声音很大，在场的人都听到了钱副主任的话……

"麻烦，葛巴尔进人百分之三十八了！"丁科长想，他立刻招呼大家，"快去医院！"

众人立刻起身，飞速赶往医院。

医院里葛巴尔确实发生了变化，脸色比原来更加惨白，身体的热度也几乎重新归零，而与上次不同的，四肢又变得异常僵硬……

"钱副主任，你估计病情会如何发展呢？"赵元芬一边哭泣着一边问道。

"KYK 使用两周以后，会有百分之三十八的人死亡。因此，对葛巴尔先生的状况，我实在是不敢说什么。只有看事情本身的发展，医学到这个时候也会相信运气。但愿葛先生只是一时状况不好，而不是进人了百分之三十八！

下边的话我可以说，一旦进人百分之三十八是谁也没有办法的！"钱副主任口气肯定的低声说道，一副医术高明的样子。

丁科长和铁大都互相交换了一下眼色，因为在他们看来，钱副主任等于什么也没说。大家都知道，局面已经不是人所能控制的了……

接连两天，葛巴尔的病情没有丝毫好转。第三天晚上，也已经几天没合眼的钱副主任又来到了走廊里，对赵元芬说："很抱歉，经过各方面的

徐葆齐 著

专家汇诊，葛巴尔先生的生命体征已经在逐渐消失，生还的希望很小了，当然，我们在做最后的努力，但是也希望你们做好思想准备！"

根据医生的提示，大家依次走进重症病房，与弥留之际的葛巴尔告别。那一刻每一个人的热泪都不禁夺眶而出。

"大哥，你怎么就这样就走了？我还等着看你的新书，等着和你大吵一番呢！"铁大都心里想到。

九月二十二号上午，十点零三分五十秒，作家葛巴尔与世长辞。

铁大都不相信，丁克长不相信，就连二栓都不相信。然而，当他们一起站在葛巴尔尸体前的时候，没有人再怀疑了！

葛巴尔躺在病床上，脸色煞白，双眼紧闭，没有任何声息……元芬已经哭了几次，云淑云抽泣的声音轻轻响起，丁克长也忍不住放声，只有铁大都无声，但却显得更加悲哀……

"这是死亡通知书，请半个月内注销户口。"钱副主任对赵元芬说道，"另外，医院委托我向你转达葛巴尔先生清醒的时候的一个谈话，他的意思是一切丧事从简。不开追悼会。"

"这个他也跟我说过。但是……"赵元芬一边擦着眼泪一边把头转向铁大都和丁科长说道。

"人死了，活着的人总要有个表示，我看……"丁科长眨着红肿的眼睛说。

"这样吧，巴尔的意思我们一定要尊重，追悼会肯定不能开。但是总要给我们一个寄托哀思的机会，开个追思会怎么样？现在社会上流行开追思会，正面挂照片，只是三、五十人亲朋好友对死者怀念一番。也不必非有死者的骨灰在场，怎么样？"

"好主意，但是骨灰盒还要有，这样显得巴尔好像还和我们在一起。"丁科长立刻响应。

"您说呢？"钱副主任把头转向赵元芬。

赵元芬点点头表示同意。

"还有另外一个问题，就是追思会的时间问题。不好意思，医院的火化炉出了一点问题，现在正在全力抢修。因此，如果你们希望追思会上有骨灰盒出现，时间大概就要推迟到十月十号左右了。"

"钱副主任，不会有其他问题吧？"铁大都想了一下，觉得有点不太放心，他坦率地问道："如果有什么问题，希望医院对我们不要做任何隐瞒。"

"当然没有。我现在不仅代表院方，同时也代表党委和你们商量！但是，其实事情也只能如此了。"钱副主任这样一说，铁大都和丁科长也就放心了。

　　"晚一点开追悼会也没什么坏处。"丁科长和铁大都小声商量着说道。

　　"那好，我们就尊重医院的意见。但是，因为有很多准备工作，所以火化炉修好的确切日期请提前四、五天告诉我们！"铁大都对钱副主任说道。

　　"当然可以。火化炉是进口货，修理过程可能会比较复杂一点。"钱副主任说完就离开了。

　　就这样，整个追思会的准备工作迟缓下来。

　　"这个老葛，连死了，都不让大家踏实。"赵元芬流着泪说道。

　　"别这么说，元芬。老葛这辈子也不容易，做什么事都不顺，就连去见马克思都不顺，还赶上一个火化炉维修。"丁科长说。

　　"我昨天已经给医院做了建议，他们应该再装两台火化炉，就不会出这种事了。"铁大都说。总之，大家在一边伤心，一边继续做着准备工作。

　　"说是追思会，其实还是追悼会。我们一定要追悼葛巴尔，而且骨灰一定要出现在会场。"丁克长再次强调。

　　"我说也是。"铁大都同意地说。

　　"是。"丁科长一发言就给追思会定了调子，"人可以不要太多。参照国家领导人追悼会的一贯做法，会议由大都主持，我来致悼词。"

　　因为有所参照，因此丁科长的安排简洁而迅速。剩下的就是一些事务性工作，大家逐一分工。

　　"一定要注意，把每一道程序做得准确无误。因为葛巴尔是名人，如果现场发生意外，我们就坚决按照事先说好的程序进行。我已经和公安上的朋友打了招呼，估计不会有问题。"

　　"还是小心一点好，葛巴尔虽然不是很大的名人，但是他正在最火的时候，粉丝们常常会干出一些破格的事情。"铁大都说道。

　　"你可把事情想得复杂些，省得一旦出问题束手无策。为了行动统一，大家对一下表。追思会定在十月十号下午召开。现在的时间是九月二十三号晚上十一点零二分。"

第二十六章

没错，在会场最后坐在轮椅上痛哭、而又停止痛哭的不是别人，正是我们这次追思会要追思的人，墙上挂着那个带着灿烂笑容照片的、已经死去多日的大作家葛巴尔——

十月十号下午四点，在郊区某殡仪馆，作家葛巴尔的追思会即将开始。

尽管通知的范围不大，但葛巴尔的生前好友，几乎聚齐，还是有二、三百人。意外确实发生了，确实是谁也没想到的，那也只是来了七、八十个粉丝。他们大多是中学或大学学生，都穿着深色衣服，表情痛苦而凝重——这使整个追思会的气氛更显得庄重而忧长……

葛巴尔的骨灰没有出现在会场上，在开追思会的前几天，医院再次通知，火化炉将在十月十二日最后维修完。而十月十号开会已经不可更改。

告别大厅正面悬挂着葛巴尔笑容灿烂的照片，四周摆满花圈和对联，其中有三副对联值得一提。

世间少有，交情五十载，笑与泪总是同在
人寰不见，流连七十年，发与龚一直共生——挚友铁大都

冷窑塌下碧血染黄沙，你我同在，最终你为书死
热泪长流悲情滚汾河，阴阳一隔，到底我为你哭——亲兄丁克长

本恨你，觉得是谁扰乱当代文化
却爱你，明白居然传播祖宗遗风——"葛老头，我跟你没完"

炒肝热，油饼新炸，本送老师品尝
豆腐鲜，肉包出屉，无奈先人作古－"豆腐脑并小炒吊唁"

铁大都和丁科长的对联写得情深意长，来参加追思会的人又大多知道他们和葛巴尔的关系，因此读罢无不动容。

而'我跟你没完'居然送来了花圈对联。这非常出乎铁大都和丁科长的意外。他们本以为，我跟你没完，绝对不会在这种场合出现，因为他毕竟是葛巴尔的"敌人"。而且因为大家忙于追思会的各种事务，包括帮助赵元芬对来吊唁的亲朋好友送往迎来，因此，谁也不知道"我跟你没完"是什么时候来的，什么时候走的。只知道这是在送别大厅出现的最早的一个花圈。

追思会开始，在令人伤心的音乐声中，丁科长悲痛的声音在大厅里回荡，感染者到场的人们。悼词历数了葛巴尔同志的革命经历，并对其给予了很高的评价，特别引人注目的是最后一段：

"别值得一提的是，葛巴尔同志在进人晚年之后，保持晚节，不甘落伍。而且仍然'战斗不息，冲锋不止'，他具有。小车不倒只管推·的王国福精神！不管是白天还是黑夜，六十八岁的葛巴尔都会拉上厚重的窗帘，打开电灯。在巴尔扎克精神鼓舞下，闭门造车—这里需要解释一下，大文豪巴尔扎克就是这样工作的—从而用很短的时间完成了《聊斋新评》，这样的紧跟时代、充满时代精神的作品！而且居然发行了五万册之多，在社会引起了广泛的影响。尽管书中的观点是有争议的，但葛巴尔的精神依然十分值得我们学习！

葛巴尔同志的一生是光辉的一生，是灿烂的一生！

安息吧，葛巴尔同志！"

在突然爆起、催人眼泪的哀乐声中，丁科长胖大的身躯忍不住摇晃了几下，几乎晕倒，然后热泪满眼泪的结束了讲话。

而接下来整个告别大厅开始出现一些抽泣的声音。在这浓重、悲伤的气氛之中，接下来确实发生了两件让人绝对想不到的事情。使大家停止了哭声，甚至喊起了口号、鼓起了掌声……

这真的是独一无二的追思会，是空前的、全世界任何一个追思会所没有过的。奇特的人、意外的故事使"笑与泪"真的如大都的挽联写的，"总是同在"。

追悼词念完。悲伤的丁克长在站稳了脚跟的同时，突然发现大厅的最后边，门外走进来几个穿着护士服装的人，他们迅速靠近一个轮椅。而轮椅上坐着的人被风衣包裹着……

"这人是干什么的？"丁科长突然闪过了这样一个念头，但一转瞬就消失了："我太伤心了,不可能,怎么会有《聊斋志异》里边的场景出现呢?是席方平还是聂小倩,绝对不可能,我一定是伤心过度了!"

正是在这个时候,第一件事发生了和第二件事相比,第一件事是一件非常、非常小的事。就在丁科长痛哭着。掩面走下讲台的同时,另一个放声痛哭的年轻人,竟然推开保安,大步冲上讲台,由于冲的劲太大,竟然没有人阻拦住,就连铁大都都差点被他推倒在地。此人冲上去之后,站在话筒前擦去泪水激动地说:

"这里的人大多不认识我,我和葛老先生就是因为《聊斋新评》这本书才认识的,我们认识时间不长,我是《聊斋新评》的责任编辑李峰。我特地从南方赶来,一是来参加葛老先生的追思会,二是有一件事我不能不说,我必须当场揭露!我必须得说!

葛巴尔老师的死和这本书的出版有着直接的关系。这本书的出版者叫做刘巨仁,是他从头到尾欺骗了葛巴尔老师,致使葛巴尔老师病发去世!

事实的真相是什么呢?那就是《聊斋新评》在全国发行了绝不是五万册,而是四十二万册,而且目前还在继续加印之中。刘巨仁为了把葛巴尔老师的一百多万的稿费占为己有,公然欺骗葛巴尔老师!而且,他在昨天已经消失,估计是卷款私逃!"

全场哗然!震惊!随之议论之声四起。

"这个刘巨仁实在是太坏了!"

"葛巴尔老师太可怜了……"

"四十二万册,真不得了啊,也就是说有近五十万人读了这本书啊!"

"不止啊,一本书绝不会只有一个人读!按一本书两个人读,就差不多一百万啊!"

"对啊,葛老师的贡献大了了,不得了!"

"奇迹,在这个没有人读书的时代,葛巴尔老师创造了人间奇迹!"

"是啊,这个时代读书已经是稀有动物做的事了!"

铁大都愣住了。在李峰说出"四十二万"这个数字的一瞬间,他愣了。

是的,一般来说一本书有两个人读是很可能的,也就是说,也许真的有一百万、或者更多的人,因此而读了《聊斋志异》!

就在这时,半天处于冷静状态的铁大都终于忍不住了,他冲上讲台,会场一下安静下来:

"看，上台的是葛巴尔的发小，铁大都！"

"画家铁大都发言了！"

"我是葛巴尔的老朋友，半个世纪的朋友！我今天刚刚发现他居然做了一件多么伟大的事！为此，他搭上了性命！同志们，他牺牲了——尽管他不全是为社会、尽管结果绝对是事出偶然，但是大家想一想，在我们这个时代，是没有什么办法能够让一百多万人再来重读《聊斋志异》的，来重读我们老祖宗的那些优秀作品！然而，葛巴尔做到了，一百多万人读了《聊斋新评》，他所带来的长远影响，就一定有两百、或者四百多万人去读《聊斋志异》！这是一件多么了不起的事，简直就是不可思议、不可想象！朋友们，作家葛巴尔不该死，他创造了不能想象的奇迹！我尊重他，我想念他，我为有这样的朋友而骄傲！"

这时，追思会上已经哭声一片，人们悲伤的心情到此刻才真正达到了高潮……

这时穿着统一深色衣服的粉丝们，一起高喊道："葛巴尔老师，我们想念你！

葛巴尔老师，我们爱你！"

……"

但是，过了好长时间，就在与会者的哭声渐渐弱下去的时候，人们也渐渐的开始理智的时候——另一个意外的、异常的、比谁都伤心地哭声却始终没有停止，没有减弱，而是越来越大……那是一种发自内心的悲哀"——一种撕心裂肺的、充满凄凉的恸哭声，渐渐地他开始吸引了全场人们的目光，并且开始震撼每一个人的心，直至震撼整个大厅……

像大海落潮，又重新渐渐的聚起，而再次聚起的潮水，在形成一个疑问：这哭声不大像是为葛巴尔在哭啊——这是什么人，他究竟为什么不可忍耐的如此放声？他为什么悲哀超越所有的哭声？人们的目光渐渐被吸引过去，大家都在回头，在寻找——向着那哭声传来的方向—甚至坐在前几排的不少人都站立起来，一起向后边望去—那凄凉、苍老的哭声来自会场的最后边……

每个人都觉出了不对，为什么全场只剩下这一个人毫无顾忌地在宣泄……

带着疑惑的铁大都抬头向哭声望去——

满脸惊讶、已经傻了的丁科长也抬头向哭声望去——

就连杨二栓、陈三车也不知所措的抬头向那里望去——

保安已经准备请示是否该采取措施……

就在这时，就在这时——我们所说的第二件事发生了——那个痛哭的人——这是那个炎热的初秋却被风衣包裹着、戴着风帽的人，坐在轮椅上在埋头恸哭，一直哭的轮椅都颤动起来——

终于他忍住了哭声，颤颤巍巍的站立起来，摘掉了帽子，抬起头，对整个会场的人们开始说话——

铁大都傻了"

当过科长的、历来运筹帷幄的丁克长同志傻了，并且身体也已经僵硬"

云淑芸傻了，她有点恐惧的躲在科长的身后"

就连十二道沟的杨二栓也傻了，不是一般的傻，是那种彻底的傻了——

当然最傻的是赵元芬……

那一瞬间，我以为一定是阴界和阳界在那一瞬间相通了，是鬼门关打开了——后来铁大都这样说。

我使劲掐了自己一把——疼，但我还是以为自己是在梦里，怎么可能呢——丁科长这样说。

我害怕，觉得那肯定不是老葛，是鬼，是《聊斋志异》——很长时间以后，赵元芬在回忆那一刻时，依然会哭、会不知所措……

俺蒙了，一辈子没见过死人复活，当然是鬼……二栓也眼睛直直的说。

……

——没错，谁都怀疑自己看错了，但事实证明谁都没看错。在会场最后坐在轮椅上痛哭、而又刚刚停止痛哭的不是别人，正是我们这次追思会要追思的人，会的主人公，就是墙上现在挂着的那个带着灿烂笑容照片、有点像，今年过节不收礼，的那个老头的、已经死去多日的大作家葛巴尔——

是发行了四十二万册《聊斋新评》的作家葛巴尔！没错，是他。还是那个个子，还是那双眼睛，还是那翘起的胡子，只是——

十月天气还闷热，但是葛巴尔却穿着风衣，背着风帽，原本消瘦的脸变得更小，更消瘦，头背后的白发翘着。他的身后站着几个穿白大褂的医护人员。

葛巴尔坐在轮椅上是实在忍不住了，才开始哭泣的。连他自己都不知道他在哭什么，是哭死而复活的快乐，是哭闯过鬼门关、见到亲人老友的激动，还是因为听说自己的书发了四十二万册而难以忍耐的癫狂？他不知道，事后他也这样说！

他确实不知道，但他知道的是每一个理由都完全可以使他放声痛哭！但事实是，当丁科长们上前围住他的时候，他抱住元芬、克长、大都，再次痛哭失声！中间他曾经一次止住了哭声，问道：

"真的是四十二万册吗？"

"是，李峰是带了真的账本来的！"丁科长声音颤抖地说。

"是真的会有近百万人读了《聊斋志异》？"

"应该是更多！"铁大都回答说。

说到这里，葛巴尔又哭了。是的，不管他怎样想，他的书发行了四十二万册，同样，不管他怎样想，在这个不读书的社会里，在这个以为杨振宁是歌星的社会里，他使一百万人坐下来，老老实实的、或者是有点浮躁的重读了《聊斋志异》。这一百万人以后也许会这样教育他们的后代："去读读《聊斋志异》吧！我读过，还讨论过！"

还真别说，他们的后代也许就真的又去买了、去读了……

总之他——葛巴尔自己完全没想到，自己凭着私念—挣点钱买房，出名得利的无意之间，竟然创造了人间奇迹！

"大家不用害怕，不用犯嘀咕，我是葛巴尔！真真实实的，肉做的葛巴尔。绝非《聊斋》人物！绝非像聂小倩或者席方平一样的同类！能亲看着大家为我伤心、流泪，这是一个缘分！能有这样的机会，我真的很高兴！当然也很难过！没想到，我，一个碌碌无为的四流作家，死了，还会有那么多人伤心！

我很知足啊！给大家添麻烦了，真的给大家添麻烦了。"说到这儿，葛巴尔居然笑了，哈哈哈的笑了起来。

"谢谢医院，谢谢李主任，还有钱副主任，是他们把我从死亡的边缘重新拉回来—朋友们，我们这个社会真好啊，有那么多好人！我怎么会死，我不会死！我舍不得死，舍不得离开你们！"

刚才听李峰讲，我的书发行了四十二万册，我的心又颤抖了，我负责的告诉大家——我又差点死了，刚才我的心脏确实又不跳了，停止了！当然，现在他已经又缓过来了。

一个作家还要什么呢？吃什么，住什么，其实都不重要！包括读我的书——读《聊斋新评》也不重要！太不重要了！但是，读《聊斋志异》很重要，

徐葆齐　著

282

那么多人读了《聊斋志异》就更重要！非常重要！我们要读书啊，我们怎么能不读书呢？！不读书是多么可怕的事啊，一个不读书的社会一定是一个日渐衰落、直至堕落的社会！

我哪有大家说的那么好？我只是个不得志的小文人、一个一生都没写出什么东西的小文人，按我朋友铁大都说的：一个四流作家而已。

我真的没那么高尚，一点都不高尚。甚至很庸俗！

说到这里，葛巴尔再次流出了眼泪……

"我想特别惭愧的告诉大家，我写这本书，只是想去买套宽大的房子"也许还买辆小车坐，或者再去一次金钱豹，吃一回鲍鱼，喝一回鱼翅汤……我的目的其实真的很卑微、很渺小，或者说非常卑微、非常渺小—我很无聊啊，同志们。如果你们不鄙视我，不看不起我吧，我觉得我就已经应该谢谢大伙儿了！但是我确实没想到，居然有那么多人由此而读了《聊斋志异》，其实这不是我的功劳，这还是《聊斋志异》自身的魅力！那毕竟是一本中华民族的传世之作啊！"

说到这里，葛巴尔突然又哽咽了，他用双手捂住自己的脸，但是还可以看到全身以致轮椅都在微微地颤抖——

象漆黑的深夜、静静大海的潮水，从遥远的地方，一点一点的在发出涨潮的声响，整个追思会掌声从几个人鼓，到几十个人鼓，到全场雷动起来——人们已从悲痛的情绪完全转移过来。

这时，又一件事发生了。

一个保安走上讲台，递给了铁大都一封信说："是门口一个人让我捎进来的。"

铁大都打开信封看了看，然后对葛巴尔说："可以读吗？"

"当然可以，不管是什么意见。"葛巴尔脸上还带着泪水，但他微笑着说道。

"葛老头，我还是叫你葛老头吧—看到你的出现，我非常高兴！不错，是有非常多的人读了《聊斋志异》。但是，关于《聊斋新评》我还是要说，那纯粹是一本论述儿子不是娘生的、人不是猴变的及其无聊的作品，是我至今读过的最无聊的一部作品！我想，恰恰是因为我们的社会整体性的文化缺失，你才能有粉丝，也才能有争论，也才能有一百万人读《聊斋志异》。但是别认为你完全对，真的，葛老头，我从来不认为你全对过！

社会文化有如海洋，不知那块会潮起、那块会潮落。糊涂着、蒙着骑到了潮头上，是你的幸运！国家文化要靠国人保护、发掘、发展！没有强大的文化，就没有这个文化古国的未来！葛老头，你、或者别的什么人，如果敢再向中国的灿烂文化泼脏水，我，不，是我们还会跟你没完！永远没完！

但是——希望你保重身体。

署名：葛老头，我跟你没完"

会场停顿了一下，不知是谁引领，掌声响起来，并且很快变成了一个鼓掌的海洋。

铁大都笑了。

葛巴尔笑了。

会场的人都笑了……

"他人呢？这是一个多好的小伙子，请他进来！"葛巴尔问道。

"走了。"保安回答。

"能追他回来吗？"

"已经走远了。"

"好，"葛巴尔笑着对大家说："如果有谁认识他请转告他，就说葛巴尔想他，想认识他，想请他吃饭！至于争论嘛，我们存疑，各自保留！可以吗？"

会场里没有人回答，大家似乎都在思考"我和你没完"的话。

"存疑！存疑！"还是丁克长及时解围，免去了葛巴尔的尴尬。

在人们的各种议论中，大家散去。

接着，还沉浸在意料之外的惊讶中，缓不过来的哥们把虚弱的葛巴尔送回医院。

一路上丁科长和铁大都有着一个同样的感觉，他们不断地互相交流同一种含义的眼光：这轮椅上的葛巴尔是真的吗？

他们也一直担心，"葛巴尔"会突然喊一声"停"！然后从轮椅上走下来，脱掉风衣，大声对他们说："老几位，戏演完了！我的任务也完成了，我要回去了！其实真的葛巴尔已经早就火化了！"

他们觉得如果是这样，倒也许更符合事情发展的逻辑。当然，他们内心绝对希望眼前的一切是真实的。

当然，一切都是想象。一路上什么事也没发生，正常均匀的呼吸着，并且不时四下张望，仿佛在阅尽人间春色的葛巴尔就那样稳稳的坐在轮椅上，直到回到了医院。

护士早已等在门口，她们接过了轮椅，把葛巴尔推进病房。

在病房门口，丁科长和铁大都碰到了一直等在那里的钱副主任。

"三句两句说不清，对于葛巴尔的死而复生，我只能告诉你，这要归功于李主任……"钱副主任透过高度近视的眼镜，看着他们说道。可以看得出来，钱副主任也还活在惊喜中。

"呃——你能不能简单地告诉我们，究竟是什么原因使葛巴尔死而复生？"丁科长问到。

"三句两句说不清，"钱副主任依然是这句话，但是讲得胸有成竹，而且目光显得隽智，好像葛巴尔是他创造的医学奇迹，，简单地说是运气……"

大都和丁科长不仅没有听明白，反而变得更加茫然……

"靠运气，人可以死而复生？"

"死而复生靠运气？"

迷茫之后，铁大都觉得自己出现了很少出现的状态——有点蒙了。

"总不会是有什么神仙下凡，比如铁拐李、吕洞宾什么的，施了什么法术，让葛巴尔倒过这口气来了吧？"丁科长憋不住地说道。

"那倒不是，世界上哪有神仙？"钱副主任透过眼镜片，继续说："药物，还是 KYK 在起作用。三句两句说不清，主要是归功于李主任！"

看来，钱副主任是一位特别重视主任的"副主任"。这也对，因为，如果只是听他的，已经死了——其实还活着的葛巴尔恐怕已经老老实实躺进冰柜变成真的死人了！当然，这一切在钱副主任来说是天大的秘密！必须守口如瓶，否则，葛巴尔也许会痛恨他不止一辈子。

"好了，诸位先回去，医院有医院的安排。"钱副主任客气地说，"事情早晚会和大家有个交代。"

看来事情也只能如此了。丁科长率领着追思会的亲友团及部分粉丝"准备离开医院，过几天再来。

"请等一等，"就在这时，李主任从医生办公室匆忙地走过来，对钱副主任说道："怎么不请大家去会议室？总要把事情来龙去脉和大家交代一下嘛！我还有点事，十分钟以后过来和大家一起聊聊。"

李主任说完和大家打了招呼，匆忙走了。

铁大都微笑的看了丁科长一眼。

"好，我去拿材料。大家先等一等，喝点水。"钱副主任说，大家按照他的安排，走进了会议室。过了一会，护士把葛巴尔也推了过来。

趁着会议室里没有外人，铁大都警惕地盯着葛巴尔，开始和他正经交流。

"老葛，你必须讲、好好讲讲，你到底是人，还是……我怎么看你一会是葛巴尔，一会是骷髅呢？"铁大都做出极端恐怖的样子说道。

"是骷髅也是你搞的？"葛巴尔带点气地说。

"我？"铁大都又迷糊了。

"当然。追思会横幅是你写的吧？"

"这……"铁大都觉得这事一时很难辩解了。

"把你当人没问题吧——"丁科长接过来说。

"这话听着有点别扭，好像我不是'人'，被你们优待成人了！"葛巴尔不满地说。

"我听着也有点。"铁大都表示支持。

"不是这个意思，我是说葛巴尔必须给我们一个实事求是的交代，我们才能完全、彻底、毫不犹豫的相信你是人。"丁科长从来解释问题是越描越黑。

"那如果没这个解释，我就肯定是鬼了，"葛巴尔真的有些不满了。

"别说了，你赶快说吧。"坐在一边的赵元芬也急了。

"没错，早一点说，早一点做人，早一点回家。"铁大都起着哄地说道。

葛巴尔瞪了他一眼，清了清嗓子——众人一下安静下来。仿佛什么重大问题要立刻宣布。

葛巴尔把大家期盼的心情吊得足足的，然后突然说："我先喝口茶。"接着他赢得了大家的一阵笑骂声。

"算了，还是我来确认一下吧。"铁大都笑着说，"巴尔先生，向你请教一个问题啊。"

"说。"葛巴尔立刻说。

"五星级酒店和小饭馆的鱼是不是都是"那条鱼"？"

谁都看得出来这是个玩笑，但没人笑。众人居然瞪着眼睛等待着验证葛巴尔的回答！

"这个当然。一模一样的鱼。都是水里生、水里长，然后被人捞上来运进饭馆的。小饭馆才物有所值。"

众人哄的一声，全笑了。

铁大都又突然的高喊一声："啊——冰棍！"

"冰棍！"葛巴尔呼应着。

"哇，"铁大都激动了："没错，原装的！"

大家又笑了。

"好，那可以告诉我们了。"丁克长问道。

"当然不能随便说，这么难得的经历，哪能这么容易就告诉你们！"

"那你说，你还要什么条件？"丁科长严肃的问道。

"条件没有了，不过要铁大都亲自给我倒上这杯茶，他牛了一辈子，得让他尝尝伺候人的滋味。"葛巴尔一本正经地说道。

"大都，快！"云淑芸说道。

"值得，值得！倒一杯茶，换一段把鬼变成人的故事，太值得了！，铁大都一边连忙把壶里的旧茶倒掉，换上新茶叶并且用刚开的水冲上去，然后用夸张的动作倒上一杯茶，弓着腰捧到葛巴尔的旁边。然后说道："您看还有别的事吗？"

葛巴尔得意地笑了。

"这样啊，"丁克长说，"一会儿钱副主任会来和我们解释老葛的病情变化，然后，我的意见是老葛立刻休息，毕竟还是病人，别搞得他太疲劳了。我们也各自休息，大家都够累的。然后选一天，在我家，炸酱面！怎么样？"

"八样面码，少一样我不去！"

"这我包了，你放心。"云淑芸说。

"对，过几天重阳节，就那天！"

大家当然没意见。

"是啊，关于这个 KYK 咱说不清楚，得等李主任。"葛巴尔一本正经的赞成地说。

大家正说着，钱副主任走了进来。

"诸位，既然领导安排，那我们今天就和大家把葛巴尔的病情变化交代一下。"

众人一听，立刻一个个十分严肃地等着钱副主任讲解。

"说起这件事，还真得感谢医院李主任。多亏他认真负责、及时对医院进行全面遥控，才使得已经到了火化炉门口、被火烤了好一会、马上就要推进去的葛巴尔被重新推了回来。

事情的经过是这样——"

钱主任像讲一个离奇故事，一五一十的介绍起来。

……就在葛巴尔死去的那天晚上十一点多钟，睡眼蒙胧、还没有下班的钱副主任接到了在美国出差的李主任的电话。

"老钱，葛巴尔的情况怎么样？"

"已经死亡。"

"噢！什么时候死的？"

"今天下午四点零三分，死亡报告就在我手旁。"

"尸体进冰柜了吗？"电话那边李主任十分急切地问道。

"太平间大概明天一早才有位置。有什么问题吗，主任？"

"太好了！真的太好了！"，李主任在电话那边及其兴奋地说道。这把钱副主任吓一跳，人死了——太好了？还真的太好了？这李主任怎么了？"

"——可把我吓一跳！不过，也算是葛巴尔有运气！"听的出来，李主任在电话那边深深地吸了一口气，"气"没吸完，立刻特别急促得说到："你马上去，照顾一下葛巴尔，不允许任何人动他！快去！"

钱副主任当然立刻行动，但他心中极为不解，要我去照顾一具尸体？谁会动个死尸啊？！

况且，他从来没有见过李主任这么紧张过。

"照顾"回来后，李主任接着说："也就是说他的死亡时间是在他服用 KYK 的第二十一天的时候。"

"是的，KYK 本身在服用十五天以后，有百分之三十八的死亡率。而葛巴尔完全符合这一特点，主任，有什么问题吗？"钱副主任越听越觉得事情似乎有什么隐情，他喘着气、直截了当地问道。

"是这样，你也知道，KYK 是在临床试验中的新药。"这个钱副主任当然知道。

"我今天下午四点会见的 KYK 的发明人——汉姆教授。汉姆教授告诉我他们研究 KYK 的最新进展，结论是今天中午刚刚确认的，主要内容是关于服用十五天以后，出现百分之三十八死亡率的问题。请特别注意我下边话……"

钱副主任的心一下提起来，他显然意识到这是一个关乎病人生命的重要信息。

他屏住呼吸，唯恐落掉李主任话语中的任何一个字。

"研究证明在百分之三十八的人群中又有百分之七的人其实是'假死'状态。也就是说不是真正的死亡，因为这些人对药物吸收的过度敏感和使用 KYK 的剂量加大造成的。而这种'假死'的人，也就是百分之七的人，将在四十八小时到七十二小时之间重新恢复生命迹象。

让人目前还难以理解的是，。假死·过程中 KYK 对病人仍继续发挥着明显的医疗作用，因此重新恢复生命的病人，恢复后会有'个别人'——注意，是个别人啊，脑血流状态趋近正常。也就是说不仅恢复了生命，健康也大有恢复！"

徐葆齐 著

"哦？！"钱副主任内心惊讶了。他没有想到 KYK 的治疗过程竟这样复杂。一瞬间，他的心境也变得复杂起来，葛巴尔已经进入百分之三十八，他希望葛巴尔能够在百分之七范围内。他尤其希望葛巴尔属于恢复后、健康了很多的'个别人'。但这一切能够如愿吗？不管怎么说，葛巴尔的病情看到了新的希望。

"老钱，这不能不让我想起葛巴尔。请你特别注意执行我下面的话：你立刻向院部汇报，并和重症室的人开个会，传达这项研究进展，三天之内任何人不许移动葛巴尔的尸体！并且立刻采取各项措施，把重症室调到

最适合的温度，要派专人看护！要像看护一个正常病人一样认真的看护他！人命关天，绝不能有半点马虎！

老钱，人活了，医院名誉会大幅度提升。你明白吗？

另外，老钱，你听好——这件事不可以向外界的任何人透露，防止有人乘机捣乱、串通媒体告我们是医疗事故！包括也要对葛巴尔的家属严格保密！"

"好，李主任，放心，我立刻去办！"钱副主任觉得李主任的安排十分周密，如果四十八小时之后，葛巴尔醒来则皆大欢喜。如果就此死去，医院也不被动，立马进冰柜然后火化就是了，反正也不影响开追思会。

就在死亡通知下达后的七十一个小时五十九分的时候，也就是只剩下最后一秒的时候——钱副主任已经认为没希望了，并且腾空了一个冰柜，太平间的工作人员也已经穿好衣服待命。再过十分钟——钱副主任准备延长十分钟——但是这时，就在这时，没人能想到——作家葛巴尔的右腿又动了一下，和上次，动，的情况不同的是，随后左腿也动了一下，并且心脏竟然也开始异常缓慢的跳动……

"太好了！居然有这样的事情！葛巴尔啊葛巴尔，你可真够小气的，不到最后一秒，你还真不醒！"钱副主任惊讶之极，随后他想到："这 KYK 哪是治病，纯粹是折腾人玩！千万别再来个百分之几之类的！"

不怨大夫埋怨美国新药，这个过程确实奇特——就在钱副主任对大家讲述的时候，葛巴尔都随着又受了一遍折腾——他气息虚弱，情感却清晰跌宕起伏，波动极大。钱副主任讲到动情之处，他竟然咽喉哽咽，热泪盈眶。这使谁都不能不承认，葛巴尔确实死了一遭。

讲完之后，全场嘿然，没有人不被世界上还有这样的生命的奇迹所撼动。

"如果葛巴尔早死一天，也许他已经抬进了冰柜：如果李主任没去美

国，他也肯定已经进入冰柜：如果李主任去了美国，没有会见汉姆教授"或者过几天才会见汉姆教授，或者汉姆教授其间多睡了会、或者吃饭时间长了点，其研究成果稍晚一点才有结论——葛巴尔随时可能进入冰柜，而我们的追思会也会顺利进行，那这个世界上就非常悲惨地、异常遗憾地少了一个大作家！人生啊，人生！"铁大都感慨万分的说道。

"老葛，好好生活吧，你受了委屈，你不容易啊，你这命是捡来的！"丁科长上去握住葛巴尔的手不住地摇晃着说道。由于劲太大，把葛巴尔的手握得生疼，葛巴尔忍不住龇牙咧嘴得叫了起来，然后说："我的感觉是大难不死，必有大事要做！我的下一本书题目：'地狱归来'。"。"'地狱归来'，好！悬念很强，有卖点！有谁不想知道地狱里的情况呢？""科长，大都，不怪你们，听完钱副主任的话，连我自己都不相信我是活的了！"在准备上床前的那一刻，一直都没讲话的葛巴尔，没有上床，而是挣扎着把轮椅转过来，抓住科长和大都的手激动地说道。

"是啊，我现在还朦朦胧胧的觉得，你已经离我们而去……"

"别、别，您这还是悼词里的话！说点不是悼词的话怎么样？"葛巴尔依然生活在恐怖中。

难得铁大都的思想还没完全转过来，他确实还念着"悼词"里的话，非常实在地说到。

"老葛，这是好事啊，我们是好哥儿们，我们不想让你走，阎王爷他就不敢收！就算是你走到地狱门口，他也得老老实实把我们的葛巴尔退回来！"科长到底是领导干部，早二十秒反应过来，他抢着截断铁大都，动情地说道。

葛巴尔低下头，不再讲话，滚烫的眼泪涌射而出……

大概是这三个人的感情实在太深了—铁大都和丁科长同样热度的眼泪，与葛巴尔同时奔涌而出。

"休息，休息！"丁科长控制住自己的感情，边擦眼泪边对葛巴尔说。

葛巴尔在他们的帮助下，爬上床像个孩子一样仰面躺下来，并挥手和他们告别。

"我在医院门口等你。"因为铁大都要去护士办公室取他的折叠床，所以丁科长说完就转身先走了。

"铁先生，葛先生叫你。"就在铁大都也准备离开的时候，一个护士走过来对他说。

"大都，看来不管怎样说，我们一起做了一件好事！"铁大都走进病房，葛巴尔十分单纯、真诚地看着铁大都说道。

徐葆齐　著

"怎么是我们一起？"铁大都笑着说："书是你写的，事是你做的，跟我有什么关系？"

　　"当然有关系，这么多年多亏你不断地帮助我。写这本书，你同样给了我很多帮助！说实在话，你的话刺激人，让人不大容易接受。但是，却容易引起人更深的思考……"

　　说到这里，葛巴尔突然停住了，仿佛又开始了"更深的"思考。眼泪顺着他的眼角缓缓地流淌下来。过了一会儿，他继续说道："……我又想起了窑塌的那天，你的劲好大呀，大都，谢谢你！，葛巴尔停了一下，继续说道，，很想下辈子还认识你，认识你真好！"

　　葛巴尔脸上的表情异常平静，他不像是刚刚经历了一场情感风波，倒真的更像是大病刚痊。

　　"别说了，说来说去不管是大饭店还是小饭馆，都是'那条鱼'！"铁大都趴在葛巴尔的耳朵边玩笑地说。

　　葛巴尔笑了。

　　"还有好多话要说呢，重阳节见！"葛巴尔挥了挥手。

　　铁大都想继续玩笑，但是没有笑出来……葛巴尔的死亡经历，让他仿佛也经历了一次死亡的洗礼—他觉得，事情过后的葛巴尔似乎回到了童年时代。

　　再次握住葛巴尔的手告别的一瞬间，铁大都突然觉得眼前有一种光亮在闪烁——

　　一直以为晚年会进入一种残酷——比如他的那种潜在的孤独，丁科长所受网恋的折磨，当然主要的应该是葛巴尔触摸死亡的经历等等这一切，其实都归根于衰老和衰老的终极——死亡，而似乎在这一瞬间却产生了新的看法——

　　"'死亡'对已经和他有过接触的人来说，其实会产生一种再生的力量！

　　由此看来，'死亡'其实也是一个善良的老人！他温文尔雅，我们完全可以不必对他有太多的恐惧！"

　　"尤其是当我们用这种善良的眼光，去看待'死亡'的时候，他就会变得更加理智甚至礼貌——比如，你积极锻炼，他会退却一段时间。你注意饮食，他也会退去。你特别不愿意离去，他会允许你再回来一阵子。离去前，你特别想见一个人，而那个人在来的路上——他会让你见到那个人以后再闭眼……"

　　提着折叠床走出医院的大门，他看到丁科长在门口等他。

一切实在是太意外和令人震惊了—因此，当只剩下他们两个人的时候，他们互相对视着，好久都没有讲话。他们不知道说什么好，内心涌起的依然是惊讶和一点点恐怖……

　　铁大都觉得温暖之后有点冷，因为他觉得他的背后也许不是医院，而是天堂或者地狱……

　　丁克长却什么也没想，只是觉得背后有点冒凉气。随后走动的时候，脚脖子转了筋，疼了好一会儿，差点摔倒。

　　铁大都上去扶住丁科长，丁科长刚要推辞，铁大都突然抱起丁科长原地转圈，嘴里激动地喊道："葛巴尔活了！葛巴尔活了！！"

　　回到清水园，已经过了晚饭时间。路上，丁科长就接到了云淑芸的电话，电话里说杨二栓被陈三车接走，说是朱金玉有事找他们。另外让他和铁大都一起回家吃晚饭。

第二十七章

回到家中，云淑芸果然准备好一桌饭菜，并且拿出了一瓶五粮液。

"今天是个大喜的日子，真没想到葛巴尔居然能够死而复生。"云淑芸一边开酒一边说道。

"是啊，真的让人难以相信！"铁大都说，"好长时间，我都有点分不清是葛巴尔回到了这个世界，还是我们走进了另外一个世界和他又见着了！"

"没错，我也恍惚了一阵，差点把脚崴了。"丁科长一边接过瓶子倒满酒，一边说道，"来，来，大都，预祝葛巴尔健康长寿……"

"对，你们应该干上三杯！"云淑芸激动地说道。

"不，要干九杯！"丁科长说。

"没错！"铁大都说。

接着丁科长倒满了十八杯酒，两个人心中激动地一一干下。这是一次少有的喝法，还没有吃菜，两个人已经进入了微醉。而云淑芸像往常一样，吃了几口饭，便回到卧室看电视去了。

丁科长和铁大都都不去动菜，而是继续边聊天边干喝，偶尔嚼几个花生米。话题当然离不开葛巴尔。

"咱两个又一起做了回梦！"丁科长一扬脖灌下一杯酒，随口说道。

"不是咱俩，是咱仁！或者说真正做梦的就一个人—老葛！"铁大都说，"你想想，他可是差点进冰柜的人，进了冰柜十五分钟就变成了从里到外一块冰坨。老丁，这很容易理解——"

"是啊，"丁科长频频点头，"咱家虽然没冻过人，但是谁家的冰箱也都冻过鱼！"

"是啊，然后，躲过了太平间一劫，然后还能亲身参加自己的追思会，听着你老丁傻子似的念悼词，同样看着我铁大都傻子似的在那儿主持会——咱都在伤心、痛哭、流泪，因为失去了一个最好的朋友——"

"他呢？"丁科长又干了一杯酒，接着说："可他活得好好的,看着咱们,拿咱们当猴耍……"

"这还不算，他还当场春种秋收，当场知道了《聊斋新评》发行了四十多万册。老丁啊，四十多万啊！你懂吗？什么叫四十多万册？你懂吗？科长，那是铺天盖地啊！"铁大都说的激动，连干三杯，并且没吃花生米，而是伸着脖子吃了几口过油肉，接着继续说道。

"这回将来他不愁住别墅、开奔驰。这老家伙六十八岁，六八一大发，真是好运气。"

"没错，六十八岁大发，连神仙也算不了那么准。老葛啊老葛，真不知道这小子积了什么德，或许是山西那窑洞一塌，砸了不该砸的葛巴尔。老天爷在回报他？"

"不对，这么说肯定不对！"丁科长旗帜鲜明地反对说，"难道我就该砸？难道是我做了缺德事？该还报他就不该还报我？"

"你别急啊——"铁大都说。

"可我这边怎么什么动静也看不到啊？"

"你已经还报过了！"铁大都有点站立不稳，他返身对丁科长说道。

"还报过了？还报我什么了？"

"丁科长啊！多大福份地人才能弄个副科级啊！再者说了，就你这岁数，还有桃花运，难得！"铁大都故作羡慕地说道。

"你这是骂我！"丁科长不满地说道，"好不容易上回网，花了一百块咖啡钱，结果碰到的不是老太太就是小孩子。一辈子头一回有点婚外思想，就被整的差点离婚，大都啊，我容易嘛我！"

看来丁科长没醉，因为说到这段"网史"的时候，他的声音降低了很多，他没忘记云淑芸就在隔壁房间看电视。

"事情就该那么处理，你不容易，嫂子容易？不过，"铁大都也压低了声音，"我早也想替你说两句公道话，婚外想法谁没有？是男人就有，不过有人是思想犯罪而已。科长，不是我拍你，你何错之有？人类正常情感，历朝历代都在演出的悲壮故事，只不过是你老兄比较快的被人规范回来就是了！"

丁克长听得有点楞，过了一会他突然点点头说："没错，没错，还是你厉害，这么说我亏了？"

"没错也不能干！亏了也不能干，知足吧，科长。在我看来，咱们都不错，人一辈子图个什么？常言说，生不带来，死不带去。一辈子能碰上这么个梦，葛巴尔……算他难得！"

"也是。大都，我刚才和老葛说的那几句话怎么样？"丁科长有点得

徐葆齐 著

意地问到。

"精彩，精彩，很精彩！"，铁大都故意模仿着丁科长平日的口气，重复着丁科长的话说道："'我们三个是哥儿们，我们不想让你走，他阎王爷就不敢收你！就算是你走到他的门口，他也得老老实实把你退回来！'——说得很精彩！"

"咱们三个人也怪了，打打闹闹四十多年，就没分开过。而且这回老葛虽然没走，可是让咱们也体会了一把失去朋友的痛苦。大都，这我才真正体会到我们不能分开！分开我会受不了！没了谁也不成！"

"是啊，"铁大都少有的不再调笑，他口气悠远，意味深长地说道"

"这个世界上有朋友的人很多，但是像我们这样相识四十多年的朋友大概不是谁都有。人一辈子活的什么？不就是这点感情吗？跟父母的、跟老婆的、跟儿女的，剩下的不就是跟哥们儿的吗？

人一辈子活的什么？不就是生下来是一颗稚嫩的心，而离开的时候，变成了一颗苍老的心吗？是什么使我们的心苍老起来，岁月、年轮、挫折、幸福、爱情、友情……而这一切事情的发生、发展乃至结束，你、我、巴尔都是在一片水里趟过来的！我们——你的事就是我的，我的事就是你们的，葛巴尔的事又是我们俩的……再说一遍，有朋友的人很多，但活成这个结果的不多！

"说得好，大都，说得非常好！"丁科长感慨地说道，"你说这一切，到底是为什么呢？或者说到底是怎么回事呢？"

"这要文化，要人性，要教育！要……再深的，我也不知道了。"铁大都说。

"这个世界上的事情，不是我们全能解释的。"

"很多事情我们根本就解释不了！即使能解释的事，也仅仅是一种'解释'而已。而一种'解释'，常常也是应付我们自己的，或者是应付某一个人群的！因为那种'解释'——，铁大都停顿了好一会，然后说到："未必就是事情的真的面貌！"

"深了，太深了，我开始有点听不懂了。其实想解释也很简单，人和人就是一种缘分！"

"'缘分'是什么？据说是中文的词汇中最难翻成英文的一个……"铁大都仿佛是在驳斥丁克长，他弦外有音、轻轻地说道。说完之后，他呆呆地看着远处，不再说话……

"是。"聊归聊，丁科长开始大口吃着过油肉，"缘分难得啊！"

"哎，你不觉得其实最有意思的是二栓吗？"

"哎，对了，我昨天刚刚听说，是丁东这小子把他当成·大师·弄来的！这小子！我明天非得骂他不可！胡来！"

"这事你也管不了，这个时代就是五花八门、真真假假的时代，甚至也许假的实际却是真的，而谁都觉得是真的的事，也许是假的！大师，你别小看大师，二栓当然不是。但是太多的不解、或者迷茫，意外，使人向往大师！"铁大都眯着眼睛痛快地说到。

丁克长同志又有些听不明白了，他睁着困惑的眼睛盯着铁大都，第一次感觉他那么深奥……

"你比如说，二栓的大师是真的吗？当然不是。巴尔的书说的是真的吗？当然不是。你搞第三者，是真的吗？当然也不是。我嫖娼是真的吗——不说远的，就说眼前这一切，哪个是真的？可在丁东、朱金玉看来大师是真的吧？在清水园居委会看来我嫖娼是真的吧？而在葛巴尔众多粉丝看来，《聊斋新评》当然是真理—颠扑不破的真理，可是……"铁大都停了一下，似乎有话要说，却接着刚才说下去："……可这一切，该怎么说？！辨别真假不是很容易，但如果真假不分，作为一个社会就很悲哀了！"

丁克长点点头，同时，筷子活动的速度一点也没减慢。眼下吃过油肉，绝对是真的！他想。

葛巴尔没有做梦，是因为他根本没有睡着。几天以来，他第一次那样清醒地感受自己重新"活过来"的过程。原来，他也是在逐渐地相信：自己确实回到了这个世界上。为此，他已经让赵元芬掐他的大腿。并且亲手拿着《聊斋新评》指着，不住地对赵元芬发问："是四十多万册吗？是大概一百万人或者更多的人读了《聊斋志异》吗？"

"是！"

"肯定是！"

"没错，你放心吧！"

赵元芬一遍又一遍的回答着他。她轻轻的抚摸着葛巴尔的额头，像在哄一个不满十岁的孩子。赵元芬突然感到奇怪，她觉得现在的葛巴尔和生病以前的葛巴尔好像是两个人！葛巴尔知道自己再生之后，即使知道《聊斋新评》发行了那么多以后，他也从来再没说过下面这样的话：

"我出名了，是吗？"

"我们家终于可以住上大房子了！"

"我可以和大都一样开汽车出去了！"

徐葆齐 著

296

赵元芬哭了。

她明白，也是第一次感觉自己的老公内心深处其实主要不是房子、车子或者金钱，虽然他们家几乎一贫如洗，但葛巴尔关心的首先是文化—首先是他究竟给社会做了什么事！当他听到他的书带动了那么多人读了《聊斋志异》，他激动了，他觉得其他一切其实一点都不重要了！虽然以前他没少念叨房子、车子，他也真心希望拥有那一切。但到头来最终令他热泪盈眶的不是这些，根本不是！那是什么，难道葛巴尔，这个默默无名的四流小作家，这个特别在意在哪里吃"那条鱼"的葛巴尔，在关键时刻也是一个"身无分文、心忧天下"的中国文人吗？

不管怎么说，赵元芬感动了，热泪像水一样暖热了眼眶……她觉得自己好像是第一次看到葛巴尔的心那么剔透，而且像水晶一样透明……

想着想着，赵元芬晕晕睡去。

而不再提问的葛巴尔，却躺在床上，平静得像个温顺的小猫一样进入似睡似醒的状态中，像往常一样他又在梦中开始构思新书《死亡归来》，和以前不同的是，还没有进入书的情景，他的泪水就已经打湿了枕头……

"又是一个伟大的作品要诞生了！"热泪中，他这样想。

"大都，说实在话，我也没有想到，《聊斋新评》会在社会上产生了如此巨大的影响。"看来丁科长一点也没有醉，他打断了铁大都的话，提出了一个新的问题。

提到《聊斋新评》，铁大都突然沉默了。过了好一会，他开始讲话了。

说实在话，尽管我一直没有激烈反对葛巴尔做这件事，是因为我始终觉得这不过是个游戏，因为急功近利，这本书成不了什么气候……

到现在我还认为书的观点是荒谬的，是相当荒谬的。是老葛思维上的一种错位。科长，这么多年，没有人比我们俩更了解作家葛巴尔，因为是作家，所以他的思维跳跃而浪漫，但往往不够严谨，往往缺乏深度。

我原本想，这样一本书，在社会上只能有一种结果，那就是不被出版，或者碰上一个糊涂的编辑，即使出版也会遭到市场冷遇，嘲笑，甚至批评。

但是事情的结果，竟然与我的判断大相径庭。科长，你是知道的，我还是有一点判断能力的，而且好像错的时候不多……

而《聊斋新评》完全没有理由的，竟然有那么多粉丝蜂拥而上，他们不仅热烈拥护，甚至欢欣鼓舞！当然，很多年轻人没有太多文化，虽然他们大学毕业，其实他们自己也不一定清楚，他们喜欢的不是老葛的那些观点，而是老葛那种彻底颠覆前人的勇气！可那不是学术，那是一种气概，一种人格力量。

当然更多的反对者强烈批评的呼声，是正常的。而且随着粉丝集团的人数、力量的上升，反对者也在相应上升。

很简单，反对者怎么能看着黄牛，而无动于衷呢？他们——以"葛老头，我跟你没完"为代表的正义力量，客观上比粉丝更加有力的在推波助澜。他们是一批志士仁人，他们能站在全社会的高度关心祖国文化，并且有能力识别真伪……其实如果在网友自己学习的领域里，他们认识问题的能力肯定远远超过葛巴尔。可是在《聊斋志异》这个领域里，他们知识几乎为零！

于是就产生了一个非常有趣的场面。老葛因为思维混乱，而掀动了网上很多根本没读过《聊斋志异》的拥护者，并和很懂《聊斋志异》的网友，形成了争论的场面。也就是说，这样一个场面常常会出现——一个特别糊涂的人在讲台上讲课，一大批思维不糊涂或者不很糊涂，但没什么知识的人在下面静悄悄的听讲，并在崇拜台上的那个最糊涂的人。

"科长，你不觉得这个场面非常有意思吗？"

"是，很有意思！"丁克长理解了问题的深度，他点头称到。

"很深刻，其实这个场面非常深刻。"铁大都边思索着边说道："就像什么是第二次世界大战，一个疯子指挥一个国家的正常人，去攻打另一个国家，搞得另一个国家的正常的人只好出来抵抗——这就是二战。而那个疯子——精神病患者就是希特勒！"

铁大都说完，独自哈哈大笑起来，一直到笑出了眼泪，他还在说："你细想想，有意思，太有意思了！"

丁科长停止了喝酒，咀嚼也放缓了速度，铁大都的话引起了他思考，过了一会，不知道想通了没有，丁科长也笑了。

今天晚上，电视上的那些节目云淑芸怎么也看不下去，其实那些节目平日都是云淑芸最喜欢看的，比如韩剧。此刻，她比往常认真地在听丁科长和铁大都的谈话。

今天一整天的经历，云淑芸虽然说话不多，但在每次在她心中引起的震撼，绝不低于其他任何一个人。和他们一样，葛巴尔也是她伴随着一生的朋友。当说他死了的时候，云淑芸当晚伏床哭泣，看到他重新在追思会上出现的时候，云淑芸忍不住叫出声来……对他们所议论的有些话题，她并不全懂。她所享受的恰恰是他们聊天的过程，那些浑然的笑声、

徐葆齐 著

争论、理解，此刻她突然想起，家里还有一只多年的老参，应该明天送给葛巴尔……

铁大都又喝了三杯酒，他突然像想起了什么，抬头看了看墙上的挂钟。

"怎么？还有事？"丁科长随口问道。

"没事。这么晚了还有什么事？"铁大都说。

"不是有人等你吧？"

"等我？谁？"铁大都有点惊讶地问到。

"跳舞的女孩啊。"丁科长为自己的玩笑得意，微笑着说道。

"哦。"铁大都也笑了。

说实话，铁大都还真的有事。只是出于自尊心，他不愿对科长明说而以。

前几天女儿在 msn 上告诉她，她妈妈——寸馨这几天将返回北京办事。大概 11 号返回美国。女儿透露，妈妈也许在回美国之前和铁大都见面。也就是说，如果铁大都在 9 号以前接到罗寸馨电话，那肯定事情就会向良性方向发展，否则就很难说了。

"看得出来，妈妈还有一点犹豫。但是，老爸我能做的也只有这些了。祝你好运吧！"女儿最后说道。

就铁大都的个性来说，他当然不会求人，相反多少还摆着大男人的架子，他没想主动给罗寸馨自己的电话，因此他心中忐忑。但此刻他不露声色，手里玩弄着那小小的酒杯，微笑着说出另一番话：

"一场戏剧是悲剧还是喜剧，是由结尾决定的。而这是一个谁也想不到的结尾，一个神奇的结尾……意外的、绝对喜剧的，似乎和所有参与的人都没关系的一个结尾，它似乎从天而降，让所有的人，一起大笑……

顺理成章吗？算是。

自然吗？当然。

荒谬吗？有点。

荒诞吗？好像很多。"

铁大都说完，再次右眼挤了一下，顽皮地笑了。他面对着丁科长，借着葛巴尔的事，悄悄地抒发了一下自己对寸馨的思念。而丁科长却想起，在他准备离开医院的时候，葛巴尔曾经拉住他的手。

"刚刚复活过来的人，突然拉住一个人的手，'活人'肯定会吓一跳……而且，接触的一刹那，我当时确实还注意了一下他手是否大概 37 度。"他戏谑的在说这个结尾。

"对了，你没有问过他，医院怎么能那么轻易允许他去参加追思会？"铁大都问道。

"是啊，我也琢磨这事。没问，一点机会都没有。重阳节见面问问他。"丁克长说。

铁大都没有讲话。

"你在想什么？"丁克长问道。

丁科长的话，让铁大都又想起了葛巴尔和他分手时说的一句话。

"大都——想下辈子还和你在一起，认识你真好！"不知为什么，铁大都的鼻子一阵阵发酸……

刚刚活过来躺在病床上的葛巴尔，想起的第一件事竟然是不希望总反对他的铁大都，有一点点的尴尬。相反，他拿出了自己的胜利与铁大都同享……

"好善良的巴尔。"想到这里，铁大都的鼻子再次微微有一点发酸。

"科长……"铁大都突然发现丁科长半天没讲话了，他轻声叫道。

丁科长没有讲话，而是发出了轻轻的鼾声……

一声轻轻的关门声把丁科长吵醒，他突然发现铁大都不见了。

"这小子，跑哪儿去了？"丁科长挣扎着站起来，回到卧室。云淑云已经入睡，但电视还开着，一台古装才子佳人戏正在激情演出……丁克长准备睡觉，但他却吓了一跳，他觉得自己大概在做梦——他听到窗外有人在唱《走西口》。

"奇怪，这大半夜的，谁啊？"他向歌声走去，窗外没人，他突然发现窗台上录音机开着。他突然明白了，是云淑芸在重温"旧事"。

丁科长关掉了录音机和电视，一边爬上床，口里还不禁唱着："哥哥，你走西口……"

突然云淑芸一翻身——丁克长愣住了——云淑芸把他抱住了。

"嘿，不愧是成吉思汗的子孙啊，快六十了还有这戏？"丁科长抱紧老婆，一边回应着，一边心里想道。

第二十八章

　　走在花园的小路上，他心里觉得罗寸馨大概已经到了清水园，从时间上说，她也应该已经回来，但铁大都心中依然忐忑——

　　没错，远远的他看到了自己家的窗户的灯是亮着的，应该是寸馨回来了，否则灯怎么会亮呢？他心中一阵惊喜——

"不过我倒是可以先说说我活过来以后的事。"

众人落座以后，葛巴尔开始说。

"你活过来以后的什么事？"丁科长忍不住惊讶地问道。

"是啊，你不想听？"葛巴尔话有点叫板。

"哪里，想听，我太想听了！讲、讲！"科长还真怕他就此打住了，连忙站起身，给换了热茶说道。

"就是，咱们搞清楚啊，不想听我就歇会儿了，我这一病人。"

"嗬，还牛上了。"

大家哈哈哈的笑了。

"巴尔，这就是你的不对了，"铁大都笑着说，"今天重阳节，人家丁克长同志和大嫂把酱炸了，十种面码是跑了四个商场，才准备齐的，为这，差点把脚崴了……"

"我活过来的第二天，头脑刚清楚，就听说护士们议论，九月十号要开我的追思会！你们净说你们害怕，我还吓一跳呢？一大跳！我比你们害怕！你们想想人还活着，活得好好的，医院外头却要召开我的追思会，什么追思会？不就是追悼会吗？还不是假的——那是我的老朋友铁大都主持，老领导丁科长做悼词的正儿八经的追悼会啊！"葛巴尔说着，满脸一会儿惊讶一会儿恐怖的表情，把在场的人全说傻了。

他继续道：

"我一个人躺在医院里害怕，尤其是到了夜里，窗外漆黑，小风一刮"

在不知道什么地方飘来几声猫叫——想起要开追思会—那一刻连我自己都不知道我是人是鬼了。那是心里真怕呀，我生怕我还是人，但被变成鬼了。

天亮以后，才缓过一点过劲来。我想不行，我得去参加追思会。一是追思会开完就等于人没了，我却依然活着，既然活着，我就不能不有个态度，让这个世界知道，我还喘着呢！再者说了，有谁一辈子能看到自己的追悼会啊，太奇特了，也太刺激了！是人就得去啊！我相信全世界没几个人，有这么好的机会，这么好的写作素材，我当然要去。

我把这个想法像对待党支部似的，全部地告诉给钱副主任……"

"人家同意了？"丁科长试探着问道。

"没同意他怎么可能去呢？"铁大都笑着说。

"我还真没想到李主任能同意我去！"葛巴尔神秘兮兮的、绘声绘色的继续讲述自己的故事。

十几天以后的一个晚上，重阳节，大家充满喜悦心情，再次聚会清水园——丁克长的家中。

为了欢迎大家，丁克长把家中做了布置。整个房间电灯全部打开，房间照得雪亮，并且不同彩灯闪烁，显得气氛欢乐！

葛巴尔虽然还是赵元芬搀扶着来的，但他基本已恢复生活能力，谈笑自如。一进门，一屁股坐在主座上。今天葛巴尔不同他人，因为大家求着他再讲他是怎么又变成活人的，所以绝对把他供上宝座！当然，宴会按照葛巴尔的要求，云淑芸也特别准备了正宗北京炸酱面。并且，一共跑了四个商场才买齐了十种面码。

"第一，少一种面码我不去。第二，是不管你们怎么样，我吃锅挑，不过水！"葛巴尔从医院捎出个条子，清楚地写道，并列上了十种面码：

黄瓜丝、白菜丝、水萝卜丝、宽扁豆丝、青豆、黄豆、芹菜沫、豆芽菜、香椿芽、青蒜。

另：香醋、大瓣蒜

还有：必须是坤面

"李主任是这样说的"葛巴尔继续说道：

"葛巴尔的理由不能算是不充分。我们要设身处地为他着想，追思会一开，这个人当然就没了，就在世界上彻底消失了！作为活着的人，是谁谁也不愿意！另外，看自己的追悼会是世界奇观，是谁谁都得去看一看"

更何况是葛先生是作家呀！让他去吧，支持他去！"

"但是他的身体状况……"钱副主任迟疑地说道。

"多加一倍营养液，采取一些措施，半个月之后他的体力应该不会有问题。"李主任想了一想说道。

院方的态度通情达理，在做了各种设想之后，最终还是同意葛巴尔出席"葛巴尔先生追思会"。

当然，葛巴尔本人的努力也起了作用。他当然没有持刀胁迫医生，但他请假的最后一段话也令钱副主任有点毛骨悚然。

"你就让我去吧，多好的机会啊，我要去看看人们会怎样追思我，去看看有多少人出席，看看开会时他们是怎么样的情感！还要去听听他们怎么说我，在说什么？这对我来说是太需要了，万载难逢啊！

再说了，我那些好朋友都在等着我，他们知道了我还活着，肯定要听我讲我是怎么从火化炉里爬出来的。必须赶快去讲给他们听，否则他们会一直怀疑我到底是人是鬼！你又不让他们到医院来，医生，别拒绝我！这火化炉我都去过了，你说我还怕什么？顶多再爬回去……"

钱副主任立刻就同意他去了，因为听他那意思，不让去，他也许随时会重新再爬回火化炉去，以示抗议！

当然，事情决定了以后，他们依然按规矩，让我签订了一个承诺书：一切是我自己决定的，出事与他们无关！

我明白，那些天李主任等、院方领导也睡不着觉，他们头上悬着一把剑——医疗事故！当然，咱们是发自内心的感谢院方，是人家救了我！可现在这世道，谁说得清啊。所以他们不愿意违反我的意愿。

就这样，九月十号下午，身体还有些虚弱的葛巴尔，乐呵呵的穿着风衣、坐着轮椅出发了，去参加他一生中最盼望地，也是绝无仅有的一个活动——葛巴尔追思会。

去之前，他心里不住地念叨，感觉自己牛气哄哄，何止，哄哄，？简直就是"爆棚"——牛气爆棚！对葛巴尔来说，这么牛还真的是此生第一次。

我是什么人？不是一般人，绝对不是！一般人哪可能去参加自己的追思会？我了不起，我非同一般，我绝不宽恕，我要用作家的眼睛审视参加这个会的每一个人！反正我已经死了，不，是在他们眼中我已经死了……

其实，做个死人也挺好，我现在可以任意去做我想做的事情，而不负责任。比如犯法、偷窃、抢劫——专抢房产证，清水园的房产证！甚至杀人……

葛巴尔的思想就这样信马由缰、自由自在的想——当然，葛巴尔还是葛巴尔，既然活着，就要对一切负责，就要用法律、道德约束自己。当然不可以犯法、偷窃，更不可以杀人。还得像原来一样，假眉三道地活着，见人微笑、保持涵养、注意礼貌，有时因为需要还要说上几句奉迎的话，做一点拍马屁的动作——不，绝不，我已经快七十岁了，关键是我已经死过一回，绝不再做违心的事。不做怎么了？—他突然严厉地质问自己。没错，不做也没什么！死都没什么了不起，他突然一转念—死怎么了，很痛苦吗？没有，好像有些不知不觉。但是，他立刻又想，我还是活着吧，活着好……

　　就这样，一路胡思乱想的葛巴尔，被推进了一个大门，门上横幅大字"呼"的闪人葛巴尔眼帘，他吓得、也是气得，哆嗦了几下—因为上边写着："葛巴尔追思会"。

　　"真敢写啊！准是他妈铁大都干的！"他想。

　　"其实死的过程也没那么可怕，我在死之前还做了个好梦呢。"葛巴尔得意洋洋的，他不像从地狱归来，倒很像是从上甘岭归来，喝了一口茶，开始绘声绘色，带着一点夸张的讲述自己梦中的那些场面。

　　有一点可以证明身体还比较虚弱的葛巴尔，头脑却十分清晰—

　　在讲述梦中婚礼的时候，他隐瞒了和年轻女孩结婚的喜悦，却大肆渲染了看到赵元芬和别人结婚，他的嫉妒心里和愤怒。

　　"真把我伤心坏了，这不是明摆着嘛，她跟别人结婚，把我给甩了，以后的日子可怎么过啊，醒过来一看，她却握住我的手，坐在我身边，我真的热泪盈眶啊！"

　　大家被葛巴尔的夸张讲述，逗的哈哈大笑，而体会到葛巴尔真情的赵元芬更是含着眼泪笑得前仰后合。

　　"这也许就是人生的幸福，"

　　铁大都看着赵元芬的样子心里想到。其实此刻他的心境很有几分莫名其妙的忧郁。

　　元芬说的没错，今天是寸馨在北京的最后一天，明天他就要返回美国。为此——铁大都始终把手机摆在自己面前，即使上厕所也会拿在手中。他表面谈笑风生，其实内心十分焦急。出于自尊心，他没有问她的电话。但是整整一个晚上，他都在焦急地等待罗寸馨的电话。罗寸馨如果来清水园，事情就一定会向良性方向发展，她也一定会和大都联系……

　　但是整整一个晚上大都的手机像个特别乖的孩子一样，静静地躺在他面前。此刻，已经过了十一点，铁大都变得更加焦急，这时才明白他是那样的需要罗寸馨！

"妈妈可能在她离开北京的最后一天和你联系。"这是最近一次女儿在网上和他聊天时说的最后一句话。

"也许她还在谈事情，也许电话一会儿就来，她会让我去接她，当然，更大的可能她会突然出现在清水园，没错，罗寸馨是这种人……"连铁大都自己也没有想到，一向自信的他，此刻似乎有一点点心情忐忑，稳不住阵脚。说实话，铁大都已经很多年没有体会到这种不安的心情了。

"认识你真好。"这是葛巴尔对他说的话，此刻，他也想对罗寸馨这样说。

这时不知是谁先发现，杨二栓又不见了。这又引起了大家议论纷纷。

"找二栓时候你们得注意，别落了女厕所，这小子不分男女，一不留神，有时候就进了女厕所。"葛巴尔玩笑地说道。

"说不定又去当'大师'了，"铁大都说。

"别逗了，看看上哪去找他吧。"这里真着急的是丁科长。这时，电话铃响了，铁大都拿起了话筒。

他闭起一只眼睛，对大家眨着另外一只眼睛，悄声说道："杨二栓。"

接着他对电话里惊讶的说道："什么？又有人请你吃饭，是不是又去给人家看'雨'？什么，是南西请你吃饭？那个外国人？她有意要给你的养猪场投资，那可太好了，你们好好谈，你们好好谈！"

放下电话，铁大都向大家报告了这个好消息，众人都为杨二栓感到高兴……

"下一步就差我的了。"葛巴尔似乎充满忧愁地说。

"你？"丁科长奇怪地说："差你什么了？"

"他说的是刘巨仁。"铁大都说。

"还是大都关心我，刘巨仁不抓住，赃款追不回来，我那房子还是没戏啊。"葛巴尔充满遗憾地说。

"当然，假如抓住了刘巨仁，巴尔的房子，不是，应该是别墅就有戏了！再假如抓住刘巨仁，巴尔的奔驰也……"

"都是假如，等于没有，什么都没有！

"如果有了呢？下次聚会就你那儿了！"

"没戏，"葛巴尔说道，"你没注意报纸，房子的价格又翻了一翻！我还是清水园……"

"等等，"铁大都突然喊道，众人一下安静下来，铁大都对丁科长说道："没错，就冲这句话，活过来的确实是以前的葛巴尔！"

"没错，没错！"丁科长也喊道，"这才是咱们的葛巴尔！"

由于事情确实比较离奇，铁大都们总是随时在验证葛巴尔真身，并加以玩笑。

接着，铁大都又向葛巴尔简单地讲述了一下丁科长夫妻和好的过程……

"等等，先别着急高兴，好事成双，我这儿还有最后一个好消息。"丁科长在再三接受大家祝愿后，用手捋了一下雪白的头发，胖脸上显得神采奕奕说。

大家一下安静下来。

"十分钟以后，"丁克长同志故意来了个大喘气，然后高兴地喊道说："炸酱面下锅！"

大家为丁科长这个不算太幽默的幽默又鼓起掌来。

这时，葛巴尔看到了铁大都走进了洗手间，他立刻悄悄地跟了进去。

"大都，"葛巴尔边解裤子边说："你说那个'跟你没完'到底是个什么人？"

"一般人呗！"铁大都一边系裤子一边想了想说，"不过是个有点文化，而且非常正直的人！"

"是！"葛巴尔想了想说，"有'和你没完'这种人，中国就有希望！"

"你好深刻啊！"大都玩笑地说。

但是葛巴尔突然觉得铁大都说话的时候，似乎有点心不在焉……

这时敲门声传来，丁科长在外边喊道："地方腾完了没有？快点啊，十种面码上桌了！"

"来了。"葛巴尔回答。

很快，十种面码和几个小菜摆满了整个桌子，京酱、香醋的独特香味在房间里飘荡……

"炸酱面下锅！"丁克长像一个隆重仪式的司仪，大声宣布。

"啊，冰棍！"葛巴尔突然喊道。

"啊，冰棍！"在场人一起回应。

但大家立刻一起沉默了，都觉得像少了点什么。

"大都呢？"葛巴尔第一个发现。

确实，在场人没有铁大都！

徐葆齐 著

306

"卫生间。"丁科长说，所有房间都看遍了，这剩下一种可能"这家伙，今儿怎么了，整个一个懒驴上磨！"

但是卫生间里没人反应。

"他出来了，我们俩一起出来的。"葛巴尔说。

"哎——奇了怪了！"大家都惊讶了。

铁大都确实不在场，他在回家的小路上。

此刻他已经完全乱了阵脚，心情也越来越沉重，所以忍不住在大家欢快的谈笑声中，一个人悄悄地溜出了丁科长的家。他想赶紧知道罗寸馨现在哪里，是否已经返回清水园！

走在花园的小路上，他心里觉得罗寸馨大概已经到了清水园，从时间上说，她应该已经回来——

没错，远远的他看到了自己家的窗户的灯是亮着的—

那是自己家的窗户！没错，肯定是寸馨回来了！否则，灯怎么会亮起来了呢？

铁大都的心一下轻松起来……

但就在这喜悦的同时，他突然想起晚上出门的时候，他好像忘记了关灯！需要人照顾的铁大都，出门的时候经常忘记关灯—没错，是自己忘掉关灯了——罗寸馨没有回来！

他的心立刻沉闷起来，如果打开家里的门空荡荡的，是他忘记了关灯，那将是什么结果啊——想到这里，突然，忧伤涌上铁大都的心头，那是一种特别、特别的忧伤！是他铁大都承受不了的忧伤，他想哭——

但是立刻他又坚信他没有忘记关灯，不是他忘记了关灯，一定不是！他关了，他肯定关了！那灯是寸馨打开的，一定是她回来了—

而且此刻她正在抚摸着桌角，抚摸着沙发，抚摸着那里的一切，充满忧伤的环顾着她曾经的家，等待着或者焦急盼望着大门响、盼望着铁大都回来……

斑斑驳驳的树影在黑暗中晃动，透出的月光洒在小路上。这真是难得的"月移花影动，疑是玉人来"的境界，但——

此刻的铁大都已经完全没有心情体会这些，离家越近，他的脚步不由自主的越快。

……

一年零三个月后，葛巴尔再次住院的第三天晚上，查房的钱副主任的心脏几乎跳出胸口，他发现，葛巴尔双眼紧闭，已经没有了呼吸……

葛巴尔死了。死因还是脑大面积出血，汉姆研究室研究表明在可能活过来的百分之三十八中，还会有百分之一的人将再次死去……

这回是真的。

徐葆齐 著